KB002153

新選明文東洋古典

❶

中國古典漢詩人選 1

改訂增補版

新譯

李太白

張基槿 譯著

明文堂

▲**이태백의 초상화**
명대(明代)에 간행된 열선전전(列仙全傳)에 실려 있다.

▲**이태백의 초상화** 작자 미상

▼**황산**(黃山)**의 선경**(仙景) 전설시대의 황제(黃帝)가 불로장수의 수업을 쌓은 곳이어서 황산으로 불린다. 시선(詩仙)이었던 이태백이 이 황산에 올라 샘물 소리를 들으며 술을 마시다가 거석(巨石)에 쓰러졌고 그가 술잔을 씻었다는 세배천(洗杯泉)이 지금도 남아있다.

▶ **화청지**(華淸池)

현종(玄宗)과 양귀비(楊貴妃)가 즐기며 놀았다는 이 화청지는 정관(貞觀) 18년(644년) 태종(太宗)이 온천궁(溫泉宮)이라는 이궁(離宮)으로 세웠던 것이다. 하지장(賀知章)의 천거로 이태백은 한림원시조(翰林院侍詔)가 되어 현종과 양귀비를 가까이에서 모셨다.

▼ **현종**(玄宗)

당나라 제6대 황제. 685~762년. 712년에 즉위하여 '개원지치(開元之治)'로 칭송되는 태평성대를 이루었으나 집권 후반기에는 양귀비와 사치한 생활을 하여 정치는 문란해지고 급기야 '안녹산(安祿山)의 난(亂)'으로 황위에서 물러났다.

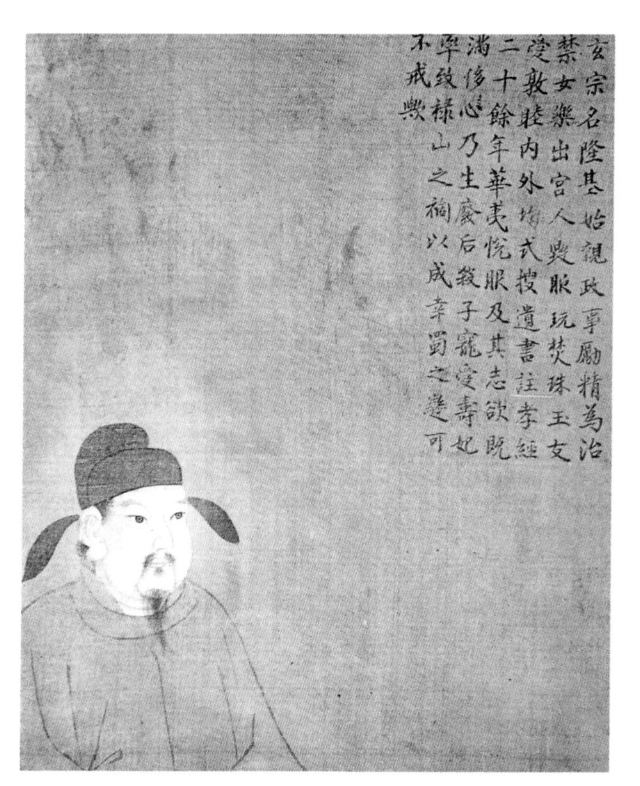

▼ **양귀비**(楊貴妃)

본명은 양옥환(楊玉環). 719~756년. 원래는 현종의 18왕자인 수왕(壽王)에게 출가했는데 현종의 눈에 들어 그의 후궁이 되었다.

▲**당삼채기타주악용**(唐三彩騎駝奏樂俑)
서안(西安) 출토. 낙타의 높이 48.5cm, 용(俑)의 높이 11.5cm. 훌륭한 예술품의 가치가 있는 것으로서 이태백 시대의 악사(樂士)들을 연구하는데 도움이 된다. 산서성 박물관 소장.

▲**당나라의 미인용**(美人俑)
볼이 도톰하고 풍만한 몸매에 긴 옷을 걸치고 있다. 머리 모양도 특색이 있는 이태백 당시의 여관(女官)들. 섬서성 출토.

▼**당나라 시대 관리의 사령장**
768년 8월의 것. 중서사인(中書舍人) 서호(徐浩)가 쓴 것으로서 주거천(朱巨川)을 시대리평사겸호주종리현령(試大理評事兼豪州鍾離縣令)으로 임명하는 사령장이다. 이태백도 이런 사령장을 받았을 것이다.

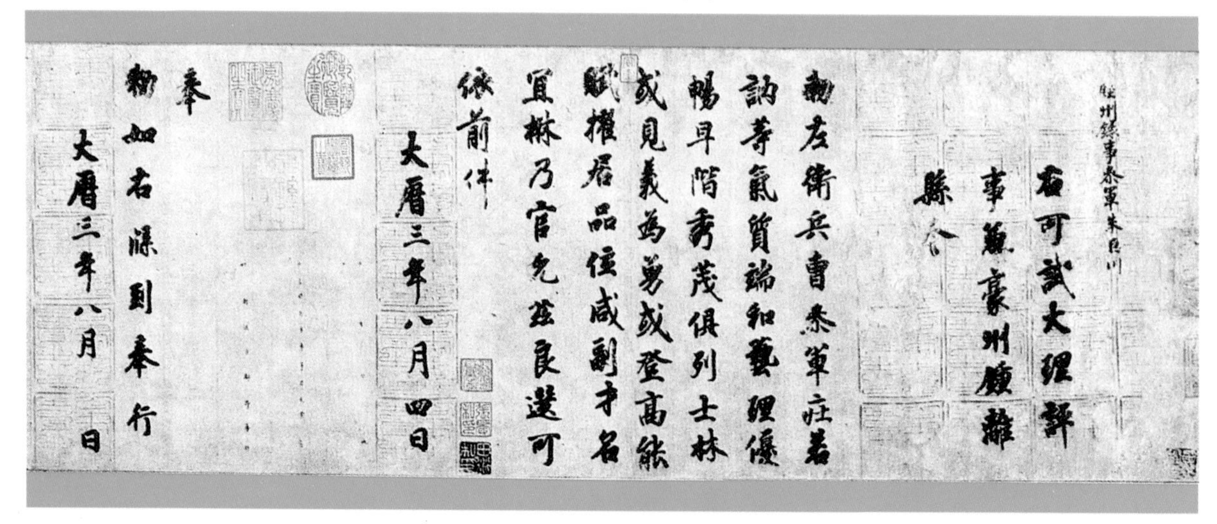

睦州錄事參軍朱巨川
右可試大理評
事兼豪州鍾離
縣令
勅左衛兵曹參軍莊若
訥等氣質端和藝理優
暢早階秀茂俱列士林
或見義爲勇或登高能
賦擢居品位咸副才名
宜楙乃官允茲良選可
依前件
大曆三年八月四日
奉
勅如右牒到奉行
大曆三年八月 日

개정증보판(改訂增補版) 서언(序言)

이 책은 《중국고전 한시인선, 이태백(李太白)》을 개정하고 증보한 것이다.

구판 《이태백》의 종서(縱書)를 횡서(橫書)로 개편했으며, 한시 원문 위에, 한글로 자음을 달았다. 아울러, 구판에 수록하지 못한 '이태백의 중요한 시'를 약 20수 더 증보했다.

기타 체제는 대략 구판의 체제와 같으며, '원문(原文), 한글 풀이, 어석(語釋), 대의(大意) 및 해설' 순으로 꾸몄다.

구판 《이태백》은 1975년에 초판이 나온 이래, 오늘까지 약 25년간 이상을 두고, 많은 인현(仁賢)들이 꾸준히 찾고, 애독(愛讀)해 주시고, 또 전화나 서신으로 문제점을 지적해 주시기도 했다. 이에 필자는 감사하며 약간이나마 미비한 점을 보충하려고 생각했었다.

마침, 옛날부터의 지기(知己)이신, 명문당(明文堂) 김동구(金東求) 사장님이 개정증보판의 출판을 승낙해 주심으로 서둘러 편찬하여, '한시동호가(漢詩同好家)' 제위의 학습자료로 제공하는 바이다.

이 책은 판형을 크게 확대하여 시각적인 효과를 줌으로써, 편리하게 독해(讀解)할 수 있도록 제작했는데 이는 독자 제현의 편의를 도모코자 한 것이다. 동시에 여러 가지로 부족하고 미비하여 송구한 마음으로, 대방 제위의 너그러운 용서를 비는 바이다.

2002년 4월 20일 현옥련서재(玄玉蓮書齋)에서
장기근(張基槿) 삼가 씀

구판(舊版) 서언(序言)

우리는 너무나 오랫동안 동양의 슬기와 멋을 잊었었다. 눈부시게 발전하는 오늘에 살고 있는 우리는 서양의 앞서고 좋은 것을 배우고 받아들여야 한다. 그렇지만 우리의 전통과 지혜 및 풍류를 버리고 잊어서는 안 되겠다.

특히 오늘의 세계는 지나친 물질주의(物質主義)에 의한 인간상실을 탓하기에 이르렀고, 늦으나마 인간회복을 외치는 소리가 높아가고 있다. 동시에 서양에서 동양의 정신문화에 대한 탐구와 소개가 차츰 깊어 가며 또한 폭넓게 이루어지고 있는 것이 사실이다. 이에 우리는 동양의 지식인으로서 잊었던 동양의 슬기와 멋을 되찾고 나아가서는 모든 사람들에게 훈훈한 동양적 휴머니즘의 덕풍(德風)을 해독케 해주어야 하겠다.

본시 동양문화의 전통은 인간윤리(人間倫理)의 존중과 자연과의 조화라 하겠다. 문화의 꽃을 피우고 인류를 더욱 발전시키고 사해(四海)가 한 집안으로서 평화를 누리게 해주는 것이 바로 인간윤리이며, 부강(富强)이 무력(武力)으로 빈약(貧弱)을 먹어 삼키지 않고 예(禮)와 덕(德)으로서 다같이 고르게 행복을 누릴 수 있게 하는 것이 인간윤리인 것이다.

공자(孔子)는 《논어(論語)》에서 말했다. '극기복례(克己復禮)가 인(仁)이다.' '인은 내가 실천하는 것이지 남에게 의지하는 것이 아니다(爲仁由己 而由人乎哉).' '인은 멀리 있는 것이 아니다. 내가 원하면 바로 현실적으로 존재하는 것이다(仁遠乎哉 我欲仁 斯仁至

矣).' '휴머니스트는 자기가 살기 위해 인(仁)을 다쳐서는 안 된다. 오히려 자기의 삶을 희생하여 인을 구현해야 한다(志士仁人 無求生以害仁 有殺身以成仁).'

공자가 내세운 '인(仁)'은 바로 '휴머니즘'이다. '인은 남을 사랑하는 것(仁 : 愛人)'이며 '백성을 사랑하고 보호하는 것이다(仁 所以保民也).' 《국어(國語)》, '나라를 의롭게 하는 것(爲國者利國之謂仁)', '도의(道義)를 바로 세우는 것(殺無道而立有道, 仁也)'이다. 이는 바로 '넓게 베풀고 모든 사람을 도와주는 것(博施濟衆)'이며, 이러한 '인(仁 : 휴머니즘)'의 구현과 실천은 바로 나로부터 시작하여 뻗어 나가게 마련이다. 즉 '나의 학문과 덕행을 닦아 가지고 모든 사람을 안락하게 해주는 것(修己以安人)'이다.

《대학(大學)》에서는 '수신(修身)·제가(齊家)·치국(治國)·평천하(平天下)'라고 했다. 즉 개인의 완성을 바탕으로 가정이나 사회의 화목이 있고, 다시 그 바탕 위에서 민족이나 국가가 잘 다스려지고, 나아가 모든 국가가 안정되고 번영을 누려야 온 세계의 평화가 확립된다는 뜻이다.

이렇듯 동양의 인간윤리는 개인과 가정·사회·국가·세계 및 인류를 하나로 한 만인의 평화적 인류애(人類愛)에서 우러나온 것이다. 이는 바로 '수기치인(修己治人)'인 것이다.

다음으로 동양의 지식인들은 자연과의 조화를 높였다. 앞에서 말한 '자기를 극복하고 예(禮)에 복귀(復歸)한다(克己復禮).'는 뜻도 결국은 인간이 자연의 대섭리(大攝理) 속에 귀일(歸一) 복귀(復歸)한다는 뜻이다. 예(禮)는 이(理)다. 예는 하늘에서 나온 것이며 '그것은 일대(一大)에 바탕을 둔 것이다(夫禮必本於一大).'라고 했다. 이 '일대'는 '천(天)'이자 절대존재(絶對存在)인 대자연(大自然)이다.

동양에서는 이를 신격화하지 않고, 있는 그대로의 자연으로 긍정하고 있다. 그러므로 동양인은 삶을 현실로서 받아들이고 또한 인간성을 현실로서 높이고 있으며 동시에 죽음도 하나의 현실로서 담담하게 받아들이고 있다. 즉 삶과 죽음을 다같이 자연의 섭리로 받아들이고 있는 것이다.

그러므로 동양인은 죽음 앞에 불안과 공포를 느끼지 않는다. 삶도 자연의 한 현상이듯이 죽음도 하나의 현상이라고 여기는 것이다. 죽음이 아니라 자연에의 귀일(歸一)이라 믿는다. 이러한 관념에서 동양인의 생활태도는 현실적인 명리에서 초탈하게 마련이다. 허정(虛靜)과 무위자연 속에 유유자적(悠悠自適)하게 마련이다.

이상에서 든 동양문화의 정신은 어떻게 보면 상반되는 양면같이 보일 수도 있다. 즉 하나는 '유가적(儒家的) 참여사상(參與思想)'이고 다른 하나는 '도가적(道家的) 은퇴사상(隱退思想)'이다. 그러나 깊이 동양사상을 이해하면 이들 두 가지는 양립되는 것이 아니다. 끝없는 성쇠소장(盛衰消長)의 윤회(輪廻)를 거듭하며 만물의 생성화(生成化)를 돕는 자연의 대섭리와 같이 인간도 진퇴가 있게 마련이다.

그리고 동양인은 '진(進)'이나 '퇴(退)'를 다같이 담담하게 받아들이는 것이다. 동양의 지식인들은 '써 주면 나가서 정성을 다하여 일하고 물림을 받는 경우에는 물러나 자기의 지킬 도리를 다한다.'는 '용행사장(用行舍藏)'의 정신에 투철했다. 즉 '달즉겸제천하(達則兼濟天下)'하고 '궁즉독선기신(窮則獨善其身)'했다.

이러한 정신과 생활의 기록을 우리는 특히 중국 시인들의 시에서 생생하고 실감나게 읽을 수가 있을 것이다. 그리고 그들의 문학을 통해 동양의 슬기〔知慧〕와 멋〔風流〕을 이해할 수도 있을 것이다.

대략 이러한 의도에서 중국의 대표적인 시인 이태백(李太白)·두보(杜甫)·도연명(陶淵明) 및 굴원(屈原)·백낙천(白樂天)·소동파(蘇東波)의 대표작을 추리고 풀이를 하여 메마른 오늘에 시달리는 각계 각층의 인사들에게 훈훈한 동양의 향기를 잠시나마 전해 드리고자 한 것이다. 우선 첫권으로 이태백을 저 나름대로 풀어 여러분에게 내놓겠는데 단, 힘이 모자라 많은 흠이나 잘못이 있을 것이므로 대방(大方)의 질정(叱正)을 엎드려 기다리겠다.

1975년 4월

仁王書齋에서 張基槿 謹識

차 례

서장(序章) 시선詩仙 이백李白

제 1 장 자연과 한적閑適

제 2 장 풍정風情과 규원閨怨

제 3 장 감회感懷와 취흥醉興

제 4 장 탈속脫俗과 보국報國

서장(序章)

시선 詩仙 이백 李白

나는 본래 초나라 미치광이
노래로 공자를 비웃겠노라
我本楚狂人
狂歌笑孔丘

백발이 다 되도록 글방 안에서
책만 읽는 쓸모없는 유학자는
행동적인 협객들만 못하다.
儒生不及遊俠人
白首下帷復何益

높은 학식과 넘치는 정열로 조국과 국민을 위해 이바지할 뜻을 지니고 있던 이백(李白)도 간신배(奸臣輩)들이 들끓는 조정에서는 그의 뜻을 펼 수 없었다. 그래서 그는 '나는 본래 초나라의 미치광이, 노래로 공자를 비웃겠노라'라고 그의 울분을 외치고 임협(任俠)한 성품을 두주(斗酒)로 달래고 달을 벗하다가 일생을 마치었다.

1. 비범한 이백(李白)

천재(天才)와 광인(狂人)을 가름하는 선은 명백히 긋기가 어렵다고 한다. '나는 본래 초나라의 미치광이(我本楚狂人)'라고 자칭한 이백은 너무나 비범하고 뛰어난 천재라고 하겠다. 따라서 우리는 그의 참모습을 한 마디나 한 구석에서 파악할 도리는 없다. 분방한 낭만주의와 격렬한 현실주의를 동시에 지녔으며, 초세탈속적(超世脫俗的)인 도가(道家)사상과 아울러 경세제민(經世濟民)의 유가사상에 투철한 이백이었다.

고매한 이상과 원대한 정치적 포부를 품고, 뛰어난 학문과 재능을 지니고, 끓는 듯한 정열을 비추어 열렬하게 현실참여를 희구했다가도, 홀연히 입선구도(入仙求道)하고자 은퇴한 이백이었다. 예술창작에 있어서도, 전통을 계승하고 활용하면서도 대담하게 그를 뛰어넘고 부정하여 기발한 창조를 이룩한 이백이었다.

항상 '안사직(安社稷)' '제창생(濟蒼生)'에 몸바쳐 일하기를 갈망하면서 또한 통음고가(痛飮高歌)하는 데카당스에 깊이 빠져들곤 하였으며, 섬세하고 차분한 심정과 억세고 노한 격정이 겉잡을 수 없이 교차하는 시인이었다.

그의 인간상과 더불어 그의 시도 건잡을 수 없이 다단(多端)하다. 한마디로 그는 모순투성이의 인간이었고 그의 말대로 미치광이라고도 하겠다. 사실 이백은 모순과 광기 속에서 살았던 것이다. 세상이 온통 모순과 광기였으니까 그도 모순투성이로 살아야 했고 미치광이 노릇을 하지 않을 수 없었을 것이다.

그러나 이백은 어둠에서 청신한 달을 사랑하고 청신한 기(氣)가 소생하기를 희망했듯, 한 줄기 일통(一統)된 이상을 찾았던 것이다.

선(善)이 구현되고, 덕(德) 있고, 능력 있는 인간이 높이 올라 나라를 다스림으로써 국가와 국민이 발전하고 행복을 누리는 정치풍토가 이루어지기를 갈망했다.

또한 그는 모든 구속이나 억압에서 벗어나 자유와 생명의 낭만정신이 훨훨 높이 날 수 있기를 바랐다. 그러나 현실은 너무나 어둡고 썩었었다. 그는 노상 패배하고 실망하고 곤궁에 몰려야 했다. 이리하여 그는 열화같이 격노하며 분만(憤懣)했고, 이를 달래기 위해 마구 경음(鯨飮)하며 끝없는 설움을 잊으려 했던 것이다.

칼을 뽑아 물을 베어도 물은 더욱 흐르고
잔을 들어 시름을 지우려 해도 시름 더욱 쌓이기만 하누나!
抽刀斷水更流 擧杯銷愁愁更愁

옛날에 굴원(屈原)은 애타고 초췌하던 끝에 멱라(汨羅)에 몸을 던졌다. 그러나 이백은 끝까지 생을 아끼어 현실적인 외물(外物)의 본성을 잃지 않았으니 이것이 도가사상이기도 했으며 그리고 이백은 예술로써 시름을 극복할 신념을 가졌었다. 시름을 시로 승화시킬 자신을 가졌었다. 이에 그의 비범한 위대성은 더욱 빛을 더하는 것이리라.

2. 이백의 약전(略傳)

이백(701~762)의 선조는 농서(隴西) 성기(成紀) 사람이라고 하나 확실치가 않고, 대략 수(隋) 말에 그의 원조(遠祖)가 죄를 얻어 서역(西域)으로 유배되었고, 약 백 년 후인 당(唐) 신룡(神龍) 초(705년경)에 이백의 아버지가 촉(蜀)으로 몰래 돌아와 살았을 것이라고 한다. 이백의 아버지를 이객(李客)이라 한 것도, 그가 객지에 기우함으로 세인들이 객이라 불렀을 것이라 한다.

따라서 이백의 출생지에 대하여도 명백한 설을 얻기 어렵고, 또한 이백의 어머니가 한인(漢人)이냐 호인(胡人)이냐 하는 엇갈린 견해도 있으며, 이백이 한(漢)·호(胡)의 혼혈아일 것이라는 설도 제기되고 있다.

이백의 자를 태백이라 함은, 그의 어머니가 꿈에 태백성(太白星)을 보고 그를 출산한 까닭이라고도 한다. 한편 그가 청련거사(青蓮居士)라 자호(自號)한 것은 다섯 살 때부터 정착하고 성장했던 촉의 창명현(彰明縣) 청련향(青蓮鄉)에 대한 애착이었으리라.

이백은 어려서 그의 부유한 아버지 덕으로 학문·기예를 마냥 습득할 수 있었다. 더욱이 천품의 자질과 호탕한 성품을 지닌 그는 백가(百家)의 시서(詩書)를 독파하고, 시부(詩賦)를 잘 지었을 뿐만 아니라 검술·무예에도 뛰어났으며, 특히 임협(任俠)하고 재물을 가볍게 보았다. 이미 20세 전후에 협객이나 도사들과 어울려 민산(岷山)에 은거했으며, 성도(成都) 아미산(峨眉山) 등지를 유력했고, 26세 때에는 '한 자루의 칼을 지닌 채 양친에게 하직하고 고국을 떠나 멀리 유력하여(仗劍去國 辭親遠游)', 사나이 대장부의 큰 뜻을 사방에 펴고자 했던 것이다.

고향인 촉을 떠난 이백은 동정(洞庭)·상수(湘水) 일대를 유력하고 금릉(金陵)·양주(揚州) 등지를 거쳐 오(吳)·월(越)을 돌아 안륙(安陸)에 와서, 전에 재상을 지낸 허어사(許圉師)의 손녀와 결혼하여 한동안 정착했다. 이때부터 이백은 그의 이상을 구현하고자 정치적 현실참여를 갈망하고 여러 사람을 찾았으나 뜻을 이루지 못하고 노상 실망에 빠졌으며, 산동(山東)에서는 공소보(孔巢父) 등 5명의 은사(隱士)와 같이 조래산(徂萊山)에 은퇴하여 술과 시가로 나날을 보냄으로써 '죽계육일(竹溪六逸)'의 한 사람으로 불리기도 했다.

뜻을 이루지는 못했으나 제법 낭만적인 약 10년간의 유력을 거듭한 이백은 마침내 절강(浙江)으로 남하하여 도사 오균(吳筠)을 알게 되었고, 그와 같이 염중(剡中)에서 선술(仙術)을 닦고 있었다. 그러자 오균은 당(唐) 현종의 부름을 받아 장안에 들어갔고, 다시 오균의 천거로 드디어 한림학사(翰林學士)로서 현종을 측근에서 받들게 되었다. 그때 이백의 나이 42세였다. 탁월한 자질, 해박한 학식, 고매한 이상과 대범한 성품을 지닌 그는 마냥 공을 세우고 업적을 빛내고자 굳게 다짐하고 가슴 부풀었으리라!

그러나 그 당시 황실의 간악한 절대권력자인 고력사(高力士)에게 신발을 벗기게까지 했던 것이다. 따라서 이백이 장안에서 나온 것은 자의(自意)와 타의(他意)가 반반으로 스스로 침을 뱉고 나왔으나, 한편 놈들에게 쫓겨나온 격이라고도 하겠다. 결과적으로 이백의 고매한 이상과 불타는 정열은 송두리째 실망과 낙담에 빠진 것만은 사실이었다.

장안을 떠나 낙양(洛陽)에 온 이백에게는 실망만을 안겨다 주었다. 승천하던 태양과도 같던 당제국도 기울기 시작한 때였다. 궁중에는 타락과 부패가 넘치고, 임금 주위에는 간교와 음흉한 간신들만이 들끓었다. 청신하고 고매한 이백이 이렇듯 썩고 옹졸한 정치사회에 맞을 리가 없었다. 그는 길지도 않은 약 3년간의 궁중 생활에서 더욱 분만(憤懣)과 구토만을 느꼈다. 그러기에 방음감가(放飮酣歌)만을 일삼았고, 마침내는 자기보다 11세나 연하인 두보(杜甫)를 알게 되었고, 중국문학사상 불후의 두 시인이 불후의 우정을 수립하게 되었음은 길이 빛날 경사라 하겠다.

이백과 두보는 시선(詩仙)과 시성(詩聖)으로 불리는 중국문학의 최고봉이며, 달과 해와도 같이 로맨티시즘과 리얼리즘의 빛을 마주

대고 찬란하게 발산하고 있는 것이다. '가을에 취해 한 이불 속에 같이 잠들었던(醉眠秘共被)' 이백과 두보의 교유는 길지 않았다. 서로 어울렸던 시간은 불과 6개월도 못되었다. 그러면서도 역사에 빛날 우정의 탑을 세웠음은 이들 두 시인의 위대한 일면을 사실로서 증명해 준다 하겠다.

그러는 동안 타락과 부패를 거듭하던 당나라는 안녹산(安祿山)의 난으로 파탄이 노출되었고 무고한 백성들은 도탄에 빠지게 되었다. 이에 이백이 분통해하고 '안사직(安社稷)' '제창생(濟蒼生)'하자던 평소의 정치참여 의식이 또다시 복받쳤음은 물론이다. 이때에 영왕(永王) 이인(李璘)이 반란역적을 토벌하고 민생치안을 안정시키고자 일어났으며 이백을 참모로 불렀다. 이에 이백이 흔연 참가했음은 당연하다 하겠다.

그러자 뜻밖에도 영왕이 그의 형 이형(李亨 : 후의 肅宗)의 임금자리를 노린 반역죄로 몰리게 되자, 또다시 불운한 이백은 옥에 갇히는 몸이 되었고 마침내는 사형까지 받게 되었다. 그러나 요행히 지기들의 주선으로 감형되어 야랑(夜郎 : 현 貴州省 桐梓縣)으로 유배되었다. 이때 그의 나이 58세였다.

이미 황혼기에 접어들었으며, 절망과 곤궁에 시달릴 대로 시달린 그였다. 그러나 그의 시인으로서의 창작정신은 차분한 속에서도 더욱 세차고 날카로운 바 있었다. 뿐만이 아니었다. 야랑으로 유배되어 무협(巫峽)까지 갔다가 천재일우의 대사(大赦)로 무죄방면되어 심양(潯陽)으로 돌아온 그는 이광필(李光弼)이 백만 대군을 거느리고 역적 사조의(史朝義)를 치러 간다는 말을 듣고 또다시 애국의 정열에 넘쳐 대열에 참가코자 금릉까지 갔으나 노병으로 좌절되기도 했다.

너무나 비범했던 이백의 일생은 평범한 인간의 몇 곱절은 응결시킨 것이었으리라. 그는 너무나 높고 찬란하게 빛을 냈다. 그런만큼 너무나 깊은 암담으로 절망했던 것이다. 한마디로 60세가 넘은 이백은 몹시 피곤했다고나 할까!

명예도 재물도 아무것도 없는 이백은 당도(當塗)의 현령을 지내던 족숙(族叔) 이양빙(李陽氷)에게 얹히어 연명하며 노병의 말년을 지내면서 자기 시의 초고(草稿)를 넘겨 주고는 그의 파란 많던 일생의 막을 내렸으니, 그때 나이 62세였다. 이양빙은 그의 초고를 추려《초당집(草堂集)》이라 하여 출간했으나 현재까지 전하지는 않는다.

3. 이백의 사상(思想)

당(唐)의 문화 자체가 복합적이었듯이 이백의 사상도 단순하지 않다. 일찍이 '시·서에 통달했고 백가를 보았다(通詩書 觀百家).'라고 했듯이, 그는 유교의 기본적인《시경(詩經)》·《상서(尙書)》같은 경서는 물론, 제자백가의 모든 철학서적을 섭렵하고 통달했다. 그 이외에도 그 당시 넓게 전파되고 많이 보급되었던 불교를 위시하여 외래의 여러 종교·철학·예술 등도 이백에게 많은 영향을 주었을 것이다. 그러나 이백의 작품이나 행적을 통하여 가장 두드러진 그의 사상적 특성은 도가(道家)와 유가(儒家)의 그것이라 하겠다.

그 중에서도 호탕방일하고 탈속초연한 기풍이 넘치는 이백의 사상은 역시 도가에 더 기울었다고 볼 수 있을 것이다.[1] 그러나 동시

---

1) 중국의 장유한(張維翰)은 그의 논저(論著)《이백(李白)》에서 '태백지사상 속어도가(太白之思想 屬於道家)'라 하여 이백의 행적(行績)과 시(詩)를 도가사상(道家思想)으로 풀었다. 고견(高見)으로 많은 참고가 된다(참조《中國文學史論集》권1. 310면).

에 그가 말년까지 기원하고 행동으로 옮기고자 했던 정치참여의 열정적인 사상을 가볍게 볼 수는 없다. '백성을 제도(濟蒼生)'하고 '나라를 안녕(安社稷)'케 하겠다던 애국애민의 적극성은 역시 유가사상에서 비롯된다고 보아야 하겠다.

그러나 큰 봉새와도 같이 창공을 떨치고 훨훨 날기를 바랐던 낭만주의자인 그는 암흑과 절망의 현실이나 간악과 부패 속에 꿈틀대는 역겨운 귀족통치자들이나 추잡한 관료배들을 매도(罵倒)하기 위하여 '유학자'나 '유학의 도'를 공박한 일이 있다. 하지만 그것도 말하자면 격분과 불만에서 나온 원성(怨聲)으로서 결코 근본적으로 '수기치인(修己治人)'과 '경세제민(經世濟民)'의 정신을 부정한 것은 아니다. 그는 어디까지나 '뜻이 이루어진다면 천하를 잘 제도하겠다(達則兼濟天下).'는 유가사상을 견지하고 있었다.

따라서 일견 양극의 모순같이 보이는, 적극적인 현실참여의 열망이나, 소극적으로 세상을 버리고 자연에 돌아가겠다는 은퇴사상은 모두 현실이란 거울에 비쳐진 그의 사상적 영상에 불과하다. 즉 현실이 맑고 바른 사회일 때면 나서서 공명을 세워야겠다고 다짐했으며, 반면으로 사회가 썩고 어두울 때는 버리고 은퇴함으로써 내 한 몸이라도 깨끗하게 보전하고자 했다. 요는 이백이란 사람은 끝까지 참되고 밝게, 그리고 보람있는 일생을 지키자는 데 그 뜻을 두었다.

유가에서도 '자기를 써주면 나서서 일하지만 버리면 물러난다(用行舍藏).'를 귀중히 여겼다. 은퇴는 반드시 도가적인 것만은 아니다. 반면에 도가사상 속에도 적극적인 구제세용(救濟世用)의 일면이 있는 것이다. 특히 당대(唐代)에는 불교와 도가에 다같이 이런 색채가 짙었다고 한다.

자기를 돌보지 않고 높은 학식과 이상 및 넘치는 정열과 힘을 쏟아 조국과 국민을 위해 이바지하겠다고 나섰건만 음흉하고 간악한 쇠파리 같은 썩은 패들이 국권을 잡고 길을 막은 채 나라와 백성을 쇠망과 어둠에 떨어뜨리고 있었으니, 어찌 이백이 미치지 않겠는가? '나는 본래 초나라의 미치광이, 노래로 공자를 비웃겠노라(我本楚狂人 狂歌笑孔丘)'하고 그는 외치기도 했다.

썩은 사회, 어둠의 현실을 보고도 속수무책, 어쩔 도리 없이 몸부림만 치다 마침내 공자도 욕하고 자신을 미치광이라 불러댄 격정의 시인 이백은 협객에게 기대도 해보았던 것이었다. '백발이 되도록 글방 안에서 책만 읽는 쓸모 없는 유학자들은 행동적인 협객들만도 못하다(儒生不及游俠人 白首下帷復何益).'하고 읊은 이백 자신은 임협(任俠)하였다. 그의 임협은 천성이기도 하고 환경에서 자라난 것이기도 했다.

자신의 손해를 무릅쓰고 정의와 약자를 돕고, 포악한 강자를 꺾겠다는 의협은 당시에 넘쳐 흐르던 기풍이기도 했다. 이러한 임협정신에 젖은 이백이었기에 노상 '공을 세우고 나면 아무런 보수도 받지 않고 훌훌 옷을 털고 은퇴하여 무릉도원에 돌아가겠다(功成拂衣去 歸人武陵源).'라고 뇌었던 것이다. 이 임협정신 속에서 우리는 그의 정의감·박애정신, 악에 대한 반항정신, 자유존중과 자연귀일(自然歸一)의 도가사상 및 정열적이고 행동적인 성격을 엿보고도 남음이 있다.

일반적으로 이백을 두보(杜甫)와 대조하여 낭만주의자라고 한다. 그러나 장안에서 나오고, 특히 안녹산의 난을 계기로 그후의 이백의 시는 무척 현실비판적이었다. 무능하고 부패한 통치계급에 대한 공격이 격심했고, 전란과 위험에 몰린 국가에 대한 비통은 격렬했으며, 절망과 도탄에 빠져 신음하는 백성들에게 대한 동정은 측은했고, 전란에 휘몰리는 연약한 피압박자인 아녀자들에 대한 눈물은 애절했다. 노한 바다나 폭포수같이 거칠고 억센 시를 쏟아 뱉던 이백의 그 어느 한 구석에 이처럼 잔잔하고 아늑하고 섬세한 샘이 솟았는가 싶은 시정(詩情)이 엿보인다.

한평생을 쉴새없이 전국을 방랑한 이백은 중국의 그 어느 시인이나 문인도 그의 뒤를 따를 수 없을 만큼 자기 조국의 산천과 자연의 미(美)를 힘차고 거창한 필치로 묘사하여 만인에게 감동을 불어 넣어 주었다. 이 점, 시 속에서 말없이 심어 주고자 했던 그의 조국애의 일면임을 깊이 느껴야 하겠다. 그의 강렬한 애국정신은 자연 산천 속에도 이렇듯 원색적으로 나타났다고 하겠다.

이백의 도가적 낭만사상의 발로는 역시 인간의 자유와 구속으로부터의 해방을 강력히 주장하고 나선 증좌라 하겠다. 낡고 썩은 것이나, 강압적이고 포악한 것이나, 간교와 인위적인 것이나, 모든 현실적인 억압이나 구속에서 벗어남으로써 삶을 보전하고 영원한 자연에 귀일시키고자 했다.

이러한 '삶을 귀중히 여기는 길(貴生之道)'은 현실초탈로도 나타나고, 때로는 현실적인 고통을 잊기 위한 음주로도 나타나고, 때로는 짧은 삶을 아끼고 즐기자는 향락으로도 나타났다. 이러한 점을 잘 이해하고 이백의 시 속에 담겨진 술·사랑·즐거움 및 신선이 되겠다는 생각 등을 잘 음미하여야 할 것이다. 동시에 두보가 〈음중팔선가(飮中八仙歌)〉에서 읊었듯이, '천자가 불러도 배를 타고 올 생각 안 하고, 나는 술[酒] 속의 신선이라(天子呼來不上船 自稱臣是酒中仙)'고 외친 현실 경멸의 철학적 바탕도 이해될 수 있을 것이다.

끝으로 이백은 우정을 몹시 높이고 아낀 시인이었다. 허위와 간교에 싸인 정치사회에 진저리가 난 그는 평생을 자기와 같이 뜻이 통하고 악에 물들지 않은 벗들과 통음고가(痛飮高歌)했다. 그의 시집에는 벗을 위하고, 벗을 생각하고, 벗에게 보낸 시가 많다. 역시 호탕하면서도 인정에 약한 벗의 한 사람이라 하겠다.

모름지기 뛰어난 예술품은 그 사상의 위대성을 속에 지니고 있는 것이다. 너무나 천의무봉(天衣無縫)하게 엮어진 시라, 혹 그 속에 깊이 융화되어 있는 그의 위대하고 복잡한 사상성을 소홀히 볼까 걱정이다.

4. 이백의 예술성(藝術性)

모든 예술은 내용과 형식이 잘 조화됨으로써 완성된다. 시도 마찬가지이다. 내용인 사상만이 강하고 형식인 표현이 빈약해도 안 되지만 반대로 표현형식이 사상내용을 졸라매서도 안 된다. 건안(建安) 이후 중국의 시문학은 대체로 형식미에만 흘렀다. 사상이나 기골 있는 정신은 위축되고 겉으로만 뻔질하고 잔재주로 꾸며 다진 이른바 '기려(綺麗)와 조탁(雕琢)'만의 시가 판을 쳤다. 그러나 당대(唐代)에 들어서면서 점차로 기골 있는 문장전신과 사상을 담은 글을 되찾기 시작했다. 즉 고문운동(古文運動)이다.

산문에서 한유(韓愈)와 유종원(柳宗元)이 혁신적인 큰 성과를 거두었음은 잘 알려져 있다. 한편 시문단(詩文壇)에서도 초당(初唐) 이후 점차로 속이 빈 형식주의에 반대하는 기풍이 짙어졌으며, 그 중에도 진자앙(陳子昻)은 이론과 작품면에서 시를 뜬구름에서 끌어내리어 현실적인 대도(大道) 위에 올려놓고자 진력했다.

이백의 문학관도 그와 같았다. '건안 이래의 기미염려(綺美艶麗)한 시는 진중할 바 못 된다(自從建安來 綺麗不足珍).' '《시경》의 〈대아(大雅)〉 같은 정도(正道)의 시가 자취를 감춘 지 오래거늘, 나마저 시들면 누가 정도의 시를 지어낼 것인가?(大雅久不作 吾衰竟誰陳)', '나의 뜻도 공자가 시 3백편을 산술하였듯이 〈대아〉 같은 정도의 시를 지어 천 년 길게 빛을 남기고자 한다(我忘在刪述 垂輝映千春).' 이백이 말하는 〈대아〉 같은 정도의 시란 다름이 아니라 사상과 기골이 있고 현실적으로 국가·민족에 이바지할 수 있는 시를 말한다.

'안사직(安社稷)' '제창생(濟蒼生)'하는 데 적극 참여하고 이바지하는 대도(大道)의 시문학을 말한다. 이백은 적어도 사내 대장부가 하는 문학활동이거늘 쓸개빠진 허튼 소리나 자질구레한 말재주나 부리는 소기(小技)의 문학은 하지 말아야 한다고 믿고 있었다. 그러기에 이백의 시는 위대한 사상이나 정치적 포부나 고매한 이상이나 끓는 듯한 정열을 담고 나타내기 위하여 대자연 원시림에 큰 도끼로 덤뻑덤뻑 찍어댔던 것이다.

그럼으로써 스케일이 크고 다이내믹한 내용과 형식이 조화될 수가 있었으며, 거대하고 청신한 그의 사상과 생명이 때묻지 않고 영겁의 생명을 지닌 자연 속에 안심하고 깃들일 수 있었던 것이다. 이렇듯 이백은 시문학에 있어 획기적인 표현과 예술상의 혁신을 가져왔다.

혁신과 창작은 물론 올바른 전통 위에서 이루어지는 법이다. 이백은 시(詩)·서(書)나 제자백가는 물론 모든 전통적 학문을 깊이 배웠으며, 시문학에 있어서도 한·위·육조의 시, 특히 사조(謝脁)를 비롯한 도연명(陶淵明)·사영운(謝靈運)·강엄(江淹)·포조(鮑照) 등의 선배로부터 많은 것을 섭취하고 활용함으로써 이들을 뛰어넘었던 것이다.

이백의 적극적인 낭만주의에 가장 영향을 준 선배는 역시 굴원(屈原)이었을 것이다. 굴원은 뛰어난 재능과 고매한 정치이상을 가지고 있었으면서도 현실적으로는 불운했고 제 눈으로 자기의 조국이 간악한 무리들 손에 빠진 채 쇠망의 구렁으로 전락해 가는 참상을 보고 분만반항한 정신과 불만에 공감했고, 따라서 그의 표현상의 수법도 많이 배우고 계승하였다.

특히 굴원이 민간(民間)의 시가를 잘 따서 높이 쓴 태도나, 신화·전설 등을 활용하고 낭만의 환상적인 날개를 마냥 폈던 수법을 이백은 착실히 배웠으며, 그의 '기상천외'한 도가적 상상력을 시에서 잘 살리는 데 성공하였다. 즉, 현실과 이상을 자유자재로 내왕하는 수법은 굴원의《초사(楚辭)》와 낭만주의의 특성이었던 것이다.

끝없이 크고 청신한 자연에서 자기에 맞는 표현의 자유를 얻은 외에도 이백은 자연 속에서 간악하고 음흉하고 옹졸하고 협소한 인간사회의 추악을 말끔히 씻고 해탈함으로써 '참된 삶'을 간직할 수 있으리라고 믿었다. 따라서, 그는 조국의 웅장하고 수려한 명산대천을 찾아 사랑했고, 청진(淸眞)하고 소박한 자연의 풍물과 더불어 대화를 나누었다. 즉, 이백은 자연을 인격화하고 그 속에서 감정과 영기(靈氣)를 느꼈던 것이다.

새들은 높이 날아 간 곳 없고
조각구름 홀로 사라질새
오로지 경정산 너만이 싫다 않고
마주 보아 주누나
衆鳥高飛盡 孤雲獨去閑
相看兩不厭 只有敬亭山——〈獨坐敬亭山〉에서

경정산만이 자기의 고독과 적막을 이해해 주고 또한 자기를 지켜보아 주고 있었다. 이백에게 있어 청명한 달은 뗄 수 없는 존재였다.

'달아 달아, 밝은 달아! 이태백이 놀던 달아!' 우리 나라 아이들의 입에까지 오른 달과 이태백! 그는 달을 청진의 상징으로 믿었으리라.

날 저물어 푸른 산에서 내려오니
산의 달이 나를 따라 돌아오더라
暮從碧山下 山月隨人歸

암흑이 덮인 인간사회에 달이라도 있으니 구원을 받는다는 심정이 나타난 듯하다.

자연을 정관(靜觀)하고 섬세하게 느끼며 대화를 나누던 이백은 일면 산을 밀어젖히고 바다를 뒤엎는 듯한 과장된 표현수법을 잘 썼다.

백발 삼천 장, 시름 따라 이렇듯 길던가!
白髮三千長 緣愁似箇長

부귀공명이 길게 있다면, 한수의 물이 응당 서북쪽으로 흐르리라!
功名富貴若長在 漢水也應西北流

촉으로 가는 길은 험난하구나, 푸른 하늘 오르기보다 더욱 험난하구나!
蜀道之難 難於上青天

이처럼 과장된 표현은 그의 자유분방한 낭만정신의 소산이기도 하지만, 그보다 이처럼 과장되고 격렬한 표현을 하지 않고서는 풀릴 수 없는 그의 강렬한 사상과 감정의 열도를 생각해 봐야 하겠다. 특히, 선과 악을 얼버무리고 시(是)와 비(非)를 가리지 못하는 썩은 무리들에 대한 반항과 아울러, 몽롱한 인간들의 잠을 깨우고 제정신이 들게 하기 위한 기발한 수법이라고 이해해야 하겠다.

이백은 형식적인 구속을 싫어했다. 따라서, 현존하는 약 천여 수의 시 가운데에서 형식적으로 가장 까다로운 율시(律詩)는 불과 80여수밖에 되지 않으며, 보다 형식적으로 구속이 적은 고체시(古體詩)·가행(歌行)·악부(樂府)들이 많다.

특히, 앞에서 말했듯이 우량한 전통을 계승하고 활용한 이백은 민간의 시가를 잘 흡수하여 평이한 시를 잘 지었다. 또 150여 수에 달하는 그의 악부시(樂府詩)는 평이하고 영묘(靈妙)하게 언어를 구사하여 창신(創新)한 시의(詩意)·시정(詩情)을 담아 만민의 심금을 울렸던 것이다. 현실과 이상, 전통과 독창을 고매한 낭만주의 예술로 승화시킨 이백의 시는 끝없이 빛날 것이다.

제 1 장

자연과 한적閑適

복숭아꽃 흘러 물따라 묘연히 갈새
인간세상 아닌 별다른 천지에 있네
桃花流水杳然去
別有天地非人間

마음이 한가로워 가지를 않고
외로이 우두커니 물가에 섰네
心閑且來去
獨立沙洲傍

이백(李白)은 추악한 속세(俗世)에서 떠난 끝없이 크고 청신(淸新)한 자연에서 자기에 맞는 표현의 자유를 얻은 외에도 자연 속에서 협소한 인간 사회의 추악을 말끔히 씻고 해탈(解脫)함으로써 '참된 삶'을 간직하려고 했다. 따라서 그는 조국의 웅장하고 수려한 명산대천(名山大川)을 찾아 사랑했고 청진(淸眞)하고 소박한 자연의 풍물과 대화를 나누었다.

독 좌 경 정 산

1. 獨坐敬亭山 홀로 경정산에 앉아

중 조 고 비 진　　고 운 독 거 한
1. 衆鳥高飛盡　　孤雲獨去閑

상 간 양 불 염　　지 유 경 정 산
2. 相看兩不厭　　只有敬亭山

〈五言絶句〉

뭇 새들 높이 날아 사라진 푸른 하늘에, 한 조각 하얀 구름 유유히 떠서 흐르네

서로 마주 보아도 물리지 않음은 오로지 경정산 너뿐인가 하노라

(語釋) ㅇ敬亭山(경정산)－소정산(昭亭山)이라고도 하며 안휘성(安徽省) 선성현(宣城縣)에 있다. 이백이 경애하던 육조(六朝)대의 시인 사조(謝朓)가 선성의 태수로 있을 때 자주 이 산에 올랐다. 따라서 이백도 그 산을 찾아 회포를 풀며 이 시를 지었다. 대략 천보(天寶) 30년(754)에 지은 것이라 한다. ㅇ高飛盡(고비진)－많은 새들이 높이 날아 어디론가 다 가 버린다. ㅇ孤雲(고운)－한 조각의 구름. ㅇ相看(상간)－작자인 이백과 산이 서로 마주 대하고 있다. 서로 본다. ㅇ不厭(불염)－염증이 나지 않는다. 물리지 않는다. ㅇ只有(지유)－오직, 다만.

(大意) 모든 새들이 높이 날아, 간 곳 없이 사라지자 푸른 하늘에는 한 조각 흰 구름이 외로이 한가롭게 떠 흐르고 있다.(1)

그 밑에 나와 산이 마주하여 언제까지 보아도 물리지 않는 것은 오직 너 경정산뿐인가 싶다.(2)

(解說) 인간 속세의 부귀공명을 해탈하고 의젓하고 아름다운 자연을 대하며 언제까지나 청정(淸靜)하게 살고자 하는 심정이 잘 나타난 시다. 도연명(陶淵明)은 〈귀거래사(歸去來辭)〉에서 읊었다. '구름은 아무런 야심도 없이 산봉우리를 벗어나 높이 떠가고, 새도 날다 지치면 되돌아갈 줄 아노라(雲無心以出岫 鳥倦飛以知還).' 이것은 인간속세에서 서로 명예나 이득을 위해 아우성 다툼을 하지 않고 자연에 복귀하여 유유자적하는 뜻을 읊은 것이다. 이러한 것을 이백은 더욱 생생하고 박력 있게 '중조고비진(衆鳥高飛盡) 고운독거한(孤雲獨去閑)'이라고 읊었다. 참으로 천재적인 환골탈태라 하겠다. 또한 《논어(論語)》에 있듯이 '휴머니스트는 산을 즐긴다(仁者樂山).' 태백은 휴머니스트로서 끝없이 물리지 않고 속세탈속과 자연복귀의 자세로 경정산을 지켜보고 있고자 했다. 이 시는 걸작 중에도 걸작이다.

2. 秋浦歌 추포가

(추 포 가)

백 발 삼 천 장 연 수 사 개 장
1. 白髮三千丈 緣愁似箇長

부 지 명 경 리 하 처 득 추 상
2. 不知明鏡裏 何處得秋霜

〈五言絶句〉

백발 삼천장 길이는 슬픔 따라서 자랐건만
명경 속 노쇠한 몰골은 어디서 얻어진 흰 서리인고?

(語釋) ㅇ秋浦(추포)－안휘성(安徽省) 귀지현(貴池縣). 이백이 만년에 방랑하던 곳의 하나. ㅇ三千丈(삼천장)－장(丈)은 길. 3천은 수천(數千)과 같이 많은 수량을 가리킨다. '궁녀가 삼천(三千宮女)'하는 표현도

다 많다는 뜻. ㅇ緣愁(연수)－걱정, 수심, 슬픔으로 해서. 연(緣)은 좇아서, 때문에. ㅇ似箇(사개)－이렇듯이, 이와 같이, '여차(如此)'와 같다. ㅇ明鏡裏(명경리)－명경 속에 비치는 나의 모습. ㅇ秋霜(추상)－백발을 비유해서 가을의 흰 서리라 했다. 좌사(左思)의 〈백발부(白髮賦)〉에도 백발과 추상을 대비해서 썼다.

(大意) 백발이 3천 장 길이로 자랐거늘, 이는 오직 슬픔 때문에 이렇듯이 길게 자랐으리라.(1)

하지만 그렇다 치더라도 명경 속에 비춰진 나의 노쇠한 모습의 처참한 흰 머리털들은 도대체 어떤 까닭으로 나타난 것이냐?(2)

(解說) 이백은 노쇠한 몰골과 마구 자란 백발을 놓고 두 번 사람을 놀라게 하는 표현을 썼다. 첫째는 백발삼천장(白髮三千丈)이다. 호방불기(豪放不羈)한 이백은 득의(得意)했을 때 큰소리치는 시를 썼듯이, 실의(失意)의 시를 쓸 때에도 기발한 표현, 남을 놀라게 하는 표현을 썼다. 그 하나가 '흰 머리가 3천 장의 길이'로 나타났다라 하겠다. 그리고 그 엄청나게 긴 백발이 오직 인생의 서러움·걱정·실의의 수심으로 인해서 이렇듯이 길어진 것이라고 엄살을 떨었다. 그러면서도 이백은 만족하지 않았다. 거울 속에 비춰진 노쇠한 자기의 처참한 몰골을 보고 아연(啞然)했다. 이렇듯이 불쌍한 나의 몰골을 무엇으로 설명할 것이냐? 도저히 해명도 할 수 없는 것이 아니냐? 하고 은근히 역정까지 내고 있다.

이백의 〈추포가(秋浦歌)〉는 17수로 된 연작(連作)이며, 이 시는 그 중의 하나다.

이백의 이같은 시는 대략 만년에 그가 영왕(永王) 인(璘)의 거병(擧兵)에 가담한 죄로 유적(流謫)되었다가 다시 사면(赦免)되어 동쪽으로 와서 지은 것이라고 한다. 모든 시들이 애수(哀愁)에 젖어 있다. 다음에서 시구(詩句)를 몇 개 추려 보겠다.

추포는 노상 가을같이 쓸쓸한 곳, 길손은 더욱 서글프고야
秋浦長似秋 蕭條使人愁

추포에는 원숭이마저 밤에 애처롭게 우니, 노란 산조차 흰 머리가 되고 말리라

秋浦猿夜愁 黃山堪白頭

떠난다 하면서 가지 못하고 잠시 있자던 것이 오래 있게 되었네

欲去不得去 薄遊成久遊

언제나 돌아가게 될는지? 조각배 앞에서 눈물 비같이 쏟고 있다

何年是歸日 雨淚下孤舟

양쪽 살쩍(뺨위 귀 앞에 난 머리털. 귀밑털)이 추포에 온 이래 하루아침에 갑자기 시들었다

兩鬢入秋浦 一鮮颱已衰

애절한 원숭이 우는 소리에 더욱 백발 성하고 온통 실같이 엉키었다

猿聲催白髮 長短晝成糸

3. 估客行 고객행

1. 海客乘天風 將船遠行役
(해객승천풍 장선원행역)

2. 譬如雲中鳥 一去無蹤跡
(비여운중조 일거무종적)

〈五言絶句 樂府詩〉

바다 길손 천풍에 얹혀 배를 타고 먼길을 가네

구름 속의 새와 같이 훌쩍 뜨자 자취 없네

語釋 ㅇ估客行(고객행)－악부제(樂府題)다. 길 따라 장사를 하는 행상인(行商人)을 읊은 것. ㅇ遠行役(원행역)－멀리 길 떠나 장사를 한다.

○蹤跡(종적)－자취, 모습.

(大意) 바닷길 나그네가 천풍을 타고 배에 올라 멀리 장사를 하러 나섰다.(1)

쏜살같이 빨리 가는 배는 마치 나는 새가 구름 속으로 들어가듯, 훌쩍 떴나 하는 사이에 벌써 자취조차 안 보이게 되었다.(2)

(解說) 이 시는 악부제를 빌어 배 타고 행상 가는 사람을 그린 것이다. 그러나 이백의 주안점은 천풍(天風)에 쏜살같이 사라지는 배를 그리고자 했다. '구름 속에 들어가는 새같이, 훌쩍 뜨자 자취조차 안 보인다(譬如雲中鳥 一去無蹤跡).'

천 수백 년 전 쓰여진 한자(漢字)지만, 이렇듯 스피디한 맛을 낼 수도 있다.

4. 白鷺鷥(백로자) 백로자

1. 白鷺下秋水(백로하추수) 孤飛如墜霜(고비여추상)
2. 心閒且未去(심한차미거) 獨立沙洲傍(독립사주방)

〈五言絶句〉

해오리 가을 물에 날아 내린다. 한 마리 서리같이 사뿐 내리네
마음이 한가로워 가지를 않고 외로이 우두커니 물가에 섰다

(語釋) ○白鷺鷥(백로자)－백로, 해오리. ○孤飛(고비)－한 마리가 날아 내린다. ○如墜霜(여추상)－마치 서리가 내리는 듯하다.

(大意) 해오리가 가을 강물에 내려온다. 한 마리의 해오리가 사뿐히 날

아 내리는 품은 마치 서리가 내리는 것 같다.(1)

혼자 한적한 가을 강물가에 우두커니 서 있으니, 얼마나 마음도 한가할 것이냐! 그러니 저렇게 안 가고 오래 있는 것이리라!(2)

(解說) 한 폭의 담아(淡雅)한 그림이다. 잔잔하고 한적한 물가 위 해오라기가 한 마리 우두커니 서 있다.

방금 서리같이 사뿐히 내린 해오리다. 풍물도 한적하고 마음도 끝없이 한적하다. 언제까지나 그대로 한적에 머물고 싶다. 떠나고 싶지 않은 것은 해오리뿐만이 아니다. 한 폭의 그림을 보는 우리, 이 시를 읊는 우리도 언제까지나 그 고요에 혼자 묻히고 싶다.

전반에서 이백은 서리같이 날아 내리는 해오리를 동적으로 묘사했으니까 후반에서는 정지(靜止)와 한적(閑寂)이 더욱 두드러진다.

이백이 아니고서는 그렇듯이 비범한 재주를 이렇게 평범하게 또 자연스럽게 그려낼 수 있을까?

혼잡한 환경에 시달리는 현대인일수록 이 시를 몇 번이고 음미하고 이 시의 한적 속에 길게 묻혔으면 한다.

5. 題峰頂寺(제봉정사) 봉정사에 제함

1. 夜宿峰頂寺(야숙봉정사)　擧手捫星辰(거수문성신)
2. 不敢高聲語(불감고성어)　恐驚天上人(공경천상인)

〈五言絶句〉

봉정사 올라 밤을 묵으며 손을 뻗어 별들 어루만지네
큰 소리로 말도 못하겠노라. 하늘나라 사람 놀랄 테니까

(語釋) ㅇ峰頂寺(봉정사)－기주(蘄州)에 있다. ㅇ捫(문)－어루만지다. ㅇ恐驚(공경)－하늘 위에 있는 사람을 놀라게 할까 겁이 난다.

(大意) 밤에 봉정사에 올라 묵으니, 하도 높은 곳이라 손을 뻗어 별들을 어루만진다.(1)

그리고 또 감히 큰 소리로 말을 못 하겠다. 그 까닭은 하늘 위의 사람들을 놀라게 할까 조심스러워서.(2)

(解說) 높은 산에 있는 봉정사(峰頂寺)를 실감나게 읊었다. 동시에 이 시는 봉정사 벽에 쓰여진 것이다. 따라서 이백은 봉정사를 찾아오는 손들에게 은근히 숭외감(崇畏感)을 돋아올리도록 글귀를 엮었다고도 보여진다. 즉 '불감고성어(不敢高聲語) 공경천상인(恐驚天上人)'이다.

이 절에서 이 구절을 보는 사람들은 더욱 숙연해지리라. 후세에 이 시에 얽힌 시화(詩話)가 많이 전한다.

6. 杜陵絶句(두릉절구) 두릉절구

1. 南登杜陵上(남등두릉상)　北望五陵間(북망오릉간)
2. 秋水明落日(추수명낙일)　流光滅遠山(유광멸원산)

〈五言絶句〉

남쪽 두릉 위에 올라 북쪽 오릉 사이를 보니
가을 강물 석양에 눈부시어 빛에 가려 먼산들 안 보이네

(語釋) ㅇ杜陵(두릉)－장안(長安) 남쪽에 있는 언덕. 패릉(覇陵)이라고도 한다. ㅇ五陵(오릉)－장안(長安) 북쪽에 있으며, 한(漢) 무제(武帝)

이하 다섯 왕의 능이다. ㅇ流光(유광)－흐르는 강물에 반사하는 빛.

(大意) 장안(長安) 남쪽에 있는 두릉(杜陵)에 올라와 북쪽 오릉(五陵)을 바라보니, 그 사이를 흐르는 위수(渭水)의 강물은 가을의 석양에 더욱 밝게 반사하고 그 강물에 반조(反照)하는 석양이 너무나 눈부시어 먼 데 있는 산들이 안 보이누나.(1~2)

(解說) 장안(長安) 남쪽에 있는 두릉에 올라 북쪽 오릉을 내려다보니 중간에 끼여 있는 위수가 낙조(落照)를 눈부시게 반사하므로 산들이 안 보인다는 시다. 스케일이 크고 대담한 필치로 장안(長安)을 남북으로 꿰뚫어보면서 석양(夕陽)에 반사하는 가을의 맑은 강물을 예리하게 돋아 냈다. 천재적 수법이라 하겠다.

반짝이는 강물의 눈부신 빛 앞에 자질구레한 것들, 먼 산들마저 쓸어 버린 대담한 시안(詩眼)은 기발하기만 하다. '추수명락일(秋水明落日) 유광멸원산(流光滅遠山)'은 특히 뛰어난 구절이다.

하 일 산 중

7. 夏日山中 여름 산에서

난 요 백 우 선 　 나 체 청 림 중

1. 嬾搖白羽扇　 躶體青林中

탈 건 괘 석 벽 　 노 정 사 송 풍

2. 脫巾挂石壁　 露頂灑松風

〈五言絶句〉

백우선 부채질 귀찮아 숲속에 알몸으로 들었다

망건도 벗어 돌벽에 걸고 송풍에 머리 훌치어 식히네

(語釋) ㅇ嬾搖(난요)－란(嬾)은 게으르다, 귀찮다. 요(搖)는 흔들다, 부채질

하다. ㅇ白羽扇(백우선)－흰 털로 만든 부채, 가벼운 부채라는 뜻. ㅇ鞹體(나체)－알몸으로. ㅇ脫巾(탈건)－망건조차 벗고. ㅇ露頂(노정)－머리를 노출시키다. ㅇ灑(사)－말끔히 씻는다, 땀을 식히다.

(大意) 더없이 가벼운 백우선도 무겁고 귀찮아 부채질하기 싫어서, 알몸으로 푸른 나무 숲속에 들어가다.(1)

망건조차 벗어 돌에 걸어 놓고, 머리를 소나무 시원한 바람에 식힌다.(2)

(解說) 솔직한 이백의 여름철 모습이다. 그림으로 그리면 웃을 만한 광경이라 하겠다.

유 야 랑 제 규 엽

8. 流夜郎題葵葉 해바라기

참 군 능 위 족　　탄 아 원 이 근

1. 慚君能衛足　　嘆我遠移根

백 일 여 분 조　　환 귀 수 고 원

2. 白日如分照　　還歸守故園

〈五言絶句〉

그대 능히 발목 지킴을 보니 부끄럽고 내가 멀리 뿌리 옮김 탄스러워

날빛이 만일 고르게 비추이면 고향에 돌아가 논밭을 지키리라

(語釋) ㅇ流夜郎(유야랑)－이백은 말년에 영왕(永王) 이인(李璘)에 가담했다가, 죄를 얻어 야랑(夜郎)으로 유배되었다. 야랑은 현 귀주성(貴州省)(序章을 참조). ㅇ葵(규)－해바라기. ㅇ衛足(위족)－발을 지키다. 해바라기는 햇빛을 따라 방향을 바꾸며 그 잎으로 뿌리를 가려 지킨

다고 이백은 보았다. ㅇ遠移根(원이근)－멀리 뿌리를 옮기다. 이백이 유배되어 멀리 가는 것을 비유해 말했다. ㅇ分照(분조)－고르게 나누어 비친다. 즉, 햇빛과 같은 임금의 은총이 자기에게 미치어 죄에서 풀려나게 되면이라는 뜻.

(大意) 햇빛따라 돌며 잎으로 뿌리목을 가려서 지키는 해바라기야! 나는 네 앞에 부끄럽게도 내 스스로를 지키지 못하고 뿌리째 뽑히어 먼곳에 옮겨지듯이 야랑(夜郎)으로 유배되어 가니 참으로 한스럽다. 만약 햇빛이 고르게 나누어 비치듯 임금님의 은총이 나에게도 미치어 사면되는 날에는 고향에 돌아가 오직 논밭만을 지키겠노라.(1~2)

(解說) 늙은 이백이 깊은 산중 벽지로 유배되어 가며 읊은 시다. 길가에 서 있는 해바라기의 신세조차 부럽기만 했다. 즉, '해바라기는 자신을 잘 지킬 줄 아는데, 자기는 자신을 못 지키고 먼 곳으로 유적(流謫)되어 가는구나'하고 아쉬워했다. 그러면서도 그는 은근히 상감의 은총이 자기에게도 내려져 죄에서 풀려나기를 바랐던 것이다. '백일여분조(白日如分照) 환귀수고원(還歸守故園)'하고 —. 이백의 유배에 전후한 것은 뒤에서 자세히 설명하겠다.

9. 早發白帝城(조발백제성) 아침에 백제성을 뜨다

1. 朝辭白帝彩雲間(조사백제채운간)　千里江陵一日還(천리강릉일일환)
2. 兩岸猿聲啼不住(양안원성제부주)　輕舟已過萬重山(경주이과만중산)

〈七言絶句〉

아침에 빛깔 무늬 구름 사이 백제성을 하직하고 천리길 강릉

땅 하루만에 당도하네

양쪽 언덕의 원숭이 울음 소리 처절히 들려올새 가벼운 배는 어느듯 첩첩 산중 만산 다 누볐노라

(語釋) ㅇ早發(조발)－일찍이 출발하다. 조(早)는 아침[朝]에 통한다. ㅇ白帝城(백제성)－사천성(四川省) 봉절현(奉節縣) 기주(夔州) 동쪽 구당협(瞿唐峽)을 눈 아래로 내려다보는 높은 산 위에 있다. 전한말(前漢末)에 공손술(孔孫逑)이 성을 쌓았고, 촉(蜀)의 유비(劉備)도 한동안 여기서 오(吳)를 막았다고 한다. ㅇ朝辭(조사)－아침에 하직하다. 시제의 조발(早發)과 같은 뜻. ㅇ彩雲(채운)－붉게 물들고 문채에 빛나는 아침의 놀구름. ㅇ千里江陵(천리강릉)－육조(六朝)의 성홍지(盛弘之)가 쓴 《형주기(荊州記)》에는 '아침에 백제를 출발하여 저녁에 강릉에 도달한다. 그 사이는 약 1천2백여 리나 된다.'고 적혀 있다. 삼협(三峽)의 강물이 그만큼 급류져 흐르기 때문이다. ㅇ兩岸猿聲(양안원성)－강 양쪽 기슭 숲속에서 원숭이들이 우짖고 있다. 이백은 처절한 원숭이 울음 소리를 자주 시에 올렸다(〈蜀道難〉 참조). ㅇ啼不住(제부주)－끊임없이 우짖는다. 부주(不住)는 멈추지 않다란 뜻으로 동사. 제(啼)의 보어(補語)로 쓰였다. ㅇ輕舟(경주)－날쌔게 달리는 가벼운 배. ㅇ萬重山(만중산)－겹겹이 중첩해 쌓인 산들. 삼협(三峽)에는 가파른 산들이 첩첩이 들어서 있어 낮에는 해도 잘 들지 않고 밤에는 달도 잘 비추지 않는다.(〈峨眉山月歌〉 참조)

(大意) 아침 일찍 붉게 물들어 빛나는 채운 사이의 백제성(白帝城)을 하직하고 쏜살같이 급류를 타고 천리나 떨어진 강릉(江陵)에 그날 저녁으로 당도한다.(1)

강 양쪽 언덕 숲에서는 처절한 원숭이들이 끝없이 우짖고 있거늘, 어느덧 날 듯이 가벼운 배는 이미 겹겹이 들어찬 만 겹의 산들을 누비고 지나왔노라.(2)

(解說) 이백의 칠언절구 중에 으뜸으로 꼽히는 걸작이다. 명(明)의 호응

린(胡應麟)은 《시수(詩藪)》에서 이 시를 신품(神品)에 속한다고 격찬했다.

찬란하게 빛나는 아침에 백제성(白帝城)을 뒤로 하고 날 듯이 배를 타고 강릉까지 온 스피드, 그것은 야랑(夜郎)으로 유배(流配)되어 가다가 도중에서 은사를 받고 무산(巫山)에서 되돌아온 이백의 다그치는 마음의 스피드와 일치한다. 또 눈이 어지러울 정도로 급류를 타고 험한 협곡을 내려 달리는 작자의 귀에 들리는 처절하고 끝없이 시끄럽게 우짖는 원숭이 소리는 더욱 어수선한 마음을 설레이게 한다. 그러나 그것도 일순간이었다. 어느덧 조용한 강릉에 와 닿아 정밀(靜謐)과 안정을 되찾은 잔잔한 안도감마저 엿보이는 시다. 또 이 시에는 아름다운 색채와 빛이 번지는 그림이 있고, 심란(心亂)하게 우짖는 원숭이 소리가 있고, 다시 천리의 공간을 쏜살같이 내닫는 경주(輕舟), 배가 지나감에 따라 어지럽게 뒤로 물러나는 첩첩이 겹친 만산(萬山)의 유동(流動)이 있다.

이백은 귀재(鬼才)다. 그러면서도 자연스럽고 조용하고 침착하게 시로서 완성시키고 있는 것이다.

참고로 Witter Bynner의 영역을 게재하겠다.

Sailing Down to Kiang Ling

I left PoTi City, early in the morning, through colorful clouds ;

I reached Kiang Ling, a thousand li off, at the end of a day

Constantly along both banks of the river came the sound of crying monkeys

Although my light boat had already passed myriad layers of mountains.

10. 春夜洛城聞笛 봄밤 피리 소리 듣고
(춘야락성문적)

1. 誰家玉笛暗飛聲　散入春風滿洛城
(수가옥적암비성　산입춘풍만낙성)

2. 此夜曲中聞折柳　何人不起故園情
(차야곡중문절류　하인불기고원정)

〈七言絶句〉

누가 부는가? 어둠에 살며시 들려오는 피리 소리 춘풍 타고서 낙양성 도처에 흐트러져 퍼지어라

오늘 밤따라 이별의 곡 읊조리니 뉘라 고향 그리움 안 일겠는가?

(語釋) ㅇ洛城(낙성)－낙양(洛陽), 성(城)은 도시란 뜻. ㅇ玉笛(옥적)－옥으로 만든 피리. ㅇ暗飛聲(암비성)－누가 어디서 부는지 알 수 없는 피리 소리가 어둠을 타고 날아 들어오듯 들린다. ㅇ散入春風(산입춘풍)－피리 소리가 흐트러져 봄바람을 타고 온 낙양 거리에 퍼진다. ㅇ折柳(절류)－절양류(折楊柳), 즉 버들가지를 꺾는다는 뜻의 곡명(曲名)으로 이별이나 송별의 노래. ㅇ故園情(고원정)－고향 생각, 향수(鄕愁).

(大意) 어느 누가 부는 옥피리 소리인지, 어둠을 타고 날아와 봄바람에 묻히어 온 낙양 거리에 흐트러져 퍼진다.(1)

유난히도 이 밤의 저 피리는 이별의 곡 절양류를 울리고 있으니, 누군들 고향 생각이 나지 않겠는가?(2)

(解說) 담담하고 쉬운 필치로 사람의 마음을 지긋이 사로잡고 있다. 화

려한 낙양성, 아름다운 옥적(玉笛), 더욱이 봄에 이렇듯 어둠에 묻힌 서러움, 남모르는 서글픔이 넘쳐 퍼지다니. 고향과 더불어 친애하는 가족들이 그립구나.

이 시는 이백의 나이 35세 때에 낙양(洛陽)에서 지은 것이다. 촉(蜀)을 나와 형문(荊門)을 지나 동행(東行)하여 호북(湖北)·호남(湖南) 일대에서 놀았고, 다시 금릉(金陵)에서 양주(揚州)를 거쳐 무창(武昌)으로 갔다. 그리고 이백은 무창 북쪽 안륙(安陸)이란 곳에서 그 지방의 명사 허어사(許圉師)라는 사람의 손녀와 결혼을 했고, 약 10년간을 그곳을 중심으로 각지를 만유(漫遊)했다. 당시 이백이 한수(漢水) 연안의 양양(襄陽)에서 선배 시인인 맹호연(孟浩然)을 알게 되었고, 또 한동안 낙양(洛陽)에서 산 일도 있었다. 이 시는 젊은 그때의 시다. 화려한 듯 또는 아름다운 듯한 젊은 생활 속에 어둠이 깃든 서글픔이 엿보인다. 원래 호탕한 이백의 가슴 속에는 언제나 약하게 눈물이 어리고 있었는지도 모른다.

망 천 문 산

11. 望天門山 천문산 바라보고

천 문 중 단 초 강 개　　벽 수 동 류 지 북 회

1. 天門中斷楚江開　碧水東流至北廻

양 안 청 산 상 대 출　　고 범 일 편 일 변 래

2. 兩岸青山相對出　孤帆一片日邊來

〈七言絶句〉

하늘문 한가운데 갈라지니 초강이 터져 흐르고 푸른 물줄기 동쪽 흐르다 이곳에 닿아 꺾였네

강 양쪽 푸른 산 마주 솟아났고 돛배 한 척 해 언저리서 내려오네

(語釋) ㅇ天門山(천문산)－현 안휘성(安徽省) 무호(蕪湖) 부근에 있으며, 장강을 끼고 동량산(東梁山)과 서량산(西梁山)이 서로 마주보고 있다. 그 품이 마치 하늘의 문같이 생겼으므로 천문산(天門山)이라고 한다. ㅇ楚江(초강)－양자강(揚子江)이 초(楚) 지방을 흐르므로 초강이라 한다. ㅇ至北廻(지북회)－강물이 북쪽으로 방향을 바꾸어 돌아 흐른다. '북(北)'을 '차(此)'로 교정한 판본이 있다. '차(此)'가 좋을 것 같다. '그곳에서 돌아 흐른다'란 뜻이 된다. ㅇ日邊來(일변래)－해 언저리에서 온다. 일변(日邊)을 천자(天子)가 계신 장안(長安)으로 풀고자 하는 이도 있으나, 여기서는 지나친 풀이가 될 것이다.

(大意) 하늘의 문이라고 불리는 천문산이 중간에서 끊어져 갈라진 듯 그 중간을 장강이 길을 터 흐르고 있다. 푸른 물은 동으로 흐르다가 이곳에서 물줄기를 바꾼다.(1)

푸른 산이 강을 끼고 양쪽에서 마주보며 솟아 있거늘, 내가 탄 한조각 돛배는 눈부신 해 언저리에서 홀연히 흘러내린 듯하다.(2)

(解說) 대략 천보(天寶) 12년경(753)에 이백이 강남(江南) 각지를 방랑하던 때의 작품으로 본다.

대담한 표현과 청신한 맛이 넘치는 시다. '천문중단초강개(天門中斷楚江開)'와 '고범일편일변래(孤帆一片日邊來)'에서 후련한 자연의 조화와 미묘한 인간의 존재가 너무나 잘 대조를 이루고 있다.

12. 望廬山瀑布(망여산폭포) － 제1수 여산 폭포를 보며

1. 日照香爐生紫煙(일조향로생자연)　遙看瀑布挂前川(요간폭포괘전천)

2. 飛流直下三千尺(비류직하삼천척)　疑是銀河落九天(의시은하락구천)

〈七言絶句〉

향로봉 햇빛에 푸른 연기 서리고 중턱에 폭포수 걸려 쏟아 내리네

날아 내림이 삼 천 길을 떨어지니 은하수 하늘에서 떨어지는가?

(語釋) ㅇ廬山(여산)－현 강서성(江西省) 성자현(星子縣) 서북에 있다. 이름난 명산(名山)이자 풍광명미한 명승지다. ㅇ香爐(향로)－향로봉은 여산에 있다. ㅇ紫煙(자연)－파란 안개 연기. ㅇ挂(괘)－괘(掛)와 같다. ㅇ前川(전천)－앞에 흐르는 강물, 장천(長川)으로 된 판본도 있다. ㅇ九天(구천)－하늘, 반천(半天)으로 된 판본도 있다.

(大意) 해가 향로봉(香爐峯)을 비추자 푸른 연기가 향을 피운 듯 서리고, 멀리 바라다보면 산에 정면으로 폭포물이 강물을 걸어 놓은 듯이 쏟아져내리고 있다.(1)

하늘에서 쏟아지는 듯한 폭포물 흐름이 삼천 길 높이에서 막바로 곧게 떨어져내리는 장관은 마치 하늘에서 은하수가 쏟아져내리는 듯싶다.(1)

(解說) 예로부터 사람들 입에 자주 오른 유명한 시다.

'일조향로생자연(日照香爐生紫煙)'은 정밀(靜謐)하고, 아름답고 신비스러운 분위기 속에 독자를 끌고 들어간다. 그러나 멀리 폭포수가 보인다고 하여 독자의 시선을 끌어가지고는 대뜸 '비류직하삼천척(飛流直下三千尺)'하고 우렁찬 폭포를 독자 앞에 '클로즈업'시킨다. 귀청이 떨어질 듯한 물소리가 들리는 듯하다. 그리고 다시 어리둥절한 독자를 구천(九天) 하늘, 푸른 밤 하늘에 쏟아질 듯 반짝이는 은하수에 돌려댐으로써 꿈 속을 헤매듯 매혹시킨다.

옛사람들의 평이 너무나 많지만, 오늘의 감각으로도 너무나 대담하고 기발하고 아름답고 생생한 시다.

13. 山中問答(산중문답) 산중의 문답

1. 問餘何意棲碧山(문여하의서벽산) 笑而不答心自閑(소이부답심자한)
2. 桃花流水杳然去(도화유수묘연거) 別有天地非人間(별유천지비인간)

〈七言絶句〉

어째서 푸른 산중에 사느냐 물어봐도 대답도 없이 빙그레, 마음이 한가롭다.

복숭아꽃 흘러 물따라 묘연히 갈새 인간세상 아닌 별천지에 있네

(語釋) ㅇ棲碧山(서벽산)－푸른 산중에 살다. ㅇ桃花流水(도화유수)－얼음이 녹은 봄 강물에 복숭아 꽃잎이 떨어져 강물을 따라 묘연히 흘러간다는 뜻. 도연명(陶淵明)의 〈도화원기(桃花源記)〉가 연상된다.

(大意) 그대는 나에게 무슨 뜻으로 푸른 산중에서 사느냐고 묻네만, 나는 대답할 길이 없어서 그저 웃기만 했네. 허나 나의 마음은 무한히 한적하다네.(1)

복숭아 꽃잎이 흐르는 물에 떨어져 묘연히 가 버리는 이곳은 인간들이 사는 속세와는 아주 다른 별천지라네.(2)

(解說) 후세의 평자(評者)들이 입을 모아 칭찬한 시다. '소이부답(笑而不答)'이라 하면서 제3, 제4구로 대답하고 있다. 그러나 어디까지나 '심자한(心自閑)'한 경지는 체득할 것이지, 말로 할 수 없는 경지다. 이것을 이백은 하등의 기교를 안 쓴 듯한 수법으로 교묘하게 표현했다.

아더 웨일리(Arthur Waley)의 영역을 붙이겠다.

You asked me what my reason is for lodging in the grey hills;
I smiled but made no reply, for my thoughts were idling on their own;
Like the flowers of the peach-tree borne by the stream, they had sauntered far away,
To other climes, to other lands that are not in the World of Men.

객 중 행

14. 客中行 객중의 노래

난 릉 미 주 울 금 향　　옥 완 성 래 호 박 광
1. 蘭陵美酒鬱金香　　玉椀盛來琥珀光
단 사 주 인 능 취 객　　부 지 하 처 시 타 향
2. 但使主人能醉客　　不知何處是他鄕

〈七言絶句〉

울금향 풍기는 난릉의 미주 옥잔에 채우니 호박광 도네
오직 주인 덕에 길손 취한다면야 타향살이 어디이건 무관하여라

語釋 ㅇ客中行(객중행)－객중에 지은 노래. '객중작(客中作)'이라고 제를 붙인 판본도 있다. ㅇ蘭陵(난릉)－현 산동성(山東省) 임기현(臨沂縣)과 역현(嶧縣)과의 중간지대, 술의 명산지다. ㅇ鬱金香(울금향)－울금(鬱金)은 서역(西域)에서 나오는 향초(香草), 그것으로 만든 향

료를 술에 타서 향미롭게 했다. ○玉椀(옥완)－옥으로 만든 술잔. ○盛來(성래)－담아 오다. 받쳐 들고 오다. ○琥珀(호박)－송진(松脂)의 화석, 그 빛이 노르끄레하다.

(大意) 난릉(蘭陵)의 좋은 술은 울금의 향내를 풍기는데, 더욱이 옥으로 만든 술잔에 담아 들고 보니, 호박의 광채마저 떠돈다.(1)

오직 주인께서 길손인 나에게 이런 좋은 술을 많이 주어 취하게만 해준다면야, 내가 어디에 떠돌며 타향살이를 한들 개의치 않겠나이다.(2)

(解說) 술 있는 곳에 이백이 있었다. 이백은 술의 시인이기도 했다. 술은 이백의 시의 고향이라 해도 무방하리라. 술만 있으면 어디에 있든 알게 뭐냐 하는 이백, 그러나 이 시를 잘 음미하면 타향에서 술이라도 마셔야 설움을 잊겠다는 나그네의 페이소스가 지긋이 느껴진다.

이 시는 35세 때 안륙(安陸)을 떠나 북행하여 산동성(山東省)에 유력했던 때에 지은 것이라고 한다.

아 미 산 월 가

15. 峨眉山月歌 아미산의 달 노래

아 미 산 월 반 륜 추　　영 입 평 강 강 수 류

1. 峨眉山月半輪秋　影入平羌江水流

야 발 청 계 향 삼 협　　사 군 불 견 하 유 주

2. 夜發淸溪向三峽　思君不見下渝州

〈七言絶句〉

아미산에 반쪽된 가을 달님은 그림자만 평강 물 따라 흐르네

밤 청계를 출발하고 삼협을 바라 임 그리며 못본 채 유주로 가네

(語釋) ㅇ峨眉山(아미산)－높이 3천 미터가 넘는 명산으로 사천성(四川省) 아미현(峨眉縣)에 있다. 두 봉우리가 우뚝 마주보고 솟아 마치 아름다운 여인의 초승달 같은 양쪽 눈썹 같으므로 아미산이라 했다. ㅇ半輪(반륜)－반 둘레, 여기서는 반달. 사방 둘레에 가파른 산봉우리가 높이 솟은 협곡이라 달도 온전하게 다 볼 수가 없고, 오직 반쪽밖에 못 본다는 뜻으로 잡는다. ㅇ影(영)－월영(月影), 달 그림자, 물에 비춰진 달. 영(影)은 음영(陰影)이 아니라 영상(影像)이란 뜻. ㅇ平羌江(평강강)－사천성 여산현(廬山縣)에서 흘러 아미산을 안고 돌아 민강(岷江)에 합한다. ㅇ淸溪(청계)－평강강 하류의 건위현(犍爲縣)에 있는 마을. ㅇ三峽(삼협)－양자강 상류의 협곡(峽谷), 무협(巫峽)·구당협(瞿唐峽)·서릉협(西陵峽). ㅇ思君(사군)－그대를 생각하다. 여기서는 달을 보고 싶어한다는 뜻. ㅇ渝州(유주)－오늘의 중경(重慶).

(大意) 아미산(峨眉山) 협곡에서 쳐다보는 가을 달은 가파르게 솟은 산에 가리어 오직 반쪽밖에 보이지를 않는다. 그러나 달 그림자는 평강(平羌)의 강물에 잠겨 비치며 함께 끝없이 흘러가고 있다.(1)

나는 밤에 배를 타고 청계(淸溪)를 떠나 삼협(三峽)으로 향하며 그대 밝은 달을 보고자 하나 끝내 보지 못한 채로 어둠 속 협곡(峽谷)을 타고 유주(渝州)로 내려가노라.(2)

(解說) 유명한 칠언절구다. 이백은 달같이 높은 위치에서 지도를 내려다 보듯 아미산(峨眉山)·평강강(平羌江)·청계(淸溪)·삼협(三峽)·유주(渝州)를 자유자재로 그려 놓았다. 불과 28자밖에 안 되는 칠언절구 속에 다섯 개의 지명 12자를 엮어 넣었으면서도, 그들 고유명사가 시운(詩韻)이나 시의 이미지를 손상하기는 커녕 적절하게 도와주고 있으니, 참으로 이백의 기교는 놀랍다 하겠다.

이렇듯 높은 위치에서 관조하는 듯한 시이건만, 그 내용은 몹시도 답답하고 초조하고 어둠에서 벗어나지 못한 심정을 읊고 있다. 즉, 우뚝우뚝 치솟은 아미산에 밝은 가을달마저 반쪽만이 내보이고 더욱이 협곡이라 양쪽 둘레의 높은 절벽이나 산에 가리워 달빛조차 들지 않는 어둠 속을 내려가고 있었다. 하기는 달이 안 뜬 것이 아니다. 오직 산에 가리웠을 따름이다.

또 달이 어디 숨었거나, 걸음을 멈추고 있는 것도 아니다. 지금 달도 평강(平羌)의 강물 타고 내려가고 있는 것이다. 그렇거늘 협곡에 묻힌 나에게는 밝은 달, 그리운 달빛이 깃들지 않는 것이다. 그리하여 나는 초조하고 실망된 심정으로 다급히 어둠의 협곡을 타고 유주(渝州)로 내려가고 있는 것이다.

이 시는 이백의 고향인 촉(蜀)에서 벗어나 넓은 세상으로 첫발을 내딛던 청년기 25세 때에 지은 것이라 한다.

어둠의 협곡, 여울을 타고 초조한 심정으로 밝은 달, 달에 비친 밝은 꿈의 세계를 향해 치닫고자 한 그의 심정이 잘 나타나 있다. 이백은 어려서부터 달을 몹시 사랑했으며 달의 시인이기도 하다.

우리나라 옛노래에도 있다. '달아 달아 밝은 달아! 이태백이 놀던 달아!' 이백에게 있어 달은 그의 낭만과 이상의 상징이었으며, 동시에 어둠의 현실을 아름답게 비쳐줄 수 있는 문학미(文學美)의 상징이기도 했다. 또한 이백에게 아미산과 달은 이물일체(二物一體)였다. 아미산을 보면 달, 달을 보면 아미산을 연상했다. 그래서 '서쪽 명월을 보면 아미산을 생각한다(西看明月憶峨眉)'라고 읊기도 했다.

추 형 하 문

16. 秋荊下門 가을에 형문을 지나다

상 락 형 문 강 수 공 포 범 무 양 괘 추 풍
1. 霜落荊門江樹空 布帆無恙掛秋風

차 행 불 위 로 어 회 자 애 명 산 입 섬 중
2. 此行不爲鱸魚膾 自愛名山入剡中

〈七言絶句〉

서리 내려 형문 기슭 나뭇잎 질새 가을 바람에 돛달고 순탄히 가네

농어회 그리워서 가는 길이 아니고 명산을 사랑하여 섬계 찾아 들고지고

(語釋) ㅇ荊門(형문)－현 호북성(湖北省) 의도현(宜都縣) 서쪽에 양자강(揚子江)을 사이에 한 요충지, 남안(南岸)에는 형문산(荊門山), 북안에는 호아산(虎牙山)이 마주 바싹 뻗치고 있으므로 마치 대문 같아서 형문(荊門)이라 했다. 형(荊)은 초(楚)나라 또는 이 지방의 별칭이다. ㅇ江樹空(강수공)－양자강 가의 나뭇잎이 다 떨어졌다. ㅇ布帆無恙(포범무양)－뱃길 항해에 탈이 없다. 순풍에 돛달고 잘 간다는 뜻. 옛날 4세기경 동진(東晋)의 화가 고개지(顧愷之)가 휴가를 얻어 임지(任地)인 형주(荊州)로부터 동쪽으로 배를 타고 귀향할 때 그의 장관인 은중감(殷仲堪)이 베돛[帆布]을 빌려주었다. 그런데 도중에서 폭풍을 만나 파선하고 돛도 망가졌다. 그러나 고개지는 은중감에게 '나그네도 무사하고 베돛도 걱정 없습니다(行人安穩 布帆無恙)'라고 편지를 써 보냈다. 《세설신어(世說新語)》에 있다. ㅇ掛秋風(괘추풍)－추풍에 돛을 달고. ㅇ不爲(불위)－'～을 위해서가 아니다'. ㅇ鱸語膾(노어회)－농어회, 역시 《세설신어》에 다음과 같은 고사가 있다. 3세기 말경 서진(西晉)의 장한(張翰)이 북쪽 낙양(洛陽)에서 벼슬을 살았으나, 어느 날 가을 바람에 문득 남쪽 자기 고향인 오(吳)지방의 명산물 순나물[蓴菜]과 농어회가 그리워져서 명예도 관작(官爵)도 집어던지고 귀향했다고 한다. ㅇ剡(섬)－현 절강성(折江省) 회계(會稽)의 섬계(剡溪) 일대. 산수가 아름다운 명승지다.

(大意) 가을의 찬 서리 내리고 형문(荊門) 일대의 나무들도 잎이 떨어져 알 몸이 되었구나. 가을바람에 돛을 높이 달고, 나의 배는 탈 없이 잘도 간다.(1)

나의 여행은 옛날 장한(張翰)이 고향의 농어회가 그리워 벼슬을

버리고 되돌아간 그런 것이 아니다. 오직 내가 명산을 사랑하는 나머지 스스로 유명한 섬계(剡溪) 일대를 탐승하고자 가는 것이니까.(2)

(解說) 고개지(顧愷之)와 장한(張翰)에 얽힌 고사를 잘 활용하여, 아름다운 산수를 찾아 거침없이 배를 타고 내닫는 풍류객 이백이 잘 나타나 있다.

'자애명산입섬중(自愛名山入剡中)'이라 아무런 욕심도 없다. 오직 자연이 좋아 자연을 사랑하고, 자연의 품 속에 들고자 하느니라.

배 족 숙 형 부 시 랑 엽 급 중 서 가 사 인 지 유 동 정

17. 陪族叔刑部侍郎曄及 中書賈舍人至遊洞庭
이엽과 가지를 동반하고 동정호에 놀다

동 정 서 망 초 강 분 수 진 남 천 불 견 운

1. 洞庭西望楚江分 水盡南天不見雲

일 락 장 사 추 색 원 부 지 하 처 조 상 군

2. 日落長沙秋色遠 不知何處弔湘君

〈七言絶句〉

동정호에 서쪽 강물 나뉘어 들고 수평선 남쪽 하늘엔 구름도 없네

해진 장사엔 가을빛이 아득하니 어디서 동정호 여신 제사 지낼지 모르겠네

(語釋) ㅇ陪(배)－윗사람을 따라서, 배동하고. ㅇ族叔(족숙)－한 집안 작은 아버지뻘되는 사람. ㅇ刑部侍郎(형부시랑)－법무차관격이다. ㅇ曄(엽)－이엽(李曄), 당시 이엽도 남방에 유배된 몸이었다. ㅇ中書舍人

(중서사인)－임금의 조칙(詔勅)을 기초(起草)하는 직분. ○賈至(가지)－전직이 중서사인이었으나, 당시 악주(岳州)의 사마(司馬)로 좌천되었다. 이때에 이백과 이엽 등이 한자리에 만났었다. ○洞庭(동정)－동정호(洞庭湖). ○楚江(초강)－양자강(揚子江)이 초지방에서 호북(湖北)과 강서(江西)를 지나 흘러들었으므로 초강이라 했다. ○分(분)－나뉘어지다. 양자강이 동정호에 여러 갈래로 나뉘어 흘러들다. 호북성(湖北省) 화용(華容) 및 석수(石首)에서 양자강이 갈라져 동정호에 흘러든다. ○水盡(수진)－물이 다한다는 뜻은 호수가 넓어 수평선이 하늘에 잇닿았다는 뜻. ○長沙(장사)－동정호 남쪽에 있는 도시. ○弔湘君(조상군)－상군의 넋을 제사지내다. 조(弔)는 제사지내다. 상군(湘君)은 동정호의 여신이다. 옛날 요(堯)임금의 두 딸로, 순(舜)임금의 비(妃)가 된 아황(娥皇)과 여영(女英)은 순임금이 남쪽을 순시하다가 창오(蒼梧)에서 죽자, 애통하던 나머지 동정호에 흘러드는 상강(湘江)에 몸을 던져 죽어 그 강의 여신이 되었다. 이것을 상군, 또는 상부인(湘夫人)이라 하고 길이 모셨다.(中國神話 참조)

(大意) 동정호에 배를 띄우고 서쪽을 바라다보면 강물이 여러 갈래로 나뉘어 흐르는 것을 알 수가 있다. 호수의 수평선이 맞닿은 남쪽 하늘에는 구름 한 점 안 보인다.(1)

해가 떨어지자 저 멀리 장사(長沙) 언저리까지 짙은 가을빛에 덮이어 쌓이니, 어디에서 상강(湘江)의 여신들을 제사지내야 할까?(2)

(解說) 이백의 만년의 작품이다. 즉 숙종(肅宗) 건원(乾元) 2년(759) 때다. 작자는 동정호에 배를 띄웠다. 그러면서도 무한히 큰 스케일로 동정호를 내다보며, 거기에 엉킨 상부인(湘夫人)을 연상하며 가을을 상심(傷心)하고 있다. 이 시는 5수 연작의 제 1 수다.

태 원 조 추
18. 太原早秋 태원의 초가을

세 락 중 방 헐 　 시 당 대 화 류
1. 歲落衆芳歇　時當大火流

상 위 출 새 조 　 운 색 도 강 추
2. 霜威出塞早　雲色渡江秋

몽 요 변 성 월 　 심 비 고 국 루
3. 夢遶邊城月　心飛故國樓

사 귀 약 분 수 　 무 일 불 유 유
4. 思歸若汾水　無日不悠悠

〈五言律詩〉

올해도 저물어 모든 꽃향기 지고 대화 큰 별 서쪽에 흘러 가을이 되니

차가운 서리 성밖에 일찍 내리고 구름빛 강물 건너니 가을 풍긴다.

꿈은 변경의 달을 맴돌고 마음 내 고향 집에 날더라

가고픈 생각은 노상 분수 흐르듯 유유히 흐르지 않는 날이 없어라

(語釋) ㅇ太原(태원)－현 산서성(山西省) 태원시(太原市). 이백은 32세(723) 전후해서 이곳에 갔었다. ㅇ歲落(세락)－가을이 되니 1년도 다 지나갔다는 뜻. ㅇ大火流(대화류)－대화(大火)는 심성(心星), 7월에는 서쪽으로 흘러간다. ㅇ汾水(분수)－태원 부근을 흐르는 강물.

(大意) 가을에 접어드니 한 해도 또 가고 모든 꽃향기도 시들었다. 가을

철에는 심성(心星)도 서쪽으로 흘러간다.(1)

변경지대의 성 밖에는 서리 내리는 것도 더욱 이르고, 구름의 빛도 황하를 건너온 탓인지 더욱 가을 빛을 띠고 있다.(2)

꿈에는 자주 변경의 성을 비치는 달이 어리고, 마음은 날 듯이 고향의 집에 쏠리어 간다.(3)

돌아가고 싶은 생각이 분수(汾水) 흐르듯 하루도 술렁이지 않을 때가 없다.(4)

(解說) 젊어서 넓게 각지를 만유(漫遊)하던 이백이 가을을 맞은 태원(太原)에서 고향을 그리워하고 있다. 당시 그의 처 유씨(劉氏)는 남릉(南陵)에 있었으리라.

19. 登新平樓 (등신평루) 신평루에 올라

1. 去國登玆樓 (거국등자루)　懷歸傷暮秋 (회귀상모추)
2. 天長落日遠 (천장락일원)　水淨寒波流 (수정한파류)
3. 秦雲起嶺樹 (진운기령수)　胡雁飛沙洲 (호안비사주)
4. 蒼蒼幾萬里 (창창기만리)　目極令人愁 (목극영인수)

〈五言律詩〉

고향 떠나 신평루에 오르니 고향 생각에 늦가을이 서글퍼

하늘이 깊어 저무는 해 멀고 강물이 맑아 흐르는 물 차다

진나라 흰구름 산봉 숲에 일고 오랑캐 기러기 모래 섬에 난다

수만 리 창창한 고향길 볼수록 서글픔 더하네

(語釋) o新平樓(신평루)－신평(新平)군, 즉 빈주(邠州)에 있는 성루(城樓)다. o玆樓(자루)－그 성루. o懷歸(회귀)－돌아가고 싶은 생각. o秦雲(진운)－진(秦)은 현 섬서성(陝西省) 일대다. 당시 이백이 있는 곳이다. o胡雁(호안)－가을이니까 호지(胡地 : 오랑캐 땅)에서 기러기가 남쪽을 향해 날아온다. o蒼蒼(창창)－아득하게 수만 리나 떨어진 고향길.

(大意) 고향을 나온 나그네인 내가 이곳 신평(新平) 성루에 올랐노라. 언제나 고향에 돌아가고 싶던 나는 늦가을의 풍정을 대하니 더욱 상심스럽다.(1)

가을 하늘이 드높고 기니까 지는 해도 더 멀리 보이고, 가을의 강물이 더욱 맑으니까 흐르는 물도 더욱 차게 느껴진다.(2)

진나라 땅의 구름은 산봉우리 숲 사이에서 일어 오르고, 남쪽으로 가는 오랑캐 기러기들이 모래 섬 위를 날아가고 있다.(3)

고향길은 수만 리 아득하고 창창하니 높은 성루에서 끝없이 바라다보면 볼수록 더욱 서글퍼지기만 한다.(4)

(解說) 빈틈없이 짜여진 시다. 고향을 그리는 나그네에게 늦가을, 더구나 해가 질 무렵인 저녁은 더없이 만감(萬感)을 줄 것이다. 아득한 고향길, 수만리 창창한 고향길 쪽을 눈이 빠지도록 바라다보면서 향수에 젖어 서글퍼하는 이백, 그는 산봉우리 나무에서 벗어나 하늘로 훨훨 뜨는 구름도 부럽고, 또한 남쪽으로 시원시원 날아가는 기러기가 무한량 부러웠을 것이다.

의젓하고 조용하고 여유가 있으면서도 가슴을 조이게 하는 시다. '천장락일원(天長落日遠) 수정한파류(水淨寒波流)'는 뛰어난 대구(對句)다.

'진운기령수(秦雲起嶺樹)'는 표면적으로는 별 뜻이 없는 것 같으나, 그렇지 않다. 도연명(陶淵明)의 시에 '구름이 아무런 야심도 없이 산에서 하늘로 오른다(雲無心以出岫)'란 말이 있다. 영웅들이 천하의 패권을 차지하고자 엉키어 싸우는 꼴은 마치 만산(萬山)이 중첩(重疊)한 것과 같다. 그러나 구름은 그런 틀에 끼지 않고 유연히 푸른 하늘로 올라간다는 것은 탈속(脫俗)을 뜻한다. 여기서 이백은 객지에서 벗어나고 싶다는 심정도 겸했으리라.

추 등 선 성 사 조 북 루

20. 秋登宣城謝朓北樓 가을에 선성의 사조공이 쌓은 북루에 올라

강 성 여 화 리 　 산 만 망 청 공
1. 江城如畫裏 　 山晚望晴空

양 수 협 명 경 　 쌍 교 낙 채 홍
2. 兩水夾明鏡 　 雙橋落彩虹

인 연 한 귤 유 　 추 색 노 오 동
3. 人煙寒橘柚 　 秋色老梧桐

수 념 북 루 상 　 임 풍 회 사 공
4. 誰念北樓上 　 臨風懷謝公

〈五言律詩〉

강변 마을은 그림을 보듯 산은 저물되 맑다

두 줄기 강은 명경인 듯 마주 비추고 두 다리 칠색 무지개를 엎어 놓은 듯

인가 연기에 서려 귤나무 차갑고 가을 색조에 눌려 오동잎 늙어라

누가 생각했으리 북루에 올라와 바람 맞으면서 사공을 회상

할 줄!

(語釋) ㅇ宣城(선성)－현 안휘성(安徽省) 선성현(宣城縣)이다. 양자강(揚子江) 남쪽에 있으며 육조(六朝) 시대의 시인 사조(謝朓 : 464~494)가 이곳의 태수로 있었을 때 마을 북쪽에 누각을 세웠다. 그러므로 북루(北樓) 또는 사조루(謝朓樓)라고도 한다. 이백은 특히 사조의 말쑥한 시를 좋아했고, 사조를 경애했다. 이 시는 이백이 대궐에서 좇겨난 후 남쪽으로 유람하던 천보(天寶) 13년(754)에 선성 북루를 찾아 지은 것이다. ㅇ江城(강성)－성(城)은 거리, 강을 끼고 있는 거리, 즉 선성(宣城)이다. ㅇ如畫裏(여화리)－그림 속을 들여다보는 듯하다. 그림같이 아름답다는 뜻. ㅇ山晩(산만)－산에 해가 질 무렵. '산효(山曉)'로 된 판본도 있다. 즉 산에 날이 저물 무렵으로 푼다. ㅇ兩水(양수)－두 줄기의 강물. 선성에는 완계(宛溪)·구계(勾溪)의 두 강물이 흐르고 있다. ㅇ夾明鏡(협명경)－거울을 양쪽에 끼고 있는 듯하다. 즉 선성을 끼고 흐르는 두 강물이 마치 두 개의 거울을 마주 비치고 있듯 반짝반짝 빛나고 있다는 뜻. ㅇ雙橋(쌍교)－두 개의 다리, 봉황교(鳳凰橋)와 제천교(濟川橋)다. ㅇ落彩虹(낙채홍)－아름답게 채색한 무지개를 떨어뜨려 놓은 듯하다. ㅇ橘柚(귤유)－귤이나 유자. 중국 남쪽에서 나오는 유자는 귤보다 훨씬 크다. ㅇ誰念(수념)－누가 이러리라고 생각했던가? 우연히 이런 기회를 만났다는 뜻. ㅇ臨風(임풍)－바람을 맞으면서. ㅇ懷謝公(회사공)－내가 경애하던 사조(謝朓)공을 추모한다.

(大意) 강을 낀 선성(宣城)의 마을은 마치 그림같이 아름다우며, 산들은 저녁이 저물지만 하늘을 쳐다보면 맑고 푸르더라.(1)

두 갈래 강물은 양쪽에서 거울같이 반짝이고, 두 개의 다리는 칠색이 영롱한 무지개를 내려 걸친 듯 아름답다.(2)

인가에서 오르는 연기에 서려 귤이나 유자나무들이 한층 싸늘하게 보이고, 가을 짙은 빛에 오동잎이 더욱 시들은 듯.(3)

이렇듯 내가 북루에 올라 바람을 맞으며 사조를 회상할 줄 그 누가 알았던가?(4)

(解說) 어석 첫머리에서 지적했듯이 이 시는 이백이 자기가 사모하는 사조(謝朓)의 유적을 찾아 지은 시다. 사조의 시가 그렇듯이 이백은 너무나 말쑥한 필치로 선성(宣城)의 가을 기색이 짙은 마을을 그리면서 애달프게 옛시인을 그리워하고 있다.

괘 석 강 상 대 월 유 회

21. 挂席江上待月有懷 강 위에 돛달고 달을 기다리며

대 월 월 미 출 망 강 강 자 류

1. 待月月未出 望江江自流

숙 홀 성 서 곽 청 천 현 옥 구

2. 倏忽城西郭 青天懸玉鉤

소 화 수 가 람 청 경 부 동 유

3. 素華雖可攬 清景不同遊

경 경 금 파 리 공 첨 지 작 루

4. 耿耿金波裏 空瞻鳷鵲樓

〈五言律詩〉

기다려도 달은 아니 뜨고 바라보니 강물 절로 흘러
홀연히 성곽 서쪽 언저리 청천에 구슬 갈고리 걸려
맑은 달빛 손에 잡힐 듯하나 맑은 풍경 함께 놀 사람 없어
반짝이는 금빛 물결에 비친 지작루를 물끄러미 보노라

(語釋) ㅇ挂席(괘석)－돛을 달다. 석(席)은 돛, 사령운(謝靈運)의 시에 '돛을 달고 바다의 달을 줍는다.(挂席拾海月)'란 시구가 있다. ㅇ倏忽

(숙홀)－홀연히, 갑자기. ㅇ郭(곽)－외성(外城), 성곽. ㅇ懸玉鉤(현옥구)－구슬 갈고리 같은 조각달이 하늘에 걸린 듯 떴다. ㅇ攬(람)－잡다. ㅇ素華(소화)－맑은 달빛. ㅇ耿耿(경경)－반짝인다. ㅇ鳷鵲樓(지작루)－도교(道敎)의 절〔觀〕 이름이다. 운양(雲陽) 감천궁(甘泉宮)에 있다고 한다.

(大意) 달을 기다려도 달은 미처 떠오르지 않건만, 강물만은 절로 흘러간다.(1)

그러자 홀연히 마을 서쪽 성곽 언저리 푸른 하늘에 옥갈고리를 걸어 놓은 듯한 조각달이 나타났다.(2)

말쑥한 달빛은 손으로 잡을 듯도 하건만 이렇듯 청명한 경치를 함께 즐기고 놀 사람이 없구나.(3)

반짝반짝 금빛 물결치는 강물에 비춰진 지작루(鳷鵲樓)를 물끄러미 바라본다.(4)

(解說) 돛단배를 강에 띄우고 달뜨기를 기다리며 지은 시다. 그러나 이백은 이 시에서 은근히 장안(長安) 대궐을 그리워하는 심정을 풀고 있는 것이다.

이백에게 달은 이상이나 희망의 상징이었다. 그 달이 기다려도 안 나타나고, 오직 강물만이 속절없이 절로 흐르기만 한다. 강물의 흐름은 삶의 흐름이었다. 따라서 이백은 몹시 초조했다. 그러자 홀연히 옥갈고리 같은 조각달이 떠올랐다. 그러나 자기와 짝지을 사람이나 함께 즐길 사람이 없다. 허망한 심정으로 반짝이는 금빛 파도 속에 비춰진 지작루(鳷鵲樓)를 본다.

즉 이백은 장안의 대궐을 물결 위에 몽상하고 있는 것이다. '경경금파리(耿耿金波裏) 공첨지작루(空瞻鳷鵲樓)' 출렁대는 금빛 물결, 파도 위에 꿈의 아름다운 대궐을 그리고 있다.

아름다운 기대와 초조가 엉킨 이 결구(結句)는 앞의 '대월월미출(待月月未出) 망강강자류(望江江自流)'와 내면적 대구를 이루고 있다.

등금성산화루
22. 登錦城散花樓 금성 산화루에 올라

일조금성두 조광산화루
1. 日照錦城頭 朝光散花樓

금창협수호 주박현은구
2. 金窓夾繡户 珠箔懸銀鉤

비제록운중 극목산아우
3. 飛梯綠雲中 極目散我憂

모우향삼협 춘강요쌍류
4. 暮雨向三峽 春江繞雙流

금래일등망 여상구천유
5. 今來一登望 如上九天遊

〈五言古詩〉

동튼 태양이 금성을 비치노니 아침 햇살에 산화루 눈부시다

금 창틀에 꽃무늬 비단문 드리우고 은고리에 옥구슬 수렴발 매달아

푸른 구름 속 하늘 층계 높이 올라 무궁 팔극 멀리 보니 가슴 후련하여라

어스름 저녁 비 안개서린 삼협으로 몰려들고 부푼 봄 강물은 두 줄기로 성곽 에워싸고 흐르도다

이제 높이 올라 내려다보니 마치 하늘나라 유람하는 듯싶네

(語釋) ㅇ錦城(금성)－금관성(錦官城)이라고도 하며, 사천성(四川省)의 성

도(成都)이다. 경치가 비단같이 아름다웠으므로 금성이라 했다. 《태평환우기(太平寰宇記)》에는 '성도(成都) 이리교(夷里橋) 남쪽에 있는 성을 가리킨다'고도 했다. ㅇ散花樓(산화루)-성도 마가지(摩訶池)에 있으며 수(隋) 말에 촉왕(蜀王) 수(秀)가 세운 누각. ㅇ金窓(금창)-황금으로 만든 창문, 실제로 금을 장식품으로 썼을 것이다. ㅇ夾繡戶(협수호)-협(夾)은 끼웠다. 즉 오색이 찬란한 수를 놓은 무늬로 그려진 아름다운 문짝을 창문에 끼웠다. ㅇ珠箔(주박)-구슬로 만든 발. ㅇ銀鉤(은구)-은고리. ㅇ飛梯(비제)-하늘 높이 솟은 층계. ㅇ極目(극목)-높이 올라 사방을 마냥 멀리까지 내려다본다는 뜻. ㅇ三峽(삼협)-사천성에는 강물이 네 개 있어서 '사천(四川)'이라 했다. 즉 민강(岷江)·타강(沱江)·부강(涪江)·가릉강(嘉陵江)이며, 이들이 합쳐 장강(長江 : 즉 揚子江)에 흘러들고 있다. 그리고 사천분지(四川盆地)에서 대파산맥(大巴山脈)을 통하는 협곡은 풍광명미(風光明媚)한 고산심곡(高山深谷)으로서 중국의 라인강이라 하겠다. 그 협곡에 유명한 것으로 구당(瞿塘)·무협(巫峽)·서릉(西陵) 삼협이 있다. 어렸을 때 촉(蜀)에서 자란 이백은 자주 그의 시에서 이곳을 읊었다. ㅇ繞雙流(요쌍류)-요(繞)는 둘러싸고. 성도(成都)를 싸고 두 줄기 강물이 흐르고 있다. ㅇ九天(구천)-하늘 꼭대기, 또는 중앙과 사방 우주를 다 합친 큰 하늘.

(大意) 해가 뜨면서 금성(錦城) 성벽 머리를 밝히고 아침의 햇살이 산화루(散花樓)에 찬란하게 비쳐 번진다.(1)

황금으로 장식한 창에는 수를 놓은 아름다운 문이 끼어 있고 구슬발이 은고리에 걸려 있다.(2)

하늘을 날고 있는 듯이 높은 층계를 타고 푸른 구름 속에 올라 마냥 사방을 내려다보니 울적하던 가슴이 후련해진다.(3)

저녁 비는 삼협 쪽으로 옮아가며 내리고, 봄의 강물은 성도(城都)를 끼고서 두 줄기로 갈라 흐르고 있다.(4)

이제 산화루에 올라 한바탕 내려다보니 마치 구천에 노는 듯하

도다.(5)

(解說) 이백은 남달리 자연의 아름다움과 조국의 산수를 사랑했다. 더욱이 어려서 자기가 자랐던 촉(蜀), 즉 현 사천성(四川省)을 중심한 지방의 고산심곡(高山深谷)은 그가 평생을 두고 잊지 못했으며, 노상 기회 있을 때마다 읊었다.

이 시에서 젊은 이백은 재치 있는 기교로 벅차게 술렁이는 감격을 생생하게 묘사하고 있다.

23. 登太白(등태백) 태백에 오르다

1. 西上太白峯(서상태백봉) 夕陽窮登攀(석양궁등반)
2. 太白與我語(태백여아어) 爲我開天關(위아개천관)
3. 願乘冷風去(원승냉풍거) 直出浮雲間(직출부운간)
4. 擧手可近月(거수가근월) 前行若無山(전행약무산)
5. 一別武功去(일별무공거) 何時復更還(하시복갱환)

〈五言律詩〉

서쪽 태백산에 올라 석양에 봉우리까지 닿다

태백성 나에게 전하는 말이 날 위해 하늘 관문 열었다네

원컨대 냉풍 타고 가 구름을 뚫고 나가리
손을 들면 달에 닿을 듯하고 앞에 가면 산이 없는 듯해
이제 무공 떠나가면 언제 다시 돌아오리

語釋 ㅇ太白(태백)－태백산(太白山). 섬서성(陝西省) 무공현(武功縣) 남쪽에 있다. 산이 높고 산봉우리에는 항상 적설(積雪)이 있다. 전하는 말로 태백산은 하늘에서 3백 리 밑에 있으며, 산길에서 고각(鼓角)을 울리면 질풍폭설(疾風暴雪) 눈사태가 난다고 한다. 산 위에는 태백신을 모신 동굴이 있다. 태백은 또 별이름〔星名〕이기도 하다. ㅇ窮登攀(궁등반)－등반을 마치자. ㅇ天關(천관)－하늘에 통하는 관문. ㅇ乘冷風(승냉풍)－《장자(莊子)》에 있는 말. '열자(列子)가 바람을 몰고 냉연(冷然)하게 잘 가다.' 냉연은 경묘(輕妙)하다는 뜻. ㅇ武功(무공)－태백산이 있는 무공현.

大意 서쪽 태백산에 오르기 시작하여 석양 질 무렵에 간신히 등반을 마쳤다.(1)

산봉우리에 오르니 바로 위에 있는 태백성이 나를 위하여 하늘로 통하는 관문을 열겠노라고 말하는 듯하다.(2)

바라건대, 냉연한 바람을 타고 똑바로 구름을 뚫고서 산꼭대기에 올랐으면 싶다.(3)

산정에서 손을 올리면 달이 이내 잡힐 듯하고 또 앞으로 더 나가도 다른 산이 없는 듯 높았다.(4)

이제 무공(武功)을 떠나면 언제 다시 되돌아올까?(5)

解說 하늘과 맞닿은 높은 태백산에 올라, 별과 달을 가까이하고 또한 신선이 타고 다니는 냉풍(冷風), 즉 선풍(仙風)을 타고 뜬구름 사이로 날고 싶어한다.

산에 올라 신선된 기분을 맛보는 시다.

등금릉봉황대

24. 登金陵鳳凰臺 금릉 봉황대에 올라

봉황대상봉황유 봉거대공강자류
1. 鳳凰臺上鳳凰遊 鳳去臺空江自流

오궁화초매유경 진대의관성고구
2. 吳宮花草埋幽徑 晉代衣冠成古邱

삼산반락청천외 이수중분백로주
3. 三山半落青天外 二水中分白露洲

총위부운능폐일 장안불견사인수
4. 總爲浮雲能蔽日 長安不見使人愁

〈七言古詩〉

옛날 봉황대 위에 봉황새 놀았거늘 새는 가고 대는 비어 강물만 흘러

오나라 궁전 샛길 풀꽃만 덮였고 진나라 왕족 귀인 무덤도 낡아

금릉의 삼산은 푸른 하늘에 반토막 내밀었고 진회(秦淮)의 물줄기 백로주 끼고 갈라져 흐르도다

오직 뜬구름에 햇빛 가리워 장안 못 보아 나는 슲도다

(語釋) ㅇ金陵(금릉)－오늘의 남경(南京), 삼국의 하나인 오(吳)나라의 손권(孫權)이 이곳에 도읍을 잡고 건업(建業)이라 했다. 그 후 남조(南朝)시대의 진(晋)·송(宋)·양(梁)·진(陳)이 이곳을 수도로 삼았다. 당(唐)대에 금릉이라 개명했다. 남조 송의 원가(元嘉) 연대에 이곳 산 위에 진귀한 새들이 몰려와 날개를 쉬고 아름다운 소리로 울었으므로 그 새들을 봉황(鳳凰)이라 했고 그 높은 대지를 봉황대라 이름

지었다. ㅇ鳳去臺空(봉거대공)－봉황새는 날아가 없고 지금은 오직 봉황대만이 빈 채로 남아 있다. ㅇ江自流(강자류)－강물만이 제물로 흐르고 있다. 자(自)는 스스로, 여기서는 다른 것과는 아랑곳없다는 듯 무심하게, 또는 유유자적(悠悠自適)하며 흐른다는 뜻. ㅇ吳宮(오궁)－삼국시대 오(吳)나라 왕 손권(孫權)이 세운 궁전. 그가 금릉에 도읍을 잡았다. ㅇ幽徑(유경)－으슥한 길, 사람의 발길이 가지 않은 한적한 길. ㅇ晉代衣冠(진대의관)－진(晉)은 동진(東晉). 사마의(司馬懿)의 증손(曾孫) 예(睿)가 강남(江南)에 세운 나라로 역시 금릉에 도읍을 정했다. '의관(衣冠)'은 그 당시의 의관을 갖추고 왔다 갔다하던 왕족 고관들이란 뜻. ㅇ成古邱(성고구)－낡은 무덤으로 화하고 말았다. ㅇ三山(삼산)－남경(南京) 서남쪽에 있는 세 개의 산봉우리. ㅇ半落(반락)－푸른 하늘 높이 반쯤 산의 모습이 나타나 보인다는 뜻. ㅇ二水(이수)－진회(秦淮)의 물줄기가 남경에 와서 두 줄기로 갈라지며 그 사이에 백로주(白露洲)를 끼고 흐른다. ㅇ總爲(총위)－온통 ~하다. ㅇ蔽日(폐일)－날빛, 즉 해를 가려 덮는다. 간신들이 임금을 가로막고 있다는 상징적 뜻도 있다. ㅇ愁(수)－걱정스럽다, 서글프다.

(大意) 금릉의 봉화대 위에 옛날에는 봉황새들이 떼지어 와서 놀았거늘, 이제는 봉황새들 간 데 없고 오직 봉황대만이 텅빈 채 무표정하게 유유히 흐르는 강물을 굽어보고 있다.(1)

오나라의 궁전 터에는 풀꽃들이 우거져 인적이 끊긴 으슥한 길을 덮어 가렸고, 진나라때 화려하게 의관을 차려 걸치고 내왕하던 왕족들도 이제는 낡은 무덤으로 화하고 말았구나.(2)

금릉 서남쪽에 있는 세 개의 산봉우리는 마치 반쪽만을 하늘에서 떨어뜨린 듯, 그 아래를 구름 속에 가리운 채 위만 푸른 하늘 높이 내어 보이고 있으며, 진회의 강물은 금릉에 와서 둘로 나뉘어져 백로주를 끼고 흐르고 있다.(3)

더더욱 온통 뜬구름에 햇빛이 가리워졌고 따라서 임금이 계신 장안을 바라보지 못함이 서글프고 걱정스럽구나.(4)

(解說) 옛날의 화려했고, 또 봉황새가 놀았다던 서기(瑞氣) 어린 왕도(王都) 금릉이 오늘에 와서는 폐허나 다름없이 한적하고 오직 강물만이 아랑곳없다는 듯 유유히 흐르고 있다.

궁중에서 현종(玄宗)의 사랑을 받다가 고력사(高力士) 같은 간신들의 참언에 의해 쫓겨나 옛 왕도(王都) 금릉에서 감개무량하여 이러한 시를 지었을 것이다. 대략 천보(天寶) 6년(747) 이백의 나이 47세경에 지은 시일 것이다. 특히 '총위부운능폐일(總爲浮雲能蔽日) 장안불견사인수(長安不見使人愁)'라고 한 뜻은 간신들에 의하여 임금의 총명과 덕광이 가리워졌었고, 따라서 자기가 쫓겨난 채로 임금을 받들어 모시지 못함을 한탄하고 안타까워하고 있는 것이다. 육가(陸賈)의 《신어(新語)》에 '간신들이 현명한 사람을 가리어 막는 것은 마치 뜬구름이 해나 달을 막는 것과 같다(邪臣之蔽賢 猶浮雲之蔽日月)'라 있고, 또 고시(古詩)에도 '뜬 구름이 해를 가린다(浮雲白日)'라고 있다. 이 시를 지은 이백의 심정을 깊이 이해할 만하다.

오궁화초(吳宮花草)를 꽃과 같이 아름답고 귀여웠던 궁녀(宮女)들로 풀어 다음의 '진대의관(晉代衣冠)'과 대비하는 것도 좋다.

이백은 최호(崔顥)의 〈황학루(黃鶴樓)〉를 염두에 연상하며 이 시를 지은 것이 아닐까? 참고로 〈황학루〉의 원시를 싣겠다.

昔人已乘白雲去　此地空餘黃鶴樓
黃鶴一去不復返　白雲千載空悠悠
晴川歷歷漢陽樹　芳草萋萋鸚鵡洲
日暮鄕關何處是　煙波江上使人愁

옛날에 신선이 흰구름 타고 승천한 뒤
이곳 황학루는 허전하게 비었노라
신선을 태운 황학은 다시 오지 않고
흰구름 천년 두고 유연히 떴네

푸른 강물 한양의 나무숲 돌아흐르고
향기로운 풀 앵무섬에 우거졌네
해저무니 내 고향 어디멘지 보이지 않고
강물 파도 위 안개에 가려 더욱 상심스럽네

여 산 요 기 로 시 어 허 주
25. 廬山謠寄盧侍御虛舟 여산의 노래를 노시어에게 주다

〈**전문 1~15**〉(전체를 5단으로 나누었다)

1. 我本楚狂人　鳳歌笑孔丘
2. 手持綠玉杖　朝別黃鶴樓
3. 五嶽尋仙不辭遠　一生好入名山遊
4. 廬山秀出南斗傍　屛風九疊雲錦張
5. 影落明湖青黛光　金闕前開二峯長
6. 銀河倒掛三石梁　香爐瀑布遙相望
7. 迴崖沓嶂淩蒼蒼　翠影紅霞映朝日
8. 鳥飛不到吳天長
9. 登高壯觀天地間　大江茫茫去不還
10. 黃雲萬里動風色　白波九道流雪山
11. 好爲廬山謠　興因廬山發
12. 閑窺石鏡清我心　謝公行處蒼苔沒
13. 早服還丹無世情　琴心三疊道初成

14. 遙見仙人彩雲裏　手把芙蓉朝玉京
15. 先期汗漫九垓上　願接盧敖遊太清

제1단 : 1~3

아본초광인　봉가소공구
1. 我本楚狂人　鳳歌笑孔丘

수지록옥장　조별황학루
2. 手持綠玉杖　朝別黃鶴樓

오악심선불사원　일생호입명산유
3. 五嶽尋仙不辭遠　一生好入名山遊

〈下平聲 11 尤韻 : 丘樓遊〉

나는 본래 초나라의 미치광이 접여같이 봉황 노래 부르며 공자를 조소하기 좋아하니

나도 신선의 푸른 옥 지팡이 손에 들고 아침에 황학루를 하직하고 떠나가리라

멀다 않고 오악으로 신선을 찾아다니며 평생 명산에 들어가 놀기를 좋아하노라

(語釋) ㅇ廬山(여산)－강서성(江西省) 구강시(九江市)에 있으며 둘레가 250리나 된다. 향로봉(香爐峯) 등 명산이 많으며, 가장 높은 한양봉(漢陽峯)은 높이가 1,426미터나 된다. 주무왕(周武王) 때, 광유(匡裕) 형제가 도술을 익히고 이곳에 오두막을 짓고 숨어 살았으므로 여산(廬山) 또는 광려(匡廬)라고 한다. ㅇ謠(요)－악기의 반주 없이 노래하는 것을 요라고 한다. '음악에 맞춰 부르는 것을 가(歌), 소리만 내는 것을 요(謠)라 한다.(曲合樂曰歌 徒歌曰謠)'《詩經 注》

ㅇ寄(기)－시를 지어서 보내다. ㅇ盧侍御虛舟(노시어허주)－노시어(盧侍御)는 범양(范陽 : 현 北京) 사람이며, 시어사(侍御史)를 지냈다. 허주(虛舟)는 자(字), 청렴한 선비로 항상 은둔할 생각을 품고 있었으며 이백과 친교했다. 여(廬)는 오두막집 려. 기(寄)는 부칠 기. 노(盧)는 성 로. 시(侍)는 모실 시. 어(御)는 어거할 어. 허(虛)는 빌 허. 주(舟)는 배 주. ㅇ楚狂人(초광인)－춘추시대(春秋時代)의 접여(接輿)라는 은자(隱者)가 있었는데, 초나라의 광인(狂人)으로 알려졌다. ㅇ鳳歌笑孔丘(봉가소공구)－봉황새 노래를 부르고 공자를 조소했다. 구(丘)는 공자의 이름. 《논어》 〈미자편(微子篇)〉에 있다. '초의 미치광이 접여가 공자 앞을 지나면서 노래를 했다. 봉황새야, 봉황새야, 너의 덕도 시들었구나, 지난날을 탓하지 말고, 앞날의 일들이나 잘하면 된다. 그러나 이제는 모든 것이 끝났다. 지금 나라를 다스리는 자들은 위태롭기 짝이 없노라(楚狂接輿 歌而過孔子曰 鳳兮鳳兮 何德之衰 往者不可諫 來者猶可追 已而已而 今之從政者殆而).' ㅇ手持綠玉杖(수지록옥장)－손에 녹색의 옥으로 만든 지팡이를 들고. 녹옥장(綠玉杖)은 신선이 짚는 지팡이. ㅇ朝別黃鶴樓(조별황학루)－아침에 황학루를 하직하고. 이백(李白)의 〈송맹호연지광릉(送孟浩然之廣陵)〉 참고. 황학루는 호북성(湖北省) 무창(武昌)에 있는 명승지(崔顥의 〈黃鶴樓〉 참조). ㅇ五嶽(오악)－중국의 오대명산(五大名山), 즉 태산(泰山 : 東岳), 화산(華山 : 西岳), 형산(衡山 : 南岳), 항산(恒山 : 北岳), 숭산(嵩山 : 中岳)이다. ㅇ尋仙不辭遠(심선불사원)－신선(神仙)을 찾아서 먼 곳도 사양하지 않고 가겠다. 심(尋)은 찾을 심. 선(仙)은 신선 선. 사(辭)는 말 사. 원(遠)은 멀 원. ㅇ一生好入名山遊(일생호입명산유)－평생 명산에 들어가 놀기를 좋아했다.

제2단 : 4~8

여 산 수 출 남 두 방　병 풍 구 첩 운 금 장
4. 廬山秀出南斗傍　屛風九疊雲錦張

영 락 명 호 청 대 광　금 궐 전 개 이 봉 장
5. 影落明湖青黛光　金闕前開二峯長

은 하 도 괘 삼 석 량　향 로 폭 포 요 상 망
6. 銀河倒卦三石梁　香爐瀑布遙相望

형 애 답 장 릉 창 창　취 영 홍 하 영 조 일
7. 逈崖沓嶂淩蒼蒼　翠影紅霞映朝日

조 비 부 도 오 천 장
8. 鳥飛不到吳天長

〈下平聲 7陽韻 : 傍張光長梁望蒼長〉

여산은 바로 남두성 밑에 높이 치솟았으며 병풍처럼 겹겹이 솟은 산에는 비단 구름이 덮였네

여산의 그림자 맑은 호수에 떨어져 검푸르게 빛나고 열린 황금의 대궐문처럼 두 개의 산이 높이 솟았네

폭포는 은하수 거꾸로 쏟아지는 듯, 밑에는 돌다리 셋이 있네. 한편 저 멀리 천하의 절경, 향로 폭포가 보이노라

멀리 절벽과 험준한 산이 창천을 뚫고 솟았으며 푸른 산과 붉은 노을이 아침해에 찬연히 빛나네

새들조차 날아오지 못하게 오나라의 하늘은 높으니라

(語釋) ㅇ廬山秀出南斗傍(여산수출남두방)—여산이 남두성 곁에까지 우뚝 높이 솟았다. 남두(南斗)는 남두육성(南斗六星). 북두칠성(北斗七

星)과 대를 이루는 성수(星宿)이다. ㅇ屛風九疊(병풍구첩)－여산의 산봉우리가 여러 겹으로 병풍처럼 우뚝우뚝 솟아 있다. 구(九)는 끝없이 많다는 뜻. 여산 오로봉(五老峯) 밑에 있는 병풍첩(屛風疊)으로 풀기도 한다. 병(屛)은 병풍 병. 첩(疊)은 겹쳐질 첩. ㅇ雲錦張(운금장)－구름이 비단처럼 산봉우리를 휘감고 있다. 금(錦)은 비단 금. 장(張)은 베풀 장. ㅇ影落明湖(영락명호)－높은 산봉우리가 '아래로 떨어져 내린 듯이, 그림자를' 맑은 호수에 선명하게 비추고 있다. 즉 강서성(江西省) 파양호(鄱陽湖)에 여산이 반영하고 있다. ㅇ靑黛光(청대광)－물에 반영된 여산이 군청색으로 빛나고 있다. 대(黛)는 눈썹먹 대. ㅇ金闕前開(금궐전개)－황금의 대궐 문이 앞으로 열린 듯이. 금궐(金闕)은 도교(道敎)에서 말하는 천제(天帝)의 황금 대궐. 궐(闕)은 대궐 궐. ㅇ二峯長(이봉장)－두 산봉우리가 양쪽으로 길게 솟아 있다. ㅇ銀河倒掛(은하도괘)－하늘에서 은하수가 거꾸로 매달린 듯이 폭포가 쏟아져 내린다. 도(倒)는 거꾸로 도. 괘(掛)는 걸 괘. ㅇ三石梁(삼석량)－세 개의 돌다리가 걸려 있다. 양(梁)은 다리 량. '여산에는 세 개의 돌다리가 있다. 길이는 수십 척이지만, 넓이가 한 자도 안 된다(廬山有三石橋 長數十尺 廣不盈尺. 《述異記》). ㅇ香爐瀑布遙相望(향로폭포요상망)－향로봉의 폭포가 멀리 바라보인다. 여산에는 향로봉이 남과 북으로 두 개 있다. 남쪽 향로봉에 향로폭포가 있다. 로(爐)는 화로 로. 폭(瀑)은 폭포 폭. 포(布)는 베 포. 요(遙)는 멀 요. ㅇ逈崖(형애)－멀리 보이는 절벽. 청(淸) 진완준(陳婉俊)의 판본에는 '逈(멀 형)'을 '廻(돌 회)'로 적었다. 회애(廻崖)는 둘러 서 있는 절벽. ㅇ沓嶂(답장)－겹겹이 솟아 있는 험난한 산봉우리, 병풍처럼 우뚝 서있는 산봉우리. 답(沓)은 합할 답. 장(嶂)은 가파른 산 장. ㅇ淩蒼蒼(능창창)－푸른 하늘을 뚫고 솟아 있다. 능(淩)은 달릴 릉. 여기서 능(淩)은 능가할 릉과 같은 뜻. 창(蒼)은 푸를 창. ㅇ翠影(취영)－푸른 산의 모습, 취(翠)는 비취색 취. 영(影)은 그림자 영. ㅇ紅霞(홍하)－붉은 노을. 하(霞)는 노을 하. ㅇ映朝日(영조일)－아침해를 받고 찬연히 빛나고 있다. ㅇ鳥飛不到吳天

長(조비부도오천장)－새들조차 날아 오를 수 없을 만큼 오나라의 하늘이 높고 아득하다.

제3단 : 9~10

등고장관천지간 대강망망거불환
9. 登高壯觀天地間 大江茫茫去不還
황운만리동풍색 백파구도유설산
10. 黃雲萬里動風色 白波九道流雪山
〈上平聲 15刪韻 : 間還山〉

높이 올라와 천지간에 펼쳐진 장관을 바라보노라. 장강의 강물은 도도히 흘러내리며 되돌아오지 않노라

황금색 구름이 만리의 풍치를 더욱 돋아주고 있으며 흰 파도 출렁이는 아홉 길 강물은 설산에서 흘러내리네

(語釋) ㅇ登高壯觀天地間(등고장관천지간)－높이 올라서 천지간의 장관을 바라본다. 장(壯)은 장할 장. 관(觀)은 볼 관. ㅇ大江茫茫去不還(대강망망거불환)－장강이 끝없이 흘러내리고 되돌아오지 않노라. ㅇ茫茫(망망)－넓고 아득하다. 망(茫)은 아득할 망. ㅇ黃雲萬里(황운만리)－황금색 노란 구름이 만리를 덮었다. ㅇ黃雲(황운)－여기서는 서운(瑞雲)의 뜻. ㅇ動風色(동풍색)－풍치를 더욱 돋아주다. 동(動)은 돋아주다, 풍색(風色)은 풍치, 풍경. ㅇ白波九道(백파구도)－흰 물줄기가 아홉 갈래로 흐르다. 장강은 여산 북쪽 심양(潯陽) 일대에서는 아홉 개의 강으로 갈라져 흐른다. 그래서 구강(九江)이라고 한다. ㅇ流雪山(유설산)－흰 파도가 흡사 눈이 덮인 산에서 흘러내리는 듯하다. 설산(雪山)을 사천(四川) 감숙(甘肅) 혹은 서역(西域)에 있는 산으로 보기도 한다.

제4단 : 11~12

호위여산요　흥인여산발
11. 好爲廬山謠　興因廬山發

한규석경청아심　사공행처창태몰
12. 閑窺石鏡清我心　謝公行處蒼苔沒

〈入聲 6月韻 : 發沒〉

흥겨워라, 내가 여산의 노래를 부르리라. 여산이 흥을 돋아주니 내가 노래를 부르리라

조용히 석경을 마주 대하고 마음을 맑게 하려 했으나 사령운이 보았다는 석경은 이미 푸른 이끼에 묻혔노라

(語釋) ㅇ好爲廬山謠(호위여산요)－좋아라! 내가 여산의 노래를 부르리라. ㅇ興因廬山發(흥인여산발)－여산이 흥을 돋아주었기 때문이니라. ㅇ閑窺石鏡(한규석경)－조용히 석경을 들여다보고. 한(閑)은 한가할 한. 규(窺)는 엿볼 규. 경(鏡)은 거울 경. 석경(石鏡)은 여산 남쪽에 있는 석경봉(石鏡峯), 거울 같은 둥근 돌이 있다고 한다. ㅇ淸我心(청아심)－나의 마음을 맑게 하리라. ㅇ謝公行處(사공행처)－남조(南朝) 송(宋)의 시인 사령운(謝靈運 : 385~433)이 가서 석경을 보았다고 전함. ㅇ蒼苔沒(창태몰)－푸른 이끼에 묻혔다. 태(苔)는 이끼 태.

제5단 : 13~15

조 복 환 단 무 세 정　금 심 삼 첩 도 초 성
13. 早服還丹無世情　琴心三疊道初成
요 견 선 인 채 운 리　수 파 부 용 조 옥 경
14. 遙見仙人彩雲裏　手把芙蓉朝玉京
선 기 한 만 구 해 상　원 접 로 오 유 태 청
15. 先期汗漫九垓上　願接盧敖遊太淸

〈下平聲 8庚韻 : 情成京淸〉

나는 일찍이 선약을 복용해서 세속적인 욕심이 없으며 마음을 화하게 고르고 기를 축적하는 도술도 터득했노라

저 멀리 오색이 찬란한 구름 속에 신선을 바라보니 신선이 손에 연꽃을 들고 옥경으로 향하고 있으니

나도 먼저 한만과 약속을 하고, 하늘 끝에서 만나고, 뒤이어 노오를 맞이하고 맑은 하늘에 놀고자 하노라

(語釋) ㅇ早服還丹無世情(조복환단무세정)－나는 일찍부터 선약을 복용해서 〈신선의 도를 터득했으며〉 〈명리를 구하려는〉 세속적인 생각이나 욕심이 없다. ㅇ還丹(환단)－도교의 선약, 단약(丹藥), 선단(仙丹). '단을 태우면 수은이 되고, 수은을 환원하면 단이 된다, 고로 환단이라고 한다(燒丹成水銀　還水銀成丹　故曰還丹《廣宏明集》). ㅇ琴心三疊(금심삼첩)－도교에서 말하는 마음을 화락(和樂)하게 하고 기를 축적한다는 수양법(修養法)이다. 《황정내경경(黃庭內景經)》에 있는 '금심삼첩(琴心三疊) 무태선(舞胎仙)'이란 구절을 양구자(梁邱子)가 주석으로 '금화야(琴和也) 첩적야(疊積也)'라고 풀었다. 즉 '금심삼첩(琴心三疊)'은 '마음을 부드럽게 하고 기를 축적한

다'의 뜻이다. ○道初成(도초성)－도술을 비로소 완성했다. ○遙見仙人彩雲裏(요견선인채운리)－저 멀리 오색이 찬란한 구름 속의 신선을 바라보다. ○手把芙蓉朝玉京(수파부용조옥경)－그 신선은 손에 연꽃을 들고 옥경으로 향하고 있다. 조(朝)는 향해 가다, 옥경(玉京)은 도교에서 말하는 천제(天帝)의 궁전. 파(把)는 잡을 파. 부(芙)는 부용 부. 용(蓉)은 연꽃 용. ○先期汗漫(선기한만)－나는 먼저 한만과 약속을 하고. ○九垓上(구해상)－구천(九天), 즉 하늘 끝에서. ○願接盧敖遊太清(원접로오유태청)－노오를 맞이하고 맑은 하늘에 놀고자 한다. 《회남자(淮南子)》에 대략 다음과 같은 말이 있다. 노오(盧敖)가 북해(北海) 몽곡산(蒙穀山)에 가서 한 사람을 만났다. 노오가 벗하자고 말하자, 그 자가 웃으며 말했다. "나는 구천 하늘 끝에서 한만(汗漫)과 만나야 하므로 여기 오래 있을 수 없다(吾當汗漫期於九垓之外 吾不可以久駐)." 한만은 신화에 나오는 인물로, 흐리멍덩한 사람이란 뜻이다. 이백이 이 구절을 인용해서 '나도 먼저 흐리멍덩한 한만을 만나고, 다음에 노오를 맞이하고 태청 하늘에 놀겠다'고 했다. 이백은 '노오(盧敖)'를 노시어(盧侍御)에 비유했다. 이 시를 주고, 함께 선경에서 놀겠다는 뜻.

(解說) 중간에 5언 혹은 6언이 끼였으며, 다섯 번이나 시운(詩韻)을 바꾼 파격적인 칠언고시다. 방편상 시운을 따라 단락을 다섯 개로 나누어 풀이했다. 제1단(1~3)에서는 천하의 명산인 여산을 찾아가겠다는 뜻을 적었다. 제2~3단(4~10)에서는 여산의 장관 혹은 뛰어난 풍경을 생생한 필치로 묘사했다. 제4단(11~12)에서는 사령운을 회상했다. 제5단(13~15)에서는 도술을 터득한 이백이 장차는 노시중과 같이 선경에서 놀겠다고 다짐했다. 그래서 이 시를 노시중에게 보낸 것이다. 선풍(仙風)이 휩쓰는 듯한 자유분방한 시상(詩想)을 기발하고 다양한 필치로 거침없이 표현한 걸작이다.

제 2 장

풍정風情과 규원閨怨

왕소군 치맛자락 구슬 안장 훔치듯
말위에 올라타니 붉은 말이 울었네
昭君拂玉鞍
上馬啼紅頰

못 견디어 북을 멈추고 서글피 먼 임 생각하며
나날따라 독수공방에 비오듯 눈물 흘리노라!
停梭悵然遠人
獨宿空房淚如雨

이백(李白)은 사랑을 잃은 여인, 사랑이 되돌아오기를 고대하는 원한에 사무친 미인을 지긋이 관조(觀照)하며 맑은 동정을 보내는 마음도 가졌었다. 그래서 그의 시에서는 왕소군(王昭君)·양귀비(楊貴妃)·조비연(趙飛燕) 등 역대(歷代)의 경국미인(傾國美人)이나 시골 여인들의 풍정(風情)을 그려, 그를 낭만파 시인의 거장으로 평가받게 하고 있는 것이다.

26. 靜夜思 정야사

상 전 간 월 광　의 시 지 상 상
1. 牀前看月光　疑是地上霜

거 두 망 산 월　저 두 사 고 향
2. 擧頭望山月　低頭思故鄕

〈五言絶句〉

침상 머리 달빛 보고 땅에 내린 서리일까?

머리 추키어 산마루 달을 바라보자 고향 생각에 스스로 고개 떨구네

(語釋) ㅇ靜夜思(정야사)-악부의 제명이다. 조용한 밤에 생각한다는 멜랑콜리한 내용의 가사들이 많다. ㅇ牀前(상전)-침대 머리, 침상 앞. ㅇ看(간)-저절로 보인다는 뜻, 영어의 'see'와 같이 눈을 뜨고 있으면 앞에 보인다는 뜻. ㅇ疑是(의시)-혹시나 ~ 아닌가 의심하다. 의아하게 여긴다.

(大意) 어렴풋이 잠에서 깨어나니 침상 머리 앞이 달빛에 훤하다. 혹시나 서리가 내린 것이 아닌가 짐짓 의아하게 놀라며, 정신을 가다듬고, 고개를 추켜 들고 산 위에 뜬 가을 달을 쳐다보자, 나도 모르게 고향 생각에 고개가 수그러진다.(1~2)

(解說) 말쑥하면서도 감상적이고 또 섬세한 감정에 젖은 시다.
술 좋아하는 이백이라 필경 간 밤에 얼근하여 침대에 쓰러졌으리라. 그러자 새벽녘에 으스스 춥다고 느끼면서 잠과 술에서 동시에 깨어

났을 것이다. 침대 앞이 달빛에 너무나도 훤하게 비쳐진 것을 보고 객지의 나그네 이백은 짐짓 놀라며, 아니 벌써 서리가 온 것이나 아닌가 의아하게 여겼으리라.

차차 정신이 깨어나자 밝은 달을 생각하고 고개를 들어 산 위에 뜬 달을 바라보니 고향 생각에 스스로 고개가 떨어졌을 것이다. 솔직하고 소박하게 그린 시다. 전문을 암송하여 길이 새겨두기 바란다.

27. 玉階怨 옥계원

(옥 계 원)

옥 계 생 백 로　　야 구 침 라 말
1. 玉階生白露　夜久侵羅襪

각 하 수 정 렴　　영 롱 망 추 월
2. 却下水精簾　玲瓏望秋月

〈五言絶句〉

옥돌 층계에 하얀 이슬 방울지고 밤을 지내는 버선에 깊이 스며든다

기다리다 지쳐 수정발 내려놓고 돌아서며 보니 가을달 영롱하다

(語釋) ○玉階(옥계)－옥돌로 만들었거나 또는 옥으로 장식한 궁중의 층계. ○侵羅襪(침라말)－비단 버선 속까지 스며든다. ○却下(각하)－내려뜨린다. ○玲瓏(영롱)－맑고 빛나다.

(大意) 옥돌로 만든 층계에 이슬이 방울맺어 고였다. 밤을 새어 가며 기다린 여인의 비단 버선 속에까지 이슬이 축축히 스며들었다.(1)

기다리다 지쳐, 단념을 하고 수정렴(水晶簾)을 내리고 돌아서는 순간 슬쩍 쳐다보니 가을달이 영롱하더라.(2)

(解說) 밤새 임을 기다리다 지친 여인의 설움을 이렇듯 아름답게, 그러나 애절하게 읊을 수가 있을까?

옥계(玉階)에 맺힌 이슬 방울은 밤을 지새고 기다리던 여인이 떨구는 눈물과 함께 가을 달에 반짝였으리라. 그리고 비단 버선에 싸늘하고 축축하게 스며든 것도 이슬과 눈물이 엉킨 서러움이었을 것이다.

시의 내용은 여인의 서러움을 그렸다. 그러나 표현은 무척 빛나고 밝은 것을 재료로 쓰고 있다. 즉 '옥계(玉階)·백로(白露)·나말(羅襪)·수정렴(水精簾)·영롱(玲瓏)·추월(秋月)' 등 슬퍼하기에는 너무나 화려하고 빛나는 것들이다. 이렇듯 화사(華奢)한 속에 사는 여자는 슬픔이 있을 리가 없다. 그러나 사랑하는 사람이 없을 때 그 여인의 설움은 몇 곱으로 늘어날 것이 아닌가?

이백의 예리한 시재(詩才)에 다시 한번 탄복한다.

28. 怨情(원정) 원정

1. 美人捲珠簾(미인권주렴) 深坐顰蛾眉(심좌빈아미)
2. 但見淚痕濕(단견누흔습) 不知心恨誰(부지심한수)

〈五言絶句〉

예쁜 여인 주렴 걷어 올리고 깊이 앉아 눈썹 찡그리어라

눈물 자국 촉촉하니 내보이나 뉘를 한하는지 가슴속은 알 수 없네

(語釋) ㅇ怨情(원정)—사랑을 잃은 아름다운 여인의 원한 맺힌 서글픈 풍

정을 그린 시다. ㅇ捲珠簾(권주렴)－구슬로 엮은 발을 말아 거두어 올리다. 임의 사랑 들기를 기다리는 마음. ㅇ深坐(심좌)－깊이 묻혀 앉았다. 침울한 심정으로 꼼짝 않고 앉아 있다. ㅇ顰(빈)－찡그린다. ㅇ蛾眉(아미)－여인의 아름다운 눈썹. 초승달같이 가늘고 아름답게 곡선을 그린 눈썹. ㅇ淚痕(누흔)－눈물 흘린 자국. ㅇ心恨誰(심한수)－마음속으로 누구를 원망하고 있을까?

(大意) 아름다운 여인이 주렴을 말아 올리고 깊이 묻혀 꼼짝 않고서 곱디 고운 눈썹을 찡그리고 있다.(1)

자세히 보니 말도 없이 오직 촉촉히 눈물을 흘리고 있거늘, 사무친 가슴속으로 누구를 원망하고 있는지 알 길이 없다.(2)

(解說) 사랑을 잃은 여인, 또는 사랑이 되돌아오기를 고대하는 원한에 사무친 미인을 지그시 관조하며 맑은 동정을 보내고 있다. '부지심한수(不知心恨誰)'라고 맺음으로써 더욱 신비롭고 애처로운 여운을 남기게 하고 있다. 즉, 눈물 흥건한 아름다운 여인을 볼 수는 있으나 그 가슴속을 어찌 알겠는가?

왕 소 군

29. 王昭君 왕소군

소 군 불 옥 안　　상 마 제 홍 협

1. 昭君拂玉鞍　上馬啼紅頰

금 일 한 궁 인　　명 조 호 지 첩

2. 今日漢宮人　明朝胡地妾

〈五言絶句〉

왕소군 치맛자락 구슬 안장 훔치듯 말위에 올라타니 붉은 뺨이 울었네

오늘은 한나라 궁녀이나 내일은 오랑캐 첩이라네

語釋 ㅇ王昭君(왕소군)－한(漢) 원제(元帝)의 궁녀인 왕장(王嬙). 궁중화가 모연수(毛延壽)에게 뇌물을 안 주어 그가 화상(畵像)을 추하게 그려 임금에게 바쳤다. 마침 흉노(匈奴) 호한야(胡韓邪) 선우(單于)가 한나라 궁녀를 맞겠다 하자 추한 왕소군을 보내기로 했다. 중국의 소설이나 희곡의 주인공으로 유명하다. 명비(明妃)라고도 한다. ㅇ拂玉鞍(불옥안)－치맛자락으로 구슬 안장을 훔치듯 스치고 탄다는 뜻. ㅇ啼(제)－울다.

大意 왕소군(王昭君)은 치맛자락으로 구슬 안장을 훔치듯 스치고 앉았다. 말에 올라탄 그녀의 붉은 빰에는 눈물이 젖어 있었다.(1)

오늘은 아직도 한나라 궁녀이지만 내일 아침에는 오랑캐에게 넘어가 선우(單于)의 첩이 되리라.(2)

解說 왕소군은 절세미인이었다. 오직 화가에게 뇌물을 안 주었다고 하여 오랑캐에게 넘겨져야 했다.

이백은 이 비극의 여주인공을 불과 20자로 유감없이 그려냈다.

30. 越女詞(월녀사)－제1수 강남(江南) 여인들

장간오아녀 미목염성월
1. 長干吳兒女 眉目豔星月

극상족여상 불착아두말
2. 屐上足如霜 不著鴉頭襪

〈竹枝詞〉〈五言絶句 : 樂府詩〉

(語釋) ㅇ越女(월녀)－월(越)은 구천(勾踐) 이후 오(吳), 즉 현재의 강소성(江蘇省) 일대도 지배했으므로, 여기서는 넓은 뜻으로 강남(江南) 일대의 여인들이란 뜻. ㅇ長干(장간)－남경(南京) 남쪽의 지명. ㅇ吳女(오녀)－오는 강소성 일대, 여기서는 강남의 여인. ㅇ眉目(미목)－눈썹과 눈, 얼굴 용모란 뜻. ㅇ豔(염)－예쁘다. ㅇ屐(극)－나무신, 나막신. ㅇ如霜(여상)－서리같이 희다. ㅇ不著(불착)－버선을 신지 않았다. ㅇ鴉頭襪(아두말)－모양이나 빛이 까마귀 머리 같은 버선.

(大意) 장간(長干) 마을에 사는 강남의 여인들은 미목이 아름다워 마치 달이나 별 같다.(1)

또한 나막신 신은 발은 서리같이 흰 데다가 까마귀목 같은 버선도 안 신었더라.(2)

(解說) 하나의 풍속도(風俗圖)다. 특히 옛날엔 버선 안 신은 여인의 흰 발이 매혹적이었으며, 기이(奇異)하게 느껴졌을 것이다. 같은 〈월녀사(越女詞)〉는 모두 5수가 있다. 그 속에서 이백은 다음과 같이 예쁘고 살결 흰 강남 여자를 그리고 있다.

강남 동양 태생이라는 맨발의 여인이 회계의 뱃사공과 사랑하네
東陽素足女　　會稽素舸郎

경호의 물은 달같이 맑고 야계의 여인 눈같이 희다
물결에 출렁이는 새단장 모습 달님에 비길만큼 뛰어난 절색
鏡湖水如月　　耶溪女如雪
新妝蕩新波　　光景兩奇絶

참으로 절기(絶奇)한 필치로 절기한 월녀를 그렸다 하겠다.

31. 越女詞(월녀사) - 제3수 강남 여인들

1. 耶溪採蓮女(야계채연녀) 見客棹歌回(견객도가회)
2. 笑入荷花去(소입하화거) 佯羞不出來(양수불출래)

〈五言絶句 : 樂府詩〉

야계에 연꽃 따는 여자 손[客]을 보고 뱃노래 부르다가
웃으며 연꽃 사이로 돌아 수줍은 듯 숨어 버리네

(語釋) ㅇ耶溪(야계)－약야계(若耶溪)다. 현재의 소흥(紹興) 동쪽에 있는 조아강(曹娥江). ㅇ棹歌(도가)－도(棹)는 노, 노를 저으며 부르는 노래, 뱃노래. ㅇ荷花(하화)－연꽃. ㅇ佯羞(양수)－양(佯)은 거짓으로, 수(羞)는 수줍어하다.

(大意) 약야계(若耶溪)에서 연꽃을 따는 여자들이 손님을 보자 뱃노래를 부르며 뱃머리를 돌리고.(1)
살짝 웃으며 연꽃 사이로 숨어, 수줍은 듯 나타나지 않더라.(2)

(解說) 중국의 강남(江南) 여성들은 낭만적이고 사랑을 이해한다. 같은 〈월녀사(越女詞)〉에서 이백은 교태를 떠는 강남 여성을 다음과 같이 그렸다.

오나라 아녀자들 희예쁘고야, 뱃머리 흔들면서 아양을 떠네
눈을 팔며 사랑의 정을 보내고, 꽃을 꺾어 길손을 놀려대더라

吳兒多白晳　　好爲蕩舟劇
賣眼擲春心　　折花調行客

장난기 어린 강남 여자의 아양떠는 모습과 길손 앞에 윙크하며 사랑의 신호를 던지는 품은 마치 현대 여성과도 같이 발랄하다고나 할까.

월(越)나라 여자라면 오왕(吳王) 부차(夫差)를 매혹시킨 서시(西施)를 연상시킨다. 이백은 〈구호오왕미인반취(口號吳王美人半醉)〉에서 다음과 같이 서시를 그렸다.

바람에 흔들리는 연꽃, 수전(水殿)에 향기 풍길새
고소대 위에서 오왕은 내려다보고
서시는 취하여 나른한 모습
웃으며 동창가의 백옥상에 쓰러진다
風動荷花水殿香　　姑蘇臺上見吳王
西施醉舞嬌無力　　笑倚東窓白玉牀

자 야 오 가
32. 子夜吳歌　자야오가

장 안 일 편 월　　만 호 도 의 성
1. 長安一片月　　萬户擣衣聲

추 풍 취 부 진　　총 시 옥 관 정
2. 秋風吹不盡　　總是玉關情

하 일 평 호 로　　양 인 파 원 정
3. 何日平胡虜　　良人罷遠征

〈五言古詩 : 樂府詩〉

장안 하늘에는 허허 달빛이 마냥 퍼지고 거리 집집마다 밤새 다듬이 소리 요란해

소슬한 가을바람 불어불어 멈추지 않으니 모두가 옥문관 넘나드는 애타는 정이리!

어느 날 북쪽 오랑캐 평정하고 그리운 임 싸움터에서 돌아오리!

(語釋) ㅇ長安(장안)－현 섬서성(陝西省)에 있으며, 당(唐)대의 수도. ㅇ一片月(일편월)－한 조각의 외롭고 쓸쓸한 달. 여기서는 그 달빛이 온통 사방에 퍼져 있다는 뜻. 다음 구의 '만호(萬戶)'와 대조적으로 쓰였다. ㅇ萬戶(만호)－모든 집이란 뜻. ㅇ擣衣聲(도의성)－다듬이질하는 소리. 싸움터에서 고생하고 있는 낭군에게 보낼 겨울 옷을 준비하겠지. ㅇ吹不盡(취부진)－바람이 쉴새없이 분다. 취(吹)는 동사, 부진(不盡)은 보어(補語)다. 불고 불고 끝이 없다. ㅇ總是(총시)－모두 그것은, 모두가 다 온통 그것은. ㅇ玉關(옥관)－옥관(玉關)은 수도 장안에서 서북쪽으로 3천6백 리나 떨어진 변경에 있는 옥문관(玉門關)이며, 이 관문을 통해서 서역(西域)으로 나갔다. ㅇ情(정)－옥문관 밖 싸움터에 있는 낭군을 생각하는 정으로 풀 수도 있고, 또는 옥문관 밖에서 가을 바람과 더불어 이쪽으로 보내오는 전사(戰士)들의 정이라고도 풀 수가 있다. 양쪽을 겸한 뜻으로 잡아도 좋다. ㅇ平(평)－평정한다. ㅇ胡虜(호로)－북쪽의 이민족(異民族)이나 오랑캐. 당시에는 흉노(匈奴)를 호로라고도 했다. ㅇ良人(양인)－남편, 낭군. ㅇ罷遠征(파원정)－파(罷)는 끝내다, 원정(遠征)을 끝내다.

(大意) 왕도(王都) 장안(長安)의 허허(虛虛)한 하늘에는 외로운 달이 마냥 쓸쓸한 빛을 사방에 비추고 있고, 그 아래 빽빽이 들어선 모든 집에서는 밤을 새워 가며 두드리는 다듬이 소리가 요란하다. 소삭한 가을 바람은 불고 불어 끝이 없거늘 모두가 옥문관(玉門關)을 넘나

드는 애절한 정 바람이려니! 어느 날에야 오랑캐를 평정하고 그리운 임들이 원정에서 돌아올 건가?(1~3)

(解說) 서기 4세기경 동진(東晉)의 자야(子夜)라는 여인이 지은 애절한 연애시를 〈자야가(子夜歌)〉라 했고, 또 진(晉)나라가 오(吳 : 現 江蘇省 일대)에 있었으므로 〈자야오가(子夜吳歌)〉라고도 했다. 그 후 이 자야오가의 곡(曲)에 맞추어 많은 가사를 지어 가곡으로 불렀으므로, '자야오가'는 악부제(樂府題), 즉 가곡의 제목이기도 하다.

이백도 이 가곡에 맞추어 춘하추동의 자야사시(子夜四時)의 노래를 지었으며, 여기 실린 것은 그 중 가을의 노래다. 이백의 이 시가 속에도 원정(遠征) 나간 임을 애타게 사모하는 애절한 정이 넘치고 있다. p. 141 〈자야사시가(子夜四時歌)〉 춘하추동에서도 다루었다.

청평조사

33. 清平調詞 - 제1수 청평조사

운상의상화상용　춘풍불함로화농

1. 雲想衣裳花想容　春風拂檻露華濃

약비군옥산두견　회향요대월하봉

2. 若非群玉山頭見　會向瑤臺月下逢

〈七言絶句 : 樂府詩〉

구름은 날개 옷인양, 모란 꽃은 예쁜 얼굴 닮은 양, 춘풍은 난간 스치고 꽃에 맺은 이슬 짙게 엉기어

만약 군옥산 머리에서 본 임이 아니라면 필시 달밝은 요대에서 본 임이 틀림없네

(語釋) ㅇ淸平調詞(청평조사)－청평조(淸平調)라고 하는 음악의 곡조에 맞추어 지은 가사라는 뜻. 단, 당(唐)대의 연악(燕樂) 28조(調) 중에는 청평조(淸平調)는 안 보인다. 아마 청조(淸調)나 평조(平調)를 혼합했거나 또는 정평조(正平調)나 고평조(高平調)를 바꾸어 불렀거나 했을 것이다(해설 참조). ㅇ雲想衣裳(운상의상)－구름을 보니 옷을 연상한다. 구름 같은 옷이란 뜻을 기묘하게 표현했다. ㅇ花想客(화상객)－모란꽃과도 같이 아름다운 용모. ㅇ檻(함)－모란꽃밭의 난간(欄干). ㅇ露華(로화)－꽃에서 맺힌 이슬 방울, 또는 빛나는 이슬 방울을 꽃에 비유한 말. ㅇ若非(약비)－만약 ~이 아니라면. ㅇ群玉山(군옥산)－《산해경(山海經)》에 보이는 전설적인 산 이름. 서쪽에 있으며 서왕모(西王母)와 더불어 아름다운 선녀들이 산꼭대기에 살고 있다고 한다. ㅇ會(회)－반드시, 필경. ㅇ向(향)－~에서. ㅇ瑤臺(요대)－《초사(楚辭)》에 나오는 선경(仙境), 오색의 옥으로 만들어진 대지(臺地)로 유융씨(有娀氏)의 선녀들이 살고 있다고 한다.

(大意) 구름을 보니 그대 양귀비(楊貴妃)의 의상을 연상케 하고, 모란꽃을 보니 그대 아름다운 모습이 연상되노라. 봄바람은 화원의 난간을 가볍게 불어 스치고 꽃에 맺힌 이슬 방울은 짙게 엉기어 춘정에 사무쳤거늘.(1)

이렇듯 아름다운 선녀 같은 그대는 만약 서왕모(西王母)가 산다는 군옥산(群玉山) 머리에서나 만났을까? 아니라면 필시 유융씨(有娀氏) 선녀들이 산다는 요대(瑤臺)에서 달밝은 밤에나 만날 분일까 한다.(2)

(解說) 현종(玄宗)을 따라 모란꽃밭에 나온 양귀비(楊貴妃)를 마냥 칭찬한 시다. '구름 같은 옷, 꽃다운 얼굴(雲想衣裳)' 이것은 정적(靜的)인 묘사다. 그러자 '봄바람 사뿐히 난간 스치고(春風拂檻)'라고 동적(動的)인 묘사로 이동했다. 이것은 봄바람이 난간을 스치듯, 구름 같은 옷소매를 난간에 쓸어 스치며 모란 꽃송이 사이를 누비는 양귀비를 묘사한 것이다. 이렇게 하여 초점은 좁혀져 꽃송이 위에 집

중된다. 그리고 다시 꽃송이 위에 맺힌 이슬 방울로 확대된다. 마치 카메라의 줌렌즈가 클로즈업하는 수법과 같다.

그리고 이백은 그 이슬 방울 위에 농염(濃艶)하게 맺히고 엉겨진 아름다운 화심(花心)과 더불어 양귀비의 사무친 사랑의 정을 응결(凝結)시켜 돋아나게 했다. 천연색 영화를 보는 듯한 화려한 즐거움 속에 현종과 양귀비만이 아니라 오늘의 우리들마저 아름다운 선녀들이 떼지어 사는 선경으로 끌어올리고 있다.

이백이 이 시를 짓게 된 경위를 밝히겠다. 산동(山東)에서 다시 남하하여 월(越) 회계(會稽)에서 도사(道士) 오균(吳筠)을 알게 되었고, 그의 추천을 얻어 서울 장안(長安)으로 가서 하지장(賀知章)을 면접했고 다시 그의 천거로 당 현종(玄宗)에 알현하여 측근의 문학 시종으로 한림학사(翰林學士)의 벼슬을 받았다. 즉 이백의 나이 42세 때였다. 그리하여 당분간 이백은 현종을 따라 대궐 안에서 화려한 궁중시인으로 활약했다.

그러던 어느 날, 현종이 사랑하는 양귀비와 더불어 침향정(沈香亭)으로 모란꽃 구경을 나왔고, 그 자리에서 궁중의 가무단(歌舞團)이라 할 '이원(梨園)'의 장인 이귀년(李龜年)에게 노래를 시키고자 했다. 이에 이백을 불러 새로운 가사를 짓게 했다. 간밤의 취기에서 미처 깨어나지 못한 이백은 허둥지둥 현종 앞에 달려와 현종이 내주는 금화전(金花箋)에 일기가성(一氣呵成)으로 휘필(揮筆)하여 이 〈청평조사〉 3수를 지어 이귀년으로 하여금 노래부르게 했다.

현종은 만족하여 스스로 옥피리를 불었고, 양귀비는 미소를 지으며 칠보(七寶) 유리잔에 서량(西涼)의 명산인 붉은 포도주를 따라 주었다고 한다.

34. 清平調詞(청평조사) – 제2수 청평조사

1. 一枝濃艶露凝香(일지농염로응향) 雲雨巫山枉斷腸(운우무산왕단장)
2. 借問漢宮誰得似(차문한궁수득사) 可憐飛燕倚新粧(가련비연의신장)

〈七言絶句 : 樂府詩〉

한 가지 농염한 모란꽃에 응결된 이슬 향기 무산의 구름비 하염없던 단장의 슬픈 여신

한나라 궁중 누구라 비길까 보냐, 조비연 단장 산뜻이 아리땁고야

(語釋) ㅇ一枝濃艶(일지농염)－한 가지의 농염한 모란꽃, 양귀비를 비유한 말이다. 당(唐)대에는 풍만한 미인과 탐스럽고 부드러운 모란꽃을 견주어 사랑했다. ㅇ露凝香(로응향)－꽃에 맺힌 이슬 방울에 향기가 응결되었다. 양귀비의 전신에서 풍기는 염려(艶麗)한 풍정을 비유했다. ㅇ雲雨巫山枉斷腸(운우무산왕단장)－전국시대말(戰國時代末)의 시인 송옥(宋玉)의 〈고당부(高唐賦)〉에 있는 고사. 옛날 초(楚)의 양왕(襄王)이 고당(高唐)에서 놀았을 때 꿈에 무산(巫山)의 여신(女神)과 정을 나누었고, 이별에 즈음하여 그 여인이 '아침에는 구름되고, 저녁에는 비가 되어 찾아오겠다'고 했다. 이튿날 잠에서 깨어난 초왕은 그것이 꿈이었음을 알고 단장(斷腸)의 슬픔에 젖었다고 한다. 왕(枉)은 하염없이, 속절없이. ㅇ借問(차문)－잠깐 물어보겠노라. ㅇ漢宮(한궁)－한나라 궁중에서, 당(唐)을 두고 한 말이기도 하다. ㅇ可憐(가련)－귀엽다, 예쁘다. ㅇ飛燕(비연)－한나라 성제(成帝)의 사랑을

받았던 조비연(趙飛燕). 신분이 낮았으나 출중한 미인이라 반첩여(班婕妤)를 물리치고 황후 자리에 올랐다. 한대(漢代) 제일 가는 미인으로 친다. ㅇ倚(의)－의지한다. 여기서는 '새로 단장한 품으로서나 양귀비에 비길까' 그렇지 않고서는 비교가 안 될 것이라는 뜻.

(大意) 한 가지 농염한 모란꽃 송이에 앉은 이슬 방울에는 꽃향기가 응어리져 있다. 그렇듯이 양귀비는 아름답고 또 전신에 풍정이 넘친다. 옛날 초(楚)임금이 꿈에 비나 구름타고 온다는 무산(巫山)의 여신을 만나고 하염없이 단장의 슬픔을 먹었다고 하거늘 그들의 아름다움도 이만할 것인지?(1)

또한 묻고자 하네, 미인이 많았다고 하던 한나라 궁중에서도 오늘의 양귀비같이 아름다운 미인이 누구였을까? 겨우 한대(漢代)에 제일가는 미인이라 할 조비연(趙飛燕)이지만, 방금 화장을 하고 나서면 간신히 비길 수 있을 만큼 아리땁다고나 할까?(2)

(解說) 앞의 시에 이어 양귀비의 미모와 풍정어린 모습을 '일지농염로응향(一枝濃艷露凝香)'이라고 하여 원색적인 묘사를 하고, 무산(巫山)의 여신에 초왕(楚王)이 창자를 에이는 듯 애를 태웠다 하고, 또 조비연(趙飛燕)이 가장 아름답다고 하나, 양귀비에는 비할 바가 못될 것이라고 그녀를 마냥 추켜세웠다.

35. 淸平調詞(청평조사)－제3수 청평조사

1. 名花傾國兩相歡(명화경국양상환)　長得君王帶笑看(장득군왕대소간)
2. 解釋春風無限恨(해석춘풍무한한)　沈香亭北倚闌干(침향정북의난간)

〈七言絶句：樂府詩〉

모란꽃과 경국 미인 서로 반길새 임금님 시종 싱글벙글 바라보노라

춘풍의 끝없는 원한 풀어 녹일새 미인은 침향정 난간잡고 기대네

語釋 ㅇ名花(명화)－뛰어난 꽃, 당대에는 모란꽃을 가장 높이 쳤다. ㅇ傾國(경국)－절세의 미인, 한(漢) 무제(武帝) 때의 악사(樂師) 이연년(李延年)이 자기 누이를 임금에게 천거해 바치고자 부른 노래에서 '북방에 미인 있어, 절세이며 뛰어나도다. 한 번 보면 성을 팔고 두 번 보면 나라도 팔 것이니라(北方有佳人 絶世而獨立. 一顧傾人城 再顧傾人國)'고 했다. 즉, 나라도 팔고 기울게 할 만한 절세의 미인. ㅇ兩相歡(양상환)－꽃과 미인이 서로 보고 서로 반기며 즐거워한다. ㅇ長得(장득)－오래도록 얻는다. 언제까지나 임금이 웃음을 띠고 보는 것을 얻는다. 즉 임금이 웃으며 본다는 뜻. ㅇ解釋(해석)－해소하다, 얼음 녹듯이 풀어 없어지다. ㅇ春風無限恨(춘풍무한한)－끝없이 사무친 봄의 서러움, 춘수(春愁). 봄바람에 설레이는 끝없는 사랑의 사무침. ㅇ沈香亭(침향정)－당(唐)의 궁궐 안 흥경궁(興慶宮) 한복판에 용지(龍池)가 있고, 그 옆에 향목(香木)으로 세운 정자를 침향정이라 불렀다. ㅇ倚(의)－기대다. ㅇ闌干(난간)－난간(欄干)과 같다.

大意 으뜸으로 치는 명화 모란꽃과 절세미인 양귀비가 서로 마주보며 반기고 즐길새, 현종은 언제까지나 미소를 띠고 그 옆에서 바라보고 있다.(1)

이렇게 하여 봄바람에 설레이는 사랑의 사무친 정도 얼음 녹듯 풀어지자, 양귀비는 노근한 듯 침향정 난간을 의지하여 몸을 실린다.(2)

解說 명화 모란꽃과 경국의 미인 양귀비를 흡족해하는 당 현종이 훈훈한 사랑의 봄바람 속에 도취하고 있으며, 더욱이 마지막 핀트를 봄의 풍정에 취해 난간에 몸을 실리는 양귀비에 맞춤으로써 황홀한

엑스타시에 독자를 끌고 들어간다. 마치 네 컷의 영화 장면을 보는 듯한 여운이 돈다.

그러나 이 3수의 시는 이백에게는 영예와 영락을 동시에 안겨다 준 것이었다. 처음에는 현종과 양귀비의 총애를 받았으나, 이를 시기한 환관(宦官) 고력사(高力士)의 모함에 의해 이백은 마침내 궁중에서 쫓겨나게 되었다.

즉, 고력사는 이 시에서 이백이 양귀비를 천한 출신이자 끝에 가서는 다시 평민의 몸으로 쫓겨나 스스로 목숨을 끊었던 조비연(趙飛燕)에 비했다고 하여 양귀비로 하여금 이백을 쫓아내게 했던 것이다.

36. 蘇臺覽古(소대람고) 고소대 옛터 보며

1. 舊苑荒臺楊柳新(구원황대양유신) 菱歌淸唱不勝春(능가청창불승춘)
2. 只今惟有西江月(지금유유서강월) 曾照吳王宮裏人(증조오왕궁리인)

〈七言絶句〉

낡은 정원 황폐한 언덕 버들잎이 새롭고 마름 따는 아가씨 청명한 노래 봄이 노곤해

지금은 오로지 서강에 달이 떠 있으나 전에는 오궁의 서시를 밝게 비췄으리

(語釋) ㅇ蘇臺(소대)－고소대(姑蘇臺), 현 강소성(江蘇省) 소주(蘇州) 서쪽에 있다. 춘추(春秋)시대의 오(吳)나라 임금 부차(夫差)가 지은 궁전(宮殿)의 터전. ㅇ覽古(람고)－옛 고적을 둘러보다. ㅇ舊苑(구원)－

옛날의 정원. ㅇ荒臺(황대)-황폐한 고대(高臺). ㅇ菱歌(능가)-연못에서 마름 따는 아가씨들이 부르는 노래. ㅇ不勝春(불승춘)-봄을 이기지 못한다. 춘정(春情)에 노곤하다. ㅇ西江(서강)-서쪽에 흐르는 강물. 다음에서 '오왕궁리인(吳王宮裏人)'이라고 한 것이 서시(西施)이기에 '서강(西江)'이라고 '서(西)'로써 암시했는지도 모르겠다. ㅇ吳王(오왕)-오나라 임금 부차(夫差). ㅇ宮裏人(궁리인)-궁중의 사람, 즉 오왕 부차가 사랑했던 서시(西施)란 미인.

(大意) 계원(桂苑)의 낡은 정원과 황폐한 고소대(姑蘇臺) 언덕에는 버들잎이 봄을 맞아 산뜻하고, 천지(天地) 연못에서 마름 따는 아가씨들의 맑은 노랫소리가 더욱 봄의 노곤함을 못 견디게 하는구나.(1)

옛날에 이곳에는 오나라 임금 부차(夫差)가 미인 서시(西施)와 더불어 놀던 곳, 지금은 오직 서쪽 강물 위에 달이 비출 뿐이지만, 옛날에는 오나라 대궐 안의 서시를 비춰 주었으리라.(2)

(解說) 궁정에서 쫓겨난 이백은 천보(天寶) 5년(749)에 남쪽 오월(吳越) 일대를 유람했다. 옛날 춘추시대(春秋時代)의 오나라와 월나라의 흥망성쇠(興亡盛衰)가 절실하게 느껴졌을 것이다.

기원전 494년 오나라 임금 부차(夫差)는 명신 오자서(伍子胥)의 도움을 받아 회계산(會稽山)에서 월왕(越王) 구천(勾踐)을 굴복시켰고 아버지의 원한을 풀었다. 그리고 나자 부차는 풍광명미(風光明媚)한 소주(蘇州)에서 마냥 영화를 누렸다. 도성에는 계원(桂苑)이란 정원과, 고소대(姑蘇臺)란 고대를 만들어 궁전 누각을 세웠고, 또 천지(天地)란 연못을 파 배를 띄우기도 했다. 더욱이 부차는 패자(敗者) 구천이 보내준 미인 서시(西施)에 빠져 나날이 유연(遊宴)만을 일삼았는데, 마침내는 20년을 와신상담(臥薪嘗膽)하던 구천에게 패하고 망하게 되었다. 이 시는 고소대와 오나라를 중심한 것이다. 다음의 시는 월나라를 두고 부른 것이다.

월중람고

37. 越中覽古 월나라 옛터 보고

월왕구천파오귀 의사환가진금의
1. 越王勾踐破吳歸 義士還家盡錦衣
궁녀여화만춘전 지금유유자고비
2. 宮女如花滿春殿 只今惟有鷓鴣飛

〈七言絶句〉

월왕 구천이 오를 치고 돌아오자 개선용사들 비단옷에 묻히었고

꽃다운 궁녀 봄맞이 궁전에 가득했거늘 지금엔 오직 자고새만 슬피 울고 있어라

(語釋) ㅇ越中(월중)—현 절강성(浙江省) 소흥(紹興)은 춘추(春秋)시대의 월나라 도읍이었으며 옛날에는 회계(會稽)라 불렀다. ㅇ破吳歸(파오귀)—오나라를 치고 돌아오다. ㅇ義士(의사)—월왕 구천과 같이 20년간을 와신상담하며 충성을 바친 끝에 오왕을 치고 공을 세운 용사들. ㅇ盡錦衣(진금의)—모두가 다 임금이 내려준 비단옷을 입었다. 바로 앞에 있는 말과 합쳐서 '금의환향(錦衣還鄕)'했다로 보아도 무방하다. 그러나 이백은 '오를 치고 돌아와 모두 비단옷을 입고 사치를 했다'의 뜻을 강조하고자 했으리라. ㅇ滿春殿(만춘전)—봄철을 맞은 궁전에 꽃 같은 궁녀들이 가득 찼다. ㅇ惟(유)—오직. ㅇ鷓鴣(자고)—자고새, 월조(越鳥)라고도 하며, 우는 소리가 몹시 애절하다고 한다.

(大意) 월나라 임금 구천(勾踐)이 20년간의 와신상담 끝에 오나라를 치

고 돌아오자, 같이 고초를 겪고 같이 공을 세웠던 충신들도 개선해 돌아온 후 모조리 비단옷을 입게 되었다.(1)

꽃같이 아리따운 궁녀들이 봄철을 맞은 월나라 궁전에 가득 차 넘쳐 영화를 누렸으나, 결국 월나라도 망해 간 곳이 없고 이제는 오직 옛터에 자고새들만이 슬피 울고 있구나.(2)

(解說) 앞의 시와 나란히 지은 것이다. 오나라를 친 월나라도 결국은 같은 전철을 밟고 망해 없어졌다. 허무한 인간 역사를 실증하는 시라 하겠다.

월나라 왕 구천(勾踐)은 오에게 패하자 온갖 굴욕을 다 참고 오왕 부차(夫差)에게 신하로서 받들겠다고 무릎까지 꿇었다. 그리고 회계(會稽)로 돌아온 그는 20년을 두고 와신상담(臥薪嘗膽)하며 설욕(雪辱)할 기회를 엿보았다. 그의 밑에는 지략에 뛰어난 범려(范蠡)를 비롯한 많은 충신들이 있었다.

기원전 473년, 드디어 그들은 자기들이 보내준 미녀 서시(西施)에 빠져 국사를 잊고 조석으로 유흥에 빠진 오나라 부차를 치고 원수를 갚았다. 그러나 인간 역사는 전변유전(轉變流轉)하는 것, 이들 월나라도 결국에는 영화와 쾌락을 누리다가 망하고 말았다. 오늘날에는 오직 자고새가 애절하게 어리석은 인간들의 처사를 울어 주고 있는 듯하다.

화려한 당나라 궁중에서 물러난 이백의 심정은 바로 자고새와 같았으리라.

38. 贈段七娘(증단칠랑) 단칠랑에게

나말릉파생망진　나능득계방정친
1. 羅襪凌波生網塵　那能得計訪情親

천배녹주하사취　일면홍장뇌쇄인
2. 千杯綠酒何辭醉　一面紅妝惱殺人

〈七言絶句〉

물결 타는 비단 버선에 사뿐히 이는 먼지 기생 신세 어찌 해로할 낭군을 바라리요

푸른술 천 배도 사양 않고 취하며 붉으레 단장한 여인 사람 죽이네

(語釋) ㅇ段七娘(단칠랑)－상세하게는 알 수가 없다. 이 시의 내용으로 보아 기생인 듯하다. ㅇ羅襪(나말)－비단 버선이 원뜻이다. 그러나 여기서는 비단 치마옷과 버선 등을 합쳐서 표현한 것이다. 조식(曹植)의 〈낙신부(洛神賦)〉에 '물결 타고 사뿐 걸으니, 비단 버선 발목에 먼지가 인다(凌波微步 羅襪生塵)'라고 있다. ㅇ網塵(망진)－가벼운 먼지. ㅇ得計(득계)－계획하다. 즉 생각을 하다. ㅇ那能(나능)－'어찌 ~할 수 있겠는가?' ㅇ訪情親(방정친)－정든 신랑을 찾는다. 즉 백년해로할 짝을 찾아 시집을 가고자 한다. ㅇ何辭醉(하사취)－어찌 취하는 것 마다하랴, 즉 취했다 하고 술을 사퇴할 수도 없다는 뜻. ㅇ紅妝(홍장)－붉으레 화장한 젊은 여인의 차림.

(大意) 비단 치마 고운 버선, 물결타듯 사뿐 걷는 발목에 가볍게 먼지가

이네. 기생의 몸이니 시집가 정든 낭군 의지할 생각도 못해.(1)

푸른 술 천 배라도, 취했다 핑계대고 사양할소냐? 붉으레 단장한 예쁜 여인은 사람을 뇌쇄시키노라.(2)

(解說) 이백이라야 지을 수 있는 시다. 대담하게 잡은 시제(詩題)를 대담하게 동정(同情)했고, 또 대담하게 표현했다.

'나말릉파생망진(羅襪凌波生網塵)', 마치 아름다운 선녀가 물결타고 걷는 듯 묘사했다. 사실 이백은 조식(曹植)의 〈낙신부(洛神賦)〉를 활용했다. 즉 이백은 기생을 선녀로 그리고 있는 것이고 그리고 나서는 마냥 동정을 했다. 백년해로하고 순정의 사랑을 줄 남편을 가질 생각조차 할 수 없는 그녀에게 연민의 정을 쏟았다. 즉 '나능득계방정친(那能得計訪情親)'이 그것이다.

그리고 다시 이백은 기생으로서의 호탕방일(豪蕩放逸)한 품을 '천배녹주하사취(千杯綠酒何辭醉)'라고 그렸다. 함께 천 배를 마시는 '일면홍장(一面紅粧)'의 아름다운 여자가 이백을 뇌쇄(惱殺)한 것은 너무나도 당연하다.

소 년 행

39. 少年行 소년의 노래

오 릉 연 소 금 시 동　　은 안 백 마 도 춘 풍

1. 五陵年少金市東　　銀鞍白馬度春風

낙 화 답 진 유 하 처　　소 입 호 희 주 사 중

2. 落花踏盡遊何處　　笑入胡姬酒肆中

〈七言絶句 : 樂府詩〉

오릉의 연소자들 금시(金市) 동쪽에서 은안장 흰 말 타고 춘풍에 끄떡대며

낙화를 짓밟고 어디로 가는고? 시시덕거리며 호녀(胡女)의 술 집에 드네

(語釋) ㅇ少年行(소년행)－악부제(樂府題)다. 이백은 이것을 빌어서 통치계급 자제들의 무절제한 생활과 오만한 태도를 규탄하고 있다. ㅇ五陵(오릉)－한(漢) 무제(武帝) 이하 오군(五君)의 능, 이들 오릉은 장안에 있고 그곳은 당대의 귀족촌이었다. ㅇ金市(금시)－장안 서쪽에 있는 시장(市場) 지대. ㅇ度春風(도춘풍)－봄바람을 맞으며 길을 가다. 도(度)는 도(渡)로 건너가다. ㅇ踏盡(답진)－짓밟아 버린다. ㅇ胡姬(호희)－아라비아 계통의 외국여자를 당대(唐代)에서는 호희라 했다. ㅇ酒肆(주사)－술집.

(大意) 장안(長安)의 오릉(五陵) 일대는 귀족들의 마을이고, 그곳에 사는 어린 귀공자들이 장안 서쪽에 있는 금시(金市) 동쪽 어구를 은 안장에 흰 말을 타고 봄바람에 거들대며 들어오고 있다.(1)

봄바람에 불려 떨어진 꽃잎들을 밟으며 어디로 놀러 가는가 살피니, 시시덕거리며 호녀(胡女)라고 부르던 외국 여자들이 있는 술집으로 들어가더라.(2)

(解說) 이백은 소년시절을 깊은 산속에서 자랐다. 촉(蜀) 아미산(峨眉山)에서 푸른 밤하늘에 황금빛 둥근 달을 이상의 심벌이자 미(美)의 여신(女神)으로 동경하며 자랐다. 장안의 귀족들 자제와는 거리가 먼 생활을 한 것이다. 그러나 이백은 호탕(濠蕩)하고 임협(任俠)했다. 따라서 어려서 이백은 칼로 사람을 벤 일도 있었다. 위호(魏顥)의 〈이한림집서(李翰林集序)〉에는 '어려서 협기(俠氣) 넘치어, 손수 여러 사람을 베었다.'고 썼다. 이백 자신도 이것을 시로 읊은 바 있었다.

시퍼런 칼에 몸을 맡기고, 붉은 먼지 거리에서 사람을 베다
託身白刃裏 殺人紅塵中 '贈從兄…皓'

이렇듯 이백은 불의(不義)를 보고는 그냥 넘겨 버릴 수 없는 정의한(正義漢)이었다. 그러나 성장한 이백에게 비친 당(唐)의 통치계급, 귀족사회의 생활은 엉망이었다. 무능과 부패, 간악과 교활, 모략과 음모, 사치와 오만 속에 젖어 있었다. 더욱이 이백이 장안에서 쫓겨난 후로는 그의 비분(悲憤)은 절정에 달했을 것이다.

이 〈소년행(少年行)〉에서는 그들 자식들의 무절제하고 오만한 생활을 그렸다. 특히 '낙화답진(落花踏盡)'으로 그들의 몰취미하고 잔인한 꼴들을 들어내고자 했다. 춘풍에 진 꽃잎을 피해서 가야지 풍류(風流)를 아는 사람이다. 그러나 어린 놈들은 그런 것을 알 리가 없다. 마구 짓밟고 가 버렸다. 어린 놈들의 이 잔인성, 그것은 당시 통치계급의 음흉하고 간교(奸巧)스럽고 묘략만을 일삼는, 그리고 백성들을 무참하게 정벌(征伐) 전쟁의 죽음으로 몰아 넣는 잔인성과 통한다고 이백은 예리하게 내다보았다.

이백은 같은 〈소년행〉에서 '축(筑)을 치는 음악 듣고 좋은 술 마시며, 역수(易水)가에서 칼을 들고 노래한다(擊筑飮美酒 劍歌易水湄)'라고 읊고 이어 그들이 협객과 어울리고 무용(武勇)한 기(氣)를 돋아 주기도 한다. 그러나 그러한 힘을 나쁘게 쓰면 안 된다. 무모하게 '노구천 같은 인물을 꾸짖고, 남을 속이며 노름돈 따지 마라(因聲魯句踐 爭博勿相欺)'고 했다.

노구천(魯句踐)은 진시황(秦始皇)을 찌르려다가 실패한 형가(荊軻)를 미처 알아보지 못하고 그에게 검법을 가르쳐 주지 않은 일을 뒤에 가서 후회했다는 협객이다. 이백은 어린 소년들에게 노구천 같은 인물들을 잘 알아서 모시고 받들고 옳은 길을 가라고 깨우치고자 했다. 이러한 심정은 장안에 들어가 대궐 안에서나 또는 쫓겨난 후에도 그들 통치계급에게서 느끼던 것과 같은 것이었다. 이백은 또한 〈소년자(少年子)〉란 악부시에서도 그들을 탓하고 아울러 의(義)를 지키다 굶주려 죽은 백이 숙제를 동정했다.

푸른 구름을 탄 듯한 귀공자들이, 장대에서 알탄을 튀기고

말 안장에 앉아 사방을 돌며, 유성인 듯 내닫기도 한다

낮에는 황금의 알탄으로 나는 새 잡고, 밤에는 기생방에 드러누우니

수양산에 아사(餓死)한 백이 숙제의, 맑고 높은 충절을 알 턱이 없지

青雲少年子　挾彈章臺左
鞍馬四邊開　突如流星過
金丸落飛鳥　夜入瓊樓臥
夷齊是何人　獨守西山餓

40. 烏夜啼(오야제) 밤에 우는 까마귀

1. 黃雲城邊烏欲棲(황운성변오욕서)　歸飛啞啞枝上啼(귀비아아지상제)
2. 機中織錦秦川女(기중직금진천녀)　碧紗如烟隔牕語(벽사여연격창어)
3. 停梭悵然憶遠人(정사창연억원인)　獨宿空房淚如雨(독숙공방루여우)

〈七言古詩：樂府詩〉

황혼 너울 성터에 까마귀 깃들어 까악까악 가지에 우짖을새

베틀에 비단 짜며 혼잣말 외는 여인, 안개 같은 푸른 주렴 창 너머 바라뵈네

못 견디어 북〔紡錘〕 멈추고 서글피 먼 임 생각하며 나날따라 독수공방에 비오듯 눈물 흘려라!

(語釋) ㅇ烏夜啼(오야제)－악부제명(樂府題名)이다. 원래 유송(劉宋)의 임천왕(臨川王) 의경(義慶 : 403～443)이 지었다. 멀리 있는 임을 그리는 여성의 슬픔을 읊은 악곡이다. 양(梁)의 간문제(簡文帝)나 북주(北周)의 유신(庾信)도 이 악부제로 쓴 시가 있다. ㅇ黃雲(황운)－저녁 황혼의 구름, 저녁 놀. ㅇ烏欲棲(오욕서)－까마귀가 보금자리에 깃들다. ㅇ啞啞(아아)－까악까악 우짖는 소리. ㅇ機中(기중)－베틀에서. ㅇ秦川女(진천녀)－《진서(晉書)》〈열녀전(烈女傳)〉에 나오는 두도(竇滔)의 처 소혜(蘇蕙)를 가리킨다. 원래 진주(秦州)의 장(長)이었던 남편 두도가 유사(流沙)라는 먼 곳으로 좌천되어 갔을 때 본처인 소혜를 버리고 첩만 데리고 갔다. 이에 시문(詩文)을 잘하는 소혜가 비단을 짜 그 속에 840자로 된 회문시(廻文詩)를 엮어 보냈다. 회문시는 상하 좌우 어느 곳에서 읽어도 시가 될 수 있는 글귀의 시다. 이에 감동한 남편 두도가 마침내 소혜를 임지(任地)로 불러들였다고 한다. 소혜는 소약란(蘇若蘭)이라고도 한다. ㅇ碧紗(벽사)－푸른색의 엷은 비단. ㅇ如烟(여연)－연(烟)은 연(煙), 연기나 안개. 여(如)는 '～와 같다.' 즉 푸른 비단의 주렴이 안개처럼 드리워졌다는 뜻. ㅇ隔牕語(격창어)－창(牕)은 창(窓), 창 너머 무엇인가 혼자 중얼거리고 있는 것이 보인다는 뜻. ㅇ梭(사)－베를 짜는 북. ㅇ悵然(창연)－멍하니 서글프고 애달프게. ㅇ憶遠人(억원인)－억(憶)은 생각하다. 멀리 떨어져 있는 임을 생각한다. ㅇ獨宿空房(독숙공방)－빈 방에 홀로 자다.

(大意) 황혼 놀에 물든 성 언저리로 보금자리에 깃들려는 까마귀 날아 우짖고 있다.(1)

그러나 돌아오지 않는 임을 그리는 소약란(蘇若蘭)은 베틀에 앉아 애달픈 사연을 비단에 엮어 짜고 있는 것일까? 푸른 주렴의 창문 너머로 중얼대는 저 여인의 모습.(2)

북을 멈추고 멍하니 임을 생각하며, 빈 방 홀로 지킬새라 눈물 비오듯한다.(3)

(解說) 까마귀 밤에 우짖는다고 하는 오야제(烏夜啼)라는 악곡의 이름부터가 처절하다. 이에 진천녀(秦川女)의 고사(故事, 語釋 참조)를 화룡점정(畵龍點睛)식으로 활용하여 임을 기다리며 밤마다 독수공방에 눈물 쏟는 규정(閨情)을 애처롭게 그렸다. 더욱이 '황혼 속에 잠긴 성터에 까마귀조차 보금자리 찾아 돌아와 울고 있다.'는 첫 구절과 '안개같이 엷고 푸른 주렴 드리운 창 너머로 여인이 홀로 울고 있다.'고 한 시구는 매우 인상적이다.

41. 烏棲曲(오서곡) 오서곡

1. 姑蘇臺上烏棲時(고소대상오서시)　吳王宮裏醉西施(오왕궁리취서시)
2. 吳歌楚舞歡未畢(오가초무환미필)　青山欲啣半邊日(청산욕함반변일)
3. 銀箭金壺漏水多(은전금호누수다)　起看秋月墜江波(기간추월추강파)
4. 東方漸高奈樂何(동방점고내락하)

〈七言古詩 : 樂府詩〉

고소대 위에 까마귀 깃들 무렵 부차와 서시는 궁중에 취했노라

오가 초무 환락은 끝나지 않았건만 푸른 산은 낙양을 반이나 머금었네

금주발 물시계 은바늘이 기울자 가을달 강물에 떨어짐을 보노라

동방이 점차 밝으니 놀이는 어이할꼬!

(語釋) ○烏棲曲(오서곡)－악부제(樂府題). 육조(六朝)시대부터 있었으며, 밤을 새고 유락한 다음의, 인생의 허무함을 그린 것이 많다. ○姑蘇臺(고소대)－오(吳)나라 임금 부차(夫差)가 축성한 높은 대(臺)로 그곳에 호화롭고 사치스런 궁전을 짓고 미인 서시(西施)와 나날이 유연(遊宴)하던 곳이다. 부차나 서시 등은 앞에서 풀이했다(36 참조). ○吳歌楚舞(오가초무)－오나라 노래와 초나라의 춤. 모두 남방의 낭만적인 가무(歌舞)이다. ○銀箭金壺(은전금호)－물시계다. 금항아리에 은바늘이 달렸으며 물방울을 떨구어 시간을 재도록 되어 있다. ○漏水(누수)－새는 물, 물시계의 물방울. ○奈樂何(내락하)－'내(奈)～하(何)'는 '～을 어찌하랴?' 날이 새니 환락을 더 즐길 수가 없을 것이니, 이를 어찌할까?

(大意) 오(吳)나라 임금 부차(夫差)가 만든 고소대(姑蘇臺) 위 둥지에 까마귀들이 돌아와서 깃들고자 할 무렵, 즉 초저녁에 이미 오나라 왕 부차와 그의 사랑하는 총희 서시(西施)는 대궐 안에서 마냥 취했다.(1)

오나라 노래에 맞추어 초나라 춤을 곁들인 환락의 유흥이 아직도 끝나지 않았는데, 낙양(落陽)은 이미 반이나 푸른 산 너머로 떨어졌다.(2)

그대로 취해 잠이 들고 금항아리 물시계의 은바늘이 많은 시간이 지났음을 알리고 있다. 벌떡 일어나 보니 가을달이 강물 물결 위에 떨어진 듯 비치고 있다.(3)

동쪽 하늘이 점차로 밝아 오니, 아직도 미진한 향락을 어찌 다 풀까 보냐?(4)

(解說) 앞에서 든 〈소대람고(蘇台覽古)〉와 〈월중람고(越中覽古)〉에서 오나라의 부차(夫差)가 그의 애첩 서시(西施)와 놀아나다가 나라를 멸했음을 알 수가 있다. 이백은 이 시를 빌어 당시 당(唐)나라의 현종(玄宗)이 양귀비(楊貴妃)의 미색에 빠져서 국사를 흐트린 것을 풍자했을 것이다.

하지장(賀知章)은 이 시를 보고 '귀신을 울릴 만한 시(此詩可以泣鬼神矣)'라고 격찬했다. 내용의 뜻은 같지 않으나 〈오야제(烏夜啼)〉와 같이 감상하면 좋다.

42. 秋思(추사) 가을의 서글픔

1. 燕支黃葉落(연지황엽락) 妾望自登臺(첩망자등대)
2. 海上碧雲斷(해상벽운단) 單于秋色來(선우추색래)
3. 胡兵沙塞合(호병사새합) 漢使玉關回(한사옥관회)
4. 征客無歸日(정객무귀일) 空悲蕙草摧(공비혜초최)

〈五言律詩 : 樂府詩〉

연지산 누른 잎 지는 계절에 가신 임 보고자 대에 높이 올랐거늘

푸른 구름 청해 언저리에 끊겼으며 서역 땅 추색 짙어 오랑캐들 몰려올 듯

오랑캐 군졸 사막지대에 집결했다, 한나라 사신 옥문관에서 전해오니

가신 임은 더더욱 돌아올 날 기약 못하리. 속절없이 시드는 향풀 난초 서글프고나!

(語釋) ㅇ秋思(추사)—악부의 제명이다. 이백은 같은 악부제로 두 수의 오언

율시를 지었다. 이것은 그 중의 하나로 가을 낙엽을 대하자 싸움터에 나간 정부(征夫)를 그리며 홀로 시들어 가는 젊음을 한탄하는 규정(閨情)을 그린 것이다. ㅇ燕支(연지)－산 이름, 현 감숙성(甘肅省)에 있으며, 당시는 흉노(匈奴)의 땅이었다. 연지(臙脂)의 산출지이기도 했다. 연지(臙脂) 또는 연씨(閼氏)라고도 썼다. ㅇ妾(첩)－부인이 자기를 낮추어 자칭(自稱)한 말, '저'라는 뜻. ㅇ자(自)－스스로, 저절로. 다른 판본에는 백(白)자로 되어 있어 그때에는 '백등대(白登臺)를 바라보다'로 뜻풀이를 해야 한다. 백등대는 산서성(山西省) 대동(大同) 부근에 있는 백등산(白登山)의 고대(高臺)로 한(漢) 고조(高祖)가 흉노 묵돌선우(冒頓單于)와 싸우다가 포위되었던 옛 싸움터였다. 지리적으로 까다롭게 따지지 않는다면 이렇게 취(取)해도 시를 감상하는 데는 무방하리라. ㅇ海上(해상)－서역(西域) 사막 청해성(青海省)에 있는 청해(青海) 호수를 말한다. 당(唐)대에는 이곳에 신위군(新威軍)을 주둔시키고 토번(吐蕃)을 막았다. ㅇ碧雲(벽운)－푸른 구름, 드높게 푸른 가을 하늘의 구름. ㅇ單于(선우)－흉노(匈奴)의 왕을 선우라 했다. 여기서는 선우가 지배하던 오랑캐의 땅 서역이란 뜻. ㅇ沙塞(사새)－사막의 요새나 진지. ㅇ玉關回(옥관회)－오랑캐가 사막에 집결했다는 소식을 전하고자 한나라 사신이 옥문관으로부터 돌아왔다. ㅇ征客(정객)－출정나간 임. ㅇ無歸日(무귀일)－돌아올 날이 없다. ㅇ空悲(공비)－하염없이 슬퍼하다. ㅇ蕙草摧(혜초최)－향기 높은 난초, 즉 젊고 예쁜 아낙인 자기가 시들다.

(大意) 연지산의 나뭇잎들도 노랗게 시들어 떨어졌으리! 조락(凋落)의 가을 따라 나는 서역 오랑캐 사막에서 싸우는 임 생각에 그쪽을 바라보고자 나도 모르게 발을 옮겨 스스로 높은 대(臺) 위에 올랐노라.(1)

멀리 바라보니 청해 호수 쪽으로 푸른 하늘의 구름마저 그치고, 서역 오랑캐 땅으로부터 더욱 가을 기색이 밀려오고 있구나.(2)

원래 오랑캐는 가을철을 타고 중국에 침략해 온다고 하더니, 마침내 오랑캐 군세가 사막 진지에 집결했다고 이를 알리려는 한나라 사신이 옥문관으로부터 돌아왔으니, 싸움은 이제부터가 아니겠는가?(3)

결국 출정한 임 돌아올 날 기약 없이 향풀과도 같은 청춘의 미모 시들음을 슬퍼할 뿐이노라.(4)

(解說) 〈추사(秋思)〉도 악부제(樂府題)이며, 이백은 같은 제명으로 두 수의 오언율시를 지었다. 그 중의 한 수가 이것이며, 연지산 전지(戰地)에 나가 돌아올 기약 없는 임을 그리며 젊음과 아름다움의 시들음을 슬퍼하는 애절한 여인의 정을 가을에 붙여 그렸다. 특히 제3, 제4의 '해상벽운단(海上碧雲斷) 선우추색래(單于秋色來)'에서 이백은 서글픈 가을, 긴박한 전운(戰雲) 속에 처절한 심정을 잘 그렸다. '선우추색래(單于秋色來)'는 '오랑캐가 가을을 타고 온다.(塞虜乘秋下)' 〈새하곡(塞下曲)－5수〉의 뜻까지 지니고 있음을 잊어서는 안 되겠다.

43. 湖邊採蓮婦 연 따는 여인
(호변채련부)

소고직백저 미해장인어
1. 小姑織白紵 未解將人語

대수채부용 계호천만중
2. 大嫂采芙蓉 溪湖千萬重

장형행부재 막사외인봉
3. 長兄行不在 莫使外人逢

원학추호부 정심비고송
4. 願學秋胡婦 貞心比古松

〈五言律詩〉

작은 누이 흰모시 짜며 남과 농(弄)할 줄 몰라
큰 형수 연꽃 따고저 물따라 멀리 떠도네
큰형님 객지에 계시니 외인과 만나지 마시오
바라노니 추호의 열부를 본받아 노송 같은 정절을 굳게 지켜요

(語釋) ㅇ小姑(소고)－남편의 누이동생. 또는 누이동생. ㅇ白紵(백저)－흰 모시. ㅇ未解(미해)－아직 모른다. ㅇ將人語(장인어)－남과 말을 주고받을 줄 모른다. 장(將)은 여(與), 더불어. ㅇ大嫂(대수)－큰 형의 부인, 올케. ㅇ采芙蓉(채부용)－연꽃을 따다. 채(采)는 채(採), 딴다. ㅇ千萬重(천만중)－여기저기 흩어져 있는 호수를 말한다. ㅇ行不在(행부재)－객지에 나가 출타하고 집에 없다. ㅇ莫使(막사)－'~하지 마라' ㅇ秋胡婦(추호부)－《열녀전(烈女傳)》에 있다. 노(魯)나라 추호자(秋胡子)의 열부(烈婦). 추호가 약혼을 하고 벼슬을 살고자 객지에 갔다가 5년만에 돌아왔다. 도중 길에서 뽕따는 여인을 보고 추호가 수레에서 내려 금(金)을 주면서 환심을 사고자 했으나 그 여인은 이를 거절했다. 후에 집에 돌아와 보니 그 여인이 바로 자기와 약혼한 여인이었다. 여인은 추호를 보고 효(孝)와 의(義)를 어긴 처사라 꾸짖고 밖으로 뛰어나가 강물에 몸을 던졌다. ㅇ貞心比古松(정심비고송)－정절을 지키는 마음이 묵은 소나무 같다. 범운(范雲)의 〈한송시(寒松詩)〉에 '바람을 맞아 굳은 절개 알 수 있고, 눈에 덮여 곧은 정절 볼 수 있다(凌風知勁節 負雪見貞心)'고 했다.

(大意) 작은누이는 집에서 흰 모시를 짜고 다른 사람들과 말을 주고 받을 줄을 모른다.(1)

그러나 큰형수는 연꽃을 따러 여러 강물이나 호수가로 돌아다니고 있다.(2)

형님이 먼 곳을 출타하여 집에 없으니, 형수는 외간 남자를 만나지 말아요.(3)

바라건대 추호(秋胡)의 열부(烈婦)를 본받아 절개를 지키겠다는

마음을 노송(老松)같이 간직하시오.(4)

(解說) 《열녀전(烈女傳)》에 나오는 추호(秋胡)의 열부(烈婦)의 고사를 인용하여, 아낙들에게 정절을 굳게 지키기를 타이른 시다.

중국의 남쪽 특히 강남(江南)의 여인들은 낭만적이었다. 여인들이 물가에서 연꽃을 따며 사랑과 미소를 던지는 풍정(風情)을 이백은 여러 시에서 읊은 바 있다. 이 책에서도 여러 수를 추렸다.

이백은 이 시에서 코믹하게 서민들의 생활 풍속을 암시하고 있다. 원래 당(唐)대는 남녀의 사랑이 문학에 정면으로 머리를 들고 나온 때라 하겠다. 그러나 시문학(詩文學)에서는 이백의 이 시 이상으로 노골적으로 다루지는 못했고, 가장 두드러지게 사랑을 취급한 것은 역시 전기소설(傳奇小說)에서였다.

채 련 곡

44. 採蓮曲 채련곡

약 야 계 방 채 련 녀 소 격 하 화 공 인 어
1. 若耶溪傍採蓮女 笑隔荷花共人語

일 조 신 장 수 저 명 풍 표 향 메 공 중 거
2. 日照新妝水底明 風飄香袂空中擧

안 상 수 가 유 야 랑 삼 삼 오 오 영 수 양
3. 岸上誰家遊冶郎 三三五五映垂楊

자 류 사 인 낙 화 거 견 차 지 주 공 단 장
4. 紫騮嘶人落花去 見此踟躕空斷腸

〈七言律詩 : 樂府詩〉

약야계 물가 연꽃 따는 여인들 웃으며 연꽃 너머 말을 건네네

햇빛에 빛나는 새옷 물속까지 훤히 밝히고 바람은 옷소매 불

어 공중으로 높이 날린다

강물가에 난데없이 바람둥이 나타나서 삼삼오오 버드나무 사이로 엿보다가

말 울자 깜짝 놀라 꽃속으로 도망치다가 뒤돌아보며 머뭇머뭇 애간장 태운다.

(語釋) ㅇ若耶溪(약야계)－소흥(紹興) 남쪽에 있다. 서시(西施)가 이곳에서 연꽃을 땄다고 한다. ㅇ隔荷花(격하화)－연꽃을 사이에 두고. ㅇ共人語(공인어)－서로 이야기한다. ㅇ新妝(신장)－새차림, 새단장한 모습. ㅇ香袂(향메)－꽃향기 풍기는 옷소매. ㅇ遊冶郎(유야랑)－노라리꾼, 건달들. ㅇ映垂楊(영수양)－수양버들 사이로 모습이 어른어른 보인다. ㅇ紫騮(자류)－검은 말갈기를 가진 붉은색의 말. 흑렵적신(黑鬣赤身). ㅇ嘶(시)－말이 소리를 내고 운다. ㅇ踟躕(지주)－머뭇거리다. ㅇ空斷腸(공단장)－공연히 애를 태운다. 공연히 단장의 설움을 느낀다.

(大意) 옛날 서시(西施)가 연꽃을 땄다는 약야계(若耶溪) 물가에서 연꽃 따는 여인들이 연꽃 너머로 서로 웃으며 말을 한다.(1)

그들의 새단장은 날빛에 더욱 빛이 나고, 물에 반사한 영상은 물속까지 훤하게 비추고 있으며, 또한 봄바람에 꽃향기 풍기는 그들의 옷 소매자락이 하늘 높이 날리어 펄럭거린다.(2)

어디서 나타났는지 알 수 없는 건달들이 언덕에서 삼삼오오 수양버들 사이로 왔다갔다하며 엿보는 듯.(3)

그들이 탄 흑렵적신의 말이 울자 깜짝 놀라 꽃잎 떨어진 꽃밭 속으로 허둥지둥 도망을 간다. 그러면서도 그들은 이쪽 여인들을 보고 머뭇머뭇 미련이 남아 공연히 애간장을 태운다.(4)

(解說) 중국에서는 연꽃을 따거나 연밥을 캐는 여인들의 풍정(風情)을 읊은 시가 많다. 대개가 강남(江南)의 낭만과 풍류를 풍기는 시들이

다. 그 중에도 이백의 이 시는 한 편의 코미디를 보는 듯 경쾌하고 도 신선한 흥취를 돋아 준다.

몰래 엿보다가 말 우는 소리에 기겁을 하고 도망을 치며 아쉬워 하는 바람둥이에게 동정이 갈 만하다. 연꽃과도 같은 미인들을 두고 가니 말이다.

45. 怨情 원정

신인여화수가총　고인사옥유래중
1. 新人如花雖可寵　故人似玉由來重

화성표양부자지　옥심교결종불이
2. 花性飄揚不自持　玉心皎潔終不移

고인석신금상고　환견신인유고시
3. 故人昔新今尚故　還見新人有故時

청간진후황금옥　적적주렴생망사
4. 請看陳后黃金屋　寂寂珠簾生網絲

〈七言律詩〉

새사람 꽃같이 귀엽긴 하나 옛사람 옥같이 귀중해 왔네
꽃은 나불거려 오래 지니지 못해 옥은 깨끗하여 내내 가시지 않네
옛사람도 전에는 새사람이고 새사람도 앞으로 옛사람 되리
한무제 진후의 황금집을 보게나 적적한 주렴에 거미줄이 엉켰네

(語釋) ㅇ雖可寵(수가총)－비록 귀엽다 하나. ㅇ故人(고인)－여기서는 옛날에 살던 부인, 옛날의 친한 벗이란 뜻도 있다. ㅇ由來重(유래중)－유

래로, 줄곧 중히 여겨 왔다. ㅇ花性飄揚(화성표양)－꽃의 성품은 나불거리게 마련이다. ㅇ不自持(부자지)－자기를 잘 지키지 못한다, 자중하지 못한다. ㅇ玉心(옥심)－옥구슬의 마음, 옥 같은 옛부인의 마음. ㅇ皎潔(교결)－밝고 깨끗하다. ㅇ終不移(종불이)－끝까지 옮기지 않는다. ㅇ故人昔新(고인석신)－옛사람도 전에는 새로웠으나 지금은 이렇게 늙었노라. 강총(江總)의 시에 '옛사람 늙었으나 전에는 젊었고, 새사람 젊었으나 장차는 늙으리라.(故人雖故昔經新 新人雖人復應故)'라고 있다. ㅇ陳后(진후)－한(漢)나라 무제(武帝)가 진황후를 사랑하여 황금으로 집을 지어 주었다. ㅇ珠簾(주렴)－구슬로 엮은 발. ㅇ網絲(망사)－여기서는 거미줄.

(大意) 새로 얻은 여자는 젊고 아름다워 꽃같이 귀엽다 하겠으나, 옛부인은 본래 옥같이 귀중한 존재이니라.(1)

꽃의 성품이란 나불대고 스스로 지키지 못하지만 옥 같은 옛부인의 마음은 밝고 깨끗하고 끝내 변하지 않으리라.(2)

옛부인도 전에는 젊었으나, 이제 이렇게 늙었듯이, 새 여자도 장차는 늙을 날이 있을 것이다.(3)

한무제(漢武帝)에게 사랑을 받고 황금집까지 지었다 하던 진황후(陳皇后)를 보게나. 그 황금집의 구슬발은 이제는 찾는 이도 없이 적적하고 오직 거미줄만이 엉키어 있지 않으냐?(4)

(解說) 젊고 예쁜 여인에게 끌리어 늙고 시들은 옛사람을 멀리하는 것은 남성들의 빠지기 쉬운 함정이다.

그래서는 안 된다. 그것은 잘못이라고 자타가 뉘우치면서도 그 함정에 빠져 드는 것은 어쩔 수 없었던 동서고금의 상례였다. 말하자면 약한 인간의 일면이라 하겠다.

그러므로 많은 여인들이 그늘에서 울어야 했다. 이백은 버림받은 여인의 입장에서 새꽃만을 찾아 옮기는 나비를 지긋하게 탓하고 있다.

본시 인생은 허무한 것, 순간적인 존재다. 오늘의 젊음은 내일이면 시들고 만다. 오늘 시들은 여인도 옛날에는 생생히 피었던 꽃이 아니었던가?

남자들이여! 꿈 같은 현상세계에 눈이 흘리어 얄팍하게 이리 갔다 저리 갔다 하지 말지어다!

대 미 인 수 경

46. 代美人愁鏡-제1수 미인과 함께

명 명 금 작 경　요 료 옥 대 전
1. 明明金鵲鏡　了了玉臺前

불 식 교 빙 월　광 휘 하 청 원
2. 拂拭交氷月　光輝何淸圓

홍 안 노 작 일　백 발 다 거 년
3. 紅顔老昨日　白髮多去年

연 분 좌 상 오　조 래 공 처 연
4. 鉛粉坐相誤　照來空悽然

〈五言律詩〉

번쩍번쩍 금작경이 옥대 앞에 반짝인다

닦고 훔치니 얼음에 달빛 어린 듯 밝은 광채 달같이 맑고 둥글다

홍안은 어제보다 늙었고 백발은 작년보다 늘었네

서로가 분가루 탓이리라 맞대고 처연히 탄식하네

(語釋) ㅇ代美人愁鏡(대매인수경)-미인이 거울 앞에서 슬퍼하는 것을 이백이 대신하여 썼다는 뜻. ㅇ金鵲鏡(금작경)-뒤에 까치의 무늬를 넣은 거울. 《태평어람(太平御覽)》에 신이경(神異經)을 인용한 구절

이 있다. '어느 부부가 헤어질 때 거울을 반으로 쪼개서 한 쪽씩 가졌다. 후에 아내가 다른 남자와 정을 통하자, 그 거울쪽이 까치가 되어 날아가 남편에게 일러주었다. 그로부터 사람들은 거울 뒤에 까치의 그림을 그렸다.' ㅇ了了(요료)－맑고 빛나다. ㅇ拂拭(불식)－거울을 훔치고 닦는다. ㅇ交氷月(교빙월)－얼음과 달이 어울린 듯 청명하다. ㅇ老昨日(노작일)－어제보다 더 늙었다. ㅇ多去年(다거년)－작년보다 더 많아졌다. ㅇ鉛粉(연분)－얼굴에 바르는 분, 또는 거울을 닦는 가루. 둘 다 납을 태운 분말로 만들었다. 당시의 거울은 청동경(青銅鏡)이다. ㅇ坐(좌)－저절로.

(大意) 반짝반짝 빛나는 금작경(金鵲鏡)을 옥대(玉臺) 앞에 놓았다.(1)

훔치고 닦으니 얼음과 달이 어울린 듯 청명하게 반사하고, 그 빛나는 거울이 바로 맑고 둥근 달과도 같다.(2)

젊고 예쁘던 미인의 얼굴이 거울을 볼 때마다 하루하루 늙어 시들고, 또 해마다 백발이 늘어가기만 한다.(3)

미인은 분으로 화장을 하고, 거울은 연분으로 닦느라고 둘이 다 어느덧 이렇게 시들고 말았을 게다. 같은 처지의 미인과 거울이 마주보니 허무하기만 하고 더욱 처량하기만 하다.(4)

(解說) 예쁜 여자와 가장 밀착된 것은 바로 거울이다. 그러면서 미인들은 예외 없이 거울 앞에서 해마다 늙어 시드는 자기의 얼굴을 보고 시름을 짓게 마련이다. 이러한 여자의 슬픔을 이백이 대신하여 시로 읊었다.

금작경(金鵲鏡)이라는 내력 있는 거울을 첫머리에 내걸고, 아울러 달빛이 어린 얼음같이 청명한 거울을 묘사한 후에 시들어 가는 여인의 설움을 그렸다. 그리고 끝에 가서 미인이나 거울이나 다같이 분가루[鉛粉] 때문이라고 서로의 딱한 숙명을 교묘하게 엮어서 결론지었다. 기발한 재치다.

'아름다워지겠다' 또는 '밝게 비쳐야겠다'는 일념으로 열심히 분을 발랐고, 또는 닦았기 때문에 서로가 늙고 닳아야 했다. 그 숙명은 바로 미인이나 금작경에게 다같이 허무한 서러움을 주게 마련이다.

47. 代美人愁鏡 - 제2수 기다리는 여심

미 인 증 차 반 룡 지 보 경 촉 아 금 루 지 나 의
1. 美人贈此 盤龍之寶鏡 燭我金縷之羅衣

시 장 홍 수 불 명 월 위 석 보 조 지 여 휘
2. 時將紅袖拂明月 爲惜普照之餘輝

영 중 금 작 비 불 멸 대 하 청 란 사 독 절
3. 影中金鵲飛不滅 臺下青鸞思獨絶

고 침 일 별 약 전 현 거 유 일 내 유 년
4. 藁砧一別若箭弦 去有日, 來有年

광 풍 취 각 첩 심 단 옥 저 병 타 능 화 전
5. 狂風吹却妾心斷 玉筯幷墮菱花前

〈七言古詩〉

임께서 주신 용무늬 귀한 거울에 저의 금실 비단옷이 눈부시게 비치네

붉은 소매 명월 같은 거울 훔치니 두루 밝히는 삼광의 남아도는 광채 아까워라

거울 지키니 금까치 날지 않고 밤새 짝찾는 청난새 울다 죽네

임은 활시위 떠나듯 가셨어라. 날로 가셨거늘 해로 오시려나

저의 가슴 광풍에 불려 끊어질 듯 거울 앞에 옥젓가락 떨구오

語釋 ㅇ盤龍之寶鏡(반룡지보경)－앉아 있는 용의 모양을 뒤쪽에 넣은 보물같이 귀중한 거울. ㅇ燭(촉)－환하게 비쳤다는 뜻. ㅇ金縷之羅衣(금루지나의)－금실을 수놓은 비단옷을 말함. ㅇ紅袖(홍수)－붉은 옷소매. ㅇ拂明月(불명월)－명월 같은 거울을 닦고 훔친다. ㅇ普照之餘輝(보조지여휘)－넓게 사방을 비치는. 남아도는 빛. ㅇ金鵲(금작)－금까치(제1수 참조). ㅇ青鸞(청란)－푸른 난새. 어느 왕이 난새를 잡았는데, 통 울지를 않았다. 왕비가 대(臺) 아래에 거울을 놓자, 그 난새가 거울에 비춰진 제 모습을 보고는 다른 짝이 온 줄 알고 처절한 생각으로 밤새껏 울다가 죽었다고 한다. ㅇ藁砧(고침)－겉옥, 무부, 즉 부(趺)다. 발음이 지아비 부(夫)와 같으므로, 고침을 남편의 뜻으로 썼다. ㅇ若箭弦(약전현)－활시위를 떠난 화살[箭]같이 다시 안 돌아온다는 뜻. ㅇ玉筯(옥저)－옥으로 만든 젓가락, 또는 저(著). ㅇ菱花(능화)－마름꽃. 거울이란 뜻으로 쓰인다. 유신(庾信)의 〈경부(鏡賦)〉에 '벽을 훤하게 비치고 마름꽃 피어난다(照壁而菱花生)'라는 구절이 있다.

大意 그리운 임께서 저에게 주신 용이 도사리고 앉은 진귀한 거울이, 저의 금실 비단옷을 밝게 비치고 있습니다.(1)

붉은 소매로 명월 같은 이 거울을 훔치고 닦으면 더욱 빛나고 온 세상을 두루 비치는, 삼광(三光)의 여광(餘光)과도 같이 빛나는 이 거울을 나 혼자만이 보다니 너무나 애석한 일입니다.(2)

저는 언제까지나 절개를 지키며 임을 기다리니, 거울 뒤에 그려진 금까치도 날아가 없어지지 않을 것입니다. 그러나 임을 기다리다 지친 저는 혹시나 대하(臺下)에 놓여진 거울을 보고 자기 짝인 줄 알고 밤새 울다 숨을 거두었다는 푸른 난새같이 혼자 애를 태우다가 죽을 것만 같습니다.(3)

임은 한 번 가시자 활시위를 떠난 화살같이 다시 돌아오지 않으십니다. 그 어느 하룻날에 훌쩍 떠나시더니, 해가 지나도 돌아오지 않으십니다(날로 떠나고 오는 데는 해를 기다리다).(4)

애태우며 임을 기다리는 저의 마음은 광풍에 어지럽게 불려 흔들리고, 금새라도 끊어져 나갈 것만 같습니다. 지금 이 시간에도 임이 주신 거울 앞에 옥젓가락을 놓고 밥도 못 먹으며 서러워하고 있습니다.(5)

(解說) 훌쩍 떠나고 소식도 없는 낭군을 기다리는 아낙의 가슴은 슬프기만 하다. 더욱이 임이 주신 거울에 임이 장만해준 금실 비단옷을 입은 자기 모습을 혼자 비춰 들여다보고 있자니 애석하기만 하다. 마침내는 혼자 먹고 있던 옥젓가락마저 던져야 했다.

임 기다리는 여심(女心)은 예나 지금이나 같다. 굳게 절개를 지키며 임 오기를 기다리겠다고 마음 다지면서도 기다리다 지쳐서 밤새 울다 죽은 푸른 난새같이 되지나 않을까 애절한 생각이 든다. '영중금작비불멸(影中金鵲飛不滅) 대하청난사독절(臺下靑鸞思獨絶)'은 이해하기 어려운 시구지만 참으로 뜻이 깊고 처절한 구절이다. 기다리는 여심을 이보다 더 꿰뚫은 구절은 없을 것이다.

'날로 가시고 해로 오시려나(去有日 來有年).' '광풍에 어지러워 내 맘 끊어지리(狂風吹却妾心斷).' 기다리는 여인의 안타까움을 이백은 얄밉도록 잘 그렸다.

48. 關山月(관산월) 관산월

1. 明月出天山(명월출천산) 蒼茫雲海間(창망운해간)
2. 長風幾萬里(장풍기만리) 吹度玉門關(취도옥문관)
3. 漢下白登道(한하백등도) 胡窺靑海灣(호규청해만)

유 래 정 전 지　　불 견 유 인 환
4. 由來征戰地　不見有人還

수 객 망 변 색　　사 귀 다 고 안
5. 戍客望邊色　思歸多苦顔

고 루 당 차 야　　탄 식 미 응 한
6. 高樓當此夜　嘆息未應閑

〈五言古詩 : 樂府詩〉

명월은 천산 위에 떴으나 고향은 구름 속에 아득해
바람은 장장 수만 리 불어 옥문관 넘어 고향에 가네
한나라 군대가 백등산에 진격하자 오랑캐 청해로 반격하여 나왔노라
고래로 정벌 전장에 나가 살아온 사람 보지를 못해
전사들 변경 풍물에 상심하여 고향 생각에 얼굴을 찌푸린다
높은 누각에 이 밤을 지새는 아낙 초조히 탄식만 하누나

(語釋) ㅇ關山月(관산월)－악부제(樂府題)다. 원래는 이별의 슬픔을 주로 한 것이었으나 이백은 이 제명을 빌어, 전쟁터에 나간 병사들의 고통을 그리고 아울러 위정자들에 대한 경각심을 돋아올리고자 했다. ㅇ天山(천산)－서역(西域) 현 신강성(新疆省)에 있다. 기련산(祁連山)이라고도 하며, 장안에서 8천 리나 멀리 떨어져 있다. ㅇ玉門關(옥문관)－신강(新疆)으로 통하는 관문. 돈황(敦煌) 서쪽에 있으며, 여기를 벗어나면 서역의 사막이다. 옥관(玉關)이라고도 한다. ㅇ白登(백등)－현 대동(大同) 남쪽에 있는 산. 한 고조(高祖)가 흉노 정벌 때 이곳에서 포위되었다. ㅇ青海(청해)－현재의 청해(青海), 역대로 이곳에서 토번(吐蕃)과 자주 싸웠다. ㅇ戍客(수객)－변경에서 싸우는 병사.

(大意) 서역 정벌에 나간 병사들은 이역 만리 천산(天山)에 뜨는 명월을 우러러본다. 그러나 동쪽 고국을 향해 보면 하늘에는 구름 바다가 망막하게 깔리어 있다.(1)

거센 바람은 수만 리를 불어와, 다시 옥문관(玉門關)을 넘어 고향 쪽으로 불어 들어간다.(2)

옛날 한나라 고조(高祖)는 백등산(白登山)으로 정벌을 나갔고, 오랑캐들은 청해(青海)를 엿보고 들어왔었다.(3)

그때부터 그곳은 줄곧 정벌전쟁의 터전이었으며, 그곳에서 살아 돌아온 사람은 거의 없었다.(4)

변경에서 싸우는 병사들은 국경지대의 풍경을 바라보며 고향 생각에 괴로운 표정을 짓는다.(5)

한편 고향에서 높은 누각에 있을 그들의 아내도 이 달밤에 더욱 탄식하며 초조하게 기다리겠지.(6)

(解說) 달밤에 전개되는 넓은 서역(西域)의 풍경 속에 되돌아올 수 없는 출정병사들과 그들을 기다리는 아낙의 서글픔을 청명한 필치로 그렸다.

호응린(胡應麟)은 이 시를 '웅장하면서도 한아(閑雅)한 맛이 풍긴다'고 칭찬했다.

밝은 달을 보면 더욱 임이 그립다. 그러나 '유래정전지(由來征戰地) 불견유인환(不見有人還)'이다. 따라서 전사는 '사귀다고안(思歸多苦顔)'하고 아낙은 '탄식미응한(嘆息未應閑)'이라, 전쟁이라고 하는 인위적인 숙명에 절망하는 남녀가 애처롭기만 하다.

장간행
49. 長干行(1) 장간행(1)

첩발초복액 절화문전극
1. 妾髮初覆額 折花門前劇

낭기죽마래 요상농청매
2. 郞騎竹馬來 遶牀弄靑梅

동거장간리 양소무혐시
3. 同居長干里 兩小無嫌猜

십사위군부 수안미상개
4. 十四爲君婦 羞顔未嘗開

저두향암벽 천환불일회
5. 低頭向暗壁 千喚不一回

십오시전미 원동진여회
6. 十五始展眉 願同塵與灰

상존포주신 기상망부대
7. 常存抱柱信 豈上望夫臺

십륙군원행 구당염예퇴
8. 十六君遠行 瞿塘灩澦堆

오월불가촉 원성천상애
9. 五月不可觸 猿聲天上哀

문전지행적 일일생록태
10. 門前遲行跡 一一生綠苔

태심불능소 낙엽추풍조
11. 苔深不能掃 落葉秋風早

팔 월 호 접 래　　쌍 비 서 원 초
12. 八月胡蝶來　雙飛西園草

감 차 상 첩 심　　좌 수 홍 안 로
13. 感此傷妾心　坐愁紅顏老

조 만 하 삼 파　　예 장 서 보 가
14. 早晩下三巴　預將書報家

상 영 부 도 원　　직 지 장 풍 사
15. 相迎不道遠　直至長風沙

〈五言古詩 : 樂府詩〉

저의 머리 갓 이마를 덮었을 때 꽃을 꺾어 문 앞에서 놀았었죠
임은 죽마를 타고 와 어울렸고 상을 돌면서 청매 꽃 희롱하며
함께 장간리에 자라나 서로 흉허물이 없었죠
열넷에 임에게 시집갔고 수줍어 얼굴도 못 들었고
머리 숙여 벽구석 향하고 앉아 천번 불러 한번도 말대꾸 못 했죠
열다섯에 겨우 눈썹을 폈고 바라노니 함께 생사를 하리
미생의 신의를 항상 지니고 망부대 오를 일 생각 안 했죠
열여섯에 임께서 멀리 가시니 구당협의 염예퇴 험한 뱃물길
5월에는 더욱이 위험한 곳 원숭이들 하늘에 우짖는 곳
문앞에 더디 딛던 임의 발자국 낱낱이 푸른 이끼 돋아 자랐고
이끼 짙어 쓸 수가 없네 추풍 낙엽 가을 오고
8월인데 나비가 와서 쌍쌍으로 화원에 나니
저의 마음 느껴움에 서글프고 곱던 얼굴 앉은 채로 스러져요
쉬이 삼파로 내리시거던 집에 글월을 보내주세요

서로 맞고자 길 멀다 않고 바로 장풍사로 달려갈게요

(語釋) ㅇ長干(장간)－건업(建業), 즉 현 남경(南京)이다. 그 남쪽 산 언덕 마을을 장간이라 하고 평민촌(平民村)이며, 따라서 이 시는 이백이 일개 평민의 일생을 그린 것이다. ㅇ劇(극)－놀았다, 장난하다. ㅇ遶牀(요상)－침대를 돌면서. ㅇ弄(농)－가지고 놀다. ㅇ無嫌猜(무혐시)－서로 미워하거나 시기하지 않았다. ㅇ千喚(천환)－천 번 불러도. ㅇ不一回(불일회)－한 번도 대답하지 않았다. ㅇ展眉(전미)－눈썹을 펴다. 비로소 얼굴을 들고 신랑을 쳐다보았다는 뜻. ㅇ塵與灰(진여회)－죽어서도 함께 흙이나 재가 되자는 뜻. ㅇ抱柱信(포주신)－《사기(史記)》에 있다. 노(魯)나라 미생(尾生)이 다리 밑에서 한 여자와 만나자고 약속을 했다. 그러나 여자는 안 오고, 강물이 불었다. 그래도 미생은 약속한 곳을 떠나지 않고 끝내는 다리 기둥을 잡은 채 죽었다. 《장자(莊子)》에도 있다. ㅇ望夫臺(망부대)－무한(武漢)을 비롯한 여러 곳에 망부대가 있다. 자기 남편 돌아오기를 높은 대에 올라 기다리다가 그 자리에서 죽어 화석(化石)이 되었다고 한다. ㅇ瞿塘灩澦堆(구당염예퇴)－구당협에 있는 암초(暗礁). 겨울에는 물 밖에 있어서 보이나 여름에는 물에 잠기어 자주 배들이 걸려 난파한다. ㅇ遲行跡(지행적)－문 앞에서 낭군이 내키지 않는 걸음으로 떠나가던 발자국이 있다. ㅇ三巴(삼파)－파주(巴州)·파동(巴東)·파서(巴西)의 삼군(三郡), 사천성(四川省) 동부. ㅇ不道遠(부도원)－멀다 말하지 않겠다. ㅇ長風沙(장풍사)－지명, 현 안휘성(安徽省) 양자강 가에 있는 곳.

(大意) 저는 어려서 앞머리 이마를 덮었을 무렵, 문 앞에서 꽃을 꺾으며 놀았죠.(1)

그때 임께서는 죽마(竹馬)를 타고 제 앞에 와서 같이 놀았고, 또 침대를 서로 쫓아 돌며 청매(青梅) 가지를 들고 놀았습니다.(2)

저와 임은 같은 장간(長干)에서 살았고 서로 싫어하거나 미워하

지 않았습니다.(3)

그러자 14세 때, 저는 임에게 시집왔고, 부끄러워 얼굴을 들지도 못했습니다.(4)

노상 고개를 숙이고 구석진 벽쪽만을 향하고 앉았었고, 임이 천 번 불러도 한 번도 큰 소리로 대답을 못했습니다.

15세에 비로소 눈썹을 펴 임을 보았고, 함께 흙이 되기를 소망했습니다.(6)

언제나 다리 기둥을 안고 죽은 미생(尾生) 같은 신의(信義)를 지켜왔으며, 또 남편 오기를 기다리다 죽었다는 여인이 올랐던 망부대에 제가 올라가 임 기다릴 것이라고는 생각도 해본 일이 없었습니다.(7)

그러나 제가 16세 되던 해에 임께서 멀리 길 떠나갔고, 그것도 위험하다는 구당(瞿塘) 염예퇴(灩澦堆)라는 암초 있는 곳으로 배타고 가셨습니다.(8)

그곳은 5월에는 물이 불어 암초가 무서워 쉽사리 배가 지나지 못하는 곳인데 또 산이 깊고 험하며 하늘에는 원숭이의 슬픈 울음 소리가 퍼지는 곳이랍니다.(9)

그 후 임께서는 돌아오시지 않고, 문전에는 내키지 않는 걸음으로 떠나시던 임의 발자국이 그대로 남아 있으며 그 발자국에는 푸른 이끼가 돋아났습니다.(10)

이끼가 깊게 덮여 쓸 수도 없고, 벌써 가을 바람에 낙엽이 집니다.(11)

가을 8월인데도 난데없이 나비가 날아와 쌍쌍이 서쪽 뜰안 화초에 놀고 있으니, 저의 마음은 더욱 서글프고, 저는 이렇게 앉아서 젊은 얼굴이 시들어 갑니다.(12~13)

조만간 삼파(三巴)를 지나 오시거던 먼저 집에 소식을 전해 주세요.(14)

저는 길 멀다 않고 임을 맞이하고자 달리어 장풍사(長風沙)에 가겠습니다.(15)

(解說) 이백의 장간행(長干行)은 2수가 있다. 이것은 첫째 시다. 다음 시의 끝에 '왜 상인의 아낙이 되어, 물 걱정 바람 걱정을 해야 하나(那作商人婦 愁水復愁風)'라고 했다. 즉, 장간(長干)의 장사꾼의 평범한 아낙의 애타는 생활을 그린 서사시라 하겠다.

50. 長干行(2) 장간행(2)

(장 간 행)

전문 〈1~12〉 (전체를 3단으로 나누었다)

1. 憶妾深閨裏　烟塵不曾識
2. 嫁與長干人　沙頭候風色
3. 五月南風興　思君下巴陵
4. 八月西風起　想君發揚子
5. 去來悲如何　見少別離多
6. 湘潭幾日到　妾夢越風波
7. 昨夜狂風度　吹折江頭樹
8. 淼淼暗無邊　行人在何處
9. 好乘浮雲驄　佳期蘭渚東
10. 鴛鴦綠蒲上　翡翠錦屏中
11. 自憐十五餘　顏色桃花紅
12. 那作商人婦　愁水復愁風

제1단 : 1~4

억 첩 심 규 리　연 진 부 증 식
1. 憶妾深閨裏　烟塵不曾識

가 여 장 간 인　사 두 후 풍 색
2. 嫁與長干人　沙頭候風色

오 월 남 풍 흥　사 군 하 파 릉
3. 五月南風興　思君下巴陵

팔 월 서 풍 기　상 군 발 양 자
4. 八月西風起　想君發揚子

〈入聲 13職韻 : 識色, 下平聲 10蒸韻 : 陵, 上聲 4紙韻 : 子〉

생각하노라, 나는 어려서 깊은 규방에서 자랐으며 전에는 안개와 티끌 먼지 엉킨 세상 물정을 몰랐노라

장간에 사는 장사꾼에게 시집온 이래 강변 모래밭에서 날씨와 비바람만 살폈노라

5월에 남쪽에서 훈훈한 바람이 불면 파릉에서 강물 타고 오리라 생각하고

8월에 가을바람이 불기 시작하면 그대 양자를 출발하고 돌아오리라 생각했노라

(語釋) ㅇ憶(억)－과거를 생각한다. ㅇ妾深閨裏(첩심규리)－소첩은 어려서 깊은 규방에서 자랐으므로. 규(閨)는 도장방 규. ㅇ烟塵(연진)－연기에 흐리고 티끌에 덮인 속세, 혹은 속세의 물정. 연(烟)=연(煙) 즉 연기. 진(塵)은 티끌 진. ㅇ不曾識(부증식)－전에는 미처 몰랐다. 증(曾)은 일찍 증. ㅇ嫁與長干人(가여장간인)－장간에 사는 장사꾼

에게 시집을 가다. 가(嫁)는 시집갈 가. ㅇ沙頭(사두)－강가의 모래밭에서. ㅇ候風色(후풍색)－날씨를 살핀다. 후(候)는 물을 후. ㅇ五月南風興(오월남풍흥)－5월에 훈훈한 동남풍이 불면. ㅇ思君下巴陵(사군하파릉)－그대가 파릉에서 배를 타고 내려오리라 생각한다. 파릉은 호남성(湖南省) 악양(岳陽), 동정호(洞庭湖)의 입구에 있다. ㅇ八月西風起(팔월서풍기)－8월에 가을바람이 불기 시작하면. ㅇ想君發揚子(상군발양자)－그대가 양자를 출발했으리라 생각한다. 장강의 하류 강소성(江蘇省) 진강(鎭江) 일대를 양자강(揚子江)이라 부른다.

제2단 : 5~8

거래비여하　견소별리다
5. 去來悲如何　見少別離多

상담기일도　첩몽월풍파
6. 湘潭幾日到　妾夢越風波

작야광풍도　취절강두수
7. 昨夜狂風度　吹折江頭樹

〈下平聲 5歌韻 : 多波, 去聲 7遇 : 樹〉

어찌됐든 오나가나 슬프기만 할 뿐이로다. 만날 때는 별로 없고, 헤어지는 날이 많으니

낭군은 상담에 도달하는 날이 언제일까? 저는 매일 꿈결에 파도 넘어 좇고 있노라

간밤에는 미친 듯 거센 바람이 불었으며 강가의 나뭇가지들이 꺾이고 부러졌다오

(語釋) ㅇ去來悲如何(거래비여하)－어찌되었든 오나가나 슬프기만 하다.

ㅇ見少別離多(견소별리다)－서로 만날 때는 적고, 이별할 때만 많으니까. ㅇ湘潭幾日到(상담기일도)－상담(湘潭)에는 언제 도달하시나요. 상담은 호남성 상담, 동정호에서 상강(湘江)을 타고 올라간 곳. ㅇ妾夢越風波(첩몽월풍파)－저는 꿈속에서 강바람 파도를 타고 항상 임을 좇고 있다. ㅇ昨夜狂風度(작야광풍도)－간밤에 광풍이 세차게 불어. ㅇ吹折江頭樹(취절강두수)－강가의 나뭇가지를 부러지게 했노라.

제3단 : 8~12

묘 묘 암 무 변　행 인 재 하 처
8. **淼淼暗無邊　行人在何處**

호 승 부 운 총　가 기 란 저 동
9. **好乘浮雲驄　佳期蘭渚東**

원 앙 록 포 상　비 취 금 병 중
10. **鴛鴦綠蒲上　翡翠錦屛中**

자 련 십 오 여　안 색 도 화 홍
11. **自憐十五餘　顔色桃花紅**

나 작 상 인 부　수 수 부 수 풍
12. **那作商人婦　愁水復愁風**

〈去聲 6御韻 : 處, 上平聲 1 東韻 : 中紅風〉

넓고 망망한 강이 어둠에 묻혀 끝이 없으니 나그네인 임을 실은 배는 어디쯤 와 있을까

옛날의 한 무제는 부운총이라는 말을 타고 가서 난꽃이 만발한 물가에서 임과 기약했다고 하며

푸른 창포밭에서 원앙새 모양 짝을 짓고 비단 병풍 안에서 비

취처럼 짝을 지었다는데

나는 처량하여라, 15세 한창 젊은 나이로 얼굴이 복숭아꽃처럼 붉으레 피어났거늘

어쩌다가 장사꾼의 아내가 되어, 오나가나 물 걱정, 바람 걱정만을 하는가

(語釋) ㅇ淼淼暗無邊(묘묘암무변)－끝없이 넓은 강이 어둠에 잠겨 방향조차 알 수 없다. 묘(淼)는 물 아득할 묘. ㅇ行人在何處(행인재하처)－나그네 우리 임은 어디에 계실까? ㅇ好乘浮雲驄(호승부운총)－옛날의 한 무제(漢武帝)는 잘도 명마를 타고 가서. 호(好)는 '잘도 ~한다'의 뜻. 총(驄)은 총이말 총. 부운총(浮雲驄)은 《서경잡기(西京雜記)》에 나오는 명마(名馬), 한 무제가 타고 하늘을 달렸다고 한다. ㅇ佳期蘭渚東(가기란저동)－난꽃이 만발한 물가 동쪽에서 임과 만나기로 약속을 하고. 저(渚)는 물가 저. ㅇ鴛鴦綠蒲上(원앙록포상)－푸른 창포밭에서 원앙새처럼 짝을 짓고. 포(蒲)는 창포 포. ㅇ翡翠錦屛中(비취금병중)－비단 병풍 안에서 비취처럼 짝을 짓는데. 비(翡)는 물총새 비. 취(翠)는 물총새 취. ㅇ自憐十五餘(자련십오여)－나는 불쌍하고 처량하여라, 나이 15세 〈마냥 젊은 때〉. ㅇ顔色桃花紅(안색도화홍)－안색이 복숭아꽃처럼 붉게 피어났거늘. ㅇ那作商人婦(나작상인부)－어쩌다가 장사꾼의 아내가 되어. ㅇ愁水復愁風(수수부수풍)－물 걱정, 바람 걱정만을 하는가?

(解說) 세상 물정을 모르는 어린 여자가 장강(長江)을 오가는 상인에게 시집을 가서, 노상 날씨와 뱃길을 걱정한다. 시의 취향은 '장간행(1)'과 같다. 그러나 '장간행(2)'를 다른 사람의 작품이라고 하는 설도 있다.

춘 사
51. 春思 봄생각

연 초 여 벽 사　진 상 저 록 지
1. 燕草如碧絲 秦桑低綠枝
당 군 회 귀 일　시 첩 단 장 시
2. 當君懷歸日 是妾斷腸時
춘 풍 불 상 식　하 사 입 라 위
3. 春風不相識 何事入羅幃

〈上平聲 4支韻 絲枝時 ; 幃는 上平聲 5微韻, 支, 微 通韻〉

연나라의 풀은 실처럼 파리하지만 진나라의 뽕나무는 가지가 처졌습니다

임이 집으로 돌아오고 싶어하실 제 소첩은 창자가 끊어질 듯 아립니다

애달픔을 춘풍은 알지 못하겠거늘 어이 비단 휘장 속으로 불어드나요

(語釋) ㅇ春思(춘사)－봄에 임을 생각한다. ㅇ燕草(연초)－연나라의 풀. 연(燕)은 하북성(河北省) 북쪽이므로 봄풀이 늦게 자란다. ㅇ如碧絲(여벽사)－마치 푸른 실처럼 가늘게 자라고 있다. 낭군이 객지에서 시들고 있음을 풍자한 것. 벽(碧)은 푸를 벽. ㅇ秦桑低綠枝(진상저록지)－시의 주인공이 있는 진나라는 연나라보다 포근하므로, 그곳의 뽕잎이 무성하게 자라서 가지가 묵직하게 처졌다. 독수공방하는 아내

의 무거운 수심을 상징한 말. ㅇ當君懷歸日(당군회귀일)－변방에 있는 낭군이 집에 돌아갈 날을 헤아리고 있을 제. 회(懷)는 품을 회. ㅇ是妾斷腸時(시첩단장시)－바로 그때에 소첩은 단장의 아픔을 안고, 임의 귀가를 학수고대(鶴首苦待)하고 있다는 뜻. 단(斷)은 끊을 단. 장(腸)은 창자 장. ㅇ春風不相識(춘풍불상식)－봄바람이 우리의 안타까운 심정을 알 까닭이 없겠거늘. 식(識)은 알 식. ㅇ何事入羅幃(하사입라위)－어찌하여 비단 휘장 속으로 불어드는가? ㅇ羅幃(나위)－비단 홑겹으로 된 엷은 휘장. 라(羅)는 비단 라. 위(幃)는 휘장 위.

(解說) '원부춘사(怨婦春思)'에 속하는 악부시(樂府詩)다. 봄바람이 비단 휘장 속으로 불어들 때에 더욱 객지에 있는 낭군 생각이 간절하게 난다. 변경에서 고생하는 낭군을 '연나라의 실풀 같다(燕草如碧絲)'고 비유하고, 무거운 수심에 싸인 자기의 마음을 '무겁게 처진 진나라의 뽕나무 가지(秦桑低綠枝)'에 비유했다.

이 시에서는 '당군회귀일(當君懷歸日)'과 '시첩단장시(是妾斷腸時)'를 대구로 썼다. 이러한 시법(詩法)을 유수대구(流水對句)라고 한다. '춘풍불상식(春風不相識)'과 '하사입라위(何事入羅幃)'도 심리적으로 절묘한 대구를 이루고 있다. '봄바람이 불어도 저에게는 알 바가 아니다'라는 정절(貞節)의 굳은 마음을 상징한다. 그러나 동시에 '비단 휘장 속으로 불어드는 봄바람이 자신도 모르게 춘심(春心)을 돋아 올린다.' 즉 임을 그리는 마음과 참고 견디려는 상반된 심리가 잘 대조되었다.

자 야 사 시 가　　　춘 가

52. 子夜四時歌(1) 春歌　자야가(1) 봄의 노래

진 지 라 부 녀　채 상 녹 수 변

1. 秦地羅敷女　采桑綠水邊

소 수 청 조 상　홍 장 백 일 선

2. 素手青條上　紅粧白日鮮

잠 기 첩 욕 거　오 마 막 유 련

3. 蠶饑妾欲去　五馬莫留連

〈下平聲 1 先韻 : 邊鮮連〉

진나라의 아리따운 미녀 나부가 푸른 강물 가에서 뽕잎을 따고 있네

그녀의 희멀건 손이 푸른 가지에 돋보이고 붉게 단장한 얼굴이 햇볕에 눈이 부시네

누에가 굶주렸으니 빨리 돌아가야 하오. 태수님 오두마 세우고 서성대지 마시오

(語釋) ㅇ子夜歌(자야가)－악부제(樂府題), 동진(東晉 : 4세기), 오(吳)나라의 자야(子夜)라는 여자가 즐겨 부른 노래라고 전한다. 여인의 애달픈 심정을 읊은 노래로 후세에도 많은 사람들이 애창했다. 〈자야오가(子夜吳歌)〉라고도 한다. 이백이 악부곡에 맞춰 '춘하추동' 4수의 시를 썼다. 〈자야사시가(子夜四時歌)〉라고도 한다. ㅇ秦地(진지)－진(秦)나라 땅, 섬서성(陝西省). ㅇ羅敷女(나부녀)－나부라는 이름의 여자, 한(漢)대 악부, 〈맥상상(陌上桑)〉에 '진씨 가문의 나부라는 아름다운 여자가 있다(陳氏有好女　自名爲羅敷)'라는 구절이 있다.

이백의 〈춘가(春歌)〉는 맥상상(陌上桑)을 본받은 것이다. ㅇ采桑綠水邊(채상녹수변)－푸른 강물 가에서 뽕잎을 딴다. ㅇ素手(소수)－희멀건 손. ㅇ靑條(청조)－푸른 나뭇가지. ㅇ紅粧(홍장)－붉게 화장을 하다. ㅇ白日鮮(백일선)－밝은 태양 광선을 받고 더욱 선명하게 돋보인다. ㅇ蠶饑(잠기)－누에가 굶주렸으니. ㅇ妾欲去(첩욕거)－나는 어서 집으로 가야 한다. ㅇ五馬(오마)－태수(太守)를 말한다. 태수의 사두마차(四頭馬車)에는 예비로 말 한 마리가 더 따른다. ㅇ莫留連(막유련)－꾸물대지 마시오. 한(漢)대의 악부 〈맥상상〉에는 '원님이 남쪽으로부터 와서 다섯 마리 말과 수레를 멈추고 배회하고 있다(使君從南來 五馬立踟躕)'라는 구절이 있다.

자 야 사 시 가　　　하 가

53. 子夜四時歌(2) 夏歌　자야가(2) 여름의 노래

경 호 삼 백 리　함 담 발 하 화
1. 鏡湖三百里 菡萏發荷花

오 월 서 시 채　인 간 애 약 야
2. 五月西施采 人看隘若耶

회 주 부 대 월　귀 거 월 왕 가
3. 回舟不待月 歸去越王家

〈下平聲 6 麻韻 : 花耶家〉

둘레가 3백 리, 넓은 경호 가득히 봉오리 터진 연꽃이 활짝 피어났네

5월에 미녀 서시가 연꽃을 딸 제 그녀를 보려는 인파로 약야계가 막혔거늘

서시는 떠오르는 달도 기다리지 않고 배를 돌려 월나라 궁전으로 돌아가네.

(語釋) ㅇ鏡湖(경호)－절강성(浙江省) 소흥(紹興) 남쪽에 있다. ㅇ三百里(삼백리)－경호의 둘레가 3백 리나 된다. ㅇ菡萏(함담)－연꽃 봉오리. ㅇ發荷花(발하화)－봉오리가 터지고 연꽃으로 활짝 피어나다. 피어난 연꽃은 부용(芙蓉)이라 한다. 잎을 하(荷), 열매를 연(蓮), 뿌리를 우(藕)라고 함. 일반적으로 연꽃을 하화(荷花)라고 한다. ㅇ五月西施采(오월서시채)－5월에 미인 서시가 연꽃을 따다. 서시가 약야계(若耶溪)에서 연꽃을 땄다고 전한다. ㅇ人看隘若耶(인간애약야)－서시를 보려는 사람들이 많이 모여서 약야계가 좁을 지경이다. ㅇ回舟不待月(회주부대월)－달뜨기를 기다리지 않고 배를 돌리다. ㅇ歸去越王家(귀거월왕가)－월나라 임금의 궁전으로 돌아가다.

(解說) 춘가(春歌)는 한(漢)대의 악부시(樂府詩) 〈맥상상(陌上桑)〉을 압축한 듯한 시다. 아름다운 여자가 뽕잎을 따고 있으면, 주변에 바람둥이들이 서성대게 마련이다. 하가(夏歌)에 나오는 경호(鏡湖)와 약야계(若耶溪)는 절강성(浙江省) 소흥현(紹興縣) 회계산(會稽山)에 있다.

이곳에서 춘추(春秋)시대에 월왕(越王) 구천(勾踐)이 오왕(吳王) 부차(夫差)에게 패하고 욕을 보았으며, 마침내 월왕은 미인 서시(西施)를 오왕에게 바쳤다.

54. 子夜四時歌(3) 秋歌 자야가(3) 가을의 노래

자야사시가 추가

장안일편월 만호도의성
1. 長安一片月 萬户擣衣聲

추풍취부진 총시옥관정
2. 秋風吹不盡 總是玉關情

하일평호로 양인파원정
3. 何日平胡虜 良人罷遠征

〈下平聲 8 庚韻 : 聲情征〉

장안의 밤하늘에는 조각달이 떠있으며 모든 집에서는 다듬이질 소리가 요란하다

끝없이 불어오는 가을바람은 그 모두가 옥문관을 넘나고 오가는 아련한 정이니라

임은 언제나 오랑캐를 평정하여 원정을 마치고 집에 돌아오시나

語釋 ○長安(장안)－당(唐)의 도성, 섬서성(陝西省) 서안(西安). 당시 인구 백만, 거리가 바둑판처럼 정연했다. ○一片月(일편월)－일륜(一輪)의 둥근 달. 한 조각의 달, 외로운 가을달이란 뜻도 있다. ○萬戶(만호)－장안의 모든 집에서란 뜻. 당시 장안의 호구 수는 약 8만이었다고 전한다. ○擣衣聲(도의성)－다듬이질하는 소리가 들린다. ○秋風吹不盡(추풍취부진)－가을바람이 끝없이 분다. ○總是(총시)－모두가. ○玉關情(옥관정)－옥문관을 넘나고 오가는 애절한 정이다. 즉 변경에서 경비하고 있는 낭군과 고향집에서 낭군을 생각하는 아내가 서로 주고받는 애절한 정이 가을바람을 타고 오간다는

뜻. 옥관(玉關)은 옥문관(玉門關). 감숙성(甘肅省) 돈황현(敦煌縣)에 있으며, 장안에서 2천km 떨어진 요충지였다. ㅇ何日平胡虜(하일평호로)－언제나 오랑캐를 평정하고. 호(胡)는 좁게는 흉노(匈奴). 로(虜)는 오랑캐, 야만인. ㅇ良人(양인)－낭군, 남편. ㅇ罷遠征(파원정)－원정을 마치고 집으로 돌아오다.

55. 子夜四時歌(4) 冬歌 자야가(4) 겨울의 노래

(자야사시가 동가)

1. 明朝驛使發 一夜絮征袍 (명조역사발 일야서정포)
2. 素手抽鍼冷 那堪把剪刀 (소수추침랭 나감파전도)
3. 裁縫寄遠道 幾日到臨洮 (재봉기원도 기일도임조)

〈下平聲 4 豪韻：袍刀洮〉

내일 아침에 역참의 파발이 출발하므로 밤을 새워 전지에 보낼 솜옷을 만드노라

맨손에 바늘 뽑기조차 차갑거늘 어찌 감히 쇠붙이 가위를 잡으랴

밤새 마르고 꿰매서 먼 길에 부치면 언제나 낭군이 있는 임조에 도달할는지

(語釋) ㅇ明朝(명조)－내일 아침에. ㅇ驛使發(역사발)－역참(驛站)의 파발꾼이 출발한다. ㅇ一夜(일야)－하루 밤 사이에. ㅇ絮征袍(서정포)－

싸움터에서 입을 겉옷을 솜을 넣어 만들다. 서(絮)는 솜 서. ㅇ素手(소수)－맨손. ㅇ抽鍼(추침)－바늘을 뽑다. ㅇ那堪把剪刀(나감파전도)－어찌 얼음처럼 차가운 가위를 잡을 수 있으랴. ㅇ裁縫(재봉)－옷을 마르고 꿰매서. ㅇ寄遠道(기원도)－낭군이 있는 먼 곳에 부친다. ㅇ幾日到臨洮(기일도임조)－언제나 임조(臨洮)에 도달할까? 임조는 감숙성(甘肅省)에 있다. 변경의 요충지.

(解說) 제3수인 추가(秋歌)는 장안의 모든 여인들이 변경에 나가 수자리 사는 낭군을 그리워하는 애절한 심정을 그린 악부시다. 그녀들은 밤하늘에 외롭게 뜬 일편월(一片月)을 보며, 임을 생각한다. 동시에 그들은 임에게 보낼 겨울 옷감을 다듬이질하고 있다. 다듬이소리는 그녀들의 가슴을 더욱 아프게 때린다. 한편 소슬한 가을바람은 하늘과 땅, 변경과 장안을 넘나들고 있다. 제4수 동가(冬歌)는 내일 아침에 출발할 파발꾼 편에 보내려고 밤새 솜옷을 만드는 아내의 어려움을 읊었다. 추운 겨울 밤, 손이 시려 바늘을 뽑고, 가위질하기에 고생하는 여인을 사실적으로 그렸다. 그리고 옷을 부친다해도 언제 도달할지 알 수 없다는 불안한 아내의 심정을 그렸다.

몽 유 천 모 음 류 별

56. 夢遊天姥吟留別 꿈에 본 천모산을 읊으며 작별하노라

전문 〈1~23〉 (전체를 5단으로 나누었다)

1. 海客談瀛洲　烟濤微茫信難求
2. 越人語天姥　雲霓明滅或可睹
3. 天姥連天向天橫　勢拔五岳掩赤城
4. 天臺四萬八千丈　對此欲倒東南傾

5. 我欲因之夢吳越　一夜飛度鏡湖月

6. 湖月照我影　送我至剡溪

7. 謝公宿處今尚在　淥水蕩漾淸猿啼

8. 脚著謝公屐　身登靑雲梯

9. 半壁見海日　空中聞天鷄

10. 千巖萬壑路不定　迷花倚石忽已暝

11. 熊咆龍吟殷巖泉　慄深林兮驚層巓

12. 雲靑靑兮欲雨　水澹澹兮生烟

13. 列缺霹靂　丘巒崩摧

14. 洞天石扇　訇然中開

15. 靑冥浩蕩不見底　日月照耀金銀臺

16. 霓爲衣兮風爲馬　雲之君兮紛紛而來下

17. 虎鼓瑟兮鸞回車　仙之人兮列如麻

18. 忽魂悸以魄動　怳驚起而長嗟

19. 惟覺時之枕席　失向來之烟霞

20. 世間行樂亦如此　古來萬事東流水

21. 別君去兮何時還　且放白鹿靑崖間

22. 須行卽騎訪名山　安能摧眉折腰事權貴

23. 使我不得開心顔

제1단 : 1~4

해 객 담 영 주　연 도 미 망 신 난 구
1. 海客談瀛洲　烟濤微茫信難求

월 인 어 천 모　운 예 명 멸 혹 가 도
2. 越人語天姥　雲霓明滅或可睹

천 모 련 천 향 천 횡　세 발 오 악 엄 적 성
3. 天姥連天向天横　勢拔五岳掩赤城

천 태 사 만 팔 천 장　대 차 욕 도 동 남 경
4. 天台四萬八千丈　對此欲倒東南傾

〈下平聲 11尤韻 : 洲求, 上聲 7麌韻姥睹,
下平聲 8庚韻 : 橫城傾〉

해상 여행객은 영주라는 신선도가 있다고 말하지만 안개와 파도 넘어, 아득한 곳이니 찾을 수가 없노라

그러나 월나라 사람들이 말하는 천모산은 구름과 무지개 속에 명멸하되 볼 수 있노라

천모산은 하늘에 맞닿고 또 하늘을 모로 누웠으며 산세가 오악 위에 치솟고 적성산조차 압도하노라

높이가 4만 8천 장이나 된다는 천태산도 천모산 앞에서는 동남쪽으로 기운 뫼로다

語釋 ㅇ夢遊天姥吟留別(몽유천모음류별)－꿈에서 놀던 천모산(天姥山)의 광경을 읊어서 작별의 시로 삼는다. 천모산은 절강성(浙江省) 신창현(新昌縣)에 있다. 동으로는 천태산(天台山) 화정봉(華頂峰)에 접하고 서로는 옥주산(沃洲山)에 이어진다. 도교의 복지(福地)로 천

모(天姥 : 하늘 할머니)의 노래가 들린다고 전한다. 모(姥)는 할미 모. 음(吟)은 악부(樂府)의 노래라는 뜻으로 '가(歌), 행(行), 곡(曲), 인(引)'과 같이 악부시 제목에 쓰인다. 유별(留別)은 작별의 뜻이다. 단 길떠나는 사람이 그곳에 남아 있는 사람과 작별한다는 뜻이다. 송별(送別)과 대(對)가 된다. ㅇ海客(해객)－동해(東海)를 여행한 사람. ㅇ談瀛洲(담영주)－영주에 대한 말을 한다. 영(瀛)은 바다 영. 주(洲)는 섬 주. 영주는 동해 끝에 있으며, 신선이 사는 섬이라고 전한다. 《사기(史記)》에 있다. '서불(徐市) 등이 진시황에게 글을 올려 아뢰었다. 동해에 '봉래 · 방장 · 영주' 등 세 개의 신산이 있고, 신선들이 살고 있습니다.(徐市等上書言 海中有三神山 名曰 蓬萊 方丈 瀛洲 僊人居之)' 〈진시황본기(秦始皇本紀)〉. ㅇ烟濤(연도)－안개가 짙고 파도가 거센 바다. 연(烟)은 연기 연. 도(濤)는 큰 물결 도. ㅇ微茫(미망)－아득하고 망망하며. ㅇ信難求(신난구)－참으로 그 섬들을 찾기 어렵다. ㅇ越人(월인)－월나라 사람. 월은 춘추전국시대의 나라 이름, 절강성(浙江省) 일대를 월이라고 부른다. ㅇ語天姥(어천모)－천모산에 대해서 말한다. ㅇ雲霓(운예)－구름과 무지개. 예(霓)는 암무지개 예. 운하(雲霞)로 쓴 판본도 있다. ㅇ明滅或可睹(명멸혹가도)－천모산이 높은 구름이나 무지개 사이에 명멸하지만, 그래도 때에 따라서는 직접 눈으로 볼 수 있다. 명멸(明滅)은 나타나 보이기도 하고 혹은 안 보이기도 한다. 동해에 있다는 영주는 찾을 수도 볼 수도 없으나, 천모산은 어쩌다가 볼 수는 있다는 뜻. ㅇ天姥連天(천모련천)－천모산은 하늘에 이어진 듯이 높다. ㅇ向天橫(향천횡)－하늘에 가로 누웠다. 향(向)은 어(於)와 같다. ㅇ勢拔五岳(세발오악)－산세가 오악(五嶽)보다 빼어나게 높고 크다. 오악은 태산(泰山 : 東岳), 화산(華山 : 西岳), 형산(衡山 : 南岳), 항산(恒山 : 北岳), 숭산(嵩山 : 中岳). ㅇ掩赤城(엄적성)－적성산(赤城山)의 위용도 압도한다. 엄(掩)은 가릴 엄. 적성산은 절강성 천태현(天台縣) 북쪽에 있으며, 소산(燒山)이라고도 한다. 붉은 암석이 성벽처럼 치솟았으므로 멀리서 보면 흡사 '붉은 성벽〔赤

城]'같이 보인다. ㅇ天台(천태)－절강성 천태현 북쪽에 있다. 도교·불교에서 높이 치는 영산(靈山). ㅇ四萬八千丈(사만팔천장)－높이가 4만 8천 장, 약 1,138m. ㅇ對此欲倒東南傾(대차욕도동남경)－'천태산도' 이 천모산에 비하면 낮게 동남쪽으로 기운 듯이, 내려다 보인다.

(解說) 성품이 호탕한 이백은 젊어서 도교(道教)에 심취했고, 불로장생(不老長生)의 신선도술(神仙道術)을 수련하기도 했다. 그래서 도교의 복지(福地)로 꼽히는 천모산(天姥山)에 오르려고 염원했다. 천모산은 절강성(浙江省) 신창현(新昌縣)에 있다. 동으로는 천태산(天台山) 화정봉(華頂峰)에 접하고 서로는 옥주산(沃洲山)에 이어지는 명산으로 평소에도 '구름과 무지개 사이로 명멸(明滅)하는 높은 산'이다.

제2단 : 5~10

아 욕 인 지 몽 오 월　일 야 비 도 경 호 월
5. 我欲因之夢吳越　一夜飛度鏡湖月

호 월 조 아 영　송 아 지 섬 계
6. 湖月照我影　送我至剡溪

사 공 숙 처 금 상 재　녹 수 탕 양 청 원 제
7. 謝公宿處今尙在　淥水蕩漾淸猿啼

각 착 사 공 극　신 등 청 운 제
8. 脚著謝公屐　身登靑雲梯

반 벽 견 해 일　공 중 문 천 계
9. 半壁見海日　空中聞天鷄

천 암 만 학 로 부 정　미 화 의 석 홀 이 명
10. 千巖萬壑路不定　迷花倚石忽已暝

〈入聲 6月韻 : 越月, 上平聲 8齊韻 : 溪啼梯鷄,
去聲 25徑韻 : 定暝〉

나는 꿈에서라도 오나라 월나라에 놀고자 했거늘 하룻밤 꿈에서 경호에 뜬 달 곁으로 날아서 갔노라

호수의 달은 나를 밝게 비쳐주고 또 나를 섬계까지 이끌어 주었노라

그곳에는 사령운의 거처가 여전히 남아 있으며 푸른 물이 출렁이고, 원숭이 우는 소리 맑았노라

나는 꿈속에서 사령운이 신었던 나막신을 신고 푸른 구름에 걸친 사다리를 타고 산에 올랐노라

산 중턱에서 바다 위로 떠오르는 해를 보았으며 공중에서 새벽을 알리는 하늘의 닭소리를 들었노라

많은 암벽을 타고 계곡을 건너가나 길이 없으니, 꽃 숲에서 길 잃고 헤매며, 암석을 탈 새, 날이 저물었노라

(語釋) ○我欲因之夢吳越(아욕인지몽오월)－그러므로 나는 꿈에서라도 오월간을 여행하고자 원했다. ○因之(인지)－그러므로 위에서 말한 대로 천모산이 뛰어났다고 하기에. 오(吳)·월(越)간은 강소(江蘇) 절강(浙江) 일대. ○一夜飛度(일야비도)－어느 날 밤 꿈에서 날아가다. ○鏡湖月(경호월)－경호(鏡湖)에 비친 달 곁으로 날아서 갔다. 경호는 절강성 소흥현(紹興縣) 서남쪽에 있다. ○湖月照我影(호월조아영)－호수의 달이 나를 밝게 비쳐주다. 영(影)은 검은 형상, 어둠에 묻힌 모습. ○送我至剡溪(송아지섬계)－달이 나를 밝게 비춰주고 또 섬계까지 바래다주었다. 섬계는 절강성 승현(嵊縣) 남쪽, 조아강(曹娥江) 상류에 있다. 진(晉)의 왕미지(王微之)가 설야(雪夜)에 이곳으로 대규(戴逵)를 찾아왔으므로 대계(戴溪)라고도 한다. ○謝公宿處今尙在(사공숙처금상재)－남조(南朝) 시대 사령운(謝靈運)의 거처가 지금도 여전히 남아 있다. 절강성 승현(嵊縣) 북쪽 석

문산(石門山)에 있다. ㅇ淥水(녹수)－푸르고 맑은 물. 녹(淥)은 물 맑을 록으로 초록 록(綠)과 통한다. ㅇ蕩漾(탕양)－물이 출렁거리며 흐른다. 탕(蕩)은 움직일 탕. 양(漾)은 출렁거릴 양. ㅇ淸猿啼(청원제)－처절한 원숭이 우짖는 소리가 맑게 들린다. ㅇ脚著謝公屐(각착사공극)－'꿈에서 나는' 발에 사령운의 나막신을 신었다. 《세설신어(世說新語)》에 다음과 같은 고사가 있다. '사령운은 등산을 좋아했으며, 오를 때는 앞을 낮게 하고, 내려올 때는 뒤를 낮게 하는 특수한 나막신을 신었다.' ㅇ身登靑雲梯(신등청운제)－(꿈에서) 이태백 자신이 푸른 구름에 걸친 사다리를 타고 산에 올랐다. 청운제는 높은 산에 올라가는 사다리의 뜻이다. 사령운의 시에 다음과 같은 구절이 있다. '나같이 산에 올라가려는 사람이 함께 타고 갈 사다리 없음이 아쉽다(惜無同懷客 共登靑雲梯).'(〈登石門最高頂 : 《文選》 卷22〉). ㅇ半壁(반벽)－치솟은 절벽 중간에서. ㅇ見海日(견해일)－바다 위로 떠오르는 해를 보았다. ㅇ天鷄(천계)－하늘의 닭. 《술이기(述異記)》에 있다. '동남에 도도산이 있고, 그 위에 도도라고 일컫는 큰 나무가 있다. 가지가 삼천 리나 뻗었다. 그 나무 위에 천계가 있는데, 해가 떠서 그 나무를 처음 비추면, 천계가 일제히 울고, 지상의 모든 닭들이 따라서 운다(東南有桃都山 上有大樹名曰桃都 枝相去三千里 上有天鷄 日初出照此樹則鳴 天下鷄皆隨之鳴).' ㅇ千巖萬壑(천암만학)－천만은 수없이 많다. 암학은 암벽과 계곡. ㅇ路不定(노부정)－정해진 길이 없다. ㅇ迷花倚石(미화의석)－꽃나무 숲 사이를 헤매거나 암석을 타고 기어오르는 사이에. 의(倚)는 의지할 의. ㅇ忽已暝(홀이명)－어느덧 날이 저물다. 명(暝)은 어두울 명.

(解說) 꿈에 경호(鏡湖)에 뜬 달을 타고 천모산으로 가, 사령운(謝靈雲)의 나막신을 신고 산에 올랐다.

제3단 : 11～15

웅 포 용 음 은 암 천　율 심 림 혜 경 층 전
11. 熊咆龍吟殷巖泉　慄深林兮驚層巓

운 청 청 혜 욕 우　수 담 담 혜 생 연
12. 雲青青兮欲雨　水澹澹兮生烟

열 결 벽 력　구 만 붕 최
13. 列缺霹靂　丘巒崩摧

동 천 석 선　굉 연 중 개
14. 洞天石扇　訇然中開

청 명 호 탕 불 견 저　일 월 조 요 금 은 대
15. 青冥浩蕩不見底　日月照耀金銀臺

〈下平聲 1先韻 : 泉巓烟, 上平聲 10灰韻 : 摧開臺〉

곰이 포효하고 용이 절규하고 암석의 물소리 요란하며 깊은 산림을 떨게 하고 중첩된 산봉우리를 놀라게 하노라

구름이 검푸르게 덮여 비가 쏟아질 듯하고 물이 출렁출렁 넘치니 연무가 피어날 듯하노라

하늘을 가르고 번갯불이 작렬하고 벼락이 떨어지자 삽시간에 산등성이 무너지고 바위가 부서져 내리고

하늘에 통하는 돌문이 굉음을 내고 활짝 열리노라

검푸르고 아득하고 끝없이 넓은 푸른 하늘에 해와 달이 신선의 금은대를 찬연히 비추고 있네

(語釋) ㅇ熊咆龍吟(웅포용음)-산 속에서는 곰이 포효하고, 하늘에서는 용이 절규하고. 포(咆)는 포효할 포. ㅇ殷巖泉(은암천)-암석에 부닥뜨리면서 흐르는 물소리가 요란하다. 은(殷)은 성할 은. ㅇ慄深林兮(율심림혜)-깊이 우거진 숲을 떨게 한다. 율(慄)은 두려워할 율. ㅇ驚層巓(경층전)-층층이 솟은 산봉우리를 놀라게 한다. 전(巓)은 산꼭대기 전. ㅇ雲青青兮欲雨(운청청혜욕우)-구름이 검푸르게 덮여 당장에라도 비가 쏟아져 내릴 듯하고. ㅇ水澹澹兮(수담담혜)-물이 부풀어 출렁출렁 넘친다. 담담(澹澹)은 출렁이고 넘친다. 담(澹)은 담박할 담. ㅇ生烟(생연)-연무(煙霧)가 피어나 번진다. ㅇ列缺(열결)-하늘을 가르는 번갯불, 뇌광(雷光). ㅇ霹靂(벽력)-벼락. 벽(霹)은 벼락 벽. 력(靂)은 벼락 력. ㅇ丘巒崩摧(구만붕최)-언덕이나 산등성이가 무너지고 부서진다. 만(巒)은 뫼 만. 붕(崩)은 무너질 붕. 최(摧)는 꺾을 최. ㅇ洞天石扇(동천석선)-(신선이 있는) 동굴의 하늘에 통하는 돌문. 석선(石扇)을 석비(石扉)로 쓴 판본도 있다. ㅇ訇然中開(굉연중개)-우렁찬 소리를 내고 활짝 열린다. 굉(訇)은 큰소리 굉. ㅇ青冥浩蕩(청명호탕)-푸른 하늘이 호탕하게 넓다. 명(冥)은 아득할 명. ㅇ不見底(불견저)-끝이 보이지 않는다. ㅇ日月照耀(일월조요)-해와 달이 눈부시게 비추다. ㅇ金銀臺(금은대)-금과 은으로 장식한 신선이 사는 누대(樓臺).

(解說) 산 전체가 시끄럽게 포효하자, 깊이 우거진 산림이 전율한다. 하늘에서 갑자기 천둥 번개를 동반한 폭우가 쏟아져 내린다. 그러자 다시 천지가 개벽한 듯이 해와 달이 눈부시게 신선의 누대를 비추고 있다.

제4단 : 16~19

예 위 의 혜 풍 위 마　운 지 군 혜 분 분 이 래 하
16. 霓爲衣兮風爲馬　雲之君兮紛紛而來下

호 고 슬 혜 란 회 거　선 지 인 혜 열 여 마
17. 虎鼓瑟兮鸞回車　仙之人兮列如麻

홀 혼 계 이 백 동　황 경 기 이 장 차
18. 忽魂悸以魄動　怳驚起而長嗟

유 각 시 지 침 석　실 향 래 지 연 하
19. 惟覺時之枕席　失向來之烟霞

〈上聲 21馬韻 : 馬下, 下平聲 6麻韻 : 車麻嗟霞〉

무지개 옷을 걸치고, 바람을 말 삼아 타고 구름의 신군(神君)이 성대하게 내려오노라

호랑이 큰 거문고 퉁기고, 난새 수레를 호위하고 돌아올 제 신선들이 삼나무 숲처럼 줄지어 신군을 수행하고 오노라

그 순간 나는 엉겁결에 혼백을 잃고 놀라 꿈에서 깨어나 길게 탄식하고 망연자실했노라

깨어나 보니 전에 누웠던 잠자리가 있을 뿐 꿈에서 보았던 연무에 흐렸던 천모산은 온데간데 없노라

(語釋) ㅇ霓爲衣兮風爲馬(예위의혜풍위마)－무지개를 옷으로 입고, 바람을 말로 삼고 타다. ㅇ雲之君兮紛紛而來下(운지군혜분분이래하)－구름의 신군(神君)이 성대하고 위세 당당하게 내려온다. '구름의 신군'을 운중군(雲中君)이라고도 한다. ㅇ虎鼓瑟兮(호고슬혜)－호랑이가 큰

거문고를 퉁기고. 슬(瑟)은 거문고 슬. 25현(絃)의 큰 거문고, 금(琴)은 5~7현의 작은 거문고. 슬(瑟)은 원래는 50현이었다. 이를 황제(黃帝)가 25현으로 줄였다고 전한다. ㅇ鸞回車(난회거)－난새가 수레를 몰고 돌아온다. 난(鸞 : 난새 난)은 전설에 나오는 영조(靈鳥)로 천자의 수레를 호위한다. 봉황(鳳凰) 같다고 한다. ㅇ仙之人兮(선지인혜)－선경에 사는 신선(神仙)들이. ㅇ列如麻(열여마)－삼나무 숲처럼 (많은 신선들이) 줄지어 (구름의 신군을 따른다). ㅇ忽(홀)－홀연히. ㅇ魂悸以魄動(혼계이백동)－(놀라서) 혼백이 두근거리고 울렁거린다. 영혼의 양(陽)을 혼(魂), 음(陰)을 백(魄)이라 한다. 계(悸)는 두근거릴 계. ㅇ怳(황)－황홀하다, 정신이 흐릿하다. ㅇ驚起而長嗟(경기이장차)－놀라서 (꿈에서) 깨어나 길게 탄식한다. ㅇ惟(유)－오직. ㅇ覺(각)－깨어나 보니. ㅇ時之枕席(시지침석)－(꿈에서 본 천모산은 온데간데 없고) 오직 아까 (내가 누웠던) 잠자리만이 있다. 침석(枕席)은 베개와 자리. ㅇ失(실)－없어지다. ㅇ向來(향래)－아까 보았던. 꿈에서 보았던. ㅇ烟霞(연하)－안개와 노을에 흐렸던 천모산의 광경.

(解說) 무지개 옷을 걸치고, 바람을 탄 운중군(雲中君)이 분분히 내려온다. 호랑이는 거문고를 타고 난새는 수레를 지키고 신선들이 줄지어 따른다. 이에 시인은 소스라치게 놀라며 잠에서 깨어났다.

제5단 : 20~23

세 간 행 락 역 여 차　고 래 만 사 동 류 수
20. 世間行樂亦如此　古來萬事東流水

별 군 거 혜 하 시 환　차 방 백 록 청 애 간
21. 別君去兮何時還　且放白鹿青崖間

수 행 즉 기 방 명 산　안 능 최 미 절 요 사 권 귀
22. 須行卽騎訪名山　安能摧眉折腰事權貴

사 아 부 득 개 심 안
23. 使我不得開心顔

〈上聲 4紙韻 : 水, 上平聲 15刪韻 : 還間山顔〉

세상의 행락도 역시 이와 같으리라. 자고로 만사가 강물처럼 동으로 흘러가노라

그대를 남겨놓고 떠나는 나, 언제 다시 돌아올지 잠시나마 흰 사슴 푸른 산 절벽에 풀어놓은 듯

모름지기 사슴 타고 명산을 찾아가리라 어찌 눈썹을 숙이고 허리를 굽히고 권력을 섬기랴

그래서는 나의 마음과 얼굴을 필 수 없느니라

(語釋) ㅇ世間行樂亦如此(세간행락역여차)－세상의 행락(行樂) 역시 이와 같으리라. 여기서 말하는 행락은 정치 권력에 붙어 일시적인 부귀영화를 누린다는 뜻. ㅇ古來萬事東流水(고래만사동류수)－자고로 세상만사가 다 강물이 동쪽으로 흘러가듯이 허무하게 지나가고 스러진다. ㅇ別君去兮何時還(별군거혜하시환)－그대를 남겨놓고 떠나는

나는 언제나 다시 돌아올는지 나도 모르겠다. ㅇ且(차)-어찌했건, 당장, 지금은. ㅇ放白鹿青崖間(방백록청애간)-(신선이 타는) 흰 사슴을 푸른 산 절벽에 풀어 보내듯이, 이백 자신이 신선이 되어 백록을 타고 산으로 가겠다는 뜻. ㅇ須行卽騎訪名山(수행즉기방명산)-모름지기 백록을 타고 가서 명산을 방문하리라. ㅇ安能摧眉(안능최미)-어찌 눈썹을 비굴하게 내려뜨리고. 최(摧)는 꺾을 최. ㅇ折腰(절요)-허리를 굽히고. ㅇ事權貴(사권귀)-권력자나 고귀한 자들을 섬길 수 (있겠느냐?). ㅇ使我不得開心顔(사아부득개심안)-나로 하여금 마음과 얼굴을 필 수 없게 하노라.

解說 천보(天寶) 5년(746), 이백의 나이 46세 때에 지은 시로서 칠언고시(七言古詩)다. 그러나 형식면에서 파격적이다. 즉 '4언'이 4구, '5언'이 10구, '6언'이 6구, '9언'이 2구 섞여 있다. 운(韻)에서도 12번이나 환운(換韻)했다. 내용면에서 전체를 크게 5단으로 나눌 수 있다. 제1단(1~4)은 신령한 선산(仙山) 천모산의 탁월한 위세를 그리고 자기도 산에 오르고 싶다는 소망을 밝혔다.

제2단(5~10)은 꿈속에서 달을 따라 경호(鏡湖)를 넘고 마침내 천모산 밑에 있는 사령운(謝靈運)의 구가를 찾았고, 그곳에서 사령운이 만든 특수한 등산용 나막신을 신고 어렵사리 천모산 중턱까지 올랐다.

제3단(11~15)은 신비로운 천모산의 위용과 천지를 진동하는 기상의 변동을 절박하게 묘사했다. 즉 '곰이 포효하고 용이 절규하고 암석의 물소리 요란하여, 산림을 떨게 하고 중첩한 산을 놀라게 한다' '먹구름이 덮이고 장대비가 쏟아질 때, 번갯불이 작렬하고 벼락이 떨어지며, 산등성이 무너지고 바위가 부서져 내렸다.' '그러자 갑자기 굉음과 더불어 하늘의 돌문이 활짝 열리고, 끝없이 넓고 푸른 하늘에 해와 달이 빛을 뿌려, 금과 은으로 장식한 신선의 누대(樓臺)를 찬연히 비추고 있다'.

제4단(16~19)은 꿈에서 본 하늘 나라의 위용을 그렸다. 즉 '무지개 옷을 걸치고 바람을 탄 구름의 신군(神君)이 성대하게 내려온다'. '호랑이가 큰 거문고 퉁기고 난새가 수레를 호위하고 신선들이 줄지어 수행한다'. '그 순간 나는 엉겁결에 혼백을 잃고 놀라 꿈에서 깨어나 장탄식을 하고 망연자실했다'. 결국 꿈이었다. '깨어나 보니 잠자리가 그대로 있을 뿐, 천모산은 온데간데 없다'.

마지막 제5단(20~23)에서 이백은 말했다. '이 세상의 부귀영화도 자고로 강물처럼 동으로 흘러가 스러지고 만다.' 그러므로 '나는 흰 사슴을 타고 명산을 찾아가리라'. '나는 절대로 눈썹을 숙이고 허리를 굽히고 권력을 섬기지 않으리라'. '그래서는 나의 마음과 얼굴을 필 수 없느니라'.

결국 꿈에서 올랐던 천모산을 현실의 정치세계에 비유한 것이다. 아울러 이백의 필치는 억세게 호탕하면서도 기발하고 생생하다. 귀신도 그를 따르지 못하리라. 이 작품은 천재 시인 이백이 형식적인 구속을 과감히 타파하고 자유분방하게 자신의 시재(詩才)를 마냥 발휘한 걸작 중 걸작이다. 특히 거침없이 토해내는 기발한 어구와 다양하면서도 유창하고 자연스런 묘사와 표현이 절묘하다.

청(淸)의 심덕잠(沈德潛)은 다음과 같이 평했다. (한글 풀이는 의역한 것) '꿈에 가탁해서 신선이 사는 선경의 기기묘묘한 형상과 환상을 속속들이 남김없이 그렸다(託言夢遊 窮形盡相 以極洞天之奇幻).' '꿈에서 깨어나 환상 세계가 안개 스러지듯이 홀연히 없어지자, 이 세상의 부귀영화나 즐거움도 꿈같이 허무한 것임을 터득했다(至醒後頓失烟霞矣 知世間行樂亦同一夢).' '(그러니) 내가 어찌 꿈처럼 덧없는 세상에서 권력을 쥐고 고귀하다는 자들에게 몸을 굽힐 수 있느냐(安能於夢中屈身權貴乎).' '(나는 그럴 수 없다. 그래서) 이곳을 하직하고 두루 명산을 찾아 유람하면서 천수를 다 누리겠노라(吾當別去遍遊名山以終天年也).' '시에 그려진 세계는 기이하고 환상적이지만, 도리면에서는 이치가 통하고 섬세하다(詩境雖奇 脈理極細) 《唐詩別裁集》, 권6).

선 주 사 조 루 전 별 교 서 숙 운

57. 宣州謝朓樓餞別校書叔雲 선주 사조루에서 교서랑 숙운과 이별하며

전문 〈1~7〉 (전체를 3단으로 나누었다)

1. 棄我去者　昨日之日不可留
2. 亂我心者　今日之日多煩憂
3. 長風萬里送秋雁　對此可以酣高樓
4. 蓬萊文章建安骨　中間小謝又淸發
5. 俱懷逸興壯思飛　欲上靑天覽日月
6. 抽刀斷水水更流　擧杯銷愁愁更愁
7. 人生在世不稱意　明朝散髮弄片舟

제1단 : 1~3

기 아 거 자　작 일 지 일 불 가 류
1. 棄我去者　昨日之日不可留

난 아 심 자　금 일 지 일 다 번 우
2. 亂我心者　今日之日多煩憂

장 풍 만 리 송 추 안　대 차 가 이 감 고 루
3. 長風萬里送秋雁　對此可以酣高樓

〈下平聲 11尤韻 : 留憂樓〉

나를 버리고 간 시간 어제를 머물게 할 수 없으며

나의 마음을 어지럽히는 오늘은 오늘대로 걱정이 많을 제

만리 장풍을 타고 가을 기러기 날아오니 높이 누각에 올라 통쾌하게 술이나 마시리

(語釋) ㅇ宣州謝朓樓餞別校書叔雲(선주사조루전별교서숙운)－선주에 있는 사조루에서 전별의 술을 마시며 교서랑 숙운을 전송하는 시. ㅇ宣州(선주)－안휘성(安徽省) 선성현(宣城縣). ㅇ謝朓樓(사조루)－시인 사조(謝朓 : 464~499)가 남제(南齊)의 태수로 있을 때에 세운 높은 누각. 일명 북루(北樓), 사공루(謝公樓), 첩장루(疊嶂樓)라고도 한다. ㅇ餞別(전별)－길 떠나는 사람을 위해서 잔치를 베풀고 송별함. ㅇ校書(교서)－교서랑. 비서성(秘書省)에 속하며, 궁중의 서적을 교정하는 관직. ㅇ叔雲(숙운)－이백의 숙부 이운(李雲), 혹은 다른 사람이라고 하는 설도 있다. ㅇ棄我去者(기아거자)－나를 버리고 간 것. ㅇ昨日之日(작일지일)－그것은 어제라는 날, 시간이다. ㅇ不可留(불가류)－(흘러간 시간, 어제를) 머물게 할 수 없다. ㅇ亂我心者(난아심자)－나의 마음을 어지럽게 하는 것은. ㅇ今日之日(금일지일)－오늘이라는 날이다. ㅇ多煩憂(다번우)－번민과 걱정이 많다(오늘 그대를 보내는 나의 마음이 괴롭다). ㅇ長風萬里(장풍만리)－만리 밖에서 불어오는 바람. ㅇ送秋雁(송추안)－장풍이 가을 기러기를 불어오게 한다. 장풍을 타고 가을 기러기가 날아온다. ㅇ對此(대차)－그와 같은 정경을 대하니. ㅇ可以酣高樓(가이감고루)－높은 사조루에서 통쾌하게 마실 만하다.

第2단 : 4~5

　봉 래 문 장 건 안 골　중 간 소 사 우 청 발
4. 蓬萊文章建安骨　中間小謝又淸發

　구 회 일 흥 장 사 비　욕 상 청 천 람 일 월
5. 俱懷逸興壯思飛　欲上靑天覽日月

〈入聲 6月韻 : 骨發月〉

한대(漢代)의 문학과 건안의 시풍은 강건하고 기골이 높았으며 그 사이에 태어난 사조의 시가 문학도 청신하고 발랄했노라

그들은 자유분방한 흥취와 웅장한 생각을 높이 날려 바로 푸른 하늘에 올라가 해와 달을 잡을 듯했노라

(語釋) ㅇ蓬萊(봉래)－당(唐)·송(宋) 사람들은 비서성(秘書省)을 봉래도산(蓬萊道山)이라고 불렀다. 한편 '봉래문장(蓬萊文章)'을 한대(漢代)의 문장이나 문학의 뜻으로 풀이하기도 한다. 한나라 궁중의 서고(書庫)를 동관(東觀)이라 했으며, 동관을 봉래라고도 불렀다. 봉래는 동해(東海)에 있으며, 신선이 산다고 전한다. ㅇ建安骨(건안골)－건안(建安)대의 기골(氣骨)이 높고 강건(剛健)한 시풍(詩風)을 건안체(建安體)라고 했다. 건안은 후한(後漢) 말의 연호로서 주로 조조(曹操)와 그의 아들 조비(曹丕)·조식(曹植) 및 건안칠자(建安七子)의 시를 건안체라고 했다. '건안칠자'는 '공융(孔融)·왕찬(王粲)·진림(陳琳)·서간(徐幹)·유정(劉楨)·응창(應瑒)·완우(阮瑀)' 등 7인이다. ㅇ中間(중간)－중간 시기, 건안대(建安代)와 당대(唐代) 사이. ㅇ小謝(소사)－여기서는 사조(謝朓)를 말한다. 한편 남조(南朝) 송(宋)의 사령운(謝靈運)을 대사, 그의 족제 사혜련(謝惠連)을 소사라고도 한다. ㅇ又淸發(우청발)－다시 시풍이 청신

하고 발랄하게 되었다. ㅇ俱(구)－그들은 모두. ㅇ懷逸興(회일흥)－가슴에 자유분방한 흥취를 품고. ㅇ壯思飛(장사비)－웅장한 생각을 높이 날렸다. ㅇ欲上青天覽日月(욕상청천람일월)－바야흐로 푸른 하늘에 올라가 해와 달을 잡을 듯했다. 람(覽)은 람(攬 : 잡을 람)과 같다.

제3단 : 6~7

추도단수수갱류　거배소수수갱수
6. 抽刀斷水水更流　擧杯銷愁愁更愁

인생재세불칭의　명조산발농편주
7. 人生在世不稱意　明朝散髮弄片舟

〈下平聲 11尤韻 : 流舟〉

칼을 뽑아 강물을 베어도 강물은 여전히 흐르고 술잔을 들고 시름을 삭이려 해도 시름 더욱 돋아나네

세상에 살면서 이렇듯이 뜻에 어긋나기만 하니 차라리 내일 아침에는 머리 풀고 조각배 타고 가리라

(語釋) ㅇ抽刀斷水(추도단수)－칼을 뽑아 물을 베어도. ㅇ水更流(수갱류)－물이 더욱 세차게 흐른다. ㅇ擧杯銷愁(거배소수)－술잔을 들고 시름을 지우려 해도. ㅇ愁更愁(수갱수)－수심이 더욱 부풀고 커진다. ㅇ人生在世(인생재세)－사람이 세상에 살면서. ㅇ不稱意(불칭의)－(세상 만사가) 뜻에 어긋나기만 하니. ㅇ明朝散髮(명조산발)－내일 아침에는 머리를 풀어헤치고, 즉 벼슬을 버리고의 뜻. ㅇ弄片舟(농편주)－조각배를 타고 강호에 방랑하리라.

(解說) 천보(天寶) 2년(753) 이백의 나이 53세 때 지은 시다. 장안(長安)을 떠난 이백이 뜻을 얻지 못하고 우울하게 지내자, 차라리 머리

를 풀고 조각배를 타고 강호(江湖)에 방랑하려는 심정을 읊은 시다.

전체를 크게 3단으로 나눌 수 있다. 제1단은 사조루에서 교서랑 숙운을 전송하는 광경을 그렸다. 제2단에서는 한대와 건안대의 문학이 기골이 높고 강건하다고 칭찬하고 사조(謝朓)의 시를 높였다. 그리고 제3단에서는 자신의 우울한 심정을 털어놓고, 방랑길에 오르려는 뜻을 읊었다.

특히 다음의 표현이 인상적이다. '칼을 뽑아 강물을 베어도 강물은 여전히 더욱 세차게 흐르고, 술을 들고 시름을 지우려 해도 시름은 더욱 부풀기만 하노라(抽刀斷水水更流 擧杯銷愁愁更愁.).' 즉 이백은 잡을 수 없이 흘러가는 세월과 더불어 날로 혼란하고 저속해지기만 하는 세상을 분만한 것이다.

어떤 판본에는 이 시의 제목을 '시어 숙화를 배동하고 누에 올라서 읊은 시〔陪侍御叔華登樓歌〕'라고 했다. 숙화(叔華)는 〈조고전장문(弔古戰場文)〉의 작자 이화(李華 : 생몰연대 불명)일 것이다.

제 3 장

감회感懷와 취흥醉興

서로 다북쑥 떠돌 듯 헤어지니
우선 수중의 잔이나 비우고저
飛蓬各自遠
且盡手中杯

마주 앉아 대작하니 산꽃도 피네
한잔 한잔 또 한잔
兩人對酌山花開
一杯一杯復一杯

이백(李白)이라 하면 먼저 떠오르는 것이 술과 달이다. 그만큼 그는 술과 달을 벗삼은 낭만주의 시인이었으며 두보(杜甫)의 표현대로 '천자가 불러도 배 탈 생각을 않는 자칭 술 속의 신선(天子呼來不上船 自稱臣是酒中仙)'이었다. 그러나 그에게도 남 못지 않게 우정과 애국심이 있었으며 악에 물들지 않은 벗들하고만 통음고가(痛飮高歌)했었다.

58. 自遣 자견

자 견

대 주 불 각 명 화 락 영 아 의
1. 對酒不覺暝 花落盈我衣

취 기 보 계 월 조 환 인 역 희
2. 醉起步溪月 鳥還人亦稀

〈五言絶句〉

술잔 대하니 어느덧 날 저물고 꽃은 떨어져 옷자락을 덮었네
깨어 일어 시냇달에 걸을새 새도 없고 사람 또한 없더라

(語釋) ㅇ自遣(자견)－스스로 우울한 기분을 푼다, 소견(消遣)하다. ㅇ暝(명)－저녁이 되다, 날이 저물다. ㅇ醉起(취기)－취한 채 일어나다, 또는 취했다가 깨어나다, 취해 오다로도 풀 수가 있다.

(解說) 날 저무는 줄도 모르고 술에 취해서 쓰러져 자는 이백을 꽃잎들이 떨어져 마치 이불처럼 덮어 주었으리라.

그러자 술에서 깨어나 어슬렁어슬렁 시냇물에 비친 달을 보면서 걸어오는 이백, 이미 새들도 다 돌아갔고 인적 또한 드물더라. 풍류의 시인, 주선(酒仙)이라 불리는 이백을 눈앞에 보는 듯하다.

산 중 여 유 인 대 작

59. 山中與幽人對酌 산중의 대작

양 인 대 작 산 화 개 　 일 배 일 배 부 일 배

1. 兩人對酌山花開　一杯一杯復一杯

아 취 욕 면 경 차 거 　 명 조 유 의 포 금 래

2. 我醉欲眠卿且去　明朝有意抱琴來

〈七言絶句〉

마주 앉아 대작하니 산꽃도 피고. 한잔 한잔 또 한잔에
나는 취해 잠들 테니 자네는 가게. 생각나면 내일 아침 거문고 끼고 다시 오게나

(語釋) ㅇ幽人(유인)－은거하고 있는 사람, 나타나지 않은 사람. ㅇ有意(유의)－생각이 나거든이라는 뜻.

(大意) 둘이서 마주 앉아 주고 받으며 마시다 보니, 산꽃들도 피어났네. 한잔 한잔 또 거듭 마시었노라.(1)

이제 나는 취해 졸리니 자네는 그만 가게. 그리고 내일 아침에 또 술생각이 나거던 거문고 들고 오게나.(2)

(解說) 승우여운(勝友如雲)이란 말이 있다. 좋은 친구 사이는 담담해야 한다. 이해 관계나 감정에 서로 엉키어서는 안 된다. 같이 마시고 같이 즐기다가 취하여 졸리면 나는 자고 너는 간다, 그리고 이튿날 다시 깨어나 또다시 서로 찾고 술마시고 즐기면 된다.

산중에 묻혀 평범하게 사는 은둔자들이다. 무엇에도 거리낄 것이 없느니라. 이 시는 절구(絶句)의 변체(變體)다.

60. 待酒不至(대주부지) 술 기다리며

1. 玉壺繫青絲(옥호계청사) 沽酒來何遲(고주래하지)
2. 山花向我笑(산화향아소) 正好銜杯時(정호함배시)
3. 晚酌東窓下(만작동창하) 流鶯復在茲(유앵부재자)
4. 春風與醉客(춘풍여취객) 今日乃相宜(금일내상의)

〈五言律詩〉

술병에 청실 매어 갔거늘 술 사오기 왜 이리 더디뇨
산꽃은 날 향해 웃음 짓고 더없이 술 들기 좋은 땔세
느즉이 동창 아래 술잔 드니 꾀꼬리 다시 날아 와서 우네
봄바람과 취한 사람 오늘 따라 사이 좋네

(語釋) ㅇ玉壺(옥호)−옥항아리, 옥으로 만든 또는 옥 같은 술병, 술단지를 뜻함. ㅇ沽酒(고주)−술을 사다. 여기서는 술 사러 보냈는데 왜 이다지 늦는가라는 뜻. ㅇ銜杯(함배)−잔을 입에 물다. 술잔을 마시다. ㅇ流鶯(유앵)−이리 저리 날아다니는 꾀꼬리를 말함.

(大意) 옥항아리 청사(淸絲)로 묶어 매고 술 사러 보냈건만, 왜 이다지도 늦는가?(1)

산에 핀 꽃은 나를 보고 웃음짓고 더없이 술마시기 좋은 계절이

다.(2)

기다리던 술이 느지막이 동창 아래서 잔을 들고 있자니, 이리 저리 날던 꾀꼬리가 몇 번이고 내게 와서 노래하더라.(3)

봄바람은 술취한 나를 선들선들 불어 주니 오늘따라 더없이 사이가 좋네.(4)

(解說) 봄꽃이 만발하여 미소를 짓고 손짓하는데 기다리는 술이 아직도 안 오다니! 몹시 기다리던 술은 더욱더 잘 취하겠지! 봄바람에 불리며 혼자 마시는 술꾼, 이백에게 오가는 꾀꼬리들이 아는 척 한마디씩 노래를 한다. 봄꽃과 봄바람, 술꾼과 꾀꼬리가 담담하게 엉키어 즐기고 있다.

61. 春日獨酌(춘일독작) - 제1수 봄날 홀로 잔들며

1. 東風扇淑氣(동풍선숙기) 水木榮春暉(수목영춘휘)
2. 白日照綠草(백일조록초) 落花散且飛(낙화산차비)
3. 孤雲還空山(고운환공산) 衆鳥各已歸(중조각이귀)
4. 彼物皆有託(피물개유탁) 吾生獨無依(오생독무의)
5. 對此石上月(대차석상월) 長醉歌芳菲(장취가방비)

〈五言古詩〉

동풍에 훈기 풍기고 수목이 봄에 빛나며
태양은 풀에 비쳐 쪼이고 낙화는 지며 흩어져 난다
한 조각 구름 공산에 돌고 새들도 각기 제집에 돌아가네
만물은 모두가 의탁할 곳 있건만 나만은 외로이 의지할 곳 없어라
돌 위에 달과 더불어 취하여 꽃에 읊으리

(語釋) ㅇ扇淑氣(선숙기)－부드러운 훈기를 불어 날린다. ㅇ水木(수목)－강물이나 나무들. ㅇ榮春暉(영춘휘)－봄빛에 생기를 띠다. ㅇ芳菲(방비)－향기로운 꽃이나 풀.

(大意) 동풍은 화창한 훈기를 불어 풍기고 강물이나 나무들은 봄빛을 받아 더욱 생생하게 빛난다.(1)

태양은 푸른 풀을 비추고 바람에 꽃잎들이 흩어져 날며 떨어진다.(2)

외로운 한 조각의 구름이 다시 공산에 돌아가는 듯 떴고, 진종일 날던 새들도 각기 제집을 찾아 돌아간다.(3)

저렇듯 만물은 저마다 기탁할 곳이 있거늘, 나만은 홀로 의지할 곳이 없구나.(4)

바위 위에 뜬 달이나 상대로 술 마시고 취하여 봄꽃을 보며 시나 읊으리라.(5)

(解說) 훈훈한 춘풍, 포근한 봄빛과 더불어 만물이 소생하고 싹트고 빛을 띤다. 그러나 이백은 자연섭리(自然攝理)의 대도(大道) 속에 모든 것을 의탁하고 자연과 더불어 유연한 만물의 생태(生態) 앞에 자기의 고독(孤獨)과 허무(虛無)를 되씹으며 술로 달래고 있다.

'고운환공산(孤雲還空山) 중조각이귀(衆鳥各已歸)' —. 떠돌이 구름은 골짜기에서 나왔다가 다시 골짜기로 되돌아가고 새들도 지

쳐서 날 저물면 제집 찾아가는 것이 자연의 섭리다.

무(無)에서 나온 인생은 무로 돌아가야 할 것이니라.

〈춘일독작(春日獨酌)〉 제2수를 다음에 풀겠다.

나는 신선되어 푸른 안개 먹으며 창주(滄洲)에 살고자 하네
술단지 마주 대하니 속세의 만사 잊혀지더라
높은 소나무에 기대어 거문고 타며, 술잔 들고 먼 산을 바라보니
끝없는 하늘에 새 날아가고, 지는 해가 구름에 되돌아 드네
어느덧 세월 흘러 젊음이 가고 이렇듯 백발이 되었는가!

我有紫霞想　　緬懷滄洲間
思對一壺酒　　澹然萬事閒
橫琴倚高松　　把酒望遠山
長空去鳥沒　　落日孤雲還
但恐光景晩　　宿昔成秋顔

춘 일 취 기 언 지

62. 春日醉起言志　봄날 술 깨어

처 세 약 대 몽　　호 위 노 기 생
1. 處世若大夢　　胡爲勞其生

소 이 종 일 취　　퇴 연 와 전 영
2. 所以終日醉　　頹然臥前楹

각 래 면 정 전　　일 조 화 간 명
3. 覺來眄庭前　　一鳥花間鳴

차 문 차 하 시　　춘 풍 어 류 앵
4. 借問此何時　　春風語流鶯

감 지 욕 탄 식　　대 주 환 자 경
5. 感之欲歎息　對酒還自傾

호 가 대 명 월　　곡 진 이 망 정
6. 浩歌待明月　曲盡已忘情

〈五言古詩〉

꿈 같은 이승 한평생에 어이타 삶을 괴롭히랴
종일토록 마시고 취해 기둥 앞에 쓰러져 자네
깨어나 뜰 앞을 보니 한 마리 새, 꽃에서 우네
지금이 어느 때인가 물으니 봄바람 불고 꾀꼬리 울더라
봄에 감상하고 탄식하면서 술잔 기울이며 다시 취하네
높이 읊으며 밝은 달을 기다리니 노래 끝나자 슬픈 정도 사라지네

(語釋) ㅇ醉起(취기)－여기서는 술에서 깨어났다는 뜻으로 풀면 좋다. ㅇ處世若大夢(처세약대몽)－장자(莊子)가 '대각(大覺)하면 여지껏 꿈을 꾸고 있었음을 알 것이다'라고 했다. 따라서 이백은 속세에 사는 것은 꿈에 있는 것이나 같다고 했다. ㅇ胡(호)－'어찌 ~하느냐?' ㅇ勞其生(노기생)－자기의 인생이나 삶을 괴롭히다. ㅇ頹然(퇴연)－맥없이 헝클어지다. ㅇ楹(영)－기둥. ㅇ眄(면)－곁눈질해 보다 ㅇ浩歌(호가)－큰 소리로 노래한다. ㅇ忘情(망정)－속세에 엉킨 정을 잊는다.

(大意) 원래 이 세상에 산다는 것이 장자(莊子)의 말처럼 큰 꿈 속에 있는 것이거늘 왜 자기의 삶을 괴롭히며 살고자 하나.(1)

그러므로 나는 종일토록 술마시고 취하면 아무렇게나 쓰러져 눕는다.(2)

깨어나 뜰 앞을 보니 새 한 마리가 꽃에 묻혀 울고 있다.(3)

문득 정신을 차리고 지금이 어느 계절인가 물으니, 이에 대답이나 하는 듯, 봄바람이 불어오고 또한 날아 다니며 우는 꾀꼬리가 나에게 말하는 듯하다.(4)

옳거니! 지금이 봄이로구나 생각하니 느끼는 바 있어 탄식이 나오며, 설움을 풀고자 술잔 마주 놓고 혼자 또 마신다.(5)

밝은 달을 기다리며 큰 소리로 노래 읊고, 노래 끝나자 마냥 취하니, 속세의 걱정도 잊고 말았네.(6)

(解說) 도연명(陶淵明)의 시를 닮았다. 꿈 같은 세상이다. 이백은 마냥 통음광가(痛飮狂歌)했다. 그는 봄이 온 줄도 모르고 노상 취했다. 그러나 봄바람과 꾀꼬리가 봄을 알려주었다. 또 한 해가 바뀌고 모든 것이 소생하고 빛나고 생의 약동을 하는 때가 온 것을 알았다. 그럴수록 큰 뜻을 펴지 못하고 우울 속에 묻혀 있는 자기가 한탄스러웠다.

큰 소리로 외치며, 희망의 달, 이상의 상징인 달을 기다렸다. 큰 소리로 노래하고 외치니 다소나마 속세의 괴로운 심정이 풀리는 듯도 했다.

봄을 맞아 감상(感傷)하는 이백의 심정이 잘 그려진 시다.

월하독작

63. 月下獨酌 - 제1수 달 아래 홀로 술 들며

화간일호주　독작무상친
1. 花間一壺酒　獨酌無相親

거배요명월　대영성삼인
2. 擧杯邀明月　對影成三人

월기불해음　영도수아신
3. 月旣不解飮　影徒隨我身

잠 반 월 장 영　　행 락 수 급 춘
4. 暫伴月將影　行樂須及春

아 가 월 배 회　　아 무 영 영 란
5. 我歌月徘徊　我舞影零亂

성 시 동 교 환　　취 후 각 분 산
6. 醒時同交歡　醉後各分散

영 결 무 정 유　　상 기 막 운 한
7. 永結無情遊　相期邈雲漢

〈五言古詩〉

꽃 속에 술단지 마주 놓고 짝 없이 혼자서 술잔을 드네
밝은 달님 잔 속에 맞이하니 달과 나와 그림자 셋이어라
달님은 본시 술 못하고 그림자 건성 떠돌지만
잠시나마 달과 그림자 동반하고 모름지기 봄철 한때나 즐기고저
내가 노래하면 달님은 서성대고 내가 춤을 추면 그림자 흔들대네
깨어서는 함께 어울려 놀고 취해서는 각자 흩어져 가세
영원히 엉킴없는 교유맺고저 아득한 은하에서 다시 만나리

(語釋) ㅇ獨酌(독작)－혼자 술을 마신다. 작(酌)은 술잔을 든다. ㅇ壺(호)－술병, 항아리. ㅇ邀明月(요명월)－명월을 맞이한다. 술잔을 드니까 그 술잔에 밝은 달이 비춰져 있다는 뜻. ㅇ影(영)－음영(陰影), 그림자, 또는 비춰진 영상, 모습이란 뜻. ㅇ三人(삼인)－달과 자기와 그림자. ㅇ徒(도)－공연히, 실속없이. ㅇ伴月將影(반월장영)－달과 동반하고, 그림자를 데리고. 장(將)은 여(與)와 같다. ㅇ須及春(수급춘)－모름지기 봄철에. 급(及)은 미치다 또는 봄철을 타고 혹은 놓치지 않고란 뜻. ㅇ徘徊(배회)－서성대다. 망설이며 차마 떠나지 못한다.

ㅇ零亂(영란)－두서없이 아무렇게나 흔들대고 까분다. ㅇ交歡(교환)－서로 어울리고 즐거움을 나눈다. ㅇ無情遊(무정유)－무정(無情)의 놀이를 영원히 맺자, 무정의 놀이는 즉 달이나 자연과 사귀고 놀 듯 이해나 감정의 엉킴이 없는 담담하고 맑은 교유(交遊). 사람과 사귀어 놀면 희비애락(喜悲哀樂)의 정에 엉킨다. 즉 인간의 정을 초탈한 자연과의 교유. ㅇ相期(상기)－서로 기약하다, 약속하다. ㅇ邈雲漢(막운한)－막막한 저 우주 하늘에서 다시 만나길 기약한다. 운한(雲漢)은 은하수(銀河水), 은한(銀漢). 견우(牽牛) 직녀(織女)를 연상케 한다.

(大意) 꽃피어 우거진 사이에 술단지를 놓고 상대할 사람 없이 혼자 술을 마시노라.(1)

술잔을 드니 밝은 달이 술잔 속에 떠있는 듯 비쳐 들고, 술잔 드는 나의 그림자가 맞장구를 치니, 결국 달과 나와 그림자 셋이로구나.(2)

달은 본래부터 술 마실 줄 모르고, 그림자도 건성으로 나를 따라 움직일 뿐이다.(3)

하지만 잠시나마 달과 그림자와 함께 짝을 지어 봄철을 마냥 즐겨 보리라.(4)

내가 노래하면 달이 서성대는 듯, 내가 춤추면 그림자도 따라 놀아난다.(5)

술 깨어 있을 때는 서로 엉켜 즐거움 나누고, 술취하면 각각 흩어져 가세.(6)

이렇듯 감정의 엉킴없는 교유를 맺고, 다시 은하수 하늘에서 만나세.(7)

(解說) 이백은 달을 무척 사랑했다. 어둠의 밤 하늘, 짙푸른 하늘에 황금색의 둥근 달, 가슴 속까지 후련하게 비춰 주는 청명한 달은, 희망을 주는 미(美)의 여신(女神)이기도 했다. 더욱이 자기가 어려서 자랐던 아미산(峨眉山) 위에 뜬 둥근 달은 이백에게는 바로 신선미(神仙美)

의 상징이었다.

또한 이백은 술의 시인, 즉 시선(詩仙)이자 주선(酒仙)이었다. 슬프나 즐거우나 마시는 술, 더욱이 달 아래서 드는 술은 이백을 선경(仙境)에 옮겨 놓았을 것이다.

〈월하독작(月下獨酌)〉은 모두 4수가 있다. 이 제1수에서 그는 달과 자기와 그림자가 하나가 되어 영원히 엉킴이 없는 맑은 교유를 하고 있음을 읊었다.

월 하 독 작

64. 月下獨酌 - 제2수 달 아래 홀로 술 들며

천 약 불 애 주 주 성 부 재 천
1. 天若不愛酒 酒星不在天

지 약 불 애 주 지 응 무 주 천
2. 地若不愛酒 地應無酒泉

천 지 기 애 주 애 주 불 괴 천
3. 天地旣愛酒 愛酒不愧天

이 문 청 비 성 부 도 탁 여 현
4. 已聞淸比聖 復道濁如賢

성 현 기 이 음 하 필 구 신 선
5. 聖賢旣已飮 何必求神仙

삼 배 통 대 도 일 두 합 자 연
6. 三杯通大道 一斗合自然

단 득 주 중 취 물 위 성 자 전
7. 但得酒中趣 勿爲醒者傳

〈五言古詩〉

하늘이 술을 사랑 안 하면 하늘에 술별 없었으리라

땅이 술을 사랑 안 하면 땅에 술샘 없었으리라

하늘과 땅이 술을 한결같이 사랑하니 애주는 하늘에 부끄럽지 않으리

청주는 성인에 비하고 탁주는 현인과 같다네

성인과 현인을 이미 마셨거늘 하필코 신선이 되길 원할소냐

석 잔이면 대도에 통하고 한 말이면 자연에 합친다.

오직 술꾼만이 취흥을 알 것이니 맨숭이에겐 아예 전하지 말지어다.

(語釋) ㅇ酒星(주성)—《진서(晉書)》에 있다. '헌원(軒轅) 우측 남쪽에 있는 세 별을 주성(酒星)이라 한다' ㅇ酒泉(주천)—《한서(漢書)》에 있다. '한 무제(武帝)가 태초(太初) 원년에 주천군(酒泉郡)을 개척했다'. 그리고 응소(應劭)의 주에 '그곳의 샘물이 술 같다'라고 했다. ㅇ淸比聖(청비성)—청주(淸酒)를 성인에 비유한다. ㅇ復道(부도)—또 말하다. ㅇ濁如賢(탁여현)—탁주(濁酒)를 현인과 같다고 한다. 위(魏)나라 태조(太祖)가 금주령을 내리자 사람들이 술이라는 말을 못하고 청주를 성인이라 하고 탁주를 현인이라 했다. ㅇ酒中趣(주중취)—술의 흥취.

(大意) 하늘이 만약에 술을 사랑하지 않았다면 하늘에 주성(酒星)이 없었을 것이고, 땅이 만약에 술을 사랑하지 않았다면 땅에도 의당 주천(酒泉)이 없었을 것이다.(1)

하늘과 땅이 본시부터 술을 사랑하니까 내가 술을 즐기는 것은 조금도 하늘에 부끄러울 것이 없는 노릇이다.(2)

옛날에 사람들이 청주를 성인에 비유했다는 말을 들었고, 또 사람들이 탁주를 현인과 같다고 했다고 한다.(3)

그렇다면 나는 이미 성현(聖賢)을 다 마셨으니 신선되길 구할 필

요도 없겠노라.(4)

술 석 잔이면 대도에 통하고, 한 말이면 자연에 합칠 수 있다.(5)

그러나 이러한 경지는 오직 술취한 속에서 얻어지는 취흥이니라. 술 못 먹는 맨숭이에게는 말로 전할 수가 없느니라.(6)

(解說) 궤변으로 엉뚱한 논리를 푸는 듯한 시다. 그러나 술의 흥취는 잡기나 야욕을 잊고 일시나마 순수한 기분에 도취되는 데 있다. 그러므로 '석 잔이면 대도에 통하고, 한 말이면 자연에 합친다'고 했다. 이것은 바로 신선의 경지다.

오직 술의 흥취를 아는 자만이 얻을 수 있는 경지이리라.

월 하 독 작

65. 月下獨酌 - 제3수 달 아래 홀로 술 들며

삼 월 함 양 성　천 화 주 여 금
1. 三月咸陽城　千花晝如錦

수 능 춘 독 수　대 차 경 수 음
2. 誰能春獨愁　對此徑須飮

궁 통 여 수 단　조 화 숙 소 품
3. 窮通與修短　造化夙所稟

일 준 제 사 생　만 사 고 난 심
4. 一樽齊死生　萬事固難審

취 후 실 천 지　올 연 취 고 침
5. 醉後失天地　兀然就孤枕

부 지 유 오 신　차 락 최 위 심
6. 不知有吾身　此樂最爲甚

〈五言古詩〉

3월 함양성은 봄을 맞아 백화만발하여 비단 같구나
누가 봄을 외로이 서글퍼하나, 봄을 맞는 술잔을 마땅히 들게
인생에 빈부와 길고 짧음은 일찍이 조화로 마련됐느니
한잔 술에 생사가 동일해지고 인생 만사 가리기 어려우니라
취하여 천지도 잃고 올연히 쓰러져 자며
내 몸이 있는 줄 나도 모르니 즐거움 더할 나위 없도다

(語釋) ㅇ咸陽城(함양성)－즉 당나라의 서울 장안(長安). 성(城)은 도시란 뜻으로도 쓰인다. ㅇ徑(경)－곧장, 주저 말고, 바로. ㅇ修短(수단)－장단(長短)과 같다. ㅇ夙(숙)－일찍부터. ㅇ所稟(소품)－받은 것이다. 숙명(宿命)적으로 우리에게 주어진 것이라는 뜻. ㅇ審(심)－헤아린다, 자세히 안다. ㅇ兀然(올연)－홀로 우뚝하게. ㅇ就孤枕(취고침)－외로운 잠자리에 들다.

(大意) 춘삼월을 맞은 함양(咸陽), 즉 장안(長安)의 거리는 낮에 피어 엉킨 여러 꽃들 때문에 마치 오색이 영롱한 비단같이 아름답다.(1)

이런 봄철을 누가 혼자 외면하고 수심에 젖어 있을 수 있겠나? 아름다운 춘경을 대하여 모름지기 술을 마셔야 하느니라.(2)

인생에 있어 궁통(窮通)과 장단(長短)은 일찍부터 조화에 의한 숙명적인 것이다.(3)

술을 한 잔 들면 죽음이나 삶도 하나 같이 될 것이며, 또 인간세상의 모든 일은 애당초부터 헤아리기 어려운 것이니라.(4)

술취한 다음에는 천지도 잊게 되고, 올연히 혼자서 잠들고 만다.(5)

심지어 내 몸이 있는지도 모를 지경이니 이보다 더 즐거울 수 있을까.(6)

(解說) 조화(造化)의 묘(妙)는 봄에 만발하는 꽃과 아름다운 자연 속에

서 터득할 수가 있다. 더욱이 술을 마시면 곧바로 자연과 합일(合一)한다. 따라서 내 몸조차 잊고, 삶과 죽음도 초월하니, 이보다 더 한 즐거움이 또 어디에 있겠는가? 이 경지가 바로 신선의 경지라고 하겠다. 〈월하독작(月下獨酌)〉 제2수와 같이 술에 의한 현실 초탈의 흥취를 철학적으로 읊은 시다. 참고로 아더 웨일리(Arther Waley)의 영역을 부기하겠다.

In the third month the city of Hsien-yang
Is thick-spread with a carpet of fallen-flowers.
Who in spring can bear to grieve alone?
Who, sober, look on sightes like these?
Riches and poverty, long or short life.
By the Master of Things are portioned and disposed.
But a cup of wine levels life and death
And a thousand things obstinately hard to prove.
When I am drunk I lose Heaven and Earth;
Motionless I cleave to my lonely bed.
At last I forget that I exist at all.
And at that moment my joy is great indeed.

66. 月下獨酌(월하독작) - 제4수 달 아래 홀로 술 들며

궁수천만단 미주삼백배
1. 窮愁千萬端 美酒三百杯

수다주수소 주경수불래
2. 愁多酒雖少 酒傾愁不來

소이지주성 주감심자개
3. 所以知酒聖 酒酣心自開

사속와수양　누공기안회
4. 辭粟臥首陽　屢空飢顔回

당대불락음　허명안용재
5. 當代不樂飮　虛名安用哉

해오즉금액　조구시봉래
6. 蟹螯卽金液　糟丘是蓬萊

차수음미주　승월취고대
7. 且須飮美酒　乘月醉高臺

〈五言古詩〉

답답한 수심 천만 갈래니 삼백 잔 술을 마셔야 하네

수심 많고 술은 적으나 술잔 드니 수심 사라져

술을 성인이라 부른 까닭 알겠노라, 술이 거나하니 마음 절로 열리노라

수양산에 숨은 백이 숙제나 쌀 뒤주를 노상 비운 안회나

당대에 즐겨 마시지 못하고서 후세에 허명 남겼자 무엇하랴

게 가재 안주 신선의 선약이요 쌓인 술찌끼 봉래산을 옮겨 놓은 듯

이제 마냥 술 마시고 달과 함께 대(臺) 위에 취하리

(語釋) ㅇ窮愁(궁수)－답답하게 막힌 듯한 걱정거리. ㅇ千萬端(천만단)－천만 갈래. ㅇ美酒(미주)－좋은 술. 맛있는 술. ㅇ所以(소이)－까닭. '따라서 ~하다'. ㅇ辭粟臥首陽(사속와수양)－은(殷)의 유신(遺臣)으로 백이(伯夷)·숙제(叔齊)는 주(周)의 곡식을 안 먹고 수양산(首陽山)에 은거하며 고사리로 연명하다가 끝에 가서는 아사했다. 후세에 그들을 의롭다고 높였다. ㅇ屢空飢顔回(누공기안회)－공자(孔子)가

가장 아끼던 수제자 안연(顔淵 : 顔回)은 항상 쌀 뒤주가 텅텅 비었으며 가난했다. ㅇ安用哉(안용재)－어찌 쓸 것인가? 무엇에 쓸 것인가? ㅇ蟹螯(해오)－게, 오(螯)는 가재 또는 큰 게. ㅇ金液(금액)－신선의 선약(仙藥). ㅇ糟丘(조구)－술지게미 더미. ㅇ蓬萊(봉래)－신선이 산다고 하는 봉래산.

(大意) 가슴이 막힐 듯하도록 수심이 많을 때는 맛좋은 술을 3백 잔 마셔야 한다.(1)

많은 수심에 비해 비록 술이 적기는 하지만, 그래도 술잔을 기울이면 그 이상 수심이 오지 못한다.(2)

그러므로 술을 성인에 비유한 뜻을 알겠으며 또한 술이 거나해지니 답답하던 가슴이 저절로 풀어진다.(3)

옛날 백이(伯夷)와 숙제(叔齊)는 주(周)나라의 곡식을 마다하고 수양산(首陽山)에 들어가 은거했고, 또 공자의 수제자 안연(顔淵)은 노상 가난하여 쌀 뒤주가 비었었다.(4)

이들은 살아 당대에 즐겁게 술 한잔 마시지 못하고, 후세에 허명을 남기고 있으나, 그까짓 빈 이름을 무엇에 쓰겠는가?(5)

게를 안주 삼으니 마치 신선의 선약인 금액(金液) 같고, 술지게미가 높이 쌓이니 마치 봉래산을 옮겨 놓은 듯하구나.(6)

이제 모름지기 좋은 술을 마시고 달과 더불어 높이 고대에 올라 마냥 취하리로다.(7)

(解說) 호탕한 성격과 드높은 이상을 가졌으면서도 언제나 앞이 막히어, 이백은 날개 한번 훨쩍 펴보지 못하고 우울했으며 분만(憤懣)했다. 그럴수록 술로나 천만 갈래 수심을 풀어야 했다. 두보(杜甫)는 〈음주팔선가(飮酒八仙歌)〉에서 이백을 다음과 같이 읊었다.

이백은 한 말의 술 마시고
백 편의 시를 읊고
장안 거리 술집에 쓰러져 자며

천자가 불러도
배 타고 갈 생각 않고
소신(小臣)은 주정뱅이 신선이라 자칭했노라
李白一斗詩百篇　長安市上酒家眠
天子呼來不上船　自稱臣是酒中仙

이백의 통음광취(痛飮狂醉)하는 품은 그의 시 〈양양가(襄陽歌)〉에도 잘 나타나 있다. 또 북송(北宋)의 화가 교중상(喬仲常)이 그린 〈이백착월도(李白捉月圖)〉에 붙여 금(金)의 채규(蔡珪)는 다음과 같이 제시(題詩)를 지었다.

찬 강물에 고기 낚는 배 하나
달그림자 물속이나, 달은 하늘에
세인들 이 늙은이 몰라주니
노상 그림의 물속에서나 신선일세
寒江覓得釣魚船　月影江心月在天
世人不能容此老　畵圖常看水中仙

대 주
67. 對酒 술을 대작하며

권 군 막 거 배　춘 풍 소 인 래
1. 勸君莫拒杯　春風笑人來

도 리 여 구 식　경 화 향 아 개
2. 桃李如舊識　傾花向我開

유 앵 제 벽 수　명 월 규 금 뢰
3. 流鶯啼碧樹　明月窺金罍

작 일 주 안 자　　금 일 백 발 최
4. 昨日朱顔子　今日白髮催

극 생 석 호 전　　녹 주 고 소 대
5. 棘生石虎殿　鹿走姑蘇臺

자 고 제 왕 택　　성 궐 폐 황 애
6. 自古帝王宅　城闕閉黃埃

군 약 불 음 주　　석 인 안 재 재
7. 君若不飮酒　昔人安在哉

〈五言古詩〉

권하는 술잔을 거절 말게나. 봄바람 웃으며 불어오거늘
복숭아 오얏나무 구면식이라 꽃송이 고개 숙여 우리를 보네
여기 저기 푸른 나무 꾀꼬리 울고
밝은 달은 황금 술잔 속에 둥글게 떴네
어제의 홍안 소년 오늘에 백발 성하고
석호전에 가시덤불 자라났고 고소대에 들사슴이 뛰노네
자고로 제왕들의 대궐이나 성곽은 흙먼지에 묻혔거늘
자네 술 마시지 않다니 뉘라 불로장생했던가?

(語釋) ㅇ莫拒杯(막거배)－술잔을 거절하지 마라. ㅇ窺金罍(규금뢰)－달이 황금의 술잔에 비친다, 술에 떠 있다. 규(窺)는 엿보다. ㅇ朱顔子(주안자)－홍안(紅顔)의 소년. ㅇ白髮催(백발최)－백발이 성하다. ㅇ棘生石虎殿(극생석호전)－석호전(石虎殿)에 가시나무가 자란다. 석호전은 오호(五胡) 십육국때 후조(後趙)의 군주 석호(石虎)가 대조천왕(大趙天王)이라 자칭하고 신하들과 같이 잔치를 벌였던 태무전(太武殿). 이때에 불도증(佛圖澄)이 전상에 올라 '가시나무 숲이 되고,

옷을 다치리(棘子成林 將壞人衣)'라고 읊었다. ○鹿走姑蘇臺(녹주고소대)－오왕(吳王) 부차(夫差)가 서시(西施)와 놀던 고소대가 황폐하여 들사슴들이 뛰논다. ○黃埃(황애)－황진(黃塵)과 같다. ○安在哉(안재재)－어디 있느냐? 포조(鮑照)의 시에 '장사가 다 죽고 남은 사람이 없더라(壯士皆死盡 餘人安在哉)'는 구절이 있다.

(大意) 자네에게 권하는 이 술을 거절하면 안 되네, 봄바람이 우리에게 웃음으로 불어오고 있거늘.(1)

복숭아·오얏나무 꽃들은 옛과 다름없이 우리 앞에 피었고, 꽃송이 우리를 보고 마냥 반기고 있네.(2)

여기저기 푸른 나무에서는 꾀꼬리가 울고, 밝은 달은 금술잔 술에 떠 비치네.(3)

인생은 허무한 것, 어제의 홍안 소년이 오늘에는 백발이 성하다네.(4)

영화도 허망한 것, 석호(石虎)가 큰소리치던 대궐에 가시풀 엉키고, 부차(夫差)가 놀던 고소대(姑蘇臺)도 황폐하여 들사슴이 뛰놀고 있네.(5)

자고로 제왕의 대궐이나 성곽들도 결국은 폐허가 되어 묻히게 마련일세.(6)

그런데도 자네가 술을 안 마시겠나? 사람은 이내 죽어 없어지는 것일세, 아무도 오늘까지 살아 남은 사람이 없지 않은가?(7)

(解說) 이백이 안녹산(安祿山)의 난을 예감하는 불안한 방랑생활 중, 석호(石虎)가 도읍했던 업(鄴 : 현 河南省 安陽縣)이나 고소대(姑蘇臺)가 있는 소주(蘇州) 부근을 지나다가 지은 시일 것이다. 봄을 맞아 덧없고 허무한 인생들이 왜 술을 안 마시겠느냐? 하면서 마주 앉은 벗에게 술을 권하고 있다. 이 시에는 특히 아름다운 대구(對句)가 눈에 띈다.

도리여구식(桃李如舊識) 경화향아개(傾花向我開)
유앵제벽수(流鶯啼碧樹) 명월규금뢰(明月窺金罍)

백화가 만발하고 온갖 새들이 봄노래를 화창하게 부른다. 양춘삼월(陽春三月)의 화창한 경치와 화려한 잔치가 펼쳐진 듯하다. 그 속에 활짝 피어 웃는 꽃을 대하고 밝은 달이 떠 있는 금술잔을 든 이백을 상상해 보자. 어찌 벗에게 술을 권하지 않겠는가.

하 종 남 산 과 곡 사 산 인 숙 치 주

68. 下終南山過斛斯山人宿置酒 종남산 내려오는 길에

모 종 벽 산 하 산 월 수 인 귀

1. 暮從碧山下 山月隨人歸

각 고 소 래 경 창 창 횡 취 미

2. 却顧所來徑 蒼蒼橫翠微

상 휴 급 전 가 동 치 개 형 비

3. 相携及田家 童稚開荊扉

녹 죽 입 유 경 청 라 불 행 의

4. 綠竹入幽徑 青蘿拂行衣

환 언 득 소 게 미 주 료 공 휘

5. 歡言得所憩 美酒聊共揮

장 가 음 송 풍 곡 진 하 성 희

6. 長歌吟松風 曲盡河星稀

아 취 군 부 락 도 연 공 망 기

7. 我醉君復樂 陶然共忘機

〈五言古詩〉

저물어 푸른 산에서 내려오니 산 위의 달도 나를 따라 돌아간다.
오던 길을 되돌아보니 푸른 숲이 산허리 휘감았네

서로 잡고 농가에 드니 어린아이 사립문 여누나

푸른 대숲 그윽한 길에 푸른 넝쿨 옷자락 잡아 끄네

반기며 머물 곳 준다 말하고 향기로운 술 내어 함께 마시며

긴 노래 솔바람에 읊조린다. 곡조가 끝나자 하성(河星)도 스러지고

나는 취하고 그대 즐기며 함께 몽롱히 속세 잊으리

(語釋) ㅇ終南山(종남산)-섬서성(陝西省) 장안현(長安縣) 서쪽에 있는 산. ㅇ斛斯山人(곡사산인)-곡사는 복성(複姓)이다. 이 사람에 대한 상세한 것은 잘 알려져 있지 않다. 이백이 종남산을 내려오다가 곡사산인의 숙소를 방문하고[過] 술대접을 받고 지은 시다. ㅇ却顧所來徑(각고소래경)-지나온 길을 돌아보다. ㅇ翠微(취미)-산 중턱에서 산정(山頂) 못 미친 곳을 취미라 한다. 또는 푸르스름한 산 전체를 말하기도 한다. ㅇ荊扉(형비)-사립문. ㅇ幽徑(유경)-인적이 뜸한 한적한 작은 길. ㅇ青蘿(청라)-댕댕이덩굴. ㅇ得所憩(득소게)-쉴 자리를 얻다. ㅇ聊(료)-약간, 잠시. ㅇ共揮(공휘)-함께 술을 든다. ㅇ河星(하성)-은하(銀河) 근처에 있다. ㅇ陶然(도연)-얼근하다. ㅇ忘機(망기)-속세의 일들을 잊는다. 기(機)는 인간들이 꾸민 일들.

(大意) 날 저물어 푸른 산에서 내려오니, 산 위에 뜬 달도 사람따라 돌아가고 있다.(1)

지나온 길을 뒤돌아보니 우리가 올라갔던 종남산 꼭대기는 나무로 울창하다.(2)

서로 손을 맞잡고 곡사산인의 시골집에 이르자, 아이가 사립문을 열어 준다.(3)

푸른 대가 우거진 후미진 길을 따라 들어가자니, 청라덩굴이 옷에 엉킨다.(4)

주인을 만나 반기며 쉴 곳을 얻어 놓고, 함께 어울려 좋은 술을 주고 받는다.(5)

소나무 바람 맞추어 길게 노래 읊조리고, 그 곡조가 끝나니 어느덧 하성도 흐리게 보일 새벽녘이 되었다.(6)

그대나 내나 같이 취하여 즐기며 도연히 속세의 번거로움 잊었노라.(7)

(解說) 종남산에서 내려와 산에 사는 곡사씨를 만나 숙소를 얻고 함께 술마시며 도연히 세상사를 잊었다는 시다. 아름다운 정경(情景)을 그린 시며 널리 알려진 시다. '모종벽산하(暮從碧山下), 산월수인귀(山月隨人歸)' '아취군부락(我醉君復樂) 도연공망기(陶然共忘機)'는 이 시의 핵심이다.

69. 把酒問月(파주문월) 술잔 들고 달에게 묻는다

1. 青天有月來幾時(청천유월래기시) 我今停杯一問之(아금정배일문지)
2. 人攀明月不可得(인반명월불가득) 月行却與人相隨(월행각여인상수)
3. 皎如飛鏡臨丹闕(교여비경임단궐) 綠煙滅盡清輝發(녹연멸진청휘발)
4. 但見宵從海上來(단견소종해상래) 寧知曉向雲間沒(영지효향운간몰)
5. 白兎擣藥秋復春(백토도약추복춘) 嫦娥孤棲與誰隣(상아고서여수린)

금인불견고시월 금월증경조고인
6. 今人不見古時月 今月曾經照古人

고인금인약유수 공간명월개여차
7. 古人今人若流水 共看明月皆如此

유원당가대주면 월광장조금준리
8. 唯願當歌對酒眠 月光長照金樽裏

〈七言古詩〉

언제부터 달은 하늘에 있었는지 잠시 술잔 놓고 한마디 묻겠노라

사람들 명월에 오르지 못하건만 밝은 달 사람을 어디든 좇아가네

붉은 선궁에 나는 거울인양 맑고 밝으며 밤안개 스러지자 더욱 빛나네

간밤에 바다 위로 떠오른 그대 보았건만 날이 밝자 구름 속에 묻히어 간 곳 모르겠네

흰토끼 봄가을 약절구 찧고 상아는 벗할 임 아무도 없네

오늘 사람 옛달 못 보았으나 달은 옛사람 다 보았으리

예나 지금 인생은 유수 같고 명월 보는 가슴 한결 같아라

오직 바라네, 우리들 술잔 들고 노래 읊고자 하니 푸른 달빛아, 끝없이 황금 술잔 깊이 비추어 주게

語釋 ㅇ皎(교)－밝게 빛나다. ㅇ丹闕(단궐)－선인이 사는 궁궐, 선궁(仙宮). ㅇ綠煙(녹연)－푸른 밤안개. ㅇ白兎擣藥(백토도약)－부천(傅天)은 〈의천문(擬天問)〉에서 '달속에 흰 토끼가 약절구를 찧고 있다'고

했다. ○嫦娥(상아)－항아(姮娥)라고도 한다. 《회남자(淮南子)》에 있는 신화. 활의 명수 예(羿)의 처가 상아다. 그녀는 남편이 서왕모(西王母)로부터 받은 불사약(不死藥)을 훔쳐가지고 달로 도망갔다. ○孤棲(고서)－상아가 달로 도망가서 혼자 산다. ○當歌對酒(당가대주)－위(魏) 무제(武帝)의 단가행(短歌行)에 〈대주당가(對酒當歌)〉라고 있다. '술을 대하니 마땅히 노래 부르자'란 뜻. ○金樽(금준)－금으로 만든 술잔.

(大意) 푸른 하늘에 달이 있은 지 얼마나 되나, 내 잠시 술잔 놓고 한번 묻고자 한다.(1)

사람은 밝은 달에 올라갈 수 없으나 달은 사람따라 맘대로 가는구나.(2)

맑고 밝은 달은 마치 한 조각의 둥근 거울이 날아서 선궁에 들어간 듯, 푸른 밤안개가 말끔히 가시자 청명하게 빛나 휘황한 빛을 발한다.(3)

우리는 초저녁에 바다에서 떠올라, 새벽에 구름 속으로 숨는 저 달을 볼 뿐.(4)

그러나 그 달 속에는 흰토끼가 약 절구를 찧고 있고, 불로약을 훔쳐 도망간 상아가 짝도 없이 외롭게 살고 있겠지.(5)

우리는 옛날의 달을 보지 못했으나, 저 달은 옛사람들도 밝혀 주었으리.(6)

예나 지금이나 사람들은 흐르는 물같이 나왔다가는 스러져 갔고 또 인생도 유수같이 허무했건만, 그 모든 사람들이 한결같이 저 밝은 달을 쳐다보았던 것이다.(7)

허무한 인생에 더 바랄 것이 없노라! 오직 술 마시고 노래하다 잠들고저! 밝은 달빛이 언제나 황금 술잔에 비쳐지기를 바랄 뿐이다.(8)

(解說) 밤안개를 말끔히 몰아 훌치고 바다에서 떠오르는 청신한 달을 보며 이백은 인생의 허무함을 다시 한번 되새긴다.

달은 어디에나 있다. 하늘에도 있고 땅에도 있고, 남에게도 비치고 나에게도 비친다. 또 달은 영원히 있다. 옛날에도 있었고 현재도 있다. 옛사람도 보았고 오늘의 우리도 보고 있다. 다만 사람은 흐르는 물같이 그 자리에 있지 못하고 스러져 간다.

영원과 보편 앞에 놓인 순간과 개별을 달과 인간의 관계에서 되새기고 있다. 동시에 이백은 대자연의 섭리를 긍정하고 인간적인 집착에서 벗어나 오도(悟道)한다. '유원당가대주면(唯願當歌對酒眠) 월광장조금준리(月光長照金樽裏)' —.

이백은 남달리 달을 사랑했고, 어려서부터 몹시 달을 알고 싶어 했고 악부시(樂府詩) 〈고랑월행(古郎月行)〉에서 다음과 같이 읊기도 했다.

어려서 나는 달을 몰라서 흰 구슬 쟁반이라 불렀다
또한 구슬을 박은 경대가 푸른 구름 높이 걸려 있는 줄 알았다
小時不識月　呼作白玉盤
又疑瑤臺鏡　飛在青雲端

그리고 이어 계수나무·흰토끼·두꺼비·상아 등의 이야기를 엮어 넣었다. 이백에게 달은 어둠을 밝히는 이상의 빛이자, 낭만의 미신(美神)이기도 했다.

장 진 주
70. 將進酒 장진주

군불견 황하지수천상래 분류도해불복회
1. 君不見 黃河之水天上來　奔流到海不復回

군불견 고당명경비백발 조여청사모성설
2. 君不見 高堂明鏡悲白髮　朝如青絲暮成雪

인생득의수진환 막사금준공대월
3. 人生得意須盡歡　莫使金樽空對月

천 생 아 재 필 유 용　　천 금 산 진 환 복 래
4. 天生我材必有用　千金散盡還復來

팽 양 재 우 차 위 락　　회 수 일 음 삼 백 배
5. 烹羊宰牛且爲樂　會須一飮三百杯

잠 부 자　단 구 생　　진 주 군 막 정
6. 岑夫子, 丹邱生　進酒君莫停

여 군 가 일 곡　　청 군 위 경 이 청
7. 與君歌一曲　請君爲傾耳聽

종 고 찬 옥 부 족 귀　　단 원 장 취 불 용 성
8. 鐘鼓饌玉不足貴　但願長醉不用醒

고 래 성 현 개 적 막　　유 유 음 자 유 기 명
9. 古來聖賢皆寂寞　惟有飮者留其名

진 왕 석 시 연 평 락　　두 주 십 천 자 환 학
10. 陳王昔時宴平樂　斗酒十千恣歡謔

주 인 하 위 언 소 전　　경 수 고 취 대 군 작
11. 主人何爲言少錢　徑須沽取對君酌

오 화 마　천 금 구　　호 아 장 출 환 미 주
12. 五花馬, 千金裘　呼兒將出換美酒

여 이 동 소 만 고 수
13. 與爾同銷萬古愁

〈樂府詩〉

그대 못 보았는가? 하늘에서 내린 황하의 물이 바다에 쏟아져 다시는 되돌아가지 못함을

그대 못 보았는가? 명경 속에 백발을 슬퍼하는 높은집 주인을, 아침에 청사 같던 머리가 저녁에 흰 눈이 되었다네

인생은 득의양양 환락 다 할지니 황금 술잔 빈 채로 달 앞에 놓지 마라

하늘에서 날 만드니 필시 쓸모가 있을 것이요, 천금을 탕진해도 다시 되돌아온다

양 삶고 소 잡아 한바탕 즐기세, 한번 마셨다면 의당히 삼백 잔이로다

잠선생, 단구님이여! 술잔 올리니 놓지 마시오

그대에게 노래 한 곡 올리겠소, 그대 귀 기울여 들어주구려

음악과 성찬 귀할 것 없지만 다만 길이 취하고 깨지 않기 바라겠소

고래로 성현들은 한결같이 적막했고 오직 술꾼만 이름 남기었네

옛날 조식이 평락관에 잔치할새 말술 만 잔 들고 마냥 즐겼노라

주인이 인색하단 소리할까 당장 술 사다 그대 잔 채우리

오화마나 천금의 털옷을 아이시켜 술과 바꾸어

그대와 함께 마시고 만고의 수심 삭이리

(語釋) ○將進酒(장진주)－악부제명(樂府題名)이다. 음주유락(飮酒遊樂)을 내용으로 한 것이 많다. ○奔流(분류)－세차게 흐른다. ○靑絲(청사)－푸른 실. 검은 머리를 청사에 비유했다. ○須盡歡(수진환)－모름지기 즐거움을 다하라. ○莫使(막사)－'~하도록 하지 마라' ○金樽(금준)－금으로 만든 술잔. ○我材(아재)－나라고 하는 인간, 또는 나의 재능. ○烹(팽)－끓는 물에 삶다. ○宰(재)－잡다, 도살하다. ○會須(회수)－응당, 모름지기. ○岑夫子(잠부자)－잠삼(岑參), 당대

(唐代)의 시인. 또는 이백보다 14세나 아래인 잠징(岑徵)인지 확실치 않다. ㅇ丹邱生(단구생)－이백이 자주 내왕했던 도사 원단구(元丹邱). 원단구에 대한 시가 많다. ㅇ鐘鼓(종고)－종이나 북 같은 악기. ㅇ饌玉(찬옥)－구슬같이 귀한 재료로 만든 진귀한 음식. 성찬이란 뜻. ㅇ陳王(진왕)－위(魏)나라의 조조(曹操)의 아들 조식(曹植). 자는 자건(子建)이다. 진왕(陳王)으로 봉해졌으며, 문학에 뛰어났다. 그의 시 〈명도편(名都篇)〉에 '돌아와 평락에 잔치하고, 좋은 술 만 말(歸來宴平樂 美酒斗十千)'이라고 있다. 평락(平樂)은 평락관(平樂觀), 낙양(洛陽) 서문(西門)에 있는 도교의 사찰, 십천(十千)은 만(萬). ㅇ恣歡謔(자환학)－마음껏 지껄이고 즐긴다. ㅇ徑(경)－즉시, 곧. ㅇ沽取(고취)－고(沽)는 사다. 고주(沽酒)라고 적혀진 판본도 있다. ㅇ五花馬(오화마)－말의 털빛이 오색으로 된 좋은 말. ㅇ千金裘(천금구)－천금의 값이 나가는 털옷. 《사기(史記)》에 보인다. 맹상군(孟嘗君)이 천금의 값이 나가는, 천하에서 하나밖에 없는 호백구(狐白裘)를 가지고 있었다고 한다.

(大意) 그대 보지 못했는가? 황하(黃河)의 물이 하늘에서 내려와 황해(黃海)로 쏟아져 들어가지만, 다시 되돌아오지 않음을!(1)

또 그대는 보지 못했는가? 높은 집에서 부귀영화를 누리는 사람이 명경에 비춰진 백발을 보고 슬퍼서 한탄하고 있는 꼴을! 그 사람도 젊은 시절, 즉 아침에는 청사같이 머리가 검고 젊었으나, 만년인 저녁에는 이렇듯 머리가 백설같이 된 것이다.(2)

인생은 뜻을 얻어 마음 내킬 때 마냥 즐겨야 한다. 황금 술잔을 빈 채로 달 앞에 버려두지 말라. 하늘이 나를 태어나게 한 이상 반드시 나를 큰일에 쓸 것이다. 돈에 집착해서는 안 된다. 천금을 다 뿌려도 돈은 다시 얻어지는 것이다.(3~4)

양과 소를 잡아 마냥 즐기자, 그리고 마셨다 하면 삼백 잔은 마셔야 한다.(5)

잠(岑)선생! 단구(丹邱) 도사님! 술을 받으시오, 그리고 잔을 놓

지 말고 쭉 드십시오, 내가 노래를 한 곡조 부를테니 귀를 기울이고 들어 주시오.(6~7)

하지만 종이나 북의 음악이나 진수성찬은 그다지 귀중하게 여길 것이 못된다. 그보다는 우리들이 다같이 오래오래 취하고 언제까지나 깨어나지 않는 일이다.(8)

고래로 성현보다는 술 마시는 풍류객이 시문으로 이름을 후세에 남겼다.(9)

위(魏)의 진왕(陳王) 조식(曹植)은 평락관(平樂觀)에서 만 말의 술을 마시며 마냥 즐기고 놀았다고 한다.(10)

주인인 내가 어찌 돈 없다고 하겠소? 당장 술을 사서 술잔을 채우겠소.(11)

오화마(五花馬)나 천금의 가죽옷을 아이 시켜 좋은 술과 바꾸어 오라 하고, 우리 함께 마시며 만고의 설움을 풀어봅시다.(12~13)

(解說) 한마디로 후련하게 내려 쓴 명시(名詩)다. 규격도 음율도 맞추지 않은 자유형의 시다. 호탕방일한 이백의 특성이 잘 나타난 시다. '황하의 물이 하늘에서 쏟아져 바다에 들지만 되돌아가지 않는다'라는 대자연의 대범한 진리를 내걸고, 속세의 수심을 후련히 씻어 흘리자고 했다. 아더 웨일리(Arthur Waley)의 영역을 싣겠다.

See the waters of the Yellow River leap down from Heaven
Roll away to the deep sea and never turn again!
See at the mirror in the High Hall
Aged men bewailing white locks—
In the morming, threads of silk,
In the evening flakes of snow.
Snatch the joys of life as they come and use them to the full ;
Do not leave the silver cup idly glinting at the moon.

The things that Heaven made
Man was meant to use ;
A thonsand guilders scattered to the wind may come back again.
Roast mutton and sliced beef willl only taste well
If you drink with them at one sitting three hundred cups.
Great Master Ts'ên,
Doctor Tan-ch'iu,
Here is wine, do not stop drinking
But listen, please, and I will sing you a song.
Bells and drums and fine food, what are they to me
Who only want to get drunk and never again be sober?
The Saints and Sages of old times are all stock and still,
Only the mighty drinkers of wine have left a name behind.
When the prince fo Ch'ên gave a feast in the Palace of P'ing-lo
With twenty thousand gallons of wine he loosed mirth and play.
The master of the feast must not cry that his money is all spent ;
Let him send to the tavern and fetch wine to keep our tankers filled.
His five-flower horse and thousand-guilder coat—
Let him call the boy to take them along and pawn for good wine,
That drinking together we may drive away the

sorrows of a thousand years.
My friend is lodging high in the Eastern Range,
Dearly loving the beauty of valleys and hills.
At green spring he lies in the empty woods,
And is still asleep when the sun shines on high.
A pine - tree wind dusts his sleeves and coat ;
A pebbly stream cleans his heart and ears.
I envy you who far from strife and talk
Are high-propped on a pillow of grey mist.

양 양 가
71. 襄陽歌 양양가

낙 일 욕 몰 현 산 서　도 착 접 리 화 하 미
1. 落日欲沒峴山西　倒著接䍦花下迷

양 양 소 아 제 박 수　난 가 쟁 창 백 동 제
2. 襄陽小兒齊拍手　攔街爭唱白銅鞮

방 인 차 문 소 하 사　소 살 산 옹 취 사 니
3. 傍人借問笑何事　笑殺山翁醉似泥

노 자 작 앵 무 배　백 년 삼 만 육 천 일
4. 鸕鷀酌, 鸚鵡杯　百年三萬六千日

일 일 수 경 삼 백 배　요 간 한 수 압 두 록
5. 一日須傾三百杯　遙看漢水鴨頭綠

흡 사 포 도 초 발 배　차 강 약 변 작 춘 주
6. 恰似葡萄初醱醅　此江若變作春酒

누 국 변 축 조 구 대　천 금 준 마 환 소 첩
7. 壘麴便築糟邱臺　千金駿馬換小妾

소 좌 조 안 가 낙 매　　차 방 측 괘 일 호 주
8. 笑坐雕鞍歌落梅　車旁側掛一壺酒

봉 생 용 관 행 상 최　　함 양 시 중 탄 황 견
9. 鳳笙龍管行相催　咸陽市中嘆黃犬

하 여 월 하 경 금 뢰　　군 불 견　진 조 양 공 일 편 석
10. 何如月下傾金罍　君不見 晉朝羊公一片石

귀 두 박 락 생 매 태　　누 역 불 능 위 지 타
11. 龜頭剝落生莓苔　淚亦不能爲之墮

심 역 불 능 위 지 애　　청 풍 명 월　불 용 일 전 매
12. 心亦不能爲之哀　清風明月 不用一錢買

옥 산 자 도 비 인 추　　서 주 작　역 사 쟁
13. 玉山自倒非人推　舒州杓, 力士鐺

이 백 여 이 동 사 생　　양 왕 운 우 금 안 재
14. 李白與爾同死生　襄王雲雨今安在

강 수 동 류 원 야 성
15. 江水東流猿夜聲

〈七言古詩〉

낙일이 현산 서쪽에 지려 할새 거꾸로 백모쓰고 꽃밑을 헤매네
양양 아이들 일제히 손뼉치고 길막고 다투듯 백동제 노래하니
옆사람 무얼 웃느냐 물어보자 산간(山簡)의 곤드레만드레 우습다네
노자의 술국자 앵무잔으로 인생 백년치고 3만 6천 일
하루에 3백 잔은 마셔야 하지 멀리 푸른 한수 내려다보면
마치 포도주 방금 익은 듯, 강물 몽땅 떠 봄술 빚어내면

술찌끼 높이 쌓여 조구대를 이루리, 소첩과 바꾼 천금준마 타고 웃으며 꽃안장에 앉아 낙매화 부르리, 수레가에 한통술 걸고 생황피리 맞춰 술을 권하네, 함양에서 개를 끌겠다 한탄하느니 차라리 달빛 아래서 금잔 기울고저, 진나라 양공의 송덕비도 낡아 이끼에 덮여 눈물도 흘릴 길 없고

슬퍼할 길도 없게 되었지, 오직 청풍 명월만이 돈 한푼 안 들이고 즐길 것이며

술취하면 옥산도 힘 안 들이고 제물로 넘어가네, 서주 술국자와 역사 술항아리여

이백과 함께 살고 함께 죽자, 양왕과 놀던 무산의 여신은 어디에 있는고

강물은 동쪽으로 흐르고 원숭이 밤에 울어라

(語釋) ㅇ襄陽(양양)—호북성(湖北省)에 있다. 이백이 젊어서 유람하던 곳이며, 이곳에서도 그는 마냥 낭만에 젖었던 모양이다. ㅇ峴山(현산)—양양 동남쪽 구화리(九華里)에 있는 산. 한수(漢水)를 내려다보고 있다. 악부시(樂府詩) 〈양양곡(襄陽曲)〉에서 이백은 '현산은 한강에 임했고, 물은 푸르고 모래는 눈같이 희다.(峴山臨漢江 水綠沙如雪)'고 읊었다. ㅇ倒著(도착)—거꾸로 쓰다. ㅇ接䍦(접리)—두건(頭巾)의 이름. 백모(白帽). ㅇ攔街(난가)—길거리를 막고. ㅇ白銅鞮(백동제)—양(梁) 무제(武帝 : 464~549)가 옹주(雍州 : 즉 襄陽)의 장으로 있을 때 거리에 퍼졌던 노래. 백동제(白銅鞮)는 원래 백동제(白銅蹄)로 은빛의 말이라는 뜻이었다고 한다. ㅇ笑殺(소살)—웃어죽겠다. ㅇ山翁(산옹)—산간(山簡), 서진(西晉) 사람(253~312), 자는 계륜(季倫). 술만 취하면 백모(白帽)를 거꾸로 썼다고 한다. ㅇ醉似泥(취사니)—술이 취해 꼴이 엉망이 되었다는 형용. 한(漢)의 주택

(周澤)은 1년 내내 재거(齋居)하느라 부인을 가까이 하지 않았고, 단 하루 재드리지 않는 날은 술에 곤드레가 되었다. '일일부제취여니(一日不齋醉如泥)' ㅇ鸕鶿酌(노자작)－노자(鸕鶿)는 가마우지새로 목이 긴 물새다. 그 새모양으로 만든 술국자. ㅇ鸚鵡杯(앵무배)－앵무조개로 만든 술잔. ㅇ鴨頭綠(압두록)－오리 머리같이 푸르다. 물감의 이름이기도 하다. ㅇ恰似(흡사)－흡사하다. ㅇ醱醅(발배)－발효하다. ㅇ壘麴(누국)－누룩을 쌓아 올리다. ㅇ糟邱臺(조구대)－하(夏)를 망친 걸왕(桀王)의 술 연못〔酒池〕 옆에 쌓인 지게미가 천 리에서도 보일 만큼 높았다. ㅇ千金駿馬換小妾(천금준마환소첩)－후위(後魏)의 조창(曹彰)이 남의 준마를 탐내어 자기의 기첩(妓妾)과 바꾸었다. ㅇ雕鞍(조안)－조각이나 장식이 있는 꽂안장 ㅇ落梅(낙매)－피리의 곡명(曲名)인 〈낙매화(落梅花)〉. ㅇ鳳笙(봉생)－생황(笙簧). ㅇ龍管(용관)－피리, 적(笛). ㅇ咸陽市中嘆黃犬(함양시중탄황견)－진(秦)의 재상(宰相) 이사(李斯)가 사형을 선고받고 형장에 끌려 가면서 예전같이 황견(黃犬)을 끌고 토끼를 잡고 싶다고 했다. ㅇ金罍(금뢰)－금술잔. ㅇ羊公一片石(양공일편석)－진(晉)의 양고(羊祜)가 양양(襄陽)을 잘 다스렸으므로 그가 죽은 다음에 현산(峴山)에 선정비(善政碑)를 세웠고, 이를 타루비(墮淚碑)라 불렀다. ㅇ龜頭(귀두)－비석(碑石)을 등에 지고 있는 거북의 머리. ㅇ莓笞(매태)－이끼. ㅇ玉山自倒(옥산자도)－《세설신어(世說新語)》에 있다. '혜강(嵇康)은 고송(孤松)같이 엄숙하지만, 술취하면 옥산(玉山)이 무너져 내리는 듯하다'. ㅇ舒州杓(서주작)－서주(舒州)에서 생산되는 술 푸는 기구. 서주는 현 안휘성(安徽省) 회령현(懷寧縣). ㅇ力士鐺(역사쟁)－역사의 무늬가 있는 삼족정(三足鼎), 역시 주기(酒器)다. ㅇ襄王雲雨(양왕운우)－초(楚)의 양왕이 꿈에 무산(巫山)의 여신(女神)과 사귀었는데 헤어질 때 아침에는 구름이 되고 저녁에는 비가 되어 만나자고 약속을 했다.

(大意) 해가 현산(峴山) 서쪽으로 떨어지려고 할 무렵, 오늘도 나는 술

에 취해 백모를 거꾸로 쓰고 꽃나무 아래서 오락가락하고 있다.(1)

내 꼴을 본 양양(襄陽)의 아이들이 일제히 손뼉을 치며 길을 막고 모여들어 백동제(白銅鞮)의 노래를 서로 다투어 부르면서 법석대고 있다.(2)

옆사람이 왜 웃느냐고 묻자, 아이들이 나를 가리키며 옛날 서진(西晉)의 산간(山簡)같이 고주망태라 웃는다고 한다.(3)

노자의 술도구와 앵무 술잔으로 술마시노라. 인생은 백년을 산다고 해도 모두 3만 6천 일을 살 것이니,(4)

하루에 모름지기 3백 잔을 마셔야 하겠노라.(5)

멀리 보이는 한수(漢水)는 오리 머리같이 푸르고 흡사 포도주가 막 발효하기 시작하는 것처럼 보인다.(6)

만약 이 강물을 봄술로 빚어 만든다면 누룩이 걸왕(桀王)의 주지(酒池) 옆의 조구대(糟邱臺)만큼이나 쌓이겠지.(7)

후위(後魏)의 조창(曹彰)처럼 소첩을 주고 준마를 바꾸어 타고, 꽃 안장에 앉아 낙매화를 부르며 웃고 지내자.(8)

마차 옆에 한 항아리의 술을 매달고 가니, 생황이나 피리 소리로 권주가 연주하며 술마시라 독촉하네.(9)

진(秦)의 이사(李斯)같이 죽음에 임박하여 다시 한번 개를 끌고 사냥하고 싶다고 안달을 떨기보다는 달빛 아래서 금술잔을 기울이는 편이 훨씬 좋지 않으냐.(10)

그대도 보지 않았는가? 진(晉)나라 양고(羊祜)의 선정비도 오늘에는 그 밑에 놓인 돌거북의 머리가 닳아 문드러지고 또한 이끼가 덮여 눈물을 흘릴 수도 없으며 슬퍼할 도리도 없다. 그렇듯이 송덕(頌德)도 허무한 것이다.(11~12)

자연의 청풍이나 명월은 돈 한 푼 들이지 않고 사서 마냥 즐길 수가 있으며, 술취하면 누가 밀지 않건만 옥산(玉山)도 제물로 넘어지도다.(13)

서주(舒州)의 술도구와 역사(力士) 무늬가 있는 술잔이여, 너희들은 나 이백과 생사를 같이하자.(14)

양왕(襄王)과 같이 맹세하였다던 무산(巫山)의 구름과 비의 여신들이 지금 어디에 있는지? 강물은 동으로 흘러 세월은 가고 원숭이는 밤에 애절하게 울고 있다.(15)

(解說) 젊은 이백은 부푼 포부를 안고 만유(漫遊) 길에 올랐다. 처음에 그는 아름다운 풍경을 자랑하는 호북(湖北) 양양(襄陽)에서 마냥 낭만을 즐겼다. 이백이 이미 〈추하형문(秋下荊門)〉에서 밝혔듯이 그는 사소한 이득이나 공명을 얻고자 나선 것이 아니었다. 진정으로 나라를 사랑하고 겨레를 구제하여 보람찬 공을 조국에게 바치고, 빛나는 이름을 길이 남기고자 염원하고 나섰던 것이다. 그러기에 그는 가는 곳마다 조국의 명산대천을 지극히 사랑하여 찾았고, 웅위수려(雄偉秀麗)한 자연 속에서 온갖 구속과 굴레를 벗어 던지고 마냥 정신적 자유와 해방감을 맛보면서 호연지기(浩然之氣)를 키우고 있었다.

이백은 이때부터 더욱 본격적으로 술을 마신 듯하다. 여기 실린 〈양양가(襄陽歌)〉에서 젊은 이백이 청풍명월(淸風明月)을 벗하고 마냥 통음광취(痛飮狂醉)하는 품을 잘 엿볼 수가 있다. 이백은 온 천지를 술잔 속에 담아 들이마실 듯이 호탕했다. 이백이 30여만의 대금을 물쓰듯이 뿌리고 낙백공자(落魄公子)들의 뒷바라지를 해주고 호걸들을 찾아 어울렸으며, 재물을 티끌같이 가볍게 여기고 의리를 쇠뭉치같이 중히 여기던 때도 이때였다.

고결한 선비는 오로지 의를 높이고, 준마는 채찍을 맞지 않아도 뛰어 달린다

인생은 서로 지기됨이 귀하니라, 어찌 돈 따위가 문제겠는가?

廉夫唯重義　駿馬不勞鞭

人生貴相知　何必金與錢

집에 돌아와 보니 술빚 쌓였으나 식객들은 부산하게 몰려들더라

歸家酒債多　門客粲成行

이렇듯 경재중의(輕財重義)하며 지기(知己)를 찾은 것은 바로 함께 살신성인(殺身成仁)할 수 있는 벗이나 동지의 힘을 합하여 묶고자 해서였으리라.

견 경 조 위 참 군 량 이 동 양

72. 見京兆韋參軍量移東陽　장안의 위참군이 동양으로 양이되어 왔을 때

조 수 환 귀 해　　유 인 각 도 오

1. 潮水還歸海　流人却到吳

상 봉 문 수 고　　누 진 일 남 주

2. 相逢問愁苦　淚盡日南珠

〈五言絶句〉

조수는 되돌아 바다에 들거늘 유적된 그대가 동양에 오다니
서로 만나 수심 고난 물으니 진주 눈물 마냥 흘렸다 하네

(語釋) ㅇ京兆(경조)－장안(長安). ㅇ韋參軍(위참군)－참군(參軍)은 관명. 군의 고문으로 문서(文書)나 기록을 맡았다. 위(韋)는 성, 위참군(韋參軍)에 대해서는 자세히 알 수가 없다. ㅇ量移(양이)－죄를 얻어 멀리 유적(流謫)되었다가 죄의 감면으로 서울 가까운 지방으로 전임(轉任)되는 것을 양이라 했다. 여기서는 위참군이 동양(東陽)의 참군으로 양이되었다. 동양은 현 절강성(浙江省) 금화현(金華縣). ㅇ却(각)－오히려, 하지만. ㅇ吳(오)－오늘의 강소(江蘇) 절강(浙江) 지방. ㅇ愁苦(수고)－슬픔과 고생, 걱정과 고난. ㅇ日南珠(일남주)－일

남(日南)은 안남(安南), 즉 현재의 북월남(北越南). 진(晉)의 장화(張華)가 쓴 《박물지(博物誌)》에 다음과 같은 이야기가 있다. '옛날 인어(人魚)가 안남(安南) 바다에서 나와 남의 집에서 살다가 이별할 무렵 흘린 눈물 방울이 진주 구슬이 되었다.'

(大意) 조수(潮水)가 결국은 바다로 되돌아가듯, 그대 유적되었던 몸이 돌아갈 때는 서울로 가야 하겠거늘 도리어 오(吳)의 땅 동양(東陽)으로 양이되어 왔네그려.(1)

서로 만나자 내가 그대의 슬픔과 고초를 물으니, 그대는 안남의 인어(人魚)가 흘렸다던 진주의 눈물만을 끝없이 흘려 말렸다고 하는군.(2)

(解說) 양이되어 동양(東陽)에 온 위참군(韋參軍)을 위로한 시다. 서울에 되돌아가야 마땅할 것을 그렇지 못했구나 하고 아쉬워하면서 '누진일남주(淚盡日南珠)'라는 결구(結句)로서 함축성 있게 위참군의 고생과 서글픈 심정을 흠뻑 털어 놓고 있다.

73. 黃鶴樓送孟浩然之廣陵 맹호연을 전송하며
(황학루송맹호연지광릉)

1. 故人西辭黃鶴樓　煙花三月下揚州
(고인서사황학루　연화삼월하양주)

2. 孤帆遠影碧空盡　唯見長江天際流
(고범원영벽공진　유견장강천제류)

〈七言絶句〉

그리운 벗은 서쪽 황학루를 하직하고, 봄안개 꽃에 어린 양삼월에 양주로 가네

외로운 돛대 작은 모습 멀어져 벽공에 사라지고, 보이는 것은 오직 하늘 끝으로 흐르는 물뿐일세

(語釋) ㅇ黃鶴樓(황학루)－무창(武昌) 서남쪽에 있는 누각. 양자강을 내려다보는 곳에 높이 세워졌다. 옛날의 신선이 황학을 타고 갔다고 하며, 당대(唐代) 이인(異人) 최호(崔顥)의 〈황학루(黃鶴樓)〉란 시가 유명하다. ㅇ孟浩然(맹호연)－이백보다 선배격인 성당(盛唐)의 시인이며, 왕유(王維)와 같이 자연파(自然派)에 속한다. 시풍(詩風)에서는 이백과 같지 않으나, 이백은 맹호연을 시우(詩友)로서 경애했다. 이 시는 맹호연이 광릉(廣陵)으로 가는 것을 송별한 것이다. 이것 이외에도 〈맹호연에게 보내다(贈孟浩然)〉 등의 시도 있다. ㅇ故人(고인)－옛 친구. 맹호연을 말한다. ㅇ煙花(연화)－봄놀[春霞] 속에 피어난 봄꽃, 또는 봄꽃과 봄놀이 어린 봄경치. ㅇ揚州(양주)－광릉(廣陵). 군명(郡名)으로는 광릉군, 주명(州名)으로는 양주라고 했다. 당(唐)대에는 강남(江南)의 풍류도시였다. ㅇ孤帆(고범)－외톨이로 물 위에 뜬 돛 하나. ㅇ碧空盡(벽공진)－푸른 하늘 속으로 스러져 안 보인다. ㅇ長江(장강)－양자강. ㅇ天際流(천제류)－하늘 끝 저쪽으로 흘러간다. 넓은 양자강이 수평선 너머로 흐르는 품을 실감나게 표현한 기발한 말이다.

(大意) 나의 옛 친구 맹호연(孟浩然) 형이 서쪽 황학루(黃鶴樓)를 뒤로 하고 헤어져 봄꽃이 피어 어리는 3월에 동쪽 양주(揚州)를 향하여 배를 타고 내려간다.(1)

허허망망 넓은 양자강(揚子江) 위에는 그가 탄 배 한 척만이 떴을 뿐, 한 조각 외톨이 돛도 차츰 멀어지더니 마침내는 푸른 하늘 속으로 사라져 없어지고, 오직 하늘 끝으로 도도히 흘러 들어가는 듯한 양자강의 흐름만이 눈앞에 있을 뿐이다.(2)

(解說) 섬세하면서도 스케일이 큰 묘사와 대범하면서도 우정의 친밀함이 엉킨 시다. '푸른 하늘 속으로 사라져 없어지는(碧空盡)' 외로운 벗

의 '고범원영(孤帆遠影)'을 오버랩하여 '하늘 끝으로 도도히 흘러 들어가는 양자강의 흐름'을 스크린 위에서 영상으로 보는 것만 같다.

이렇듯 하늘을 삼킬 듯이 무자비한 흐름이 바로 봄꽃에 낭만이 넘치는 황학루의 시정(詩情)이나 자기의 벗을 앗아갔다는 아쉬움이 엿보인다.

74. 與史郎中欽聽黃鶴樓吹笛 사흠과 함께 황학루의 피리 소리 들으며

(여 사 랑 중 흠 청 황 학 루 취 적)

일 위 천 객 거 장 사 서 망 장 안 불 견 가
1. 一爲遷客去長沙 西望長安不見家

황 학 루 중 취 옥 적 강 성 오 월 낙 매 화
2. 黃鶴樓中吹玉笛 江城五月落梅花

〈七言絶句〉

어쩌다 유배의 나그네 되어 장사로 가며 서쪽 장안 바라보나 내 집 안 보여

황학루에서 들리는 옥피리 소리, 무창성 5월 지는 낙매화 곡조

(語釋) ㅇ與(여)－'~와 같이' '~와 더불어'. ㅇ史郎中欽(사랑중흠)－이름은 사흠(史欽), 벼슬이 낭중(郎中)이다. 중국에서는 흔히 지금도 성(姓) 다음에 그의 관직을 적고 다음에 이름을 쓴다. ㅇ黃鶴樓(황학루)－무창에 있다.(앞의 시 참조) ㅇ吹笛(취적)－피리를 불다. ㅇ遷客(천객)－이백이 죄를 얻어 유배의 몸이 되었다.(해설 참조) ㅇ長沙(장사)－호남성(湖南省) 동정호(洞庭湖) 남쪽에 있다. 옛날 한(漢)의 가의(賈誼)가 이곳에 유배되었다. 이백은 야랑(夜郎)으로 가는 몸,

마치 가의가 장사로 가는 듯하다고 비유했다. ㅇ江城(강성)－강가의 도성, 즉 무창(武昌)을 가리킨다. ㅇ落梅花(낙매화)－피리의 곡명이다. 그러나 이백은 매화가 떨어진다는 서글픈 현상을 곡명에 겹쳐서 엮어 넣었다고 보아야 한다.

(大意) 일단 죄를 얻어 유배되는 나그네로서 장사(長沙)로 가는 몸, 서쪽 서울 장안(長安)을 바라보아도 내 집이 안 보이네.(1)

황락루 안에서 옥피리 소리가 들리는구나. 5월 무창성에는 이미 매화꽃이 다 졌거늘, 피리 곡조는 낙매화(落梅花)로다.(2)

(解說) 현종(玄宗)은 안녹산(安祿山)의 난을 피하여 촉(蜀)으로 가던 도중 한중군(漢中郡)에서 아들 중 하나인 영왕(永王) 인(璘)에게 동남(東南) 일대를 지키라고 명했다. 이에 영왕 인은 수만의 군대를 이끌고 양자강(揚子江)을 내려와 강서성(江西省) 구강(九江)에 이르렀다. 이때에 이백은 깊은 산골 여강(廬江)에 있었으나, 영왕 인이 초빙하여 그의 막하로 들어갔다.

그러나 숙종(肅宗)이 즉위하자 영왕의 행동을 불순하게 여기고, 영왕에게 군대를 해산하고 현종이 있는 촉으로 가라고 명을 내렸다. 이에 영왕이 불복하자, 숙종은 그를 반란군으로 몰고 토벌하게 되었다. 이에 이백도 본의 아니게 숙종에 의해 역적의 누명을 쓰게 되었던 것이다. 영왕 인은 잡히어 죽고, 이백은 잡히어 옥에 갇히었다가 이백의 옛날 친구이자 오늘에는 이름 높은 관군의 장군이 된 곽자의(郭子儀)의 구명운동 덕으로 간신히 사형을 면하고 야랑(夜郎)으로 유배되었다. 이 시는 유배되어 가는 길에 무창(武昌)에 들러 낭중(郎中)의 직에 있던 사흠(史欽)과 같이 피리 소리를 들으며 지은 시다. 처절한 심정이 잘 나타나 있다.

75. 聞王昌齡左遷龍標尉, 遙有此寄 왕창령이 용표위로 좌천됨을 듣고 멀리서 보내는 시

문왕창령좌천용표위 요유차기

양화낙진자규제 문도용표과오계
1. 楊花落盡子規啼 聞道龍標過五溪

아기수심여명월 수풍직도야랑서
2. 我寄愁心與明月 隨風直到夜郎西

〈七言絶句〉

버들꽃 떨어지고 두견새 피 토해 울 적에 그대는 용표위로 좌천되어 오계(五溪) 지나갔다지

나의 설움 밝은 달에 붙여 바람 따라 야랑 서쪽 보내리

(語釋) ㅇ王昌齡(왕창령)－성당(盛唐)의 시인, 자는 소백(少伯). 현종(玄宗) 개원(開元) 15년(726)에 급제하고 교서랑(校書郎)을 거쳐 범수현(氾水縣)의 위(尉)를 지냈으나, 성품이 방탕하여 자주 좌천되었다. 천보(天寶) 14년(755) 안녹산(安祿山)의 난에 휩쓸려 살해되었다고 한다. 이백 및 맹호연(孟浩然)과 교유가 있었고, 여기서는 그가 용표(龍標)라는 곳의 위로 좌천되어 간다는 소식을 듣고 이백이 위로의 시를 지은 것이다. ㅇ龍標(용표)－현 호남성(湖南省) 검양현(黔陽縣)으로 멀리 떨어진 벽지다. ㅇ遙有此寄(요유차기)－멀리서 이 시를 보내준다. ㅇ楊花(양화)－유서(柳絮), 버들개지, 버들의 꽃. ㅇ子規(자규)－두견새. ㅇ聞道(문도)－듣건대, 도(道)는 말하다의 뜻이므로 여기서는 문(聞)의 목적어로 약하게 쓰였다. ㅇ五溪(오계)－동정호(洞庭湖) 서남쪽 상덕현(常德縣)에 다섯 개의 계곡이 있다. 웅계(雄溪)·만계(樠溪)·유계(酉溪)·무계(無溪)·진계(辰溪)로 만족

(蠻族)이 사는 곳이다. ㅇ寄愁心(기수심)－내가 자네를 걱정하는 마음을 달에 붙여 보낸다는 뜻이다. ㅇ隨風(수풍)－바람따라, 바람타고. ㅇ夜郎(야랑)－현 호남성(湖南省) 지강현(芷江縣) 일대를 야랑이라고 했다. 또 이 지명은 이백이 유배되었던 귀주성(貴州省) 북부의 지명이기도 하다.

(大意) 봄도 지나 버들개지 다 떨어지고 밤새 피를 토하며 두견새가 울어 가슴을 에이는 듯한 늦봄에 뜻밖에도 그대가 용표(龍標)의 위(尉)로 좌천되어 벌써 오계(五溪)를 지나갔다고 하더군.(1)

나의 서글픈 심정을 저 밝은 달에나 의지하여 보내고저. 바람 타고 곧바로 자네가 지나갈 야랑(夜郎) 서쪽에 전해지길 바라네.(2)

(解說) 이백이 이 시를 지은 때는 천보(天寶) 12,3년경일 것이다. 즉 안녹산(安祿山)의 난이 나기 전이다. 그때 이백은 강남(江南) 일대를 방랑하고 있었다. 옛 친구 왕창령의 좌천 소식을 들었고, 더구나 이미 그가 서쪽을 향해 떠났다는 말을 듣고는 몹시 가슴아파하고 있다. '피를 토하며 우는 두견새(子規啼)'는 바로 이백의 심정이다. 이를 어떻게라도 알리고 싶다.

'저 밝은 달에 붙여 바람 타고 곧바로 아랑 저쪽까지 띄워 보내고 싶다.' 더욱이 '버들개지 지는 늦봄'이라 더욱 노근하니 벗 생각이 간절했으리라.

그런데 몇 년 후에는 왕창령이나 이백이나 다같이 안녹산의 난을 전후한 난세에 휘말려 저마다 야랑(夜郎)과 관련을 갖는 수난을 당하게 되었으니, 이 시는 참으로 얄궂다 하겠다.

76. 贈孟浩然 맹호연에게

(증맹호연)

1. 吾愛孟夫子　風流天下聞
   (오애맹부자　풍류천하문)
2. 紅顔棄軒冕　白首臥松雲
   (홍안기헌면　백수와송운)
3. 醉月頻中聖　迷花不事君
   (취월빈중성　미화불사군)
4. 高山安可仰　徒此揖清芬
   (고산안가앙　도차읍청분)

〈五言律詩〉

내가 사랑하는 맹부자의 풍류 온 천하에 들리고
홍안에 벼슬을 버리고 백발까지 산속에 누웠네
달에 취하여 노상 술만 마시고 꽃에 흘리어 임도 아니 섬기네
높은 뫼를 어이 우러르랴. 다만 맑은 향기 그리노라

(語釋) ○贈(증)-시를 지어 보낸다. ○孟浩然(맹호연)-성당(盛唐)의 유명한 시인. 맹호연은 양양(襄陽) 출신으로 녹문산(鹿門山)에 은거하며 독서와 시작(詩作)으로 세월을 보냈다. 이백과는 개원(開元) 18년(730)경에 만났으며, 이백은 맹호연의 호탕한 풍류 기질을 몹시 좋아했다. 맹호연은 고관을 만나러 장안(長安)에 갔다가 술친구와 술을 마시느려고 약속을 안 지켰고 따라서 벼슬도 얻지 못했다는 위인이다. 또 왕유(王維)를 따라 현종(玄宗)을 만나러 갔다가 갑자기 침대 밑에 숨기도 했으며, 현종 앞에서 시를 지어 서슴지 않고 '임금이

자기를 버렸다'고 소리내어 읽기도 했다 한다.(689~740) ㅇ紅顔(홍안)－붉은 얼굴 시절, 즉 젊은 시절. ㅇ棄軒冕(기헌면)－높은 벼슬자리를 내 버리다. 헌(軒)은 수레, 면(冕)은 관면(冠冕). ㅇ白首(백수)－백발이 된 노경에. ㅇ頻(빈)－노상, 언제나, 자주. ㅇ中聖(중성)－성(聖)은 청주(淸酒), 삼국(三國)시대 위(魏)의 서막(徐邈)이 금주령을 어기고 술에 만취했다. 그리고는 '성인(聖人)을 만났다(中)'고 했다. 이에 임금이 화를 내자, 선우보(鮮于輔)가 '술꾼은 청주를 성인이라 하고, 탁주(濁酒)를 현인(賢人)이라 한다'고 변명을 했다. ㅇ迷花(미화)－꽃에 매혹되어, 자연 풍류에 넋을 잃고. ㅇ不事君(불사군)－임금을 섬기지 않는다. ㅇ高山安可仰(고산안가앙)－높은 산을 어찌 우러러볼 수가 있겠는가? 안(安)은 '어찌 ~하랴?' 《시경(詩經)》 〈소아(小雅)〉에 '높은 산을 우러러보고, 큰 길을 가다(高山仰止 景行行止)'라 있으며 높은 산[高山]과 큰 길[景行]을 우러러보고 따라가듯 남을 존경한다는 뜻. ㅇ徒(도)－오직. ㅇ揖淸芬(읍청분)－읍(揖)은 겸손하다, 머리 숙이다. 청분(淸芬)은 맑은 향기, 여기서는 맹호연의 높은 풍도.

(大意) 저는 맹선생님을 경애하고 있습니다. 선생의 풍류는 천하에 이름이 높습니다.(1)

젊었을 때부터 고관대작(高官大爵)을 마다하며 버리고 백발이 되도록 산중에 숨어서 소나무와 구름과 나란히 누워 살고 계십니다.(2)

달 밝은 때에는 맑은 술에 취하고 꽃에 홀려, 벼슬해서 임금 모시는 것도 마다 하십니다그려.(3)

선생의 풍도는 너무나 높아, 감히 나로서는 우러러볼 수도 없습니다. 오직 넘치는 맑은 향기를 맞이하듯 멀리서 당신을 경애할 뿐입니다.(4)

(解說) 자연미에 깊이 묻히고 선풍(仙風)을 타고 표일(飄逸)하려던 젊은 이백이 풍류로서 이름이 높은 맹호연(孟浩然)을 경애한 것은 당연

하다. 더욱이 그가 녹문산(鹿門山)에 은거하고 있을 때 만난 이백은 감격을 더했을 것이다.

뒤에도 맹호연에 관한 이백의 시를 추리겠다. 여기서는 아더 웨일리의 영역을 참고로 들겠다.

How I Iove you, great Master Mêng.
Whose spirited ways are known to all the world!
With youth in your cheeks you spurned Carriage and Cap;
White-headed you lie among the pine-tree clouds.
On moonlit nights you are often a victim of the Holy;
Bewitched by blossom you cannot serve your Lord.
You tower above me, a hill too high to climb;
What more can I do than greet your fragrance from afar?

송 우 인
77. 送友人 벗을 보내며

청 산 횡 북 곽　백 수 요 동 성
1. 青山橫北郭　白水遶東城

차 지 일 위 별　고 봉 만 리 정
2. 此地一爲別　孤蓬萬里征

부 운 유 자 의　낙 일 고 인 정
3. 浮雲遊子意　落日故人情

휘 수 자 자 거　소 소 반 마 명
4. 揮手自茲去　蕭蕭班馬鳴

〈五言律詩〉

푸른 산은 마을 북쪽에 길게 누웠고 맑은 강물 성곽 동쪽을 돌아 흐르네

이곳을 이별코 홀연히 떠나가면 다북쑥 뒹굴 듯 만리 길 떠돌거늘

뜬구름 따라 나그네 심정 사무치고 지는 해따라 석별의 우정 애달프리

손 저으며 이곳을 떠나는 그대 말도 걸음 멈칫하며 서글피 우네

(語釋) ㅇ送友人(송우인)－벗을 전송한다. 어디서 누구를 전송한 것인지 상세하게 알 수가 없다. ㅇ靑山(청산)－나무가 우거진 푸른 산, 다음 구절의 '백수(白水)'와 대조를 이루어 더욱 선명하게 돋아난다. ㅇ橫北郭(횡북곽)－곽(郭)은 외성(外城), 북곽(北郭)은 도성(都城)의 북쪽, 마을 북쪽이라고 풀어도 좋다. ㅇ白水(백수)－앞의 '청산(靑山)'과 대조를 이룬다. 맑은 강이나 냇물, 흰물. ㅇ遶(요)－굽이쳐 흐른다. ㅇ東城(동성)－마을의 동쪽, 성은 성벽, 도성, 성읍(城邑), 마을이란 뜻. ㅇ一爲別(일위별)－한 번 헤어지면, 일(一)은 한번, 오직. ㅇ孤蓬(고봉)－바람에 불려 땅 위에 뒹구는 뿌리 뽑힌 다북쑥. 봉호(蓬蒿), 외로운 떠돌이 나그네에 비유했다. ㅇ萬里征(만리정)－만리 길을 정처없이 갈 것이다. 정(征)은 가다. ㅇ遊子意(유자의)－나그네 심정, 뜬구름을 보면 더욱 나그네의 심정에 느끼는 바가 크다. 뜬구름은 정처없이 떠돌기도 하지만, 《논어(論語)》에 있다. '의롭지 못한 부귀는 나에게는 뜬구름과 같다(不義而富且貴 於我如浮雲).' 이러한 탈속(脫俗)의 심정이 유자(遊子)의 뜻이기도 하다. ㅇ落日(낙일)－떨어지는 해는 잡으려 해도 어쩔 수 없다. 애석하면서도 보낼 수밖에, 따라서 이러한 석양을 대하니 더욱 그리운 벗에 대한 석별의 정이 절실하구나. ㅇ故人情(고인정)－그리운 벗에 대한 생각, 우정. 고인(故人)은 옛 친구, 죽은 사람이란 뜻도 있다. 여기서는 작자 자신을 가리킨다. ㅇ揮手(휘수)－손을 흔들다. ㅇ自玆去(자자거)－여기서부터 헤어

져 떠나가다. ㅇ蕭蕭(소소)－말 우는 소리. 《시경(詩經)》에 '소소하게 말이 울다(蕭蕭馬鳴)'라 있다. ㅇ班馬(반마)－무리에서 떨어져나간 말, 반(班)은 이별의 뜻이다. 《좌전(左傳)》에는 '헤어져 가는 말이 소리 내도다(有班馬聲)'라 있다. 반(班)을 '반여(班如)' 즉 '걸음이 느리다'의 뜻으로 엮어 풀어도 좋다.

(大意) 성곽 북쪽으로 푸른 산이 길게 누웠고, 마을 동쪽으로는 맑은 냇물이 굽이쳐 흐르고 있다.(1)

이 마을에서 일단 헤어지는 날 그대는 바람에 불리어 뒹구는 다북쑥 모양 외로운 나그네로 만리 길을 갈 것이거늘.(2)

뜬구름을 보니 나그네가 될 그대의 서글픈 뜻을 알겠고, 지는 석양에 옛 친구인 나의 어쩔 수 없는 석별(惜別)의 정이 더욱 애달프기만 하여라.(3)

이곳에서 손 흔들며 떠나는 그대, 헤어져 돌아오는 나의 말조차 걸음을 멈칫멈칫하며 소리내어 울고 있군.(4)

(解說) 실제적인 인물이나 환경이 구체적으로 나타나지 않았으나, 벗과의 이별이 산뜻하고 리얼하게 그려진 걸작이다. 특히 제1, 제2의 '청산횡북곽(青山横北郭) 백수요동성(白水遶東城)'은 한 폭의 그림에 담긴 말쑥한 마음을 눈 앞에 보는 듯 그려내고 있다. 대구(對句)의 묘 또한 뛰어나다. 이렇듯 아름다운 마을을 버리고 일단 떠나면, 그대는 바로 바람에 뒹구는 다북쑥 모양 만리 길을 헤맬 나그네 신세거늘, 뜬구름이나 붉게 물들어 떨어지는 석양 앞에 더욱 가는 임이나 보내는 자의 안타까운 심정이 이해가 되며 또한 앞으로도 두고두고 그 아쉬움이 떠오를 것이다. 그런 심정을 떠나는 말[馬]도 알아주는 듯, 울며 내키지 않는 걸음을 옮기네. 참고로 Witter Bynners의 영문 번역을 게재하겠다.

A Farewell to a Friend Li po
With a blue line of mountains north of the wall,

And east of the city a white curve of water,
Here you must leave me and draft away
Like a loosened water-plant hundreds of miles……
I shall think of you in a floating clouds:
So in the sunset thinks of me.
……We wave our hands to say good-bye,
And my horse is neighing again and again.

송우인입촉
78. 送友人入蜀 벗을 촉으로 보내며

견설잠총로　기구불이행
1. 見說蠶叢路　崎嶇不易行

산종인면기　운방마두생
2. 山從人面起　雲傍馬頭生

방수농진잔　춘류요촉성
3. 芳樹籠秦棧　春流遶蜀城

승침응이정　불필문군평
4. 升沈應已定　不必問君平

〈五言律詩〉

옛날 잠총님이 뚫은 촉나라 산중행로 기구하고 험준하여 가기 쉽지 않다커늘

산봉우리 눈앞에 우뚝 치솟고 말머리 옆에 구름이 인다지

허나 꽃향기 잔도 둘레에 자욱하고 양춘 강물은 촉의 성도를 감돌 텐데

흥망도 천명따라 숙명지어졌거늘 구태여 군평 찾아 물어보지 말게나

(語釋) ㅇ送友人入蜀(송우인입촉)－촉(蜀)은 현 사천성(四川省)을 중심한 일대를 촉(蜀)이라 했다. 촉으로 가는 벗과의 이별을 읊은 시다. ㅇ見說(견설)－듣건대, 현대백화(現代白話)의 청설(聽說 : ting shuo)과 같은 뜻. ㅇ蠶叢(잠총)－촉(蜀)나라를 개국(開國)했다는 전설적 임금의 이름. 여기서는 촉이란 뜻으로 풀어도 좋다. ㅇ崎嶇(기구)－산길이 험준, 험난하다. ㅇ不易行(불이행)－쉽게 가지 못한다, 가기 어렵다. ㅇ山從人面起(산종인면기)－산이 사람 얼굴따라 일어난다. 즉 험준한 산길이라 바로 눈 앞에 우뚝우뚝 높은 산이 솟아 있다는 표현. ㅇ雲傍馬頭生(운방마두생)－구름이 말머리 옆에서 일어난다. 높은 산길을 가니 구름이 바로 말머리 위에서 뭉게뭉게 일어나는 듯하다. ㅇ芳樹(방수)－향기롭게 핀 꽃나무. ㅇ籠(농)－꽃나무가 주위에 가득 들어차 우거지다. ㅇ秦棧(진잔)－잔(棧)은 잔도(棧道), 절벽 옆에 통나무나 또는 사다리처럼 엮은 나무를 걸쳐서 통행할 수 있게 만든 통로. 진잔(秦棧)이란 진(秦)나라 때 만든 잔도, 또는 진나라로부터 촉(蜀)으로 가는 잔도란 뜻. ㅇ春流(춘류)－봄의 강물. ㅇ遶(요)－돌아 흐른다. ㅇ蜀城(촉성)－촉의 도성, 즉 성도(成都). 이곳을 흐르는 무강(巫江)과 그 양쪽 무협(巫峽)의 절경은 라인강보다 뛰어나다. ㅇ升沈(승침)－부침(浮沈)과 같다. 높이 올라 부귀·영화를 누리는 것을 부(浮)나 승(升)이라 하고, 실의(失意)·낙백(落魄)·곤궁에 떨어지는 것을 침(沈)이라 한다. ㅇ應已定(응이정)－응당히 미리부터 정해져 있다. 《논어(論語)》에 있다. '죽고 사는 것은 명에 달렸고, 부와 귀는 하늘에 있도다(死生有命 富貴在天).' ㅇ不必問(불필문)－물을 필요도 없다. ㅇ君平(군평)－엄군평(嚴君平). 한(漢)대의 사람으로 성도(成都)에서 점(占)을 쳤다. 하루의 밥벌이만큼 돈을 벌면 점가게 문을 닫고, 조용히 앉아서 《노자(老子)》를 사람들에게 강론(講論)했다고 한다. 양웅(揚雄)도 일찍이 그에게 배운 일

이 있다.

(大意) 듣건대 잠총(蠶叢)이 열었다고 하는 촉나라로 통하는 길은 너무 나 험난하여 가기 어렵다더군. 험준한 산이 첩첩이 솟아 바로 눈앞에 불쑥불쑥 솟아나고, 높은 산길을 가는 말머리 옆에 뭉게뭉게 구름이 돋아 오른다던데 '이제 그대가 그 고생스러운 길을 가려 하네 그려!' (1~2)

하지만 다행히도 봄이고 보니, 진나라 때부터 만들어 놓은 잔도 주위에는 향기로운 꽃나무들이 엉키어 피었을 것이고, 촉의 성도(成都)에는 봄의 강물이 굽이쳐 흘러서 더없이 아름다울 것일세.(3)

원래 인생의 영달이나 곤궁은 이미 천명으로 숙명지워진 것, 굳이 안달스럽게 얻고자 군평(君平) 같은 점쟁이를 찾아 물을 필요도 없네, 어디 가나 안분지족(安分知足)하고 자연과 더불어 유유자적(悠悠自適)하길 바라네.(4)

(解說) 이백의 다른 시 〈촉도난(蜀道難)〉에도 있듯이 험준한 산길을 타고 촉(蜀)으로 가는 고생스런 벗을 전송하는 시다. 벗은 실의(失意)와 낙백(落魄)의 길을 가는 모양이다. 그러나 이백은 벗에게 대범한 위안을 주고자 했다. 봄을 맞는 촉에도 꽃피는 즐거움이 있으리라. 또한 인간세(人間世)의 부침(浮沈)은 천명에 의해 이미 숙명적으로 정해졌거늘, 부질없이 그런 것을 찾아 헤매지 말고, 대자연과 더불어 유유자적하라고 충고한다.

79. 送儲邕之武昌 저옹을 무창으로 보내며

송저옹지무창

황학서루월 장강만리정
1. 黃鶴西樓月 長江萬里情

춘풍삼십도 공억무창성
2. 春風三十度 空憶武昌城

송이난위별 함배석미경
3. 送爾難爲別 銜杯惜未傾

호련장악지 산축범주행
4. 湖連張樂地 山逐泛舟行

낙위초인중 시전사조청
5. 諾謂楚人重 詩傳謝朓清

창랑오유곡 기입도가성
6. 滄浪吾有曲 寄入櫂歌聲

〈五言排律〉

무창 서쪽 황학루의 달 장강 만리 사무친 풍정

봄바람 30년을 떠돌면서 속절없이 무창을 회포했거늘

그곳 가는 그대와 헤어지기 아쉬워 술잔 입에 문 채 비우지를 못하네

황제 음악 퍼지던 동정호에 배를 따라 산들도 뒤따르리

일언천금의 계포 낳은 그곳에 청신발랄한 사조의 시가 전하니

내 창랑가 지어 보내니 뱃노래로 삼고 읊게나

(語釋) ㅇ儲邕(저옹)－이 사람에 대해서는 잘 알려져 있지 않으나 친지일 것이다. 이백은 이 사람이 무창(武昌)으로 가는 것을 송별하며 시를 지었다. 무창은 현 호북성(胡北省)에 있으며, 이백이 젊어서 방랑하던 곳이다. 따라서 옛날을 회상하며 지은 이 시는 대략 이백이 궁중에서 쫓겨난 후에 지은 것이리라. ㅇ黃鶴西樓(황학서루)－무창시의 서남쪽 강을 바라보는 언덕에 황학루가 있으며 서쪽이라 서루(西樓)라 했다. 옛날 신선이 나타나 노란 학을 타고 승천했다고 한다. ㅇ長江萬里情(장강만리정)－양자강을 끼고 만리에 걸친 모든 풍정(風情). 옛날에 이백도 무창의 황학루에서 놀았고 또 양자강 각지를 헤매었다. 이제 그곳으로 가는 사람을 보니 감회가 새삼스레 돋아난다. ㅇ春風三十度(춘풍삼십도)－봄바람이 서른 번, 즉 30년이 지났다는 뜻. ㅇ爾(이)－그대, 자네. ㅇ難爲別(난위별)－이별하기 어렵다. ㅇ銜杯(함배)－술잔을 입에 문 채. ㅇ惜未傾(석미경)－이별하기가 어려워서, 술잔을 문 채 마시지 못하고 있다. ㅇ湖(호)－동정호(洞庭湖), 무창 남쪽에 있다. ㅇ張樂地(장악지)－옛날에 황제(黃帝)가 동정호에서 성대하게 음악을 연주했다는 말이 《장자(莊子)》 〈천운편(天運篇)〉에 보인다. ㅇ山逐泛舟行(산축범주행)－이곳에서부터 산들이 자네가 탄 배를 좇아 언제까지나 갈 것일세라는 뜻. ㅇ諾謂楚人重(낙위초인중)－낙(諾)은 승낙, 대답. 한(漢)의 계포(季布)는 한 고조(高祖)의 천하통일을 보필한 공신(功臣)이다. 그는 일단 승낙을 하면 반드시 지켰다고 하여, '그의 일낙(一諾)은 백금(白金)보다도 낫다'고 할 정도였다. 무창은 옛날의 초나라 땅이었고 계포는 이 고장의 사람이었다. 謂는 생각한다는 뜻으로 푼다. ㅇ詩傳謝朓清(시전사조청)－시로는 사조(謝朓)의 청발(清發)한 품을 높이어 전한다. 사조는 육조(六朝)대의 시인으로 이백은 그의 말쑥하고 발랄한 시를 높이 평가하고 그를 경애했다. 또한 이백은 옛날 사조가 선성(宣城)의 태수로 있으면서 세운 북루(北樓)에 올라가 그를 회상한 시를 지은 일도 있다. ㅇ滄浪(창랑)－《초사(楚辭)》 〈어부가(漁父歌)〉에 '창랑의 물이 맑으면 나의 갓끈을 빨 것이고, 창랑의 물이 흐리면 나의 발을 씻으

리라(滄浪之水淸兮 可以濯吾纓 滄浪之水濁兮 亙可以濯吾足)'라고 있다. 창랑은 한수(漢水)의 물줄기 이름이다. 이러한 창랑의 강물을 주제로 한 시를 지어 한 곡 불러 자네에게 송별로 주겠다. ㅇ寄(기)－부친다. ㅇ櫂歌(도가)－뱃노래, 노를 저으며 부르는 노래.

(大意) 그대가 이제 무창으로 간다고 하니, 그곳에 있는 황학루의 달이 생각나고, 또한 양자강 만리 길 따라 모든 풍정이 그리워지네. 허긴 내 옛날 그곳에서 떠나온 지 어느덧 봄바람에 30년이란 세월이 흐른 오늘 하염없이 그리운 무창의 마을을 그리고 있네.(1~2)

그대를 보내는 이별을 하기 사뭇 어려워, 이별의 술잔을 입에 문 채, 훌쩍 술을 다 마시지 못하고 아쉬워하네.(3)

그곳의 강물은 황제가 성대하게 음악을 연주했다던 동정호(洞庭湖)에 이어졌고, 산들도 그대가 탄 배를 따라 어디까지나 좇아갈 걸세.(4)

또 그곳 초나라 사람들은 일낙천금(一諾千金)의 계포(季布)같이 신의를 중히 여기고, 그곳에서 태수를 지냈던 사조(謝朓)의 맑고 발랄한 시가 높이 전해지고 있지.(5)

내 그대에게 〈창랑가(滄浪歌)〉를 지어 주겠으니, 뱃노래할 때 불러주게.(6)

(解說) 30년 전에 놀던 무창(武昌) 일대는 이백에게는 너무나 그리운 고장이었다. 우선 신선이 황학을 타고 올랐다는 황학루(黃鶴樓)는 최호(崔顥)의 시와 더불어 더욱 유명하고, 일찍이 이백 자신이 그곳에서 시를 지으려다 최호의 시 이상으로 쓸 것 같지 않아 그만둔 일까지 있었다. 또한 그곳에서 옛날 시우(詩友) 맹호연(孟浩然)을 양주(揚州)로 전송한 기억도 생생하다. 그곳으로 가는 사람을 전송하며 이별주를 나누는 이백은 너무나도 감개무량하여 술잔을 훌쩍 비우지 못하고 언제까지나 입에 물고 있는 채 아쉬워하고 있는 것이 아닌가? 물 맑고 산 좋고 사람들 신의를 높이고 풍류와 시인들이 뛰어나던 곳, 그곳으로 가는 그대에게 〈창랑곡〉을 한 수 지어 이별

의 정표로 삼고자 한다(送爾難爲別 銜杯惜未傾). 가슴에 짜릿함을 느끼게 하는 구절이다.

대 주 억 하 감
80. 對酒憶賀監 하지장을 회상하며

사 명 유 광 객　풍 류 하 계 진
1. 四明有狂客　風流賀季眞

장 안 일 상 견　호 아 적 선 인
2. 長安一相見　呼我謫仙人

석 호 배 중 물　번 위 송 하 진
3. 昔好杯中物　翻爲松下塵

금 구 환 주 처　각 억 루 첨 건
4. 金龜換酒處　却憶淚沾巾

〈五言律詩〉

사명산 미치광이라 자칭한 풍류를 이해하던 하지장
장안에서 나를 보고는 적선인의 호칭 주었지
생전에 술마시기 좋아했거늘 이제는 소나무 밑 흙이 되었네
금구 팔아 함께 마시던 추억에 혼자 눈물 쏟아 수건을 적시네

(語釋) ㅇ賀監(하감)－하지장(賀知章), 당(唐)대의 고관이자 문인이었다. 이백이 장안(長安)에 갔을 때 천거하고 높여 주었다. 비서감(秘書監)을 지냈으므로 감(監)이라 붙였다(해설 참조). ㅇ四明(사명)－사명산(四明山), 하지장의 고향이다. 현 절강성(浙江省)에 있다. ㅇ狂客(광객)－미친 나그네, 길손. 하지장은 자신을 '사명광객(四明狂客)이라

불렀다'. ㅇ賀季眞(하계진)-하지장의 자가 계진(季眞). ㅇ謫仙人(적선인)-하늘에서 쫓겨난 신선(해설 참조). ㅇ杯中物(배중물)-잔 속의 물건, 즉 술. ㅇ翻爲(번위)-홀연하게 죽어 지금은 소나무 밑의 흙으로 변했다. ㅇ金龜(금구)-허리에 차는 장식품, 금으로 된 것은 삼품(三品) 이상이 찼다. ㅇ淚沾巾(누첨건)-눈물에 수건을 적신다.

(大意) 사명산(四明山)의 광객(狂客)이라 자처한 하지장(賀知章)은 참으로 풍류를 아는 분이었다.(1)

장안(長安)에서 나를 보자, 나를 하늘에서 추방된 신선이라 불러주었다.(2)

살았을 때, 그는 술 좋아했거늘 이제 죽어 소나무 밑의 흙으로 변했구나.(3)

옛날 내가 금구를 술과 바꾸어 함께 마시던 때를 생각하니, 눈물에 수건이 축축해질 뿐이다.(4)

(解說) 이백의 서문에 있다. '장안 자극궁(紫極宮)에서 나를 한번 보자, 나를 적선인(謫仙人)이라 불렀다. 나는 그 자리에서 금구를 풀어 술과 바꾸어 함께 마시고 즐겼다. 그가 죽은 후, 술에 대하여 창연한 느낌이 들어 이 시를 짓는다.'

일단 장안에서 의기투합한 두 사람은 후에도 서로 어울려 시와 술을 함께 하며 즐겼다. 제2수에서 이백은 다음과 같이 작고한 그를 아쉬워하고 있다.

> 사람은 죽고 옛집만 남아, 허망히 연꽃 활짝 피었네
> 옛 생각하니 아득한 꿈 같고, 처연히 나의 가슴을 태우네
> **人亡餘故宅　　空有荷花生**
> **念此杳如夢　　凄然傷我情**

81. 魯郡東石門送杜二甫 동석문에서 두보를 보내고

노군동석문송두이보

취별부기일 등림편지대
1. 醉別復幾日 登臨偏池臺

하시석문로 중유금준개
2. 何時石門路 重有金樽開

추파락사수 해색명조래
3. 秋波落泗水 海色明徂萊

비봉각자원 차진수중배
4. 飛蓬各自遠 且盡手中杯

〈五言律詩〉

취해 헤어져 몇 날인가 온 산천 같이 올랐건만
언제 석문산에서 다시 만나 황금 술잔에 술을 나누리
가을의 사수강 물결 잔잔코 바다가 조래산 밝게 비칠새
서로 다북쑥 떠돌 듯 헤어지니 우선 수중의 잔이나 비우고저

(語釋) ㅇ魯郡東石門(노군동석문)－현 산동성(山東省) 곡부현(曲阜縣) 동북방에 있는 석문산(石門山). ㅇ杜二甫(두이보)－두보(杜甫). ㅇ泗水(사수)－곡부현(曲阜縣)을 지나서 흐르는 강물. ㅇ徂萊(조래)－조래산(徂萊山). 이백이 공소보(孔巢父) 등 죽계육일(竹溪六逸)과 숨었던 곳. ㅇ飛蓬(비봉)－바람에 날리는 다북쑥.

(大意) 전에 이별의 술잔을 든 지 며칠이 되었다고 또다시 이 자리에서 이별주를 드는가. 그간 우리는 여러 지대(池臺 : 물이나 산)를 찾아

다녔지.(1)

이제 그대와 헤어지면 언제 이 석문산에서 다시 만나 술잔을 주고 받으리.(2)

가을의 잔잔하고 맑은 사수(泗水) 물은 조래산(徂萊山)을 비치고 있다.(3)

우리는 각자가 바람에 날리는 다북쑥같이 서로 멀리 가야 하겠거늘 우선 이 자리에서는 손에 들고 있는 술잔이나 비우세.(4)

(解說) 이백과 두보(杜甫)는 중국 문학사에서 가장 높이 치는 두 봉우리다. 시에 있어 두보를 시성(詩聖)이라 치고 이백을 시선(詩仙)이라 쳤다. 이들이 서로 만난 시간은 길지 않았다. 천보(天寶) 3년에서 4년까지 불과 1년이었고, 그 간에도 줄곧 같이 지냈던 것은 아니다.

장안(長安)에서 나와 낙양(洛陽)에서 두보를 만난 이백은 재회를 약속하고 이내 양원(梁園)으로 가, 그곳을 중심으로 각지의 명승고적을 찾았다. 즉 신릉군(信陵君)의 묘, 사마상여(司馬相如)가 놀던 평대(平臺), 완적(阮藉)이 읊은 바 있던 봉지(蓬池) 등을 두루 찾아 다녔다. 그리고 가을에 다시 두보와 만나 술을 나누었다. 이때에는 고적(高適)도 같이 어울려 통음강개(痛飮慷慨)하고 호유회고(豪遊懷古)했다. 그 후 이백은 제주(濟州)로 거서 고천사(高天師)로부터 도록(道籙)을 받고 정식으로 도사가 되었다.

이때 두보가 뒤따라와 이들은 연주(兗州)에서 제3차의 교유를 했고, 주로 동몽(東蒙) 사수(泗水) 일대를 다니면서 시와 술을 나누었다. 그리고 얼마 후에 두보는 낙양을 거쳐 장안으로 갈 예정이었고, 이백은 강동(江東)으로 만유하고자 석문산(石門山)에서 헤어졌으며, 그 후는 다시 못 만났다. 이 시는 그때의 시다. 짧은 교유였으나 이들 최고봉에 오른 두 시인은 서로가 의기투합했고 서로가 인격을 믿었고 서로가 예술을 이해하고 높여 주었다. 세계에서도 이렇듯 서로 사랑하고 이해하고 존중한 두 문학인들이 또 있겠는가? 이들은 문인사회(文人社會)의 우정의 전범(典範)이라 하겠다.

당시 이백보다 약 11세나 어린 두보는 33세였다. 하지장(賀知章)이 첫눈에 이백을 보고 '하늘에서 귀양살이 온 선인(天上謫仙人)'이라 했듯이, 두보도 첫눈에 호걸풍인 이백에게 쏠렸다. 두보는 〈이백에게(寄李十二白二十韻)〉라는 시에서 읊었다.

전에 사명의 광객 하지장이, 하늘에서 쫓겨난 신선이라 했지
붓을 대면 비바람도 놀라게 하고, 시를 지으면 귀신도 울렸노라
昔年有狂客　　號爾謫仙人
筆落驚風雨　　詩成泣鬼神

이백과 두보는 성품이나 예술이 대조적이었다. 두보는 사실주의적이고 이백은 낭만주의적이었다. 그러나 둘이 다 청렴결백하고 정의를 사랑했고 우국연민(憂國憐民)하는 정에 불탔고, 또 예술과 자연을 사랑했다. 석문산에서 '하시석문로(何時石門路) 중유금준개(重有金樽開)'했건만 이들은 결국 다시 못 만난 채 서로 불우하게 떠돌다가 유명을 달리했다.

특히 나이 57세의 이백이 죄를 얻고 야랑(夜郎)으로 유적되어 간다는 소식을 들은 두보는 〈꿈에 이백을 보다(夢李白)〉라는 시에서 읊었다.

사별인 듯 소리 죽이고 헤어져, 생이별한 그대 생각에 가슴 처량해
강남 장려지에 유적된 그대, 뒤를 좇아도 소식이 없네
그대 나의 꿈에 보이니, 그대 생각 더욱 하여라
사흘밤 연거푸 꿈에 그대 보니, 그대 정의 더욱 두터움을 아네
死別已呑聲　　生別常惻惻
江南瘴癘地　　逐客無消息
故人入我夢　　明我長相憶
三夜頻夢君　　情親見君意

또 두보는 고생하는 이백을 동정하고 아울러 후세의 명성이 빛날 것을 믿으며 다음과 같이 읊기도 했다.

화려한 서울에 관모 쓰고 차일 친 수레 탄 사람 많건만, 그대 혼자만이 초췌했노라
하늘의 그물 넓고 크다 누가 말했나? 늘그막에 도리어 얽히다니
그대 이름 천추만세에 남으련만, 적막터라 그것은 후세의 일
冠蓋滿京華　斯人獨憔悴
孰云網恢恢　將老身反累
千秋萬歲名　寂莫身後事

두보는 자신이 노쇠한 몸으로 성도(成都)에 낙백하고 있으면서도 이백을 걱정하고 〈불견(不見)〉이란 시를 지었다.

오래도록 이공을 못 보았노라, 미친 척하던 그는 참으로 애처로워
세상 모두가 그대를 못 살게 했으나, 나만은 그대 재간을 아끼노라
不見李生久　佯狂眞可哀
世人皆欲殺　吾意獨憐才

이백도 〈사구성에서 두보에게(沙丘城下寄杜甫)〉라는 시에서 다음과 같이 읊었다.

내 왔건만 끝내 하염없이, 사구성에 높이 누웠을 뿐
성 언저리에 고목 우거지고, 조석(朝夕)으로 가을 소리 끝없어라
노(魯)의 술로는 취하지 못해, 제가(齊歌) 읊으며 공연히 옛정 되씹네
그대 생각 문수(汶水)강물 흐르듯, 넘실넘실 남쪽으로 흘러간다
我來竟何事　高臥沙邱城

城邊有古樹　　日夕連秋聲
魯酒不可醉　　齊歌空復情
思君若汶水　　浩蕩寄南征

최고봉에 오른 두 시인의 우정, 그것은 더욱 두 시인의 문학에 빛을 주었고, 후세 사람들의 존경을 받아 마땅했다.

82. 贈內(증내) 아내에게

1. 三百六十日(삼백육십일)　日日醉如泥(일일취여니)
2. 雖爲李白婦(수위이백부)　何異太常妻(하이태상처)

〈五言絶句〉

일년 360일 나날이 진흙같이 술취했으니
말만 이백의 처라 할 뿐 태상 주택의 처와 같더라

(語釋) ○贈內(증내)－아내에게 보내는 시. 이백은 일생에 네 번 장가를 들었다. 이 시는 대략 이백이 젊어서 첫 번째로 맞은 허어사(許圉師)의 손녀에게 준 것이라고 본다. ○太常妻(태상처)－한(漢)의 주택(周澤)은 태상(太常)의 벼슬을 지냈고, 1년 내내 재거(齋居)하느라 부인을 가까이 하지 않았다. 그러나 단 하루 재를 안 지키는 날에는 술에 취해 진흙같이 곤드레가 되었다고 한다. 따라서 태상 주택을 가리켜 '일일부재취여니(一日不齋醉如泥)'라 했다.

(大意) 1년 360일을 매일같이 술에 취해 진흙같이 곤드레가 되다.(1)

말로나 이백의 처가 되었다고 할 뿐, 한(漢)나라 시대 주택(周澤)의 처와 다를 게 무엇인가?(2)

(解說) 앞에서 풀은 〈양양가(襄陽歌)〉에 있듯이 젊은 이백은 각지를 만유하고 취음광가(醉飮狂歌)하며 임협결우(任俠結友)하였다. 따라서 자연히 가정을 돌볼 겨를이 없었으니, 젊은 이백은 은근히 자기 처에게 미안한 생각이 들었으리라.

남 류 야 랑 기 내

83. 南流夜郎寄內 야랑에 유적되어 가는 길에서 아내에게

야 랑 천 외 원 이 거　명 월 루 중 음 신 소

1. 夜郎天外怨離居　明月樓中音信疎

북 안 춘 귀 간 욕 진　남 래 부 득 예 장 서

2. 北雁春歸看欲盡　南來不得豫章書

〈七言絶句〉

하늘 밖 야랑에 떨어져 사는 외로움 밝은 달 집안에 비춰도 소식 없으리

봄에 북으로 돌아가는 기러기 모두 전송했거늘 남쪽 올 때에 예장 사는 당신의 편지 안 가져왔네

(語釋) ㅇ南流夜郎(남류야랑)－이백이 죄를 얻어 남쪽에 있는 야랑(夜郎)으로 유배되었다. ㅇ寄內(기내)－내자, 즉 자기 아내에게 보낸다는 뜻. ㅇ怨離居(원이거)－떨어져 사는 것이 원스럽다. ㅇ音信疎(음신소)－소식이 끊어지다. 워낙 멀리 떨어지고 또 벽지니까 달이 집안에 비춘다 하더라도 소식은 없을 것이다.

(大意) 야랑(夜郎)은 하늘 밖에 있는 듯 먼 곳이며 그런 곳에 외롭게 격리되어 사는 것이 너무나 한스럽다. 너무나 멀리 떨어져 있고 외진 곳이라 달빛이 집안에 비쳐 들어도 아무런 소식도 없겠지.(1)

봄에 기러기들이 북쪽 그들의 고향으로 돌아가기에 나는 끝까지 정성껏 쳐다보며 그들을 전송해주었는데, 이번 가을에 남쪽으로 오는 그 기러기들은 예장(豫章)에 사는 당신의 편지를 가져오지 않았구려.(2)

(解說) 늙은 나이에 하늘 밖의 벽지와도 같은 야랑으로 유배되어 가는 길에 지은 시다. 봄철에 이백의 처가 있는 북쪽으로 가는 기러기를 정성껏 전송해 주고 기대를 했건만, 가을에 그들은 예장(豫章)에 있는 처로부터 아무런 소식도 가져 오지 않았다.

절망의 연속을 읊은 시다. 특히 이 시의 핵심은 세번째 구절이다. '북쪽 기러기 봄에 돌아오기에 마지막까지 보며 기대를 걸었거늘(北雁春歸看欲盡)', 그 결과는 실망이었다.

'봄에 돌아간다[春歸]'는 두 자는 무한한 뜻이 있다. 소생(蘇生)의 희망과 기쁨이 넘친다. 그러기에 이백은 기러기를 보고 좋은 소식을 바라는 소망을 끝까지 가졌던 것이다.

또 '명월루중음신소(明月樓中音信疎)'에서도 이백이 달을 희망과 이상의 상징으로 사랑했다는 점을 이해하면 한결 뜻이 절실해질 것이다.

남 릉 별 아 동 입 경

84. 南陵別兒童入京 남릉에서 아이들과 헤어져 장안에 가다

백 주 신 숙 산 중 귀　　황 계 탁 서 추 정 비
1. 白酒新熟山中歸　黃雞啄黍秋正肥

호 동 팽 계 작 백 주　　아 녀 희 소 견 인 의
2. 呼童烹雞酌白酒　兒女嬉笑牽人衣

고 가 취 취 욕 자 위　　기 무 낙 일 쟁 광 휘
3. 高歌取醉欲自慰　起舞落日爭光輝

유 세 만 승 고 부 조　　착 편 과 마 섭 원 도
4. 遊說萬乘苦不早　著鞭跨馬涉遠道

회 계 우 부 경 매 신　　여 역 사 가 서 입 진
5. 會稽愚婦輕買臣　余亦辭家西入秦

앙 천 대 소 출 문 거　　아 배 기 시 봉 호 인
6. 仰天大笑出門去　我輩豈是蓬蒿人

〈七言古詩〉

막걸리 새로 담근 산중에 돌아가니 모이 쪼던 노란 닭 가을살 쪘네

머슴 시켜 닭 삶아 탁주 마시니 아이들 옷깃 잡고 시시덕댄다

제물에 흥겨워 마냥 취해 노래하며 일어나 춤추니 낙양 빛이 다투는 듯

늦으나마 상감께 말씀드리고 채찍 잡고 말타고 먼 길을 가다

회계의 우부는 주매신을 멸시했으나 나도 이제 집을 뒤로 하여 장안에 든다

앙천대소하며 문 나와 가노라. 내 어찌 쑥대풀로 뒹굴 것인가?

(語釋) ㅇ南陵(남릉)－현 안휘성(安徽省)에 있다. 나이 42세 때 즉 천보(天寶) 원년에 장안(長安)에 들어가 현종(玄宗)으로부터 한림공봉(翰林供奉)의 직분을 받았다. 이때에 이백은 세 번째 장가를 들었고 두 아이들을 두었으며, 아마 가족들과 이 남릉에서 헤어졌던 모양이다. ㅇ白酒(백주)－흰술은 탁주(濁酒)다. ㅇ啄黍(탁서)－모이를 쪼다. ㅇ烹雞(팽계)－닭을 삶다. ㅇ遊說萬乘(유세만승)－천자에게 유세하다. 만승(萬乘)은 천자. ㅇ著鞭跨馬(착편과마)－말타고 채찍질하다. ㅇ輕買臣(경매신)－주매신(朱買臣)의 고사를 인용했다. 한(漢)대의 주매신은 집이 가난했으나 책만 읽었다. 이를 불만스럽게 여긴 그의 처가 집을 나가겠다고 하자, 주매신은 '내 나이 50에는 부귀를 누릴 것이다. 이제 40이니 좀더 참으라'고 했다. 이에 처는 화를 내고 집을 떠났다. 그 후 주매신은 임금에게 불리어 가 장안(長安)에서 크게 출세했다. 주매신은 회계(會稽 : 현 紹興) 사람이다. ㅇ蓬蒿人(봉호인)－쑥대풀같이 방랑만 할 사람이냐는 뜻.

(大意) 산중에 있는 내 집에 돌아오니 새로 담근 막거리가 익었고, 모이 쪼던 노란 닭들 가을 살이 올랐네.(1)

머슴 불러 닭 삶게 하고 막걸리 잔을 드니, 아이들 옷깃을 잡고 시시덕댄다.(2)

술취해 큰 소리로 노래 부르며 제물에 흥겨워 벌떡 일어나 춤을 추자, 지는 해가 나와 빛을 다투는 듯하누나.(3)

상감에게 유세함이 늦기는 했으나, 이제 채찍 잡고 말을 타고 먼 길 천자가 계신 장안을 향해 가노라.(4)

회계의 어리석은 아낙이 자기 남편 주매신을 멸시했다지만, 나도 역시 늦게나마 임금의 부름받고 집을 하직하고 장안을 향해 서쪽으

로 가노라.(5)

하늘을 우러러 쳐다볼 때 크게 웃으며 대문을 나가노라, 내가 어찌 쑥대풀같이 방랑으로 썩을 사람이었더냐?(6)

(解說) 이백은 26세에 '한 자루의 칼을 지닌 채 부모에게 하직하고 고향을 떠나 멀리 유력하여(仗劍去國 辭親遠遊)' 사나이 대장부의 뜻을 펴고자 했다. 즉 '안사직(安社稷)', '제창생(濟蒼生)'할 '경국제민(經國濟民)'의 정치적 수완을 마냥 펴고자 했다. 그리하여 도사(道士) 오균(吳筠)의 추천으로 장안에 들어가 현종을 알현하게 된 것이 42세 때였다. 즉 천보(天寶) 원년, 서기 742년이었다. 이 시는 서울에 들기에 앞서 가족과 작별하기 위해 잠시 집에 들렀을 때 지은 시다. '앙천대소하며 문을 나서 가노라, 내 어찌 쑥대풀로 그칠 사람이냐?(仰天大笑出門去 我輩豈是蓬蒿人).' 이렇게 의기양양하게 큰 소리치고 나섰다.

또 이때에 이백은 〈처와 이별하여 상감 부름에 서울 간다(別內赴徵)〉라는 해학적인 3수의 시를 지었다.

세 번이나 왕명을 받고 아직 못 떠났거늘, 내일 아침엔 그대와 헤어져 오나라 관문을 지나가리.

내가 갈 궁중의 백옥고루는 안 보일 테니, 내가 그리울 때는 망부산에 올라 바라보시오.

王命三徵去來還　　明朝離別出吳關
白玉高樓看不見　　相思須上望夫山

문을 나서자 처자들 옷자락 굳게 잡으며, 서쪽 장안에 가면 언제 돌아오느냐 물어댄다.

내 돌아올 때는 황금의 인패를 찼을 것이니, 베틀에서 내리지 않던 소진의 처 같은 짓은 하지 마시오.

出門妻子强牽衣　　問我西行幾日歸
歸時儻佩黃金印　　莫學蘇秦不下機

비취로 누각 짓고 황금 계단 올리고 호화롭게 살겠으나, 독수공방하는 처는 문가에서 울겠지.

나 또한 밤새 쓸쓸히 등불 켜 새벽까지 밤을 지새며, 끝없이 눈물 흘리며 초나라 서쪽까지 달려가겠노라.

翡翠爲樓金作梯　　誰人獨宿倚門啼
夜坐寒燈連曉月　　行行淚盡楚關西

고생 끝에 잘되면 그동안 나 때문에 고초를 겪은 처자식에게 미안했기에 또 우선 그들을 기쁘게 해주고 싶은 것이 인지상정(人之常情)일 것이다.

대략 이상에서 들은 몇 수에서 이백의 가족에 대한 섬세하고 눈물겹도록 애처로운 사랑을 엿볼 수 있으리라.

85. 寄東魯二稚子 동로에 있는 두 자식에게

기 동 로 이 치 자

오 지 상 엽 록　　오 잠 이 삼 면
1. 吳地桑葉綠　　吳蠶已三眠

아 가 기 동 로　　수 종 귀 음 전
2. 我家寄東魯　　誰種龜陰田

춘 사 이 불 급　　강 행 부 망 연
3. 春事已不及　　江行復茫然

남 풍 취 귀 심　　비 타 주 루 전
4. 南風吹歸心　　飛墮酒樓前

누 동 일 주 도　　지 엽 불 청 연
5. 樓東一株桃　　枝葉拂青烟

차 수 아 소 종　별 래 향 삼 년
6. 此樹我所種　別來向三年

도 금 여 루 제　아 행 상 미 선
7. 桃今與樓齊　我行尚未旋

교 여 자 평 양　절 화 의 도 변
8. 嬌女字平陽　折花倚桃邊

절 화 불 견 아　누 하 여 류 천
9. 折花不見我　淚下如流泉

소 아 명 백 금　여 저 역 제 견
10. 小兒名伯禽　與姐亦齊肩

쌍 행 도 수 하　무 배 부 수 련
11. 雙行桃樹下　撫背復誰憐

염 차 실 차 제　간 장 일 우 전
12. 念此失次第　肝腸日憂煎

열 소 사 원 의　인 지 문 양 천
13. 裂素寫遠意　因之汶陽川

〈五言古詩〉

이곳 오에서는 뽕잎이 푸르렀고 이미 누에도 삼면을 지났건만
동로에 사는 우리집에서는 누가 귀산 북쪽 밭을 갈까
봄농사 이미 때를 놓쳤으리. 강따라 떠도는 나는 망연할 뿐
남풍이 고향 그리는 마음 몰라 주루 앞으로 날려 떨어뜨리네
주루 동쪽에 복숭아나무 한 그루 가지와 잎이 춘하에 흔들댄다
내가 심은 나무 헤어진 지 벌써 3년
주루 높이만큼 나무 컸거늘 방랑길의 나는 아직도 못 가노라

큰딸아이 평양이는 복숭아나무 곁에서 꽃을 꺾으리
꽃 꺾으며 아버지 보지 못하여 샘 같은 눈물 쏟았으리
작은아들 이름이 백금이라 키가 누이만큼 자랐겠지
쌍쌍이 복숭아나무 밑에 가건만 등 쓸며 귀여워해줄 아비 없구나
이렇듯 생각하니 어수선하고 나날이 간장이 타고 조이네
명주포 찢어 집 그리는 정을 읊어 문천 강물에 띄워 보내노라

(語釋) ㅇ東魯(동로)－현 산동성(山東省) 제령(濟寧)이다. 당시 이백의 가족은 작은 농토를 의지하여 살고 있었다. ㅇ二稚子(이치자)－두 명의 어린 자식들, 아들 백금(伯禽)과 딸 평양(平陽). ㅇ吳地(오지)－현 강소성(江蘇省) 남경(南京)을 중심한 지방. ㅇ三眠(삼면)－누에가 고치를 치게 될 무렵을 삼면이라 한다. ㅇ龜陰田(귀음전)－귀산(龜山) 북쪽에 있는 농토. 귀산은 산동성 사수현(泗水縣)에 있다. ㅇ酒樓(주루)－이백은 동로(東魯) 자기집 앞에 주루를 짓고 벗을 청해 술을 마셨다. ㅇ未旋(미선)－아직도 고향에 돌아가지 않았다. ㅇ裂素(열소)－흰 명주천을 찢어 가지고. ㅇ汶陽川(문양천)－문천(汶川), 태산(泰山)과 조래산(徂萊山) 사이를 흘러 대운하에 합류한다.

(大意) 지금 내가 객우하고 있는 오(吳)지방은 뽕나무잎이 푸르렀고, 또 이 지방에서는 누에도 삼면을 지나 있었다.(1)

동로(東魯)에 살고 있는 우리집에서는 가장인 내가 없으니, 누가 귀산 북쪽에 있는 농토를 갈 것인가?(2)

봄농사도 때를 놓쳤을 거라 생각하니, 강물 따라 방랑하는 나는 망연할 뿐이다.(3)

불어오는 남풍은 내 마음을 고향 내 집 앞 주루(酒樓)에 쏠리게 한다.(4)

주루 동쪽의 복숭아나무는 가지나 잎이 푸른 아지랑이에 흔들거리고 있겠지.(5)

그것은 전에 내가 심은 것이며, 벌써 고향을 떠난 지 3년이 되었구나.(6)

그 복숭아나무 주루의 높이만큼 자랐겠거늘 나는 아직도 떠도는 몸.(7)

집에는 딸 평양(平陽)이 꽃을 꺾으며 복숭아나무 곁에서 놀고 있겠지.(8)

꽃을 따며 농사짓는 아버지 없음에 샘물 같은 눈물을 흘리리라.(9)

집에 있는 아들 이름은 백금(伯禽)인데, 아마 키가 누이와 엇비슷하리라.(10)

아이들이 둘이서 짝을 지어 복숭아나무 밑에 가련만, 그들의 등을 어루만지며 귀여워해줄 사람이 누구인가?(11)

이렇듯 생각하니 마음이 산란해지고 간장이 매일같이 타기만 한다.(12)

흰 명주폭을 찢어 시를 지어 멀리 문천(汶川) 강물에 띄워 보내노라.(13)

(解說) 방탕한 성격의 이백은 고매한 뜻을 품고 젊어서부터 지기(知己)를 찾아 방랑했다. 따라서 그는 노상 집을 비웠고, 가족을 잘 돌보거나 사랑할 겨를이 없었다. 더욱이 그는 결혼을 네 번이나 했다. 첫번째는 재상을 지낸 바 있던 허어사(許圉師)의 손녀에게 장가를 들었고 명월노(明月奴)라는 아들을 얻었다.

그러나 아들이 일찍 요절한 모양이고, 뒤이어 허씨도 죽었다. 대략 개원(開元) 23년(735)경으로 이때에 이백의 벗 원참군(元參軍)이 이백을 북쪽에 초청한 까닭도, 그의 슬픔을 위로해 주고자 해서였을 것이다.

다음에 이백은 유모(劉某)라는 사람의 딸을 맞았으나, 얼마 안

가서 이혼했다. 그리고 세 번째로 산동(山東), 즉 노(魯)에서 부인을 맞았다. 이름은 알 수 없으나, 이때에 파려(頗黎)라는 아들을 보았다. 이 아이가 바로 이 시에 나오는 백금(伯禽)인 것이다. 그리고 이때 가족들이 산동에 있었으므로, 금릉(金陵 : 즉 남경)에 있었던 이백이 가족을 그리며 지은 시가 여기에 풀은 것이다.

그 후 이백은 56세경에 다시 송모(宋某)라는 여인과 결혼했으나 자세한 것은 잘 알려져 있지 않다. 항상 가족을 사랑하고, 미안하게 여긴 이백의 면모를 이 시를 통해 알 수 있다.

86. 金陵酒肆留別 금릉 주점에서 사람들과 작별하다
(금 릉 주 사 유 별)

풍 취 유 화 만 점 향 오 희 압 주 권 객 상
1. 風吹柳花萬店香 吳姬壓酒勸客嘗

금 릉 자 제 래 상 송 욕 행 불 행 각 진 상
2. 金陵子弟來相送 欲行不行各盡觴

청 군 시 문 동 류 수 별 의 여 지 수 단 장
3. 請君試問東流水 別意與之誰短長

〈下平聲 7陽韻 : 香嘗觴長〉

봄바람에 버들개지의 향기가 가득히 풍기는 술집에서 오나라의 미녀가 술을 걸러 길손에게 잔을 권하노라

금릉의 젊은이들이 와서 서로 이별을 아쉬워할새 떠나려다 떠나지 못하고 저마다의 술잔을 비우노라

그대들이여, 동으로 흘러가는 강물에게 물어보게나, 우리의 석

별의 정과 강물, 그 어느 쪽이 더 길겠는가?

(語釋) ㅇ金陵酒肆留別(금릉주사유별)—금릉의 술집에서 작별하다. 금릉(金陵)은 남경(南京). 육조(六朝)대의 도읍으로 건업(建業)·건강(建康)이라고도 했다. 주사(酒肆)는 술집, 주점. 사(肆)는 가게 사. 유별(留別)은 떠나는 사람이 전별연(餞別宴)을 베풀어 주는 사람과 작별한다는 뜻. ㅇ柳花(유화)—버들개지, 버들강아지, 유서(柳絮). ㅇ萬店香(만점향)—술집 전체에 향기가 풍긴다. ㅇ吳姬(오희)—오(吳) 지방의 미녀, 오(吳)는 춘추전국 시대의 나라 이름. 강소성(江蘇省) 소주(蘇州) 일대를 오라고 부른다. ㅇ壓酒(압주)—술주자[酒榨]로 술을 걸러 가지고. ㅇ勸客(권객)—손님에게 권한다. ㅇ嘗(상)—맛을 보다, 마시다. ㅇ金陵子弟(금릉자제)—금릉에 사는 젊은이들. ㅇ相送(상송)—서로 마주보며 이별한다. ㅇ欲行不行(욕행불행)—떠나려 하면서도 떠나지 못하고. ㅇ各盡觴(각진상)—이 사람 저 사람이 주는 술잔을 받아서 훌쩍 마신다. ㅇ請君試問(청군시문)—여러분, 물어보게. ㅇ東流水(동류수)—동쪽으로 흘러가는 저 강물에게. ㅇ別意(별의)—이별을 아쉬워하는 우리들의 우정. ㅇ與之(여지)—비교해서. 지(之)는 장강(長江)의 흐름과 비교해서. ㅇ誰短長(수단장)—어느 쪽이 더 길고 짧은가?

(解說) 6구의 칠언고시(七言古詩). 천보(天寶) 9년(750) 이백의 나이 50세 때에 지은 시다. 혹은 천보 2년(743) 그의 나이 43세 때 지은 시라는 설도 있다. 평이(平易)한 필치로 담담하게 이별의 아쉬움을 표현했다. 이백은 (1)에서 봄의 풍정과 주점의 낭만을 말쑥하게 그렸다. (2)에서는 자기를 전송해 주는 젊은이들과 연거푸 이별주를 마시며, 서로 헤어지지 못하는 피차의 우정의 엉킴을 그렸다.

그리고 (3)에서는 자기네들의 넘치는 우정이 강물보다 더 길 것임을 암시했다. 청(淸)의 심덕잠(沈德潛)은 '시의 어구를 반드시 어렵고 깊게 표현할 필요가 없다. 충분히 무르익은 석별의 정을 담담히 그리면 되기 때문이다(語不必深 寫情已足)'라고 평했다. 《당시별재집(唐詩別裁集)》 권6.

87. 長相思(1) 멀리 임을 생각함(1)

(장상사)

1. 長相思 在長安 (장상사 재장안)
2. 絡緯秋啼金井闌 微霜淒淒簟色寒 (낙위추제금정란 미상처처점색한)
3. 孤燈不明思欲絶 卷帷望月空長歎 (고등불명사욕절 권유망월공장탄)
4. 美人如花隔雲端 (미인여화격운단)
5. 上有青冥之長天 下有綠水之波瀾 (상유청명지장천 하유록수지파란)
6. 天長地遠魂飛苦 夢魂不到關山難 (천장지원혼비고 몽혼부도관산난)
7. 長相思 摧心肝 (장상사 최심간)

〈上平聲 14寒韻 : 安闌寒歎端瀾難肝〉

멀리 임을 생각하노라. 임은 장안에 있노라

가을밤에 귀뚜라미가 황금 난간 우물에서 울고 있는데 엷은 서리 처처히 내리자, 대나무 자리 더욱 싸늘하고

외로운 등불마저 희미하니, 가슴이 미어질 듯하여라. 방장을 거둬올리고 달을 보며 하염없이 길게 탄식하네

꽃같이 아름다운 임, 구름 너머 저 끝에 있노라

위에는 푸르고 아득한 하늘이 높고 멀기만 하고, 아래로는 푸른 강물이 파도치고 출렁이고 있노라

하늘이 높고 땅이 머니, 혼백도 날아가기 어렵고 변경의 관문과 산들이 험난하여, 꿈속의 혼백도 못가노라

멀리 임을 생각할 제, 마음이 속속들이 찢어지노라

(語釋) ㅇ長相思(장상사)—7언의 악부시(樂府詩)다. 장상사(長相思)는 악부의 제명(題名)으로 '멀리 있는 임을 잊지 못하고 그리워하는 내용'을 읊은 것이다. 《악부시집(樂府詩集)》 권69에는 '악부가사(樂府歌辭)'로 남조(南朝)대의 오매원(吳邁遠), 소명태자(昭明太子) 등과 당(唐)의 이백의 작품 등 20여 수가 수록되어 있다. ㅇ長相思 在長安(장상사 재장안)—언제까지나 생각하고 그리워하는 임은 저 멀리 장안에 있다. '3자(字) 2구(句)'며 '안(安)'이 운자(韻字). ㅇ絡緯(낙위)—귀뚜라미. 《고금주(古今注)》에 일명 촉직(促織)이라 했다. 혹은 '베짱이'로 풀기도 한다. ㅇ秋啼(추제)—가을밤에 처량하게 운다. ㅇ金井闌(금정란)—황금으로 장식한 우물 난간에서. ㅇ微霜(미상)—가볍게 내린 서리. ㅇ淒淒(처처)—(마음을 더욱) 처량하고 차갑게 한다. 처(淒)는 쓸쓸할 처. ㅇ簟色寒(점색한)—대자리가 더욱 차게 느껴진다. 점(簟)은 대자리 점. ㅇ孤燈不明(고등불명)—외로운 등불도 흐리기만 하고. ㅇ思欲絶(사욕절)—가슴이 미어질 것만 같다. 끊어질 것만 같다. ㅇ卷帷望月(권유망월)—방장을 거두어 올리고 달을 바라본다. 권(卷)은 말 권(捲)과 통한다. 유(帷)는 휘장 유. ㅇ空長歎(공장탄)—하염없이 길게 탄식한다. ㅇ美人如花隔雲端(미인여화격운단)—꽃같이 아름다운 임이 구름을 사이에 두고 하늘 끝에

있노라. ㅇ上有青冥之長天(상유청명지장천)－위로는 푸르고 아득히 높은 하늘이 있고. ㅇ下有綠水之波瀾(하유록수지파란)－아래로는 푸른 물이 파도치며 출렁이고 있노라. ㅇ天長地遠魂飛苦(천장지원혼비고)－하늘은 높고 땅은 멀기만 하니, 혼백으로도 날아가기 고생스럽다. ㅇ夢魂不到關山難(몽혼부도관산난)－가로막힌 변경의 관문과 산들이 험난하여, 꿈속의 혼백으로도 갈 수가 없다. ㅇ摧心肝(최심간)－(임을 생각할 제) 마음과 간장이 무너져 내리노라.

장 상 사

88. 長相思(2) 멀리 임을 생각함(2)

일 색 욕 진 화 함 연 월 명 욕 소 수 불 면
1. 日色欲盡花含煙 月明欲素愁不眠

조 슬 초 정 봉 황 주 촉 금 욕 주 원 앙 현
2. 趙瑟初停鳳凰柱 蜀琴欲奏鴛鴦絃

차 곡 유 의 무 인 전 원 수 춘 풍 기 연 연
3. 此曲有意無人傳 願隨春風寄燕然

억 군 초 초 격 청 천
4. 憶君迢迢隔青天

석 시 횡 파 목 금 작 유 루 천
5. 昔時橫波目 今作流淚泉

불 신 첩 단 장 귀 래 간 취 명 경 전
6. 不信妾斷腸 歸來看取明鏡前

〈下平聲 1先韻：然眠絃傳然天泉前〉

해가 지고 날 저무니 꽃도 저녁 어두운 안개에 묻히고, 달은

흰 비단처럼 빛날 제 수심에 겨워 잠을 못 자노라

봉황 무늬 기둥 달린 조나라 거문고를 그만 치우고 원앙처럼 짝지은 촉나라의 거문고를 타려고 하지만

가락 속의 임 그리는 나의 뜻을 전해줄 사람 없으니 봄바람 타고 임 계신 연연산에 전해지기 바라노라

푸른 하늘 저 너머, 멀리 계신 임을 생각하니

옛날에 곁눈으로 임에게 추파를 보냈던 두 눈이 지금에는 쏟아져 내리는 눈물의 샘이 되었노라

소첩의 단장의 슬픔이 믿어지지 않으시면 돌아와 명경에 비춰진 저의 몰골을 보시와요

語釋 ㅇ日色欲盡(일색욕진)－해가 지고 날이 저물려고 한다. ㅇ花含煙(화함연)－꽃이 저녁 안개에 묻힌다. ㅇ月明欲素(월명욕소)－달이 밝아 흰 비단같이 빛을 뿌리려 할 때. 소(素)는 흰 비단. ㅇ愁不眠(수불면)－수심에 겨워 잠을 자지 못한다. ㅇ趙瑟(조슬)－조나라의 큰 거문고. 조(趙)는 전국시대(戰國時代)의 나라. 황하 북쪽에 있었다. 슬(瑟)은 25현(絃)의 큰 거문고. ㅇ初停(초정)－이제 방금 멈추다. ㅇ鳳凰柱(봉황주)－봉황을 그린 현주(絃柱). 현주는 거문고의 줄을 걸어맨 판을 받치는 기둥. 봉황은 영조(靈鳥)로 성천자(聖天子)와 더불어 나타난다. 봉(鳳)은 수새, 황(凰)은 암새. ㅇ蜀琴(촉금)－촉(蜀) 지방의 거문고. 촉은 사천성(四川省) 일대, 금(琴)은 5현 혹은 7현의 거문고. ㅇ欲奏(욕주)－거문고를 타려고 한다. ㅇ鴛鴦絃(원앙현)－원앙같이 짝을 짓고 있는 거문고의 줄. 원앙은 항상 짝지어 있는 새. 원(鴛)이 수새, 앙(鴦)이 암새. ㅇ此曲有意(차곡유의)－그 곡 속에는 뜻이 있다(임과 같이 있고 싶다는 뜻). ㅇ無人傳(무인전)－아무도 전해 줄 사람이 없다. ㅇ願隨春風(원수춘풍)－봄바람을 따라서 ~하기 바란다. ㅇ寄燕然(기연연)－연연산(燕然山)

으로 보내다. 연연산은 몽고 지방에 있으며, 흉노(匈奴)와의 싸움터. ㅇ憶君迢迢隔青天(억군초초격청천)－푸른 하늘 너머, 멀리 있는 그대를 생각한다. 초(迢)는 멀 초. ㅇ昔時橫波目(석시횡파목)－옛날에는 그대에게 추파를 보냈으나. ㅇ橫波目(횡파목)－부의(傅毅)의 시구 '목류체이횡파(目流涕而橫波)'를 이선(李善)이 '물이 모로 흐르듯이 곁눈으로 본다는 뜻이다(言邪視如水之橫流也)'라고 주했다(《文選》 卷 17). ㅇ今作流淚泉(금작유루천)－지금은 흐르는 눈물의 샘이 되었다. ㅇ不信妾斷腸(불신첩단장)－소첩의 단장의 아픔이 믿어지지 않으면. ㅇ歸來看取明鏡前(귀래간취명경전)－돌아와서 명경 앞에 비춰진 저의 수척한 얼굴을 보십시오.

(解說) 〈장상사〉(1)(2)는 기본적으로는 7언 고시체의 악부시다. 그러나 파격적인 격식으로 쓰여졌다. 작시 연대에 대해서는 설이 같지 않다. 하나는 35세, 즉 개원(開元) 23년(735)에 지었다고도 하고, 다른 하나는 59세, 즉 건원(乾元) 2년(759)의 작품이라고도 한다.

두 시가 다 멀리 있는 임을 애절하게 생각하는 노래다. 그러나 〈장상사〉(1)은 변경에 있는 남자가 장안에 있는 미인을 그리워하는 시이고, 〈장상사〉(2)는 집에 있는 여인이 객지에 있는 낭군을 생각하는 시일 것이다.

특히 〈장상사〉(1)은 참언(讒言)으로 궁중에서 쫓겨난 이백이 현종(玄宗)을 그리워하는 시라고 확대 해석하기도 하지만 그렇게까지 할 필요는 없을 것이다.

89. 渡荊門送別(도형문송별) 형문산 너머로 나를 보내준다

도원형문외 내종초국유
1. 渡遠荊門外 來從楚國遊

산수평야진 강입대황류
2. 山隨平野盡 江入大荒流

월하비천경 운생결해루
3. 月下飛天鏡 雲生結海樓

잉련고향수 만리송행주
4. 仍憐故鄕水 萬里送行舟

〈下平聲 11尤韻 : 遊流樓舟〉

형문산 밑의 험난한 곳을 무사히 지나 멀리 왔으니 이제부터는 초나라를 따라 이곳저곳 여행을 하리라.

촉나라의 산들도 평야를 따라 자취를 감추고 강물은 땅 끝을 향해서 흘러 들어가노라

하늘의 거울이 날고 있는 듯, 달이 서쪽으로 기울고 구름 속에서 해상의 누각 신기루가 나타나 보이노라

고향 땅 촉에서 흐르는 강물이 여전히 정답고야. 만 리 길 따라 멀리까지 나의 배를 전송해 주네

(語釋) ㅇ渡遠荊門外(도원형문외) – 도(渡)는 배를 타고 형문산(荊門山) 밑

의 험난한 곳을 무사히 건너오다. 원(遠)은 멀리 오다, 즉 배를 타고 장강(長江)을 내려오다가 형문산 밑의 험난한 곳을 무사히 지나 멀리 내려왔다는 뜻. 형문(荊門)은 호북성(湖北省) 의군현(宜郡縣) 서북쪽에 있는 산이며, 그 밑을 흐르는 장강(長江)의 여울이 몹시 험난하다. ㅇ來從楚國遊(내종초국유)－이제부터는 초나라를 따라 이곳저곳 여행을 하리라. ㅇ山隨平野盡(산수평야진)－산이 평야를 따라 자취를 감춘다, 즉 없어지다. 강물이 험준한 산악지대를 지나 넓은 평야를 흐르게 되자, 산들도 안 보이게 된다는 뜻. 왕기(王琦)는 주(注)에서 '촉(蜀)나라의 산들은 형문산에 와서 안 보이게 된다'고 한 양제현(楊齊賢)의 설을 인용했다. ㅇ江入大荒流(강입대황류)－강물이 땅끝으로 들어갈 듯이 흐른다. 대황(大荒)은 대지(大地)의 끝, 혹은 대공(大空)으로 풀이한다. ㅇ月下飛天鏡(월하비천경)－달이 서쪽으로 기울자, 마치 하늘의 거울이 날고 있는 듯이 보인다. 천경(天鏡)은 '하늘의 거울' 즉 달의 이칭(異稱). ㅇ雲生結海樓(운생결해루)－구름 속에서 '해상누각(海上樓閣)'이 엮어진다. 즉 구름과 더불어 신기루(蜃氣樓)가 나타난다. ㅇ仍憐故鄕水(잉련고향수)－나의 고향 촉(蜀)에서 흐르는 강물이 여전히 나를 사랑하고. 잉련(仍憐)은 여전히 사랑스럽다, 정답다. 고향수(故鄕水)는 고향 촉에서 흘러내리는 강물. ㅇ萬里送行舟(만리송행주)－만 리 길 멀리까지 나의 배를 전송해 준다.

(解說) 오언율시(五言律詩)이다. 이백이 25세 때, 고향 촉(蜀)에서 배를 타고 장강을 내려올 때에 쓴 것이리라. 제목은 '다정한 고향의 물이 형문산을 지나 멀리까지 나를 전송해 준다'는 뜻이다.

야 박 우 저 회 고
90. 夜泊牛渚懷古　우저에서 야박하며 회고한다

우 저 서 강 야　청 천 무 편 운
1. 牛渚西江夜　青天無片雲

등 주 망 추 월　공 억 사 장 군
2. 登舟望秋月　空憶謝將軍

여 역 능 고 영　사 인 불 가 문
3. 余亦能高詠　斯人不可聞

명 조 괘 범 거　풍 엽 락 분 분
4. 明朝挂帆去　楓葉落紛紛

〈上平聲 12 文韻 : 雲軍文紛〉

우저산 밑, 서강에 배를 대고 야박할 제 푸른 밤하늘에는 한 조각의 구름도 없네

배에 올라 가을달을 바라보며 하염없이 사장군을 생각하노라

나도 역시 소리 높여 읊을 수는 있으나 그 사람같이 시를 들어줄 사람이 없구나

내일 아침에는 돛을 높이 달고 멀리 가리라. 단풍나무 잎이 가을바람에 우수수 떨어지리라

語釋 ○夜泊牛渚懷古(야박우저회고)－우저산(牛渚山) 밑에서 야박(夜泊)하며 옛날을 생각한다. 우저(牛渚)는 안휘성(安徽省) 당도현(當塗縣)에 있는 산 이름. 그 산 밑을 장강이 흐르며, 그곳을 우저기(牛

渚磯)라고 한다. 진(晉)의 원굉(袁宏 : 328~376)이 달밤에 배를 띄우고 시를 읊었다. 그때에 그곳을 다스리던 사상(謝尙 : 308~357) 장군이 듣고 칭찬했다고 한다(《晉書》〈文苑傳〉). ㅇ牛渚西江夜(우저서강야)—우저산 밑, 서강에서 (야박할 제). ㅇ靑天無片雲(청천무편운)—청청 밤하늘에는 한 조각의 구름도 없다. ㅇ登舟望秋月(등주망추월)—배에 올라 가을달을 바라보며. ㅇ空憶謝將軍(공억사장군)—하염없이 그 옛날 (원굉의 시를 칭찬한) 사장군(謝將軍)을 생각한다. ㅇ余亦能高詠(여역능고영)—나도 역시 (원굉처럼) 소리 높여 시를 읊을 수는 있으나. ㅇ斯人不可聞(사인불가문)—(사장군) 그 사람같이 시를 들어줄 사람이 없구나. ㅇ明朝挂帆去(명조괘범거)—내일 아침에는 돛을 높이 달고 멀리 가리라. ㅇ楓葉落紛紛(풍엽락분분)—단풍나무 잎이 가을바람에 우수수 떨어지리라.

(解說) 오언율시(五言律詩)다. 그러나 율시의 격식인 함련(頷聯 : 제3구, 제4구) 및 경련(頸聯 : 제5구, 제6구)의 대구(對句)가 이루어지지 않았으므로 파격이라 하겠다. 역시 이백은 격식을 엄격히 따지는 율시(律詩)에는 약하다고 말할 수 있다.

내용면에서는 자기를 알아주는 사람이 없으니, 배타고 멀리 떠나가겠다는 뜻을 읊은 것이다. 시제(詩題) 밑에는 '이곳은 사상이 원굉의 시를 들은 곳이다(此地卽謝尙聞袁宏詠史處)'라는 이백의 자주(自註)가 있다. 즉 사장군 같은 지기(知己)가 없음을 한탄한 시라 하겠다.

송 장 사 인 지 강 동
91. 送張舍人之江東 강동으로 가는 장사인을 송별하는 시

장 한 강 동 거　정 치 추 풍 시
1. 張翰江東去　正值秋風時

천 청 일 안 원　해 활 고 범 지
2. 天晴一雁遠　海闊孤帆遲

백 일 행 욕 모　창 파 묘 난 기
3. 白日行欲暮　滄波杳難期

오 주 여 견 월　천 리 행 상 사
4. 吳洲如見月　千里幸相思

그대는 옛날의 장한같이 고향 땅 강동으로 돌아가니 마침 때 맞추어 (고향을 그리게 하는) 가을바람이 부네

푸른 하늘 멀리 날아가는 짝 잃은 한 마리 기러기처럼 그대는 가지만 광활한 바다에 뜬 그대의 외로운 돛배는 미적거리기만 하노라

밝은 빛을 뿌리던 태양도 바야흐로 어둠 속으로 지려 하니 만리 창파 아득히 스러지는 그대와 기약하기 어렵겠구려

그대 고향인 오나라에서 만약 달을 쳐다볼 때는 천 리 먼 곳에 있는 나를 생각해 주면 다행이겠네

(語釋) ㅇ送張舍人之江東(송장사인지강동)－장사인이 강동으로 가는 것을

전송한다. 사인(舍人)은 궁중에서 임금을 가까이 모시는 시종관(侍從官). '장사인'에 대한 자세한 것은 알 수 없다. ㅇ張翰(장한)－진(晉)나라 때 오(吳) 지방 사람. 성품이 청일(淸逸)하고 시문을 잘 지었다. 당시 사람들은 그를 죽림칠현(竹林七賢)의 한 사람인 완적(阮籍) 같다고 평했다. 제왕(齊王) 경(冏) 밑에서 벼슬살이를 했으나, 가을바람이 불자, 고향 오(吳) 지방에서 먹던 '순채국과 농어회'가 생각나서 벼슬을 버리고 고향으로 돌아갔다. 바로 고사(故事) '순갱로어(蓴羹鱸魚)'의 주인공이다. 이백은 장한을 무척 좋아했다. 그래서 강동(江東)으로 돌아가는 '장사인'을 장한에 비유해서 시를 쓴 것이다. ㅇ正值秋風時(정치추풍시)－바로 가을바람이 불 때이다. 치(值)는 만날 치. ㅇ天晴一雁遠(천청일안원)－맑고 푸른 하늘에 한 마리의 기러기가 외롭게 멀리 가고 있다. 멀리 가는 '장사인'을 비유한 말. ㅇ海闊孤帆遲(해활고범지)－끝없이 넓은 바다에 떠가는 외로운 돛배는 더욱 느리기만 하다. 멀리서 보니, 배가 흡사 서있는 듯하다. 벗을 두고 홀로 떠나는 나그네의 걸음이 마냥 느리기만 하다. ㅇ白日行欲暮(백일행욕모)－눈부시게 밝던 해도 해거름에 저물려 한다. 즉 어둠에 묻히려 한다. ㅇ滄波杳難期(창파묘난기)－그대는 만 리 창파를 타고 아득히 스러지니, 다시 만날 기약을 하기 어렵다. ㅇ吳洲如見月(오주여견월)－그대의 고향 오나라 땅에서 만약 달을 쳐다보면. ㅇ千里幸相思(천리행상사)－천 리 멀리 있는 나를 생각해 주면 고맙겠노라. 행(幸)을 '~해 주기를 바란다'로 풀어도 좋다.

(解說) 장한(張翰)의 고사(故事)를 활용한 전송의 시다. 친한 벗 이백을 뒤에 두고, 자기 고향으로 돌아가는 '장사인'의 외로운 심정을 '천청일안원 해활고범지(天晴一雁遠 海闊孤帆遲)'라고 읊었고, 아울러 다시 만나기 어렵다는 우울한 걱정을 '백일행욕모 창파묘난기(白日行欲暮 滄波杳難期)'라는 시구로 표현했다.

92. 戲贈鄭溧陽 율양 정씨에게 보내는 희학의 시
(희증정율양)

1. 陶令日日醉　不知五柳春
(도령일일취　부지오류춘)
2. 素琴本無絃　漉酒用葛巾
(소금본무현　녹주용갈건)
3. 清風北窗下　自謂羲皇人
(청풍북창하　자위희황인)
4. 何時到栗里　一見平生親
(하시도율리　일견평생친)

팽택의 영(令) 도연명은 매일 술에 취했으며 다섯 그루 버드나무에 싹튼 봄도 모르네

그는 본래 줄 없는 흰 바탕 거문고를 퉁기고 칡베 두건을 벗어 막걸리 걸러 마시었노라

맑고 시원한 바람 부는 북창 밑에 누워 스스로 복희 황제 때 백성이라 자처했노라

언제 그대가 있는 율양에 가서 평생의 친구인 그대를 만나 볼까?

(語釋) ㅇ戲贈鄭溧陽(희증정율양) — 율양(溧陽)의 영(令)으로 있는 정(鄭)에게 희학적(戲謔的)으로 시를 지어 보냄. 희증(戲贈)은 농으로 보낸다. 정(鄭)은 당시 율양의 영(令)이며, 이백과 친교가 있었다. 자세한 것은 모른다. 율양은 강소성(江蘇省) 진강부(鎭江府). 이백은

정을 도연명에 비겼다. ㅇ陶令日日醉(도령일일취)－팽택현(彭澤縣)의 영으로 있는 도연명은 매일 술에 취해서. ㅇ不知五柳春(부지오류춘)－(도연명은 자신의 집 주변에서 자라는) 다섯 그루의 버드나무에 봄이 온 것도 모른다. 《고문진보(古文眞寶)》에 '오류선생전(五柳先生傳)'이 있다. ㅇ素琴(소금)－흰 바탕나무로 만든 거문고. 즉 장식 없는 거문고. 소(素)는 흴 소. ㅇ本無絃(본무현)－본래 거문고 줄[琴絃]이 없다는 뜻. 도연명은 흥이 나면 무현금(無絃琴)을 탔다고 한다. ㅇ漉酒(녹주)－술을 거르다. 록(漉)은 거를 록. ㅇ用葛巾(용갈건)－갈건(葛巾 : 葛布)을 사용했다. 즉 갈건으로 술을 걸렀다. 갈건은 칡베로 만든 두건(頭巾). ㅇ淸風北窗下(청풍북창하)－맑고 시원한 바람이 부는 북쪽 창 밑에 누워서. ㅇ自謂羲皇人(자위희황인)－스스로 '나는 복희씨 때의 사람이다'라고 말했다. 희황(羲皇)은 삼황(三皇)의 한 사람, 복희씨(伏羲氏). ㅇ何時到栗里(하시도율리)－언제나 율리(栗里)에 가서. ㅇ一見平生親(일견평생친)－평생의 친구인 그대를 만나볼까. 율리는 심양군(潯陽郡)에 있으며, 도연명의 옛집이 있다. 이 시에서 말한 율리는 정씨(鄭氏)가 영(令)으로 있는 율양(溧陽)을 뜻한다.

(解說) 이백은 술 잘 마시는 친구 정씨(鄭氏)를 도연명에 비유해서 희학적(戲謔的)인 시를 지어 보냈다. 도연명이 옛날에 살던 율리(栗里)에서 옛친구들을 만났듯이 이백은 율양(溧陽)으로 가서 정씨를 만나리라고 다짐했다. 희학(戲謔) 속에도 우정이 넘치는 시다.

조 왕 역 양 불 긍 음 주

93. 嘲王歷陽不肯飮酒 술 안 마시는 역양의 왕모를 비웃음

지 백 풍 색 한 설 편 대 여 수
1. **地白風色寒 雪片大如手**

소 쇄 도 연 명 불 음 배 중 주
2. **笑殺陶淵明 不飮杯中酒**

낭 무 일 장 금 허 재 오 주 류
3. **浪撫一張琴 虛栽五株柳**

공 부 두 상 건 오 어 이 하 유
4. **空負頭上巾 吾於爾何有**

땅이 눈에 덮여 온통 희고, 날씨가 매우 추우며 손바닥 같은 큰 눈송이가 펑펑 쏟아져 내리는데

도연명 같은 그대가 술잔의 술을 안 마신다니 참으로 요절복통하고 죽을 노릇이 아니겠나

술도 안 마시면서 맹랑하게 거문고를 만지작거리고 공연히 집 둘레에 다섯 그루의 버드나무를 심었으며

술을 안 거르니 머리 위의 갈건을 저버리노라. 나 또한 술 안 마시는 그대에게 무슨 소용이 있겠나

(語釋) ㅇ嘲王歷陽不肯飮酒(조왕역양불긍음주)－술을 마시지 않는 왕역양을 조소하는 시. 조(嘲)는 비웃을 조. 왕역양은 역양의 영으로 있는 왕씨, 왕모(王某). 역양(歷陽)은 안휘성(安徽省) 화현(和縣). ㅇ地白風色寒(지백풍색한)－대지가 눈에 덮여 온통 희고, 날씨가 마냥

춥다. 풍색(風色)은 날씨 혹은 풍경(風景). ㅇ雪片大如手(설편대여수)−눈송이가 손바닥처럼 크다. 설편(雪片)을 '설화(雪花)'로 쓴 책도 있다. ㅇ笑殺(소쇄)−참으로 웃긴다. 쇄(殺)는 '심히, 참으로'의 뜻을 나타내는 조사. '요절복통하고 죽을 지경이다'로 의역할 수 있다. ㅇ不飮杯中酒(불음배중주)−술잔의 술을 안 마신다면 (참으로 웃을 노릇이다). ㅇ浪撫一張琴(낭무일장금)−건성으로 거문고를 만지고 있다. ㅇ虛栽五株柳(허재오주류)−무의미하게 다섯 그루의 버드나무를 심어놓고 있다. ㅇ空負頭上巾(공부두상건)−머리 위에 쓴 갈건을 공연히 배반하고 있다. ㅇ吾於爾何有(오어이하유)−나는 또 (술 안 마시는) 그대에게 무슨 소용이 있겠느냐?

(解說) 앞의 시 '희증정율양(戱贈鄭溧陽)'은 술을 잘 마시는 '율양(溧陽)의 영(令)' 정모(鄭某)를 도연명에 비유해서 칭찬한 시다. 즉 그가 갈건(葛巾)으로 술을 걸러 마시고 무아경(無我境)에 들어, 무현금(無絃琴)을 타고 복희씨(伏羲氏)의 백성이라 한 것에 찬동했다.

그러나 이 '조왕역양불긍음주(嘲王歷陽不肯飮酒)'에서는 술을 안 마시려는 왕모(王某)를 조소했다. 도연명 같은 그대가, 춥고 눈이 내리는 날 술을 안 마시겠다니, 참으로 요절복통할 노릇이 아닌가? 만약에 도연명이 술을 안 마셨다면, 무현금도, 다섯 그루의 버드나무도, 갈건도 무의미하게 되네. 특히 술 좋아하는 나 이백은 자네에게 무슨 소용이 있겠나? 역시 해학시(諧謔詩)이다.

제 4 장

탈속脫俗과 보국報國

부귀 공명이 만약 영원토록 있다면
의당 한수의 흐름 서북으로 바꾸리
功名富貴若長花
漢水亦應西北流

내사 충절 다바쳐 은총에 보답하고서
우리 함께 손잡고 백운에 누울까 하네
待吾盡節報明主
然後相携臥白雲

자연을 정관(靜觀)하고 대화를 나누던 이백(李白)은 일면 산을 밀어젖히고 바다를 뒤엎는 듯한 과장된 표현을 쓰기도 했는데 이것은 자유분방한 낭만정신의 소산이기도 하지만, 그렇게 격렬한 표현을 하지 않고서는 풀릴 수 없는 그의 강렬한 사상과 감정의 열도(熱度) 때문인 것이다. 즉 사나이의 웅지(雄志)를 펴지 못하는 울분이 그의 시표현(詩表現)에 반영된 것이다.

우 인 회 숙
94. 友人會宿 벗과 함께

척 탕 천 고 수　　유 연 백 호 음
1. 滌蕩千古愁　留連百壺飮
양 소 의 청 담　　호 월 미 능 침
2. 良宵宜淸談　皓月未能寢
취 래 와 공 산　　천 지 즉 금 침
3. 醉來臥空山　天地卽衾枕

〈五言古詩〉

천고의 시름 씻기 위하여 백 단지의 술을 줄곧 마셨네
청담하기 좋은 밤인데다가 달도 밝으니 어찌 자리요
취하여 텅빈 산에 누우니 천지가 바로 금침되더라

(語釋) ㅇ友因會宿(우인회숙)－벗을 만나 함께 묵는다. ㅇ滌蕩(척탕)－말끔히 씻어 버린다. ㅇ留連(유련)－그 자리에 그냥 머문 채, 연거푸, 계속. ㅇ皓月(호월)－명월, 밝은 달. ㅇ醉來(취래)－술에 취하여, 래(來)는 추향조사(趨向助詞 : 방향을 가리키는 助詞)로 본다. ㅇ衾枕(금침)－이부자리와 베개.

(大意) 정든 벗을 만나 천고에 쌓인 설움 훌쳐 내리고자 그 자리에서 연거푸 백 단지의 술을 마셨노라.(1)

원래 밤이란 서로 즐겁게 이야기 나누기 좋거늘, 더욱이 오늘 밤에는 달마저도 밝으니 좀처럼 잠잘 수가 없도다.(2)

결국 술에 취해 텅빈 듯 한적한 산중에 쓰러져 자니, 마치 천지를 금침으로 삼은 듯하다.(3)

(解說) 정든 벗을 반기며 술을 나누고 달 밝은 밤을 지새며 청담을 나누는 이백, 그는 원래 벗을 좋아했다. 이백과 친고가 깊었던 최종지(崔宗之)는 이백에게 주는 시에서 '자네의 두 눈은 빛이 나고 자네의 시는 자허를 능가하네.(雙眸光照人 詞賦淩子虛)'라고 했다.

그리고 의기양양하고 만족하여 천지를 금침 삼고 그는 취해 쓰러졌겠지.

유령(劉伶)의 〈주덕송(酒德頌)〉에 '하늘을 덮개 삼고, 땅을 자리 삼아(幕天度地)'라 있다. 같은 경지의 시로 가슴속이 후련해질 통쾌한 시다.

벗을 만나 '척탕천고수(滌蕩千古愁)'하고 '유연백호음(留連百壺飮)'하니 '천지즉금침(天地卽衾枕)'할 만큼 흥겹지 않겠는가.

95. 尋雍尊師隱居 (심옹존사은거) 옹존사의 은거를 찾아

1. 羣峭碧摩天 (군초벽마천)　逍遙不記年 (소요불기년)
2. 撥雲尋古道 (발운심고도)　倚樹聽流泉 (의수청류천)
3. 花暖青牛臥 (화난청우와)　松高白鶴眠 (송고백학면)
4. 語來江色暮 (어래강색모)　獨自下寒煙 (독자하한연)

〈五言律詩〉

산봉우리 푸르고 하늘 찌르니 노닐기에 나이도 기억 못 하리
구름을 헤쳐 옛길을 찾고 나무에 기대어 개울물 소리 듣는다
포근한 꽃에 푸른 소 눕고 드높은 솔에 백학이 존다

말할새 강빛이 저무니 찬 안개 속 홀로 내려오네

(語釋) ㅇ雍尊師(옹존사)－산중에 은둔하고 있는 옹도사를 찾아갔다가 지은 시다. 옹도사에 대해서는 자세히 알지 못한다. ㅇ羣峭(군초)－여러 산봉우리. ㅇ摩天(마천)－하늘을 찌른다. ㅇ撥雲(발운)－구름을 헤치고. ㅇ寒煙(한연)－차가운 밤 안개, 찬 밤기운.

(大意) 푸르고 높은 산봉우리들이 하늘을 찌를 듯이 험준하고 깊은 산중에서 유유히 소요(逍遙)하고 있는 도사라 나이가 얼마나 되는지도 모르겠다.(1)

구름을 헤치고 깊은 산중의 옛길을 더듬어 거닐며, 또한 나무에 실려 흐르는 물소리에 귀를 기울이기도 한다.(2)

꽃이 포근하게 핀 풀밭에 푸른 소가 누웠고, 소나무 드높은 가지에 백학이 잠자고 있구나.(3)

도사와 한참 이야기를 하다 보니 어느덧 강물도 어둠에 싸였노라. 나는 차가운 밤안개 속을 혼자 내려오노라.(4)

(解說) 《열선전(列仙傳)》에 보면 '노자(老子)가 푸른 소[青牛]를 타고 대진(大秦)에 들었다'했고, 또 《옥책기(玉策記)》에는 '백학은 천 년을 넘어야 나무 위에서 잔다'고 했다.

'화난청우와(花暖青牛臥) 송고백학면(松高白鶴眠)'은 한 폭의 평화경을 그린 원색도다. '화(花)·청우(青牛)·송(松)·백학(白鶴)'에서 초목·동물·색채(色彩)를 눈앞에 보는 듯하다. 평범하면서도 생생한 묘사다.

그러면서 전체의 시는 '소요불기년(逍遙不記年)' '독자하한연(獨自下寒煙)'이라 하여 속세와 시간마저도 떠난 도가(道家)적 한적(閑適)의 풍운을 담고 있다.

96. 月夜聽盧子順彈琴 달밤에 노자순의 거문고를 듣다

월야청노자순탄금

한좌야명월　　유인탄소금
1. 閒坐夜明月　幽人彈素琴

홀문비풍조　　완약한송음
2. 忽聞悲風調　宛若寒松吟

백설난섬수　　녹수청허심
3. 白雪亂纖手　綠水淸虛心

종기구이몰　　세상무지음
4. 鍾期久已沒　世上無知音

〈五言律詩〉

외로이 밝은 달밤에 앉아 그윽한 사람 거문고 타네
홀연 비풍조 울리니 마치 겨울소나무 우는 듯
백설곡에 섬세한 손놀림 어지럽고 녹수곡에 맑은 마음이 허전하다
종자기 이미 갔으니 알아줄 지기 없구나

(語釋) ㅇ盧子順(노자순)－누군지는 잘 알 수 없다. 이백이 달밤에 그의 거문고 소리를 듣고 시를 지었다. ㅇ素琴(소금)－아무런 장식도 없는 거문고. ㅇ悲風調(비풍조)－거문고의 곡조명. ㅇ寒松吟(한송음)－역시 거문고의 곡조명이다. 그런데 이백은 '마치 한송(寒松)이 읊는 듯하다는 뜻'을 겸해서 활용하고 있다. ㅇ白雪(백설)－역시 거문고의 곡조명이다. 이것도 '백설같이 흰 섬세한 손이 어지럽게 거문고를 탄다'는 표현에 활용되고 있다. ㅇ綠水(녹수)－거문고의 곡명이다. 이

것도 역시 '아름다운 검은 머리의 여인이 허심탄회하고 맑게 거문고를 타고 있다'는 뜻을 겸하여 활용했다. ㅇ鍾期(종기)－종자기(鍾子期). 백자아(伯子牙)가 거문고를 잘 탔다. 종자기가 이를 듣고 탄복하며, 백자아의 뜻을 잘 알아맞히었다. 백자아가 강물을 마음에 그리며 거문고를 타면 종자기가 강이라 알아들었고, 산을 그리면 산이라 알아들었다. 그 후 종자기가 죽자, 백자아는 거문고를 부숴 버리고 다시는 타지 않았다. 즉 자기의 거문고 소리를 알아주는 자 없음을 한탄해서다. 《풍속통(風俗通)》에 보이는 고사다. ㅇ無知音(무지음)－자기의 음악을 이해해 줄 사람이 없다. 자기를 알아주는 사람을 지기(知己)라 한다.

(大意) 달밝은 밤에 홀로 한가로이 앉아서 그윽한 사람 노자순(盧子順)이 소금(素琴)을 타고 있다.(1)

갑자기 울리는 비풍곡(悲風曲)은 마치 한송(寒松)이 바람에 우는 듯, 또 백설곡(白雪曲) 타는 흰 눈같이 섬세한 손의 놀림은 어지롭도록 바삐 놀고, 또 녹수곡(綠水曲) 타는 아름다운 검은 머리의 미인은 허심탄회 맑은 소리를 울리고 있다.(2)

옛날 백자아(伯子牙)의 거문고 소리를 알아주던 종자기(鍾子期)가 이미 죽고 없으니, 오늘 이 세상에서 그대의 거문고 소리 알아줄 사람이 없구나.(3)

(解說) 동양 음악의 특성은 고아허정(高雅虛靜) 속으로 사람의 정신을 인도해 들어가는 데 있다. 특히 거문고의 대범하고 유연한 맛은 절경이다.

밝은 달밤에 거문고를 듣고 감동한 이백은 마냥 천재적 시재(詩才)를 발휘하여 사람을 감동시키고 있다. 마치 거문고를 듣고 가슴 뛰는 듯하다.

특히 '비풍(悲風)·한송(寒松)·백설(白雪)·녹수(綠水)' 등의 곡명(曲名)을 천재적으로 활용하고 있음에는 감탄해 마지 않는다.

청 촉 승 준 탄 금
97. 聽蜀僧濬彈琴　촉승의 거문고 듣고

촉 승 포 녹 기　서 하 아 미 봉
1. 蜀僧抱綠綺　西下峨眉峰

위 아 일 휘 수　여 청 만 학 송
2. 爲我一揮手　如聽萬壑松

객 심 세 유 수　여 향 입 상 종
3. 客心洗流水　餘響入霜鐘

불 각 벽 산 모　추 운 암 기 중
4. 不覺碧山暮　秋雲暗幾重

〈五言律詩〉

촉나라 중이 녹기를 안고 아미산봉을 서쪽 타고 내려와
날 위해 한바탕 타니 만학의 솔나무 울 듯
나그네 시름 흐르는 물에 씻어 내리고 여운은 서리에 우는 종에 드는 듯
어느덧 푸른 산에 날이 저물고 어두운 가을 구름 겹겹 쌓였네

(語釋) ㅇ蜀僧濬(촉승준)－이름이 준이며, 촉 지방의 중이다. 더 자세한 것은 알려지지 않았다. ㅇ綠綺(녹기)－사마상여(司馬相如)가 탔다고 하는 신묘한 거문고. ㅇ萬壑(만학)－많은 산골짜기, 계곡, 만학천봉(萬壑千峯)에서 볼 수 있다. ㅇ霜鐘(상종)－《산해경(山海經)》에 있는 신비한 종, 찬서리가 내리면 저절로 울린다고 한다.

(大意) 촉 지방의 중 준(濬)이 녹기(綠綺) 같은 좋은 거문고를 안고 아미산을 서쪽으로 내려와서 나를 위해 연주를 한다. 그 신비로운 소

리는 마치 만학의 소나무들이 우는 듯하더라.(1~2)

거문고 소리로 나그네 마음 흐르는 물에 후련히 씻기어 내리듯, 또한 그 여운은 서리가 오면 저절로 울린다는 종에 흘러 들어가는 듯했다.(3)

어느덧 푸른 산에 날이 저물고, 가을 저녁 어두운 구름이 몇 겹으로 둘러졌네.(4)

(解說) 숨을 쉴 겨를도 없이 일기가성(一氣呵成)으로 써 내려간 시다. 읽는 사람을 마치 거문고 소리 앞에 몰아 넣는 듯하다. 참으로 '객심세유수(客心洗流水) 여향입상종(餘響入霜鐘)'하는 시다. 그러면서도 끝에 가서는 조용히 황혼 속에 흥취를 식히고 눌러 앉히고 있다. '불각벽산모(不覺碧山暮) 추운암기중(秋雲暗幾重)'이라고 한 결구는 일품이다.

98. 訪戴天山道士不遇(방대천산도사불우) 대천산 도사를 못 만나고

1. 犬吠水聲中(견폐수성중)　桃花帶雨濃(도화대우농)
2. 樹深時見鹿(수심시견록)　溪午不聞鐘(계오불문종)
3. 野竹分青靄(야죽분청애)　飛泉掛碧峯(비천괘벽봉)
4. 無人知所去(무인지소거)　愁倚兩三松(수의양삼송)

〈五言律詩〉

계곡 물소리에 개짖는 소리 엉키고 복숭아 꽃잎 비를 먹어 더욱 붉어라

깊은 숲속 사슴 스치고 한낮 계곡엔 종소리도 안 들리네
푸른 아지랑이 사이 대나무 돋보이고 폭포수 높이 푸른 산에 걸린 듯
만나볼 도사님 간 곳 모르니 서글퍼 소나무 두서너 그루 쓸어 보노라

(語釋) ㅇ戴天山(대천산)—사천성(四川省) 면주(綿州) 창명현(彰明縣) 북쪽에 있는 산으로 강산(康山) 또는 대광산(大匡山)이라고도 하며 이백이 어려서 책을 읽던 곳이다. ㅇ帶雨(대우)—비에 젖어, '대로(帶露)'라고 된 판본도 있다. ㅇ溪午(계오)—계곡이 깊으니까 한낮이 되어도 종소리가 안 들린다는 뜻. ㅇ野竹(야죽)—야생의 대나무. ㅇ分靑靄(분청애)—푸른 아지랑이 너머로 야죽이 돋아 보이므로, 쪼갠다고 했다. ㅇ飛泉(비천)—폭포. ㅇ愁倚(수의)—서글피 기댄다. 의역으로 노송(老松) 주위를 서성대다, 또는 노송을 쓸어보다, 어루만지다.

(大意) 개짖는 소리와 계곡물 소리가 엉키어 들리고, 복숭아꽃은 빗방울을 머금고 더더욱 농염(濃艶)하게 보인다.(1)

숲이 깊으니 이따금 사슴들이 스쳐 지나가고, 또 계곡이 깊으므로 한낮을 알리는 종소리도 안 들린다.(2)

푸른빛 아지랑이 서리는 가운데서도 들의 대나무 숲이 뚜렷하게 돋아 보이고, 높은 폭포수는 푸른 산에 걸린 듯이 보인다.(3)

내가 찾고자 한 도사는 간 곳을 모르겠다. 안타까운 심정으로 두서너 그루의 소나무에 몸을 기대어 본다.(4)

(解說) 이백이 20세 전후해서 지은 시다. 당시 그는 아직도 사천성(四川省) 산중에 묻혀 책을 읽으면서 도사(道士)들과 내왕했었다. 즉 일찍이 그는 민산(岷山)에서 동엄자(東嚴子)란 숨은 도사와 같이 글공부를 했고, 또 이 시에 보이듯 대천산으로 도사를 찾아 다니기도

했다. 이렇듯 그가 일찍이 자연 깊이 묻혀 은일(隱逸)한 도사들과 사귀었다는 사실은 후의 이백의 선풍탈속(仙風脫俗)한 시를 이해하는 데 도움이 될 것이다.

99. 題元丹邱山居 원단구의 산집
(제 원 단 구 산 거)

1. 故人棲東山 自愛丘壑美
(고 인 서 동 산 자 애 구 학 미)
2. 青春臥空林 白日猶不起
(청 춘 와 공 림 백 일 유 불 기)
3. 松風清襟袖 石潭洗心耳
(송 풍 청 금 수 석 담 세 심 이)
4. 羨君無紛喧 高枕碧霞裏
(선 군 무 분 훤 고 침 벽 하 리)

〈五言律詩〉

친구 그대는 동산에 살며 산과 계곡을 사랑하여라
젊은 나이 멀건히 숲속에 누워 낮에도 여전히 안 일어나네
솔바람에 옷깃 소매 말끔히 빨고 석담 물에 귀와 마음 깨끗이 씻네
부러울사! 속세의 시끄러움 끊고 푸른 안개 속에 높이 누운 그대여

(語釋) ㅇ元丹邱(원단구)－이백이 친교했던 도사. 다음에 나오는 〈원단구가(元丹邱歌)〉 참조. ㅇ青春(청춘)－젊은 나이에. ㅇ襟袖(금수)－옷깃과 옷소매. ㅇ羨(선)－선망하다, 부러워하다. ㅇ紛喧(분훤)－속세의

번잡하고 시끄러운 일. ㅇ碧霞(벽하)-맑고 푸른 안개.

(大意) 옛 친구 원단구(元丹邱)는 동쪽 산에 살며, 유유자적 산과 골짜기의 자연미를 사랑하고 있다.(1)

젊은 나이지만 허정(虛靜)한 마음으로 깊은 산중 숲에 누워 자며, 대낮이 되어도 그대로 누운 채 일어나지도 않는다.(2)

소나무 바람은 옷깃이나 옷소매에 맑게 불어주고 석담(石潭)의 맑은 물에 마음과 귀를 씻는다.(3)

자네같이 속세의 번잡과 시끄러운 일들을 끊어 없애고 푸른 안개 속에 높이 베개 베고 자는 품이 부럽구만.(4)

(解說) 일찍부터 구선학도(求仙學道)하기를 원했던 이백이 산중에 있는 도사 원단구(元丹邱)의 집을 찾아가 지어준 시다.

속세를 멀리하고 자연에 묻혀 유연히 자적(自適)하는 품을 말쑥하게 그린 시다. 도연명(陶淵明)의 시품을 연상시키면서도 청신한 맛이 넘쳐 흐른다. 특히 이태백이 다음과 같은 청신한 용어를 골라 쓴 점에 주의를 해야 한다.

'동산(東山)·청춘(靑春)·백일(白日)·송풍(松風)·청(淸)·석담(石潭)·세(洗)·벽하(碧霞).' 이러한 단어만 보아도 푸르고 맑은 운치가 넘쳐 흐름을 느낄 것이다. '송풍청금수(松風淸襟袖) 석담세심이(石潭洗心耳)'의 대구(對句)는 일품이다.

100. 元丹邱歌 원단구가

(원 단 구 가)

1. 元丹邱 愛神仙　朝飮潁川之淸流
(원단구 애신선　조음영천지청류)

2. 暮還嵩岑之紫烟　三十六峯常周旋
(모환숭잠지자연　삼십육봉상주선)

장주선 섭성홍　　신기비룡이생풍
3. 長周旋 躡星虹　　身騎飛龍耳生風
횡하과해여천통　　아지이유심무궁
4. 橫河跨海與天通　　我知爾遊心無窮
〈七言律詩〉

원단구는 신선을 사랑하여라. 아침에 영천의 맑은 물 마시고
저녁에 숭산의 안개 속 되돌고 숭산 36봉우리 두루 다니네
노상 별과 무지개 타고 돌며 용 타고 귓전에 바람 일으키네
황하와 황해 넘나며 하늘에 통해 그대의 마음 무궁하여라

(語釋) ㅇ元丹邱(원단구) ― 도사(道士)로서 단구(丹邱) 또는 단구자(丹邱子)라고도 했다. 젊어서 도사와 내왕이 많았던 이백은 단구에 관한 시만도 약 12수가 된다. 단구는 신선술(神仙術)을 터득했고, 천자에게도 불리어 가서 도교를 어전에서 풀었다고 한다. ㅇ潁川(영천) ― 영수(潁水). 하남성(河南省) 등봉현(登封縣) 서쪽 영곡(潁谷)에서 흐르기 시작한다. 요(堯)임금 때의 은사(隱士) 허유(許由)가 귀를 씻었다는 말을 듣자, 소보(巢父)가 소를 끌고 상류로 가서 물을 먹였다고 하는 강. ㅇ嵩岑(숭잠) ― 숭산(嵩山). 하남성(河南省)에 있는 명산으로 도교(道教)에서 높이는 산이다. 봉우리가 36개 있다. 오악(五岳 : 泰山·華山·嵩山·恒山·霍山) 중에서도 한복판에 있으므로 중악(中岳)이라고도 한다. 잠(岑)은 산봉우리라는 뜻. ㅇ長周旋(장주선) ― 언제나 두루 돌아다닌다. ㅇ躡星虹(섭성홍) ― 별이나 무지개를 밟고 다닌다. ㅇ橫河跨海(횡하과해) ― 황하(黃河)를 모로 타고, 황해(黃海)를 타고 넘는다.

(大意) 원단구(元丹邱)는 신선을 사랑하고 장생불로의 도술을 터득했다.(1)

아침에는 영수(潁水)의 맑은 물을 마시고, 저녁에는 숭산(嵩山)

의 푸른 안개 속으로 돌아간다.(2)

그는 노상 숭산의 서른 여섯 개의 봉우리를 타고 돌며, 또 언제나 하늘에 올라 별이나 무지개를 밟고 두루 돌고 있다.(3)

그는 몸소 나는 용을 타고 궈전에서 바람을 일으키며, 황하(黃河)를 가로지르고 황해(黃海)를 넘어 타고 하늘과 통하고 있다.(4)

나는 아노라, 그대의 마음은 무궁한 영계(靈界)에 놀고 있음을.

(解說) 이백의 자유분방한 호협과 탈속 고매한 표일(飄逸)은 젊어서 그가 익혔던 임협(任俠)과 선도(仙道)에서 찾을 수 있다. 임협은 불합리한 사회에 대한 반항에 통했고, 선도는 정신적 또는 속세적 구속으로부터의 해방을 주었다. 이러한 풍조는 이백만이 아니라 어느 정도 성당사상(盛唐思想)에 통하는 것이기도 했다.

당나라에서는 도교를 몹시 대우했다. 현종(玄宗)을 비롯하여 그의 누이동생 옥진공주(玉眞公主)나 재상 이임보(李林甫)의 딸 이등공(李騰空) 및 당시의 왕후 귀족들이 대부분 도교를 숭상했다. 따라서 이름난 도사들은 통치계급과 밀접한 관계를 맺었고, 직접 황제로부터 후한 예우를 받기도 했다.

이백이 강릉(江陵)에서 만난 사마승정(司馬承禎)은 무후(武后)·예종(睿宗)·현종(玄宗) 3대에 걸쳐 신망을 받은 도사였다. 또 호자양(胡紫陽)·원단구(元丹邱)·오균(吳筠)과도 이백은 내왕했다. 오균과는 늦게 사귀었으나, 도사로서 대조한림(待詔翰林)에 올랐고 그의 추천으로 이백은 장안으로 갈 수가 있었다.

그러고 보니 이백이 도사와 교유한 이유의 하나로, 현실적인 이록(利祿)을 구하는 데에 도움이 될 거라는 계산이 없지 않았을 것이다. 그러나 이백은 절대로 용속(庸俗)한 공리주의자는 아니었다. 그는 '안사직(安社稷)·제창생(濟蒼生)' 즉 애국제민(愛國濟民)하기 위해서 자기의 학식과 실력을 발휘하여 건공입업(建功立業)하고자 했던 것이다.

이백은 시종일관 공을 세운 후에는 물러나고자 했다. '끝내 사직을 안녕케 하고, 공을 이룩하면 호수가에 가서 살겠다(終與安社稷 功成去五湖)', '공을 이룩하고 나면 소매 털고, 저 멀리 푸른 물가에 묻혀 살겠다(功成拂衣去 搖曳滄洲旁)'고 했다.

한 마디로 이백의 현실참여의 정열은 국가대의를 바로 잡겠다고 하는 순수한 것이었다. 그는 자기에게 그럴 수 있는 능력이 있음을 확신하고 또 자부하기도 했다. 참고로 덧붙여 이백에 대한 바른 이해가 있기를 바란다.

101. 尋山僧不遇作(심산승불우작) 산승을 못 만나고

1. 石徑入丹壑(석경입단학) 松門閉青苔(송문폐청태)
2. 閒階有鳥跡(한계유조적) 禪室無人開(선실무인개)
3. 窺窓見白拂(규창견백불) 挂壁生塵埃(괘벽생진애)
4. 使我空歎息(사아공탄식) 欲去仍徘徊(욕거잉배회)
5. 香雲徧山起(향운편산기) 花雨從天來(화우종천래)
6. 已有空樂好(이유공악호) 況聞青猿哀(황문청원애)
7. 了然絶世事(요연절세사) 此地方悠哉(차지방유재)

〈五言古詩〉

돌길 따라 붉은 계곡 찾아드니 솔문 닫혔고 푸른 이끼 두텁더라

층계는 한가로이 새발자국 나 있고 선실은 닫혀진 채 사람이 없네

창틈 엿보자니 흰 털 총채가 벽에 걸린 채 먼지 쌓였네

내가 허망한 탄식 지으며 돌아가려다 다시 배회하자

꽃구름 온통 산에 피어나고 꽃비가 하늘에서 쏟아지며

하늘의 음율에 맞추어 원숭이 서글피 울더라

말끔히 속세를 하직하고 이곳에 유연히 살고지고

(語釋) ㅇ丹壑(단학)－붉은 흙이 보이는 깊은 골짜기. ㅇ窺窓(규창)－창문으로 안을 들여다본다, 엿보다. ㅇ白拂(백불)－흰 털로 만든 총채. ㅇ空樂(공악)－공중에서 울리는 하늘의 음악. 《능엄경(楞嚴經)》에는 '하늘에서 백보연화(百寶蓮花)를 비오듯 내리고 청황적백(青黃赤白)이 엉키어 번졌다'라고 있고, 《화엄경(華嚴經)》에는 '음악소리가 화열(和悅)하고 향운(香雲)이 밝게 빛나다'라고 있다. ㅇ了然(요연)－말끔히, 깨끗이.

(大意) 돌길은 붉은 흙빛의 깊은 골짜기로 빠져 들었고, 그 길 따라가니 소나무 문은 꽉 닫혔고 푸른 이끼가 깊이 끼여 있다.(1)

불당(佛堂)으로 오르내리는 층계는 한적하였고 오직 새들이 왔다간 자국만 있고, 선실(禪室)은 텅 비었으며 사람이 아무도 없다.(2)

창 너머로 안을 엿보니 흰 털로 만든 총채가 벽에 걸려 있으며, 총채에는 먼지가 가득 쌓였다.(3)

나는 허망하게 탄식을 하고 돌아갈까 하다가 다시 주인 없는 그곳을 서성대었다.(4)

그러자 향기로운 꽃이 구름같이 온 산에 덮여 피어 번졌고, 하늘에서는 비오듯 꽃잎이 우수수 떨어져 내렸다.(5)

또한 공중에서 선악(仙樂)이 울리는 듯 아울러 검푸른 원숭이의 울음마저 곁들여 들린다.(6)

나도 말끔히 속세와 단절하고 이곳 한가한 곳에서 유유자적하고

싶구나.(7)

(解說) 깊은 산으로 중을 찾아갔다가 만나지를 못해 실망하고 돌아서려 했던 이백은 아름다운 자연 속에 유유자적할 안주(安住)의 고장을 발견하고 속세를 하직하고자 다짐했다.

원래 유유자적은 사람과 함께하는 것이 아니라, 자연 속에 묻혀야 되는 것이다. 따라서 오도(悟道)의 경지를 논하고자 산승(山僧)을 찾아갔던 이백은 그를 못 만남으로써 도리어 도를 깨쳤다고나 할까? 한아(閑雅)한 시다.

102. 江上吟(강상음) 강에 배 띄우고

목 란 지 예 사 당 주　　옥 소 금 관 좌 양 두
1. 木蘭之枻沙棠舟　玉簫金管坐兩頭

미 주 준 중 치 천 곡　　재 기 수 파 임 거 류
2. 美酒樽中置千斛　載妓隨波任去留

선 인 유 대 승 황 학　　해 객 무 심 수 백 구
3. 仙人有待乘黃鶴　海客無心隨白鷗

굴 평 사 부 현 일 월　　초 왕 대 사 공 산 구
4. 屈平詞賦懸日月　楚王臺榭空山丘

흥 감 낙 필 요 오 악　　시 성 소 오 능 창 주
5. 興酣落筆搖五嶽　詩成笑傲凌滄洲

공 명 부 귀 약 장 재　　한 수 역 응 서 북 류
6. 功名富貴若長在　漢水亦應西北流

〈七言古詩〉

진귀한 사당목 배에 목란의 노를 저으며 옥퉁소 금피리 악사 양편에 두루 앉히고

달콤한 술을 채운 천 섬의 술통 실었고 기녀들 태운 배는 물따라 오고 가노라

선인은 보답 다하더니 황학을 타고 훌쩍 사라지고 물가의 길손 무심코 백구를 따라 훨훨 날았노라

굴원의 시문만이 해와 달같이 찬란하게 빛나고 초왕의 호화롭던 누각 이제는 흙덩이로 변했네

흥이 돋아 붓을 대니 다섯 뫼뿌리도 놀라서 흔들대네. 시를 짓고 오만 떨며 한바탕 담소하니 창주도 별것이랴

부귀 공명이 만약에 영원토록 있다하면 의당 한수의 흐름도 서북으로 되바꾸리

(語釋) ㅇ江上吟(강상음)－강 위에 배를 띄우고 읊은 시다. '강상유(江上遊)'라고 시제를 붙이기도 한다. 강은 장강(長江), 즉 양자강(揚子江)이다. ㅇ木蘭(목란)－향목이다. 목련(木蓮) 또는 황수(黃樹)라고도 한다. 진귀한 나무다. ㅇ枻(예)－배를 젓는 노. ㅇ沙棠(사당)－사당은 곤륜산(崑崙山)에서 자라는 나무로 그 열매를 먹으면 물에 뜨고, 그 나무로 만든 배는 가라앉지 않는다고 한다. 《산해경(山海經)》에서 한(漢) 성제(成帝)가 애첩 조비연(趙飛燕)과 사당으로 만든 배를 태액지(太液池)에 띄우고 놀았다는 기록도 있다. ㅇ玉簫(옥소)－옥으로 만든 퉁소. ㅇ金管(금관)－금으로 만든 피리. ㅇ坐兩頭(좌양두)－양쪽 배 머리에 악사(樂士)들이 앉아 있다. ㅇ美酒(미주)－좋은 술. ㅇ樽(준)－술통. ㅇ千斛(천곡)－곡(斛)은 석(石), 천 말[千斗]. ㅇ載妓(재기)－배에 기녀들을 태우고. ㅇ隨波(수파)－물결따라. ㅇ任去留(임거류)－물결따라 배가 가든 말든 맡겨 둔다. ㅇ仙人有待乘黃鶴(선인유승대황학)－선인이 기다리다 노란 학을 타고 갔다. 다음과 같

은 고사가 있다. 옛날 무창(武昌)에 주점이 있었는데, 이따금 노인이 와서 술을 찾았다. 주인은 매양 기쁜 낯으로 거저 술을 대접했다. 그러자 얼마 후 노인이 감사의 뜻으로 주점 벽에 노란색의 학을 한 마리 그려놓고는 자취를 감추었다. 그런데 그 학이 손님들이 와서 노래를 부르면 장단에 맞춰 춤을 추었으므로 그 주점은 크게 번창했다. 그로부터 약 10년 후 옛 노인이 다시 나타나 피리를 불자, 벽에 그렸던 학이 구름을 타고 내려와 노인 앞에 엎드렸고, 노인은 그 학을 타고 흰구름 속으로 날아갔다. 그 노인은 바로 선인이었으며, 그곳에 누각을 세워 황학루(黃鶴樓)라 일컬으며 후세에 길이 새겼다. 최호(崔顥)의 유명한 〈황학루(黃鶴樓)〉라는 시도 있다. 유대(有待)를 '기대한다' 또는 '소원을 풀고'라고 풀이하기도 하나, 여기서는 취하지 않는다. ㅇ海客無心隨白鷗(해객무심수백구)－바닷가 길손이 아무 사심(邪心)이 없으므로 흰갈매기와 어울려 날 수가 있었다. 《열자(列子)》에 다음과 같은 우화(寓話)가 있다. 해변에 사는 사람이 매일 백구들과 어울려 날고 놀았다. 그러자 하루는 '한 마리를 잡아 오라'는 아버지의 분부를 받고, 바닷가에 나갔더니 그날따라 한 마리의 갈매기도 없었다. 즉 이쪽에서 사심을 품으니까 저쪽에서도 알아차리고 가까이 하지 않았던 것이다. '수파임거류(隨波任去留)'는 《열자》에 있는 구절을 그대로 활용한 것이다. ㅇ屈平(굴평)－굴원(屈原), 초(楚)의 충신이자 뛰어난 시인이었다. 그의 애국충정이나 슬기로운 처사가 도리어 간신배들의 모함에 빠져 인정되지 못하고 자신마저 국외로 추방되었으며 마침내는 그의 조국인 초나라도 망하고 만다. 그는 억울한 심정을 엮어 〈이소(離騷)〉를 비롯한 불후의 걸작을 많이 남겼으며 그의 작품은 초사(楚辭)라는 장르로 분류된다. ㅇ詞賦(사부)－사(詞)는 사(辭)로, 운자(韻字)를 달아 지은 한문시의 총칭이다. ㅇ懸日月(현일월)－굴원의 시(詩)는 해나 달이 한꺼번에 걸린 듯 눈부시게 빛난다는 뜻. 《사기(史記)》 〈굴원전(屈原傳)〉에서는 '해나 달과 빛을 다투어도 좋으리라(雖與日月爭光可也)'고 칭찬했다. ㅇ楚王(초왕)－굴원이 섬기던 초나라 왕. ㅇ臺榭(대사)－흙을 높이 돋우고 그 위에 지은 누각(樓閣). 초의 영왕(靈王)은 장화대(章華臺)를 지었다. 여기서 이백은 굴원의 충정을 모르고 도리어 그를 내쫓아 울분과 낙망 속에서 스스로 멱라(汨羅) 강물에 몸을 던지게 한 어리석은 초나라 왕들이 제딴에는 잘났다고 호화롭게 지은 누각들도 이제는 빈털털이 흙더미뿐이로구나 하고 한탄했다. ㅇ興酣(흥감)－흥이 돋아오르다. ㅇ落筆(낙필)－글을 쓰다, 시 한수를 쓰다. ㅇ搖五嶽(요오악)－요(搖)는 뒤흔들다. 오악(五嶽)은 중국의 동서남북과 중앙에 있는 다섯 개의 명산, 즉 동쪽의 태산(泰山), 서쪽의 화산(華山), 남쪽의 형산(衡山), 북쪽의 항산(恒山), 그리고 중앙의 숭산(嵩山)이다. 자신의 시가 하도 걸작이라 천하를 누르고 있는 오악마저 놀라서 흔들거렸다는 뜻. ㅇ笑傲(소오)－담소하며 으쓱대다. 소(笑)를 소(嘯)로 한 판본도 있다. ㅇ淩滄洲(능창주)－능(淩)은 초월하다. 창주(滄洲)는 중국에서 수만 리 떨어진 바다에 있는 선경(仙境), 여기서는 시를 짓고 으쓱대며 웃고 흥겨워하니 창주에 있는 것보다 한결 더 유쾌하다는 뜻. ㅇ若長在(약장재)－만약 부귀나 공명이 영원한 존재로 있다면. ㅇ漢水(한수)－섬서성(陝西省)에서 동남쪽으로 흘러 무창(武昌) 근처에서 양자강(揚子江)에 합친다. ㅇ亦應西北流(역응서북류)－또한 마땅히 서북쪽으로 흐를 것이다.

(大意) 진귀한 목단나무로 만든 노를 젓고 역시 희귀한 사당나무로 만든 배를 타고, 그 배 양쪽 머리에는 옥퉁소 금피리를 부는 악사들을 앉혀 음악을 연주케 하고 또한 맛좋은 술을 무진장 술통에 담아 싣고 아울러 예쁜 기녀들을 곁들이고 물따라 물결따라 배를 띄우고 놀이를 하고 있노라.(1~2)

우리가 지금 뱃놀이를 하고 있는 무창(武昌)은 옛날의 선인이 술값 대신 술집 벽에 노란 학을 그려 주었고, 13년 후에 다시 나타나 황학을 타고 갔다고 하며, 또한 바닷가의 사나이가 아무런 사심없어 흰 갈매기들과 어울려 날았다고도 한다. 한편 이 고장은 옛날의 초(楚)나라 땅으로 억울했던 굴원(屈原)이 불후(不朽)의 작품을 지어 해와 달을 동시에 내걸은 듯 찬란하게 빛을 내고 있으며, 그 반면 웅렬했던 초나라의 왕들이 지은 누각은 나라와 더불어 망해 헝클어진 지 오래이며 이제는 빈털털이의 흙더미만 남아 있구나.(3~4)

흥이 돋아 붓을 대어 시를 지으니 온 중국 땅을 누르고 있다는 오악(五嶽)들마저 감탄해 흔들거리고, 시를 다 쓰고 호탕하게 담소하니 창주(滄洲) 선경에 간 것보다 더욱 즐겁구나. 하기는 본시 부귀공명이란 하염없는 것, 그것들이 만약 영구적인 존재라면, 동남쪽으로 흐르는 이 한수(漢水)도 의당 서북쪽으로 흐르렷다.(5~6)

(解說) 이 시는 이백이 무창(武昌)에 갔을 때 근처를 흐르는 양자강(揚子江)에 배를 띄우고서 호탕하게 놀며 지은 것이다. 무창에는 옛날에 선인이 내려왔다가 노란 학을 타고 등천했다는 고사와 또 충국의 애국시인 굴원(屈原)의 억울함이 사무친 곳이다. 이러한 고사와 감회를 잘 엮어 놓고 이백은 마지막에서 초연하게 매듭을 지었다. '공명부귀약장재(功名富貴若長在)　　한수역응서북류(漢水亦應西北流)'라고 ―.

이백은 이 시에서 사심이 없으면 자연과 더불어 자유자재할 것이라는 점과, 현실적인 부귀공명보다도 시문(詩文)이 불후의 빛을 낼 것이며, 언젠가는 선인같이 황학을 타고 높이 오를 것을 확신하고 있는 듯하다.

안륙백조산도화암기유시어관

103. 安陸白兆山桃花巖寄劉侍御綰 도화암에서 유관에게 보냄

운와삼십년 호한부애선
1. 雲臥三十年 好閑復愛仙

봉호수명절 난봉심유연
2. 蓬壺雖冥絶 鸞鳳心悠然

귀래도화암 득게운창면
3. 歸來桃花巖 得憩雲窗眠

대령인공어 음담원상련
4. 對嶺人共語 飮潭猿相連

시승취미상 막약나부전
5. 時昇翠微上 邈若羅浮巓

양잠포동학 일장횡서천
6. 兩岑抱東壑 一嶂橫西天

수잡일이은 애경월난원
7. 樹雜日易隱 崖傾月難圓

방초환야색 비라요춘연
8. 芳草換野色 飛蘿搖春烟

입원구석실 선유개산전
9. 入遠構石室 選幽開山田

독차임하의 묘무구중연
10. 獨此林下意 杳無區中緣

영사상대객 천재방래선
11. 永辭霜臺客 千載方來旋

〈五言古詩〉

흰 구름 타고 누워 30년에 내 성품 신선 도풍 좋아하네
봉래산 비록 아득히 멀리 있으나 봉황새 · 난새 마음은 유연하여라
도화암 글방에 돌아와 흰구름 창가에 잠들면
산마루 마주하고 말 나누며 원숭이 마주잡고 물 마시네
이따금 중턱에만 올라도 나부산 오른 듯이 아득해
동쪽 골을 끼고 두 봉우리가 솟았고 서쪽 하늘 병풍 가린 듯 산이 막았네
나무 우거져 해도 쉽게 떨어지고 절벽 둘러쳐 둥근 달도 못 보겠네
푸른 방초로 들빛도 변하는 듯 높은 넝쿨은 춘하에 아롱대네
산에 들어 돌로 글방 꾸미고 빈터 찾아 밭을 갈아 가꾸네
오직 숲에 묻혀서 살겠노라. 먼지낀 세상 인연 말끔히 버렸도다
이제 어사 벼슬 사직하고 천년 바라던 산에 돌아왔네

(語釋) ㅇ安陸(안륙)－호북성(湖北省) 한구(漢口) 북쪽에 있는 마을. 이백은 26세경에 이곳에서 재상을 지낸바 있는 허어사(許圉師)의 손녀에게 장가들고 수년간을 살았다. ㅇ白兆山(백조산)－안륙 서쪽에 있는 산이며, 그곳에 도화암(桃花巖)이 있고, 또 이곳에는 이백이 책을 읽었던 독서당(讀書堂)도 있었다. ㅇ劉侍御綰(유시어관)－시어(侍御)는 관직명, 관리의 비위(非違)를 조사 단속하는 어사대(御史臺)의 벼슬. 유관(劉綰)은 당시는 퇴직하고 있었으며, 한때 이백이 그의 비서같이 일을 거들었던 모양이나 중국에서는 지금도 성(姓) 다음에 관직을 적고 다음에 이름을 쓴다. ㅇ寄(기)－먼 곳에 있는 사람에게 시를 지어서 보내는 것을 기(寄)라 했다. ㅇ雲臥三十年(운와삼십년)－구름에 누워 있기를 30년. 이백은 젊어서 깊은 산중에서 도사(道士)를 따라 도술(道術)을 익혔다. ㅇ好閑復愛仙(호한부애선)－한

적한 자연을 좋아했고, 신선도풍(神仙道風)을 매우 사랑했다. ㅇ蓬壺(봉호)－봉래(蓬萊), 봉래산과 같다. ㅇ雖(수)－'비록 ~라 할지라도' ㅇ冥絶(명절)－아득히 떨어져 있다. 봉래산(蓬萊山)은 발해(渤海) 동쪽 끝에 있는 삼선도(三仙島) 중의 하나라고 했다. ㅇ鸞鳳(난봉)－난새[鸞]나 봉황이다. 다 오색이 영롱한 선조(仙鳥)이다. 난새가 봉황을 보좌한다고도 하며 임금 자리에는 봉황새를 두고 임금의 수레 방울에는 난새를 두었다. ㅇ對嶺人共語(대령인공어)－깊은 산중이라 사람은 산봉우리와 마주 이야기를 나눈다. ㅇ猿相連(원상련)－원숭이는 나무에 매달린 채로 물을 마시고 땅을 밟지 않는다. 즉, 속세에 발을 들여놓지 않는다는 뜻으로 썼다. ㅇ時昇(시승)－이따금 산에 오른다. ㅇ翠微(취미)－산 중턱이란 뜻. ㅇ邈(막)－아득하다. ㅇ若(약)－'~와 같다' ㅇ羅浮巓(나부전)－광동성(廣東省) 증성현(增城縣) 동쪽에 나부산(羅浮山)이 있다. 물 위에 떠 있는 험준한 높은 산으로 신선이나 오를 것이라 한다. 전(巓)은 정상, 산마루. ㅇ岑(잠)－작으나 우뚝 솟은 산봉우리. ㅇ嶂(장)－병풍같이 둘러쳐진 산봉우리. ㅇ崖傾月難圓(애경월난원)－암석 절벽이 사방으로 우뚝 솟아 하늘을 가리고 있으므로 둥근 달을 온 통째로 보기 힘들다는 뜻. ㅇ飛蘿(비라)－하늘 높이 공중에 엉키어 매달린 덩굴. ㅇ春烟(춘연)－봄안개나 아지랑이. ㅇ搆石室(구석실)－석실을 꾸미다. 이백은 도화암(桃花巖)에 독서당(讀書堂)을 짓고 책을 읽었다. ㅇ選幽(선유)－한적한 곳을 골라. ㅇ杳(묘)－아득하다. ㅇ區中緣(구중연)－이 세상 속세와의 구구한 인연. ㅇ霜臺(상대)－관리들의 잘못을 추상(秋霜)같이 엄하게 다스리는 어사대(御史臺). ㅇ千載(천재)－천 년.

(大意) 내가 깊은 산 높이 올라 흰 구름을 깔고 누운 지 이미 30년이나 된다. 본래 나는 태어날 때부터 성품이 한적한 자연을 좋아하고 신선도풍(神仙道風)을 사랑했노라(이제 나이 30에 드디어 산에 들어왔다는 뜻을 이렇게 표현했다).(1)

아직도 내가 신선이 되어 봉래산에 간다는 것은 아득한 노릇이지

만, 높은 산에 있으니 난새나 봉황새가 된 듯 마음은 유연할 수가 있다.(2)

도화암(桃花巖) 글방에 돌아와 구름 드나드는 창가에 잠잘 수 있고, 오직 산과 더불어 이야기하며, 연못의 물마실 때도 원숭이처럼 땅을 밟지 않는다. 즉, 속세와 떨어져 산다.

이따금 푸른 산 중턱에만 올라도 마치 신선이 날아서나 갈 수 있다고 하는 나부산(羅浮山) 정상에 오른 듯 아득하고, 양쪽으로 두 개의 산이 동쪽 골짜기를 끼고 솟았고, 서쪽으로는 병풍을 가린 듯 깎아지른 산봉우리가 서 있다.(6)

산에 나무가 무성하게 엉키어 우거졌으므로, 해도 더욱 쉽게 숨을 수가 있고 사방으로 절벽이 둘러 있으므로 둥근 달도 온전하게 보기조차 어렵다.(7)

향기로운 풀들이 파랗게 물들면 들의 빛도 변하고, 하늘에 엉킨 덩굴들은 봄 아지랑이에 흔들거리고 있다.(8)

나는 이렇듯 깊고 아름다운 산에 들어와 돌로 글방을 꾸며 책을 읽고 한편으로는 산골짜기 빈 땅을 골라 밭을 갈아 먹는다.(9)

오늘의 나에게는 오직 나무 밑에서 유유자적하겠다는 뜻이 있을 뿐, 속세의 구질구질한 야욕은 말끔하게 가시고 없다.(10)

이제야 나는 영원히 어사대(御史臺)의 벼슬자리를 사직하고, 천 년 두고 바라던 이곳 찾아 돌아왔노라.(11)

(解說) 젊어서 신선 도술에 심취했던 이백이 어사대의 시어사(侍御史) 유관(劉綰) 밑에서 일을 하다가 뜻하는 바 있어 그를 하직하고 도화암에 돌로 글공부방을 꾸미고 책을 읽고자 들어왔다. 그 심정이 솔직하게 잘 나타나 있으며, 더욱이 자연에 묻혀 유유자적하며 속세에서 벗어나겠다는 은밀한 풍이 도연명의 시를 연상시켜 주는 기법으로 잘 그려져 있다. 초기의 작품이라 기발한 수법과 묘사는 있지만 아직도 이백의 특색인 호탕한 맛이 덜하다.

경 하 비 이 교 회 장 자 방
104. 經下邳圯橋懷張子房 장자방을 그리며

자 방 미 호 소 파 산 불 위 가
1. 子房未虎嘯 破産不爲家

창 해 득 장 사 추 진 박 랑 사
2. 滄海得壯士 椎秦博浪沙

보 한 수 불 성 천 지 개 진 동
3. 報韓雖不成 天地皆震動

잠 익 유 하 비 기 왈 비 지 용
4. 潛匿遊下邳 豈曰非智勇

아 래 이 교 상 회 고 흠 영 풍
5. 我來圯橋上 懷古欽英風

유 견 벽 류 수 증 무 황 석 공
6. 唯見碧流水 曾無黃石公

탄 식 차 인 거 소 조 서 사 공
7. 嘆息此人去 蕭條徐泗空

〈五言古詩〉

호랑이처럼 호통치지 못했던 범용한 시절의 장자방은 집안살림 팽개치고 가재 털어 협객을 구했노라

마침내 창해군의 주선으로 장사를 얻어 철퇴로 진시황을 박랑사에서 저격했거늘

비록 한(韓)나라 원수를 갚지는 못했으나 천지사방 통쾌한 거사 진동했네

더욱 본색을 숨기고 하비에 놀았으니 어찌 슬기와 용기를 겸했다 않겠느냐!

내 이제 이교 다리 위해 서성대며 돌이켜 그의 영웅 풍도 흠모한다.

앞에는 오직 푸르게 흐르는 강물뿐 황석공 도시 자취도 아득하구나

어른 가고 없음이 한스럽고 서주 사주 텅빈 듯 애처롭구나!

(語釋) ㅇ張子房(장자방)－장량(張良)의 자(字 : 해설 참조). ㅇ虎嘯(호소)－호랑이가 울부짖는다. 영웅이 뜻을 이룩하여 크게 활약한다는 뜻으로 쓰인다. 육운(陸運)의 〈남정부(南征賦)〉에 '맹장이 일어서 호랑이인양 울부짖는다.(孟將起而虎嘯)'라고 있다. ㅇ破產(파산)－가산(家產)을 탕진해 쓰다. ㅇ不爲家(불위가)－자기 집을 위하지 않았다. 즉 장량이 자기의 조국 한(韓)의 원수를 갚기 위해 집안 살림을 희생했다는 뜻. ㅇ滄海(창해)－창해군(滄海君). 장량이 집의 재산을 털어 써가지고 창해군으로부터 장사를 얻었다. ㅇ椎秦(추진)－진(秦)을 철퇴로 치다. 장량은 120근짜리 철퇴를 만들어 가지고 진의 시황(始皇)을 박랑사(博浪沙)에서 죽이려 했다가 실패했다. ㅇ博浪沙(박랑사)－지명, 현 하남성(河南省) 원양현(原陽縣). ㅇ報韓(보한)－한나라의 원수를 갚는다. 보(報)는 보복한다는 뜻. ㅇ雖(수)－'비록 ~하나' ㅇ潛匿(잠익)－잠복해 숨어서 살다. ㅇ遊下邳(유하비)－하비에 살며 교유(交遊)했다. ㅇ豈曰(기왈)－'어찌 ~라 하겠느냐?' ㅇ智勇(지용)－슬기롭고 용감하다. 지인용(智仁勇)은 삼달덕(三達德)이다. ㅇ懷古(회고)－옛날을 회상한다. ㅇ欽英風(흠영풍)－영웅의 풍도를 흠모한다. ㅇ唯見(유견)－'오직 ~만을 본다.' 즉 '있는 것은 오직 ~뿐이다'라는 뜻. ㅇ碧流水(벽류수)－푸르게 흐르는 물. ㅇ曾無(증무)－전혀 없다. ㅇ此人去(차인거)－그 사람, 즉 황석공이 가고 없다. ㅇ蕭條(소조)－쓸쓸하고 서글프다. ㅇ徐泗(서사)－서(徐)는 서주(徐

州), 사(泗)는 사주(泗州).

(大意) 장량(張良)은 영웅으로서 용맹을 떨치지 못했던 젊은 시절부터 일찍이 가재를 털어 협객을 찾느라고 집안 살림을 팽개치기 일쑤였다. 그러다가 드디어 창해군(滄海君)의 주선으로 장사를 얻었고 120근짜리 철퇴를 가지고 조국 한(韓)나라의 원수인 진(秦) 시황(始皇)을 박랑사(博浪沙)라는 곳에서 살해하고자 쳤다.(1~2)

그러나 실패함으로써 비록 한나라를 위한 보복을 이룩하지는 못했으나, 그의 장한 행동에 천지가 진동했다. 그 후 장량은 하비(下邳)에 숨어 살며 뜻있는 사람들과 교유했으니 어찌 슬기롭고 용맹타 하지 않을 수 있으랴!(3~4)

나는 이제 이교(圯橋) 위에 와서 옛날을 회상하고 장량의 영웅적 풍도를 흠모하며, 나도 한바탕 뜻을 이룩하고자 가슴 부풀건만, 눈앞에는 오직 푸르게 흐르는 강물뿐이고, 장량에게 병서를 주었다는 황석공(黃石公)의 화석(化石)조차 전혀 보이지 않으니, 천하에 뜻을 펴고자 하는 나는 오직 그분이 가서 없음이 한스럽고 서주(徐州)나 사주(泗州)가 텅빈 듯 쓸쓸하고 서글프기만 하다.(5~7)

(解說) 하비(下邳)는 현 강소성(江蘇省) 북쪽에 있는 옛날의 지명이며, 이교(圯橋)는 그곳에 있는 다리를 부르는 이름이다. 이(圯)는 원래 그 지방의 방언으로 흙다리[土橋]란 뜻이다. 또 하비에는 옛날 하(夏)나라 때의 황석공(黃石公)이 은거(隱居)했었다는 황석산(黃石山)이 있다. 이 시를 이해하기 위해서는 《사기(史記)》 〈유후세가(留侯世家)〉에 있는 다음과 같은 장량(張良)에 대한 에피소드를 알아야 한다.

장량의 자는 자방(子房)이다. 그의 선조는 전국시대 한(韓)이란 나라의 재상(宰相)이었다. 한이 진(秦)에 의해 멸했으므로 장자방은 모든 가산(家産)을 기울여 복수를 하고자 했다. 즉 장자방은 동이(東夷)의 창해군(滄海君)의 도움으로 한 역사(力士)를 얻었고, 120

근짜리 철추(鐵椎)를 만들어 진시황(秦始皇)이 동쪽으로 왔을 때 박랑사(博浪沙)라는 곳에서 그 철추를 던져 진시황을 죽이고자 했다. 그러나 운이 닿지 않아 실패로 돌아갔고 도리어 진시황에게 쫓기어 변성명하고 하비(下邳)란 곳에 몸을 숨기고 지냈다.

그러던 하루 이교(圯橋) 다리목에 한 노인이 나타나 신고 있던 신발을 고의로 다리 밑에 떨어뜨리고는 장자방에게 집어 오라고 했다. 자방은 역겨운 감정을 누르고 고분고분히 신발을 주워서 노인 앞에 무릎을 꿇고 바쳐 올렸다. 노인은 불쑥 발을 내밀어 신을 받아 신고 웃으며 닷새 후 새벽에 이 자리에 오라고 내뱉듯이 말하고는 사라졌다.

장자방이 닷새 후 일찍 가 보니 이미 노인이 와 있었고, 몹시 노한 기색으로 어른보다 늦게 온 것을 탓하고는 다시 닷새 후에 오라고 했다. 두 번째에도 자방이 역시 늦었고, 꾸중만 듣고 헤어졌다. 이에 세 번째는 자방이 새벽 동트기 전에 가서 기다렸다.

그러자 노인이 나타나며 기쁜 낯을 짓고 책을 한 권 주며 '이 책을 잘 공부하면 왕을 도울 장수가 될 수 있다. 앞으로 10년 후에는 그대가 왕을 도와 나라를 세울 것이다. 그리고 13년 후에 그대는 나를 제북(濟北)에서 만나게 될 것이다'라고 하고는 온데간데 없이 사라졌다. 그 책은 바로 태공(太公)의 병서(兵書)였다.

그 책을 가지고 공부를 하여 장자방은 병법에 정통했고, 한(韓) 고조(高祖)의 군사(軍師)로서 천하통일을 도왔으며, 13년 후 고조를 따라 제북에 갔을 때 황석(黃石)을 발견하여 이를 사당에 모셨다.

이 시는 이백이 궁중에서 쫓겨나 제국을 편력하다가 천보(天寶) 4년(745)에 하비의 이교를 지나던 중 장량을 회고하며 지은 것이다.

이백은 표면적으로는 도가(道家) 신선(神仙)을 좇고 현실을 탈속한 듯이 호탕한 시인이었다. 그러나 이 시를 통해서도 그가 장량같이 황석공을 만나서 한바탕 영웅적 공명을 세우고 싶어하는 심정을 엿볼 수 있을 것이다.

증하칠판관창호
105. 贈何七判官昌浩 하창호 판관에게 보냄

유시홀추창 광좌지야분
1. 有時忽惆悵 匡坐至夜分

평명공소타 사욕해세분
2. 平明空嘯咤 思欲解世紛

심수장풍거 취산만리운
3. 心隨長風去 吹散萬里雲

수작제남생 구십송고문
4. 羞作濟南生 九十誦古文

불연불검기 사막수기훈
5. 不然拂劍起 沙漠收奇勳

노사천맥간 하인양청분
6. 老死阡陌間 何因揚清芬

부자금관악 영재관삼군
7. 夫子今管樂 英才冠三軍

종여동출처 기장저익군
8. 終與同出處 豈將沮溺羣

〈五言古詩〉

이따금 홀연히 허전하니 일어나 야밤이 깊도록 정좌한 채 새우고

날이 밝자 하늘에 길게 읊조리며 엉킨 세상 풀고자 굳게 다짐하네

내 마음 긴 바람 타고 달리어 수만 리 먼 구름 불어 날리리
90 넘도록 낡은 글귀 외우던 제남의 복생 될까 심히 두렵네
불현듯 칼 뽑아 들고 일어나 사막에 큰 공훈 세워 거두리
늙어 논밭 두렁에 묻혀 죽으면 어찌 향기 드높이 이름 내겠나
그대는 오늘의 관중과 악의요. 영특한 재능은 삼군에 으뜸
나도 그대 따라 높이 나서고저 장저・걸익 같은 퇴물 안 되겠네

語釋 ∘何七判官昌浩(하칠판관창호)－이름은 하창호(何昌浩), 칠(七)은 항렬이 일곱째라는 뜻. 판관은 관직명. ∘忽(홀)－홀연히. ∘惆悵(추창)－실망과 슬픔에 젖다. ∘匡坐(광좌)－반듯이 앉다, 정좌하다. ∘夜分(야분)－야반(夜半). ∘嘯咤(소타)－서글프게 읊조리다. ∘解世紛(해세분)－세상의 분규, 어지러움을 풀다. ∘羞作(수작)－되기가 부끄럽다. ∘濟南生(제남생)－복생(伏生)은 제남 사람이다. 옛글 특히 《상서(尙書)》에 능통했고, 임금이 불렀으나 나이가 이미 90이라 나가지 못했다. ∘沙漠收奇勳(사막수기훈)－변경 사막에서 무공을 세우겠다. ∘阡陌(천맥)－논이나 밭두렁 길, 논밭이란 뜻. ∘何因(하인)－무엇으로써, 어떻게. ∘揚清芬(양청분)－이름을 높이 내다. ∘管樂(관악)－관중(管仲)과 악의(樂毅). 관중은 제(齊)의 현상(賢相)이며 탁월한 치적을 남겼다. 공자(孔子)보다도 앞시대의 사람으로 《논어》에도 자주 보인다. 저서로는 《관자(管子)》가 있다. 악의는 전국(戰國)시대 연(燕)나라 사람. 현명한 장군으로 많은 공을 세웠고 창국군(昌國君)에 봉해졌다. ∘冠三軍(관삼군)－관(冠)은 으뜸, 삼군(三軍)은 대국(大國)의 군대, 대군(大軍)이란 뜻. ∘同出處(동출처)－출처진퇴(出處進退)를 같이한다. ∘沮溺(저익)－장저(長沮), 걸익(桀溺). 《논어》에 보면 이들은 공자를 이해 못하는 현실 도피자들이다.

 저는 어쩌다가 홀연히 서글프고 실망스러운 느낌이 들어 야밤중

에 벌떡 일어나 정좌하고, 날이 새도록 하염없이 읊조리고 탄식하며 엉킨 세상을 풀고 바로 잡아야 하겠다고 생각을 하는데, 그럴 때에는 저의 마음이 먼 바람을 타고 나가서 만 리 길 구름을 불어 흐트리고자 합니다.(1~3)

저는 본래 90이 되도록 옛글이나 암송하고 나가서 일하지 못하던 제남(濟南)의 복생(伏生) 같은 꽁생원이 되기를 부끄럽게 여겼습니다.(4)

오히려 칼을 뽑고 일어나, 용감히 변경에 가서 무훈을 세우고 싶습니다.(5)

이대로 논밭 사이에 묻혀 죽는다면 어찌 후세에 이름을 남기겠습니까?(6)

이제 당신은 오늘의 관중(管仲)이자 악의(樂毅) 같은 분으로, 전국의 군대 중에서도 영명과 용맹에 있어 으뜸가는 존재이십니다.(7)

저는 당신을 따라 출처진퇴를 끝까지 같이 하고 싶습니다. 어찌 제가 논어에 나오는 독선적인 은퇴자 장저(長沮)나 걸익(桀溺)과 같은 퇴물이 될 수 있겠습니까?(8)

(解說) 이백은 기회 있을 때마다 나가서 공을 세우고자 했다. 따라서 그는 안달스러우리만큼 여러 사람에게 자기를 천거하거나 발탁해 주기를 간청했다. 이 시에서도 자기의 우국지정(憂國之情)을 토로하고 아울러 그의 막하로서 같이 일하기를 바라고 있다.

어려서부터 무협(武俠)을 좋아했던 이백이었다. 이따금 책만 읽고 과감한 행동을 못 하는 썩은 유생(儒生)들을 비웃었다.

노나라 영감은 오경만 논하고 백발로 죽도록 문장만 따졌으나
나라 다스리는 경륜을 물으면 구름 안개 속 헤매듯 멍청했다
魯叟談五經　　白髮死章句
問以經濟策　　茫如墜烟霧
나는 본래 초나라 미치광이, 봉새의 노래로 공자를 웃었네

我本楚狂人　　鳳歌笑孔丘

비록 죽어도 협골은 향기롭고, 천하 영웅에 부끄럽지 않으리

누군들 책방에만 묻혀서, 백발까지 태수경만 읽으리

縱死俠骨香　　不慙世上英

誰能書閣下　　白首太玄經

유생은 협객만 못하다 백발되도록 방장 내리고 책만 읽은들 무슨 소용이 있겠는가!

儒生不及遊俠人　　白首下帷復何益

그러기 때문에 그는 깊은 밤에도 잠들 수 없었고, 칼을 어루만지며 밤에 읊조리니, 세찬 마음 천리를 내닫게 했다

撫劍夜吟嘯　　雄心日千里

붓을 던지고 나가서 혁혁한 공을 세우자고 하는 씩씩한 참여의식은 원래 초당(初唐)부터 싹트고 성당(盛唐)에 들면서 고조된 기풍이었다. 초당의 시인 위징(魏徵)은 '인생은 의기에 감동된다. 공명을 누가 논하랴?(人生感意氣 功名誰復論)'라 하고 '붓을 내던지고 무(武)에 종사했다(投筆事戎軒).'

양형(楊炯)은 '차라리 백부장되는 것이 서생되는 것보다 낫다.(寧爲百夫長 勝作一書生)'라고 했고, 또 낙빈왕(駱賓王)은 '붓을 버리고 반초(班超)같이 공을 세우고자 했고, 싸움에 나가 고영(顧榮)같이 훈을 세우고자 한다(投筆懷班業 臨戎想顧勳)'라고 했다.

이백은 이렇게 말한 바 있다. '저는 경국제세하는 정치적 재능을 깊이 지녔으며 소보(巢父)나 허유(許由) 같은 은퇴자의 비진취적이고 독선주의적 생활태도에 반대합니다. 또한 글은 사회의 기풍을 높게 변혁시킬 수 있어야 하며, 학문은 하늘의 진리와 인간생활을 일통(一統)시켜 궤뚫어야 한다고 생각합니다(懷經濟之才 抗巢由之節 文可以變風俗 學可以究天人).'(〈爲宋中丞自薦表〉)

행로난
106. 行路難 - 제 1 수 길가기 어려워라

금준청주두십천 옥반진수치만전
1. 金樽淸酒斗十千 玉盤珍羞直萬錢

정배투저불능식 발검사고심망연
2. 停杯投筯不能食 拔劍四顧心茫然

욕도황하빙색천 장등태행설만산
3. 欲渡黃河氷塞川 將登太行雪滿山

한래수조벽계상 홀부승주몽일변
4. 閑來垂釣碧溪上 忽復乘舟夢日邊

행로난, 행로난 다기로, 금안재
5. 行路難, 行路難 多岐路, 今安在

장풍파랑회유시 직괘운범제창해
6. 長風破浪會有時 直挂雲帆濟滄海

〈七言古詩 : 樂府詩〉

황금 술잔에는 만 말의 청주, 구슬 쟁반에는 만 금의 성찬

술잔 놓고 수저 던진 채 먹지 못하며 칼뽑고 사방보니 마음 아득해

황하를 건너자니 얼음에 막히고 태행산 오르자니 백설이 쌓였네

한가로이 벽계에 낚시를 드리우고 배 위에서 홀연히 햇님의 꿈을 꿨네

길가기 어려워라. 길가기 어려워라. 갈림길 많으니 제길이 어

디 있나?

바람타고 파도넘을 때 기다려 구름 높이 돛을 올리고 바다 건너리

(語釋) ㅇ行路難(행로난)－악부제(樂府題)다. 인생살이의 험난한 것과 이별이 어려움을 내용으로 한 것으로, 애처로운 특색을 지녔다. ㅇ樽(준)－술잔, 도는 주기(酒器). ㅇ斗十千(두십천)－1만 말. ㅇ玉盤(옥반)－옥으로 만든 식기나 쟁반. ㅇ珍羞(진수)－맛있고 진귀한 음식. ㅇ直(치)－치(値)와 같다, 값. ㅇ投筯(투저)－저(筯)는 저(箸)와 같다. 젓가락을 던지고. ㅇ拔劍四顧(발검사고)－칼을 뽑아 들고 사방을 둘러본다. ㅇ茫然(망연)－아득하고 망막하다. ㅇ氷塞川(빙색천)－얼음이 강을 막고 있다. ㅇ夢日邊(몽일변)－태양 가까이 간 꿈을 꾸다. 일변(日邊)은 상감 곁에 간다는 뜻. ㅇ會(회)－반드시. ㅇ濟(제)－건너다.

(大意) 황금 술잔에는 만 말의 청주가 있고 또 구슬 쟁반에는 만 금의 값 나가는 진수성찬이 있건만, 나는 먹을 수가 없어 술잔을 놓고 젓가락을 던지고서 훌쩍 칼을 뽑아 들고 사방을 훑어보며 가슴속 아득해한다.(1~2)

황하를 건너가려 해도 강에 얼음이 막히었고, 태행산을 오르려 해도 흰 눈이 가득 쌓였네(따라서 장안에 가지 못하고).(3)

하염없이 벽계에 와서 낚시를 드리우고 또는 배를 탄 채 홀연히 햇님, 즉 상감 곁에 간 꿈을 꾸기도 한다.(4)

길가기 어려워라, 길가기 어려워라! 갈림길만 많으니, 제길은 어디에 있나?(5)

하지만 언젠가는 반드시 세찬 바람에 파도를 넘어, 구름 높이 돛을 올리고 창해를 건너 임금 곁으로 갈 날이 있을 것이다.(6)

(解說) 이백의 〈행로난(行路難)〉은 3수의 연작(連作)으로 되어 있다. 여

기서는 가장 잘 된 제1수만을 풀었다.

비록 간신배들에 의해 장안(長安)에서 쫓겨났으나, 이백은 여전히 '경국제민(經國濟民)'하고 '입공건업(立功建業)'하겠다는 정치적 이상과 열정을 식히지는 않았다.

본래 이백은 '달통하면 나서서 온 천하를 경제할 것이로되, 막히면 홀로 내 자신의 선이라도 지키겠다.(達則兼濟天下 窮則獨善一身)'고 했다. 그리고 이백은 자신을 한 번에 9만 리를 나는 봉황새나, 준마(駿馬) 녹기(騄驥)에 비유하며, 정치참여에 자신만만해 했다.

이백은 〈임종가(臨終歌)〉에서 '큰 붕새 날자 팔극이 진동하더라.(大鵬飛兮振八裔)'라 했고 또 〈이옹에게 올림(上李邕)〉에서는 다음과 같이 읊었다.

큰 붕새 한바탕 바람 타고 날자, 회오리바람 구만 리 높이 솟아오르며
바람 잦아 아래로 내려오니, 날갯바람에 푸른 바다 들끓는 듯
大鵬一日同風起　　扶搖直上九萬里
假令風歇時下來　　猶能簸却滄溟水

또 〈최자의에게 보냄(贈崔諮議)〉에서 그는 녹기(騄驥)에 비유했다.

본래 천마로 태어난 녹기는 마판에 엎드려 썩을 수 없다.
청풍을 타고 깊게 울면서 하늘 높이 뛰리라
騄驥本天馬　　素非伏櫪駒
長嘶向淸風　　倏忽凌九區

그러나 이렇듯 유능한 이백을 세상이나 임금이 알아주지 않고 내쫓았다. 이백은 '내가 세상을 버린 것이 아니라, 세상이 나를 버린 것이다(我本不棄世 世人自棄我)'(〈贈李十二〉)라고 분개하고 있다.

여기에서 푼 〈행로난(行路難)〉에서 '장풍파랑회유시(長風破浪會有時) 직괘운범제창해(直挂雲帆濟蒼海)'라고 기대를 걸고 있는 그의 충성심을 깊이 이해하겠다.

참고로 아더 웨일리(Arthur waley)의 영역을 부기하겠다.

The clear wine in my golden cup cost five thousand a gallon:

The choice meats in my jade dish are worth a myriad cash.

Yet I stop drinking and throw down my chopsticks,

I cannot bring myself to eat.

I draw my sword and gaze round with mind darkened and confused.

I want to cross the Yellow River, but ice-blocks bar my way:

I was going to climb Mount T'ai-hang when snow filled the hills,

So I sat quietly dropping my hook, on the banks of a grey stream.

Suddenly again I mounted a ship, dreaming of the sun's horizon.

Oh, the hardships of travel!

The hardships of travel and the many branchings of the way,

Where are they now?

A steady wind break the waves, the time soon have come,

When I shall hoist my cloudy sail and cross the open sea.

한림독서언회 정집현제학사

107. 翰林讀書言懷 呈集賢諸學士 집현 학사에게

신추자금중 석대금문조
1. 晨趨紫禁中 夕待金門詔

관서산유질 탐고궁지묘
2. 觀書散遺帙 探古窮至妙

편언구회심 엄권홀이소
3. 片言苟會心 掩卷忽而笑

청승이상점 백설난동조
4. 青蠅易相點 白雪難同調

본시소산인 누이편촉초
5. 本是疎散人 屢貽褊促誚

운천속청랑 임학억유조
6. 雲天屬清朗 林壑憶遊眺

혹시청풍래 한의난하소
7. 或時清風來 閒倚欄下嘯

엄광동려계 사객임해교
8. 嚴光桐廬溪 謝客臨海嶠

공성사인간 종차일투조
9. 功成謝人間 從此一投釣

〈五言古詩〉

아침에 자금성 대궐에 들고 저녁에 금문의 대조를 받다
묻혔던 고전을 풀어 읽고서 옛날의 지묘한 이치 깨닫네

토막 구절에도 마음 깨이니 책자 덮어놓고 홀연히 웃노라

쉬파리 같은 간신배들 흰구슬에 때묻히기 일쑤고 청아한 백설곡은 잡것들과 어울리기 어렵더라

본래가 소탈분방한 사람이라 이따금 편벽하다고 욕을 먹었지

푸른 하늘 맑은 구름 가을철이라 숲 우거진 계곡 더욱 아름다워

이따금 맑은 바람 불어오고 난간에 기대어 한가로이 읊는다

옛날 엄광은 동려계에 은거했고 그대 사령운은 바다를 내려보는 산에 올랐지

나도 공 세우면 속세 하직코 그때부턴 오로지 낚시 드리우리

(語釋) ㅇ翰林(한림)－현종(玄宗)이 처음으로 한림대조(翰林待詔)라는 직책을 두고 대궐 안의 문장을 짓게 했다. 그리고 글 잘하는 사람을 뽑아 한림공봉(翰林供奉)이라 하여 일을 분담시켰다. 이백은 이것에 임명되었으나, 실제로는 할 일이 없었다. 후에 한림공방을 학사(學士)라고도 했다. ㅇ集賢(집현)－개원(開元) 13년(725). 여정수서원(麗正修書院)을 집현전서원(集賢殿書院)이라고 고쳐 시독(侍讀) 시강(侍講)하는 학자들을 두었다. ㅇ紫禁(자금)－왕궁을 자미(紫微)를 본따서 지었으므로 자금(紫禁)이라고도 한다. ㅇ金門(금문)－금마문(金馬門). ㅇ散遺帙(산유질)－흐트러졌고, 버려졌던 서적. ㅇ青蠅(청승)－진자앙(陳子昂)의 시에 '쉬파리가 한 번 더럽히면, 백옥도 욕을 본다(青蠅一相點 白璧遂成寃)'라고 했다. 즉 간신배의 참언에 충신이 억울하게 욕을 먹는다는 비유. ㅇ白雪(백설)－음악의 곡명이기도 하다. ㅇ貽(이)－끼치다, 남기다. 여기서는 편협하다는 욕을 먹는다. ㅇ嚴光(엄광)－동려현(桐廬縣) 남쪽에 엄자릉(嚴子陵)이 낚시질을 했다는 큰 바위가 있다. ㅇ謝客(사객)－사령운(謝靈運), 그의 시로 〈임해교에 오른다(登臨海嶠)〉는 시가 있다. ㅇ臨海(임해)－군명(郡名)이기도 하다. ㅇ嶠(교)－산정(山頂)이란 뜻.

(大意) 아침에 천자의 자금 대궐에 들고 저녁에는 금문의 대조가 되었다.(1)

한림원에서 묻혔던 옛날의 고적들을 읽고 지묘한 옛날의 도리를 탐구했다.(2)

한 마디라도 마음에 통하는 것이 있으면 책을 덮어 놓고 회심의 미소를 지었노라. 나는 한림원에서 고답하게 지냈으나, 일반 벼슬아치들은 그렇지가 못했다.(3)

원래 쉬파리 같은 간악한 무리들은 남을 욕하기 일쑤이며, 그런 자들은 백설 같은 사람이나 우아한 백설곡 같은 음악과는 어울리고 동조할 수가 없는 자들이다.(4)

나는 본래가 소탈한 성품의 사람이라, 누차 소인배들로부터 괴벽한 자라고 욕을 먹기도 했지.(5)

그러나 나는 그런 소인배들과는 상관하지 않고 언제나 하늘과 구름이 청명한 자연에 살았고, 또는 숲이 우거진 계곡을 멀리 바라다보고 유유자적했네.(6)

또 간혹 청풍이 불어올 때에는 난간에 기대어 시를 읊조리기도 했네.(7)

하긴 엄자릉(嚴子陵)도 동려계(桐廬溪)에서 낚시를 드리웠다 하고 사령운(謝靈運)도 바다를 내려다보는 임해(臨海)의 산마루에 올랐다지.(8)

그렇듯 나도 공을 세우고 나면 이 속세를 떠나 앞으로는 낚시질만 하고 지내고자 하네.(9)

(解說) 이 시는 이백이 한림학사로 대궐에 있으면서, 주위 사람들이 너절하고 간악한 데 짜증을 내며 지은 시다.

원래가 호탕하고 고고(孤高)한 이백은 저속한 쉬파리 같은 간신배들로부터는 모함이나 시기나 욕을 받기가 일쑤였다. 그러나 이 시에서 이백은 아직은 좀더 참고 견디어 보자고 했다. 그러나 이백은 차츰 그들의 추악한 모습을 보고 분개하게 된다.

추 야 독 좌 회 고 산

108. 秋夜獨坐懷故山 가을밤에 홀로 앉아

소 은 모 안 석　원 유 학 자 평
1. 小隱慕安石　遠遊學子平

천 서 방 강 해　운 와 기 함 경
2. 天書訪江海　雲臥起咸京

입 시 요 지 연　출 배 옥 련 행
3. 入侍瑤池宴　出陪玉輦行

과 호 신 부 작　간 렵 단 서 성
4. 誇胡新賦作　諫獵短書成

단 봉 자 소 고　비 요 청 사 명
5. 但奉紫霄顧　非邀靑史名

장 주 공 세 검　묵 적 치 논 병
6. 莊周空說劍　墨翟恥論兵

절 박 수 소 절　귀 한 사 우 경
7. 拙薄遂疎絶　歸閒事耦耕

고 무 창 생 망　공 애 자 지 영
8. 顧無蒼生望　空愛紫芝榮

요 락 명 하 색　미 망 구 학 정
9. 寥落暝霞色　微茫舊壑情

추 산 록 나 월　금 석 위 수 명
10. 秋山綠蘿月　今夕爲誰明

〈五言古詩〉

사안석이 그리워 산림에 묻혀 살았고 학자평을 본받아 먼곳에

만유했거늘

천자 조서를 내려 강호의 나를 부르셨으니 떠돌이 구름 같은 이몸 장안에 살게 되었노라

안에서는 연못놀이에 배석했고, 밖에서는 옥련 행차에 수행했네

양웅같이 새 글 지어 오랑캐에 과시했고 사마상여 따라 수렵 간하는 글 지었네

오로지 하늘의 은총에 보답코자 했을 뿐 청사에 이름내려는 공리심은 없었네

칼 좋아하던 조문광을 설득한 장자나 초왕을 설득한 묵자처럼 성공 못 하고

재주 옹졸하고 힘없는 나는 버림받고 쫓겨나 들판에 돌아와 농사를 짓고 있노라

창생들을 구제할 희망도 없으며 하염없이 선약초 우거지기만 바랐지

어둠에 안개 짙어 요락하니 아득히 고향 계곡 생각나네

고향 녹라산의 가을달은 오늘밤 누구를 위해 비추나

(語釋) ㅇ小隱(소은)－산림(山林)에 은퇴하고 있는 것을 소은이라 하고, 마을 안에 은둔하고 있는 것을 대은(大隱)이라고 한다. ㅇ慕安石(모안석)－사안(謝安), 진(晉)나라 사람. 처음에는 회계(會稽) 동산(東山)에 은거하고 있었으나 후에 환온(桓溫)의 부름으로 나가 크게 공을 세웠다. ㅇ子平(자평)－후한(後漢)의 상장(向長), 자가 자평이다. 《노자(老子)》와 《주역(周易)》에 정통했고, 오악(五嶽) 명산을 두루 돌며 살았다. ㅇ雲臥(운와)－구름을 타고란 뜻. 포조(鮑照)의 시에 '구름에 누워 마음대로 하늘을 날다(雲臥恣天行)'란 구절이 있다. ㅇ咸京(함경)－여기서는 장안, 서울이란 뜻. ㅇ瑤池(요지)－서왕모(西王

母)를 모시고 잔치하던 곳. 여기서는 현종이 양귀비와 같이 연락하던 곳. ㅇ誇胡(과호)－양웅(揚雄)이 〈장양부(長楊賦)〉를 지어 오랑캐에게 국운승평(國運昇平)을 자랑했다. ㅇ諫獵(간렵)－사마상여(司馬相如)가 무제(武帝)에게 상소문을 올려 수렵을 간했다. ㅇ紫霄顧(자소고)－자소(紫霄)는 하늘〔天上〕, 즉 천자의 은총이란 뜻. ㅇ莊周(장주)－장자가 조(趙) 문왕(文王)이 칼 좋아하는 것을 설득하여 고치게 했다. ㅇ墨翟(묵적)－초왕(楚王)이 공수반(公輸般)을 시켜 새로운 공략무기를 만들어서 송(宋)나라를 침공하려는 것을 설득하여 그만두게 하였다. ㅇ耦耕(우경)－우(耦)는 쟁기나 따비, 경(耕)은 경작하다. 즉 농사를 짓는다는 뜻. 또는 우(耦)를 우(偶)로 잡고 함께 농사를 짓다. ㅇ紫芝(자지)－영초(靈草), 불로초(不老草). ㅇ綠蘿(녹라)－산 이름, 현 호북성(湖北省)에 있다.

(大意) 산야에 은퇴하고 있던 나는 일찍부터 사안석(謝安石)을 흠모했고, 멀리 각지를 유력했던 나는 오악(五嶽)에 놀았던 상자평(向子平)에게서 배우는 바 많았다.(1)

그러다가 천자께서 조서를 내리셔 강호에 묻혔던 나를 부르셨으므로, 나는 즉시 구름을 타고 장안에 들어가 기거하는 몸이 되었다.(2)

대궐 안에서는 요지(瑤池) 잔치에 배석했고, 밖에서는 옥련 행차에 수행했다.(3)

양웅(揚雄)같이 새로 글을 지어 오랑캐에게 국위를 자랑했고(이백이 현종의 명으로 〈오랑캐에게 보내는 회신〔和蕃書〕〉을 지었다고 한다), 또 사마상여(司馬相如)를 따라 사냥을 간하는 짧은 글을 써 올리기도 했다.(4)

그러나 이러한 활동은 오직 천자가 하늘에서 내려준 은덕에 보답하기 위한 것일 뿐, 절대로 청사에 이름을 내고자 해서는 아니었다.(5)

나는 장자가 조 문왕을 설득하여 칼을 버리게 했고, 또 묵자가

초왕을 설득하여 공격을 포기케 한 것같이 상감을 보필하지는 못하고(6)

도리어 졸렬하고 알지 못하여 결국은 임금으로부터 소외되고 버림을 받아, 다시 들에 돌아와 한가롭게 농사를 짓고 있다.(7)

돌이켜보건대 본시 나는 사안같이 '제창생(濟蒼生)'을 위해 창생산(蒼生山)에서 나오라는 기대를 받은 바 없었고, 오직 영초 자라기만을 좋아하며 입선구도(入仙求道)를 소망했던 것이니라.(8)

이제 서글프고 쓸쓸하게 어둠 속 안개빛을 바라보며 아득히 먼 내 고향 계곡을 그리워할 뿐이로다.(9)

내 고향 녹라산 위에 뜬 밝은 가을달은 오늘밤도 누구를 위해 저리도 밝게 비치는 것일까?(10)

(解說) 이 시는 이백이 장안(長安)에 들어가 있었던 3년동안을 전후한 짧은 역사를 추린 것이다.

제1단에서 방랑하며 강호에 묻혔던 자기가 현종의 부름을 받고 장안에 들어간 경위를 읊었고, 제2단에서는 대궐 안에서 현종에게 시종들었던 때의 광경을 적었고, 제3단에서는 자기의 재능이 부족하여 현종에게 소외되어 쫓겨났음을 말하고, 제4단에서는 원래 자기는 정치사회에서 성공할 사람이 아니다, 역시 자기는 입선구도(入仙求道)할 인간이라고 다시 자신에게 돌아갔다. 그리고 아울러 가족과 고향을 가을 달빛에 그리며 그리워하고 있다. '하루 아침에 대궐의 금마문을 나서자, 휘날리는 덤불같이 표락했다(一朝去金馬 飄落成飛蓬)'고 술회한 이백은 짧은 3년간의 염증나고 구역질나는 장안에는 두 번 다시 들어가지 않았다.

가거온천궁후 증양산인

109. 駕去溫泉宮後, 贈楊山人 양산인에게

소년낙탁초한간 풍진소슬다고안

1. 少年落魄楚漢間 風塵蕭瑟多苦顏

자언관갈경수허 장우막착환폐관

2. 自言管葛竟誰許 長吁莫錯還閉關

일조군왕수불식 부심수단설흉억

3. 一朝君王垂拂拭 剖心輸丹雪胸臆

홀몽백일회경광 직상청운생우익

4. 忽蒙白日迴景光 直上青雲生羽翼

행배난거출홍도 신기비룡천마구

5. 幸陪鸞車出鴻都 身騎飛龍天馬駒

왕공대인차안색 금장자수래상추

6. 王公大人借顏色 金章紫綬來相趨

당시결교하분분 편언도합유유군

7. 當時結交何紛紛 片言道合唯有君

대오진절보명주 연후상휴와백운

8. 待吾盡節報明主 然後相攜臥白雲

〈七言古詩〉

어려서 초한 사이 낙탁하여 돌며 휘모는 풍진 속 노상 쓴 얼굴
관중 제갈량 자처하면서 길게 탄식하고 칩거했었네
하루 아침 상감의 부름 받고 충성단심 흉금을 모두 바치자

홀연 눈부신 날빛 홍은을 입어 날개 펴고 청천대궐에 들고

상감 어가에 배동하고 홍도문 나서 비룡천마 타고 날 듯이 달렸네

왕공대인들 안색 부드럽고 금장 자수의 고관들 모여들어

수많은 사람들과 사귀었지만 그대와 한마디로 뜻이 통했네

내사 충절 다 바쳐 은총에 보답하고서 우리 함께 손잡고 백운에 누울까 하네

(語釋) ○溫泉宮(온천궁)－여산(驪山)의 화청궁(華淸宮)이다. 현종(玄宗)이 자주 행차했던 곳이다. 장안(長安)에 들어가 한림공봉(翰林供奉)의 벼슬을 받은 이백이 현종을 배동하고 이곳에 갔다가 온 다음 양산인(楊山人)에게 시를 보냈다. 양산인은 자세히 알 수 없다. ○落魄(낙탁)－낙백실의하고 영락하다. ○蕭瑟(소슬)－쓸쓸하고 외롭다. ○管葛(관갈)－관중(管仲)과 제갈량(諸葛亮), 관중은 제(齊)의 현상(賢相)으로 공자도 《논어》에서 자주 그의 치적을 높여 말했다. 제갈량은 《삼국지》에 나오는 충신. 유비(劉備)를 도운 군사(軍師)다. ○竟誰許(경수허)－끝내 아무도 알아주지 않았다. ○長吁(장우)－길게 탄식한다. ○莫錯(막착)－실수를 안 하려고. ○閉關(폐관)－집의 문을 닫고 칩거했다. ○拂拭(불식)－깊이 넣었던 칼을 꺼내어 닦듯이, 야에 묻혀 있던 자기에게 은혜를 내렸다는 뜻. ○剖心輸丹(부심수단)－가슴을 털어 단심(丹心)을 바친다. ○雪胸臆(설흉억)－가슴속의 소망을 풀었다는 뜻. ○蒙(몽)－위로부터 내려받는다. 날빛이 두루 사방에 비추는 것을 받는다. 즉 상감으로부터 영광을 내려받는다는 뜻. 여기서는 한림공봉의 벼슬을 받았음을 말한다. ○直上靑雲(직상청운)－푸른 하늘의 구름, 즉 대궐에 들어가다. ○幸陪鸞車(행배난거)－상감의 수레에 수행하다. 난거(鸞車)는 임금이 타는 수레, 그 수레에는 난새가 달렸다. ○鴻都(홍도)－대궐의 문 이름. ○天馬駒(천마구)－천자가 내린 말. 당(唐)대의 제도로 한림원(翰

林院) 학사(學士)는 비룡구(飛龍廐)라는 마구에서 말을 얻어 타게 되었다. ㅇ借顔色(차안색)－얼굴을 내밀고 찾아온다. ㅇ金章紫綬(금장자수)－황금이나 구리로 된 인장(印章)과 자색(紫色)의 인수(印綬). ㅇ片言道合(편언도합)－한두 마디로 뜻이 맞는다.

(大意) 나는 소년시절에는 낙백하여 초한(楚漢)간을 방랑하며, 풍진 속에 쓸쓸하고 괴로운 생활을 하느라 노상 쓴 얼굴만 짓고 있었다.(1)

자칭 관중(管仲)이나 제갈량(諸葛亮) 같은 인물이라고 큰소리를 쳤었으나 끝내 아무도 알아주지 않았고, 따라서 나는 길게 한숨만을 쉬면서 때를 못 만났으나 잘못을 저지르지 않겠다는 생각으로 집의 문을 꽉 닫고 칩거하고 있었다.(2)

그러자 하루 아침에 상감께서 야에 묻혀 있던 나를 불러 주셨으므로, 나는 가슴을 털고 정성을 다 바치어 종래의 포부를 유감없이 아뢰어 올렸다.(3)

그리하여 뜻밖에 임금님으로부터 눈부실 정도의 한림학사라는 영광을 내려 받았으며, 나는 비로소 날개 돋힌 듯 곧바로 대궐에 들어가는 몸이 되었다.(4)

상감의 수레에 배동하고 홍도문(鴻都門)을 나갈 때, 나는 비룡구(飛龍廐)에서 내준 대궐의 말을 타고 달리었다.(5)

그러자 왕공 대인들이 부드러운 낯으로 대했고 고관들도 서로 찾아왔다.(6)

당시 나는 허다한 사람들과 사귀었으나, 그 중에도 말 한마디로 서로 뜻이 통한 사람은 오직 그대뿐이었네.(7)

내가 충성을 다하여 영명한 상감의 은덕에 보답을 한 다음에는, 그대와 같이 손잡고 은퇴하여 흰구름 위에 누워 유유자적하겠네.(8)

(解說) 이백이 현종(玄宗)의 부름을 받고 장안(長安)에 들어간 것은 그의 나이 42세 때였다.

그때까지 10여년간을 두고 이백은 몹시 애를 태웠었다. 상감 곁에서 자기의 학식과 재능을 발휘하고 나라와 백성을 잘 다스려 빛나는 공을 세우고 싶었다. 그러나 천덕스럽게 스스로 자기를 팔거나 또는 아무에게나 값싸게 팔리고 싶지는 않았다. 이 시에서 '장우막착환폐관(長吁莫錯還閉關)'이라 한 뜻을 알 수 있다.

그러자 마침내 도사 오균(吳筠)의 추천을 거쳐 현종으로부터 세 번이나 부름을 받게 되자 그는 자랑스럽게 장안으로 들어갔다. 그 때의 자랑과 기쁨은 〈남릉별아동입경(南陵別兒童入京)〉에 잘 나타나 있다.

이백이 대궐에 들자, 현종은 후대했다. 금란전(金鑾殿) 잔치에는 현종이 칠보상(七寶牀)의 고깃국 간을 손수 맞추어 이백에게 권하기도 했고 또 이백을 높이 칭찬했으므로 이백은 더없이 의기양양했다. 그래서 〈옥호음(玉壺吟)〉에서 다음과 같이 읊었다.

구중대궐 높으신 천자의 덕을 숭앙하고
붉은 담 푸른 문을 드나드는 고관들을 놀리고 웃으며
비룡마를 번갈아 타고 하늘 높은 대궐에 들면
천자께서 산호백옥의 말채찍을 내려 주신다
揄揚九重萬乘主　　謔浪赤墀青鏁賢
朝天數換飛龍馬　　勅賜珊瑚白玉鞭

그러나 이백은 본래 '구선학도(求仙學道)'한 선비다. 따라서 이 시에서 그는 '대오진절보명주(待吾盡節報明主) 연후상휴와백운(然後相攜臥白雲)'이라고 순수한 충성심을 피력했다. 그리고 그는 영리에 사로 잡히지 않고 언제나 현실 속세를 떠나 입선구도(入仙求道)하고자 했다.

그러나 이백의 순수한 충절과 드높은 이상과 고결한 포부는 유린되고 말았다. 그는 궁중의 간신배와 교활한 세도가들에 몰리어 쫓겨나고야 만 것이다.

110. 軍行 군행

군 행

유 마 신 과 백 옥 안　　전 파 사 장 월 색 한
1. 騮馬新跨白玉鞍　戰罷沙場月色寒
성 두 철 고 성 유 진　　갑 리 금 도 혈 미 건
2. 城頭鐵鼓聲猶震　匣裏金刀血未乾

〈七言絕句〉

백옥 새 안장의 유마 타고 싸웠거늘 전투 끝난 사막에 달빛이 차다

성머리 쇠북소리 아직 떨어 울리고 칼집 금칼에는 아직 피가 묻었네

(語釋) ㅇ軍行(군행)－싸움의 노래. ㅇ騮馬(유마)－검은 갈기의 붉은 말. ㅇ跨(과)－걸터앉아. ㅇ白玉鞍(백옥안)－백옥으로 장식한 좋은 안장. ㅇ戰罷(전파)－전투가 끝나다. ㅇ沙場(사장)－사막을 당인(唐人)들은 사장이라고도 했다. ㅇ鐵鼓(철고)－야경(夜警)에 쓰는 쇠종. ㅇ匣(갑)－궤나 상자, 칼을 넣어 두는 궤.

(大意) 산뜻이 새로 단장한 유마(騮馬)에 백옥 안장 얹어 올라타고 나가 싸웠다. 전투가 끝나니 사막의 비친 달빛이 한결 차게 보인다.(1)

야경의 철고 소리가 성머리에 울리는데 칼궤 속의 칼은 아직 피가 안 말랐다.(2)

(解說) 씩씩하게 나가 싸운 용사는 밤에 애처롭다. 변경지대 싸움터, 사막에 비친 달빛이 더욱 차가우리라. 야경의 쇠북 소리는 떨려 흔들

리며 울려 퍼지고 있다. 궤 속의 칼은 아직도 피가 묻어 있는 그대로다. 긴장과 공포와 살기가 감도는 푸른 달빛의 전쟁터다.

상 황 서 순 남 경 가
111. 上皇西巡南京歌－제1수 상황의 서촉행을 노래함

수 도 군 왕 행 로 난 육 룡 서 행 만 인 환
1. 誰道君王行路難 六龍西幸萬人歡
지 전 금 강 성 위 수 천 회 옥 루 작 장 안
2. 地轉錦江成渭水 天廻玉壘作長安

〈七言絶句〉

누가 상감님 행차 어렵다 말했는가. 육룡 수레가 성도에 드니 만민이 즐거이 반기는구나

대지는 금강을 위수로 돌리었고 하늘은 옥루산을 장안으로 바꾸었네

(語釋) ㅇ上皇(상황)－현종(玄宗), 아들 향(享)이 영무(靈武)에서 즉위하여 숙종황제(肅宗皇帝)가 된 후, 현종을 상황이라 불렀다. ㅇ巡南京(순남경)－남경으로 순수(巡守)한다. 순수는 천자(天子)가 각지를 돌며 살핀다는 뜻. 그러나 여기서는 이백이 비유해서 쓴 말이다. 천보(天寶) 14년(755) 11월 9일에 안녹산(安祿山)이 반란하여 이듬해 6월에는 국도 장안(長安)을 위협했다. 이에 현종은 촉(蜀 : 현 四川省 成都)으로 피난해 갔다. 그러나 황태자 향(享)은 북쪽 영무(靈武)로 갔고 다시 이듬해 7월에 즉위하여 연호를 지덕(至德)이라 개원했다. 그 후 현종을 상황(上皇)이라 불렀고, 성도(成都)를 부도(副都)로 승격시켜 남경(南京)이라 했다. 따라서 이 시에서 '순남경(巡南京)'이라고 한 것은 실은 현종이 난을 피해 성도로 몽진(蒙塵)한 것을 가리

킨다. ㅇ誰道(수도)—누가 말하던가? ㅇ君王行路難(군왕행로난)—임금의 가는 길이 험하다. 촉(蜀)으로 가는 길은 위태롭고 험하다. 이백의 시 〈촉도난(蜀道難)〉에 잘 그려져 있다. ㅇ六龍(육룡)—천자의 수레는 여섯 마리의 말이 끈다. 해를 모는 희화(羲和)는 해를 수레에 태우고 여섯 마리 용으로 끌게 했다. 《역경(易經)》에도 '육룡(六龍)을 타고 하늘을 지배한다'고 있다. ㅇ西幸(서행)—서촉(蜀)으로 행차한다. ㅇ萬人歡(만인환)—촉나라 모든 백성들이 즐거이 환영한다는 뜻. ㅇ地轉(지전)—대지는 금강(錦江)을 돌려. ㅇ錦江(금강)—촉의 성도를 흐르는 강. 이것을 현종이 성도에 오자 대지가 금강을 장안(長安)에 흐르는 위수(渭水)로 바꾸었다는 뜻. ㅇ天廻(천회)—하늘도 옥루산을 돌렸다는 뜻. 앞에 있는 지전(地轉)과 대구(對句)가 된다. ㅇ玉壘(옥루)—성도 서북에 있는 산이다. 이 산을 하늘이 돌려 장안(長安)으로 꾸몄다는 뜻.

(大意) 상감께서 행차하시는 길이 험하다고 누가 말하던가? 여섯 마리 용이 끄는 수레를 타고 현종이 촉나라 성도(成都)에 오시자 모든 백성들이 반기며 환영을 한다.(1)

땅조차 성도의 금강(錦江)을 장안(長安)을 흐르는 위수(渭水)로 바꾸어 놓고, 또한 하늘도 성도의 옥루산(玉壘山)을 장안으로 꾸며 바꾸었노라.(2)

(解說) 이백의 시 〈촉도난(蜀道難)〉을 보면 조야가 현종(玄宗)의 촉으로의 행차를 걱정하고 어려워했음을 잘 알 수 있다. 그러나 이 시에서 이백은 촉으로의 몽진(蒙塵)을 기정사실로서 긍정적으로 받아들였을 뿐만 아니라, 사람[人]도, 땅[地]도, 하늘[天]도, 즉 삼재(三才)가 다 현종을 반기고 도와준다고 했다.

이백의 애국충정(愛國忠精)을 잘 알 수 있는 시다. 이 시는 10수의 연작(連作) 중의 하나다.

상 황 서 순 남 경 가

112. 上皇西巡南京歌－제2수 상황의 서촉행을 노래함

검 각 중 관 촉 북 문　　상 황 귀 마 약 운 돈

1. 劍閣重關蜀北門　上皇歸馬若雲屯

소 제 장 안 개 자 극　　쌍 현 일 월 조 건 곤

2. 少帝長安開紫極　雙懸日月照乾坤

〈七言絶句〉

검각의 험한 요새 촉나라 북문 지나 상황의 환궁 행렬 구름인 듯 떼를 지었네

어린 임금 장안에 옥좌 폈으니 해와 달이 함께 천지를 비추리

(語釋) ㅇ劍閣(검각)－검각산(劍閣山), 사천성(四川省) 북쪽에 있는 험준한 곳으로서 성도(成都)로 통하는 통로이며, 위태롭기 그지없는 잔도(棧道)가 있다. 또한 이곳의 관문은 자연의 요새라 한 사람이 지키면 만인이라도 길을 트고 열 수 없다고 한다(〈蜀道難〉 참조). ㅇ上皇歸馬(상황귀마)－안녹산의 난이 평정되어 장안으로 환궁하는 현종의 행차 말들. ㅇ若雲屯(약운돈)－마치 구름이 뭉게뭉게 엉킨 듯 대열의 말이 많다는 뜻, 돈(屯)은 모이다. ㅇ少帝(소제)－황태자 향(享)이 영무(靈武)에서 즉위하여 숙종황제(肅宗皇帝)가 되었다. ㅇ開紫極(개자극)－천자(天子)의 옥좌(玉座). ㅇ雙懸日月(쌍현일월)－해와 달이 다같이 두 개가 걸렸다. 즉 현종상황(玄宗上皇)과 숙종황제(肅宗皇帝) 두 분이 계시다는 뜻. ㅇ照乾坤(조건곤)－천지를 밝게 비춘다.

(大意) 촉(蜀)의 북쪽 관문이자 험난한 검각산(劍閣山) 길을 타고, 장안

(長安)으로 환궁하시는 현종상황(玄宗上皇)의 행차 대열의 말들이 구름같이 떼지어 온다.(1)

이미 숙종황제(肅宗皇帝)는 장안에 들어와 옥좌에 계시니, 해와 달이 동시에 하늘과 땅을 밝게 비추듯 상황과 황제가 동시에 천하를 다스리도다.(2)

(解說) 안녹산(安祿山)의 난이 평정되고 현종(玄宗)이 지덕(至德) 2년(757)에 촉(蜀)으로부터 장안으로 환궁하는 품을 그린 시다. 동시에 이제부터 현종(玄宗)과 숙종(肅宗) 두 상감이 계시니 천지가 더욱 밝아지겠지 하고 마냥 기대를 걸고 당의 황실을 존경하고 높이고 있다. 이 시는 언뜻 보면 지나치게 아첨하는 것같이 보이나, 실은 당시 이백이 영왕(永王) 인(璘)의 사건에 휘말려 백방으로 사면을 청하고 있을 때에 지은 것이니 그 초조한 심정을 알 수 있을 것이다. 〈촉도난(蜀道難)〉과 비교하여 살피면 이해가 간다.

113. 塞下曲(새하곡) - 제5수 새하곡

1. 塞虜乘秋下(새로승추하) 天兵出漢家(천병출한가)
2. 將軍分虎竹(장군분호죽) 戰士臥龍沙(전사와룡사)
3. 邊月隨弓影(변월수궁영) 胡霜拂劍花(호상불검화)
4. 玉關殊未入(옥관수미입) 少婦莫長嗟(소부막장차)

〈五言律詩·新樂府〉

오랑캐 가을 틈타 변경으로 침입하자 천자의 군대 한나라 조정에서 출동하고

장군은 동호부 죽사부를 나누어 받고 전사는 서역땅 모래밭에 엎드려 사네

달빛에 그려진 활그림자 변경, 밤새 지키며 북녘 서리에 홀쳐진 칼끝 더욱 빛나니

외진 옥문관 본래 다시 돌아오기 어렵거늘 젊은 아낙들 벌써부터 길게 탄식하지 말지어다

(語釋) ㅇ塞下(새하)－변경(邊境) 지대, 새(塞)는 국경의 요새, 변새(邊塞). 하(下)는 언저리. ㅇ塞虜(새로)－변경지대에 사는 오랑캐. 한(漢)대에는 주로 흉노(匈奴)를 가리켰으나, 당(唐)대에는 오늘의 몽고(蒙古)·감숙(甘肅)·신강(新疆) 일대에서 날뛰던 터키계, 여러 부족들까지 넓게 지칭했다. ㅇ乘秋下(승추하)－가을을 타고 내려오다. 《한서(漢書)》 〈흉노전(匈奴傳)〉에 '흉노들은 가을이 되면 말이 살찌고 활이 세어져 변경지대 너머로 침입해 온다.(匈奴至秋 馬肥弓勁 則入塞)'고 나와 있다. 지리상으로도 서역(西域)이 높고 중국 땅이 얕으므로 내려온다[下]고 했을 것이다. ㅇ天兵(천병)－천자(天子)의 군대, 관군(官軍). ㅇ出漢家(출한가)－출(出)은 출동하다. 한가(漢家)는 한나라 조정(朝廷), 즉 관군이 오랑캐를 치려고 한나라 조정으로부터 출동한다. 당대의 시인들은 한대를 중국민족의 통일국가적 상징으로 자랑스럽게 받아들였고 당(唐)을 지칭할 때도 흔히 한으로 대용했다. 유명한 〈장한가(長恨歌)〉에서도 백거이(白居易)는 당 현종(玄宗)을 노래하는 첫 구절에서 '한황중색사경국(漢皇重色思傾國)'이라 했다. ㅇ分虎竹(분호죽)－천자로부터 병부(兵符)의 한쪽을 나누어 받다. 호죽(虎竹)은 군사권이나 징집권을 위임받는 할부(割符)로 동호부(銅虎符) 또는 죽사부(竹使符)가 있었다. 이것들을 좌우로 두 쪽 내어 우측은 경사(京師) 조정에 두고 좌측을 출정하는 장

군에게 내렸다. ㅇ臥龍沙(와룡사)－와(臥)는 눕다, 엎드린다. 오래도록 싸움터에 엎드려 산다는 뜻으로 본다. 용사(龍沙)는 '백룡퇴(白龍堆)라는 곳의 사막'이라고 주석에 보인다. 그러나 넓게 서역의 사막이라고 잡아도 무방하다. ㅇ邊月(변월)－변경지대에 뜬 달. ㅇ隨弓影(수궁영)－활그림자를 쫓는다. 변경을 비추는 달을 따라 활그림자가 옮아 간다는 뜻. 이것은 바로 밤을 새워 활을 세워 잡고 변경을 지킨다는 뜻이기도 하다. ㅇ胡霜(호상)－오랑캐 북쪽 땅에 내린 서리. ㅇ拂劍花(불검화)－검화(劍花)는 번뜩이는 칼날, 불(拂)은 훑친다. 즉 차가운 서리에 빼어 든 날카로운 칼날이 더욱 날카롭게 빛을 낸다. ㅇ玉關(옥관)－서역(西域)으로 통하는 관문, 즉 옥문관(玉門關). 감숙성(甘肅省) 돈황(敦煌) 서쪽에 있다. ㅇ殊未入(수미입)－더더욱 아직은 들어올 수가 없다. 옥문관을 들어온다는 것은 서역의 사막에서 오랑캐를 다 평정한 다음에 있을 수가 있다. 그러나 아직은 바랄 수 없다는 뜻을 강조했다. ㅇ少婦(소부)－나이 어린 아낙, 젊은 부인. ㅇ莫長嗟(막장차)－길게 탄식하지 말지어다. 또는 길게 탄식하지 않을소냐로 풀기도 하지만, 전자를 취한다.

(大意) 변경의 오랑캐들이 가을을 타고 중원으로 침입해 내려오자, 천자를 지키는 관군들이 한나라 조정으로부터 출동을 한다.(1)

변경 토벌의 장군은 천자로부터 동호부(銅虎符)나 죽사부(竹使符)의 할부를 나누어 받고, 전사들은 오래도록 서역 사막에서 싸움에 종사한다.(2)

밤새 세워 잡은 활은 변경에 뜬 달빛 따라 그림자를 옮기고, 뽑아 든 칼날은 오랑캐땅 찬 서리에 훑치어 더욱 날카롭게 번뜩인다.(3)

변경의 싸움은 아직도 끝날 날이 멀었으니, 낭군이 옥문관을 들어와 내집으로 돌아오기란 까마득하거늘, 젊은 아낙이여 벌써부터 그리 길게 탄식하지 말지어다.(4)

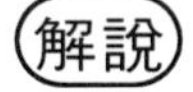 〈새하곡(塞下曲)〉은 당대에 새롭게 나온 악제명이다. 그러나 이

백의 이 시는 오언율시(五言律詩)의 형태를 갖추었으므로 《당시선(唐詩選)》에서는 오언율시 속에 들어가 있다.

변경을 침입하는 오랑캐를 요격하고자 출동한 당나라 전사들의 삼엄하고 긴장된 수비태세를, 그리고 이어 이들 낭군과 떨어져 한숨짓는 어린 아낙들을 위로하고 있다.

특히, 제3의 '변월수궁영(邊月隨弓影) 호상불검화(胡霜拂劍花)'는 아름답고 부드러운 표현이면서도 서슬이 퍼런 늠름한 호국수호의 전투의식과 긴장감을 잘 노출시키고 있다. 뛰어난 이백의 솜씨라 하겠다.

또한 '새로(塞虜)'와 '천병(天兵)', '장군(將軍)'과 '전사(戰士)', '변월(邊月)'과 '호상(胡霜)' 등의 대구와 제1에서 제3까지 동빈구조(動賓構造), 즉 '승추하(乘秋下)'·'출한가(出漢家)'·'분호죽(分虎竹)'·'와룡사(臥龍沙)'·'수궁영(隨弓影)'·'불검화(拂劍花)'로써 질서정연했던 표현을, 제4에서는 마치 어지럽고 헝클어진 소부(少婦)의 마음을 상징하듯 '수미입(殊未入)'·'막장차(莫長嗟)' 하며 부사와 조동사를 함께 써서 표현의 뉘앙스를 달리했음에도 주의해야 하겠다. 거듭 제3의 대구를 예시하겠다.

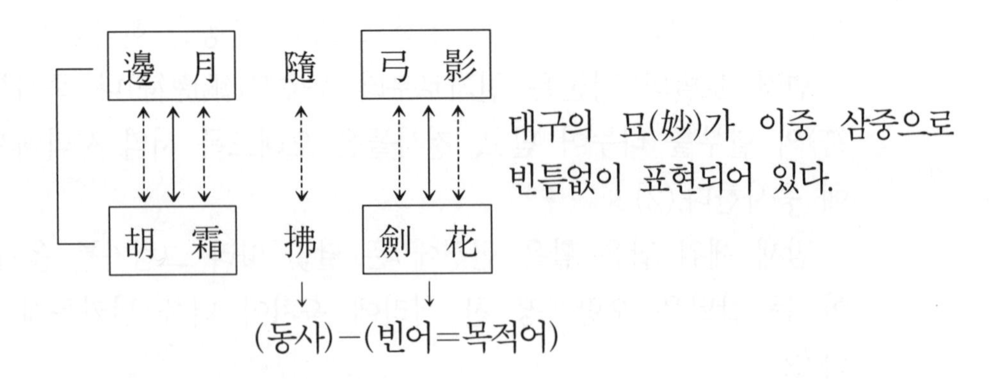

또 이백의 〈새하곡〉은 총 6수로 되어 있는데 이 시는 그 중 제5수이며 다음에 제6수를 들어 풀이하겠다.

114. 塞下曲(새하곡) - 제 6 수 새하곡

1. 烽火動沙漠(봉화동사막) 連照甘泉雲(연조감천운)
2. 漢皇按劍起(한황안검기) 還召李將軍(환소이장군)
3. 兵氣天上合(병기천상합) 鼓聲隴底聞(고성농저문)
4. 橫行負勇氣(횡행부용기) 一戰靜妖氛(일전정요분)

〈五言律詩 · 新樂府〉

봉화가 사막을 뒤흔들고 감천궁 하늘에 연닿으니
한황은 칼을 잡고 일어서 또다시 이광 장군 보낸다
관군의 사기는 하늘따라 충천하고 진격의 북소리 농두산을 뒤덮으니
종횡무진 적을 무찌르고 용맹 떨치고서 일격으로 요망스런 적의 침략 분쇄하라

(語釋) ○動沙漠(동사막) - 싸움의 봉화가 올라 조용하던 서역 사막을 흔들어댄다. ○甘泉雲(감천운) - 감천(甘泉)은 섬서성(陝西省) 감천산(甘泉山)에 있는 궁전의 이름. 본래는 진(秦)의 이궁(離宮)이었으나, 한무제(漢武帝)가 증축했다. 운양궁(雲陽宮)이라고도 한다. 이백은 이운(雲)자를 활용하여 양쪽의 뜻으로 걸쳐 썼다. ○漢皇(한황) - 한나라 임금. 〈새하곡(塞下曲)〉 제5수 참조. ○按(안) - 어루만지다. 여

기서는 칼을 움켜잡고란 뜻. ㅇ還召(환소)－다시 불러들이다. ㅇ李將軍(이장군)－이광(李廣)이다. 한나라 때 장군으로 흉노(匈奴)를 쳤고 우북평태수(右北平太守)로서 용맹을 떨쳐 비장군(飛將軍)이라고도 했다. ㅇ兵氣(병기)－관군의 사기(士氣). 병(兵)은 병사 및 병기(兵器)의 뜻을 다 갖고 있다. ㅇ天上合(천상합)－하늘 위에서 합친다. 즉 관군의 정의를 위한 싸움의 뜻이 하늘의 뜻과 일치한다. ㅇ鼓聲(고성)－싸움의 북소리. ㅇ隴底(농저)－산 밑. 농(隴)은 큰 언덕, 단 저(底)를 저(坻)로 잡으면, 농저(隴坻)는 바로 농산(隴山)이 된다. 농산은 섬서성에 있고 농두(隴頭)라고도 한다. 여기서는 후자를 택한다. ㅇ橫行(횡행)－종횡무진하게 마구 달리고 적을 친다. ㅇ負勇氣(부용기)－부(負)는 등에 업다, 높이 올린다. 따라서 용기를 등에 업고 적을 쳐 용맹을 떨친다는 뜻까지 포괄하는 것으로 풀 수 있다. ㅇ一戰(일전)－일격(一擊). ㅇ靜妖氛(정요분)－요망한 오랑캐의 난동이나 침략적 야욕을 분쇄하여 누른다.

(大意) 오랑캐와의 싸움을 알리는 횃불이 서역 사막 각지에 어수선하게 오르더니 마침내는 번지고 번져 감천궁 하늘을 덮고 있는 구름에까지 연달아 닿기에 이르렀다.(1)

이에 한나라 임금은 칼을 거머잡고 일어나 다시 용맹한 이광(李廣) 장군을 불러 토벌 명령을 내리시었다.(2)

관군의 정의를 위한 싸움의 뜻은 하늘의 뜻과 합치어 그들의 의기는 충천했고, 진격의 북소리는 농산에 울려퍼진다.(3)

이제사 종횡무진 적을 무찔러 용맹을 더 높이 떨치고, 일격에 요망한 오랑캐의 침략 근성을 분쇄하고저!(4)

(解說) 오랑캐의 침략을 정의의 애국충정으로 무찌르고자 하는 용맹과 충성심이 잘 나타나 있다. 이백은 표면으로는 호탕하고 초연한 듯 보였으나 속마음은 나라를 위해 용맹하게 공을 세우고자 불탔었다.

정독호가
115. 丁督護歌 정독호가

운양상정거 양안요상가
1. 雲陽上征去 兩岸饒商賈

오우천월시 타선일하고
2. 吳牛喘月時 拖船一何苦

수탁불가음 호장반성토
3. 水濁不可飮 壺漿半成土

일창독호가 심최루여우
4. 一唱督護歌 心摧淚如雨

만인착반석 무유달강호
5. 萬人鑿盤石 無由達江滸

군간석망탕 엄루비천고
6. 君看石芒碭 掩淚悲千古

〈五言古詩·樂府詩〉

운양에서 운하 따라 올라가면 양안에는 상가로 마냥 법석대나

해에 질린 오나라 물소가 달을 보고 허덕이고 많은 사람 혹심한 더위에 배를 끄는 괴로움

물은 탁하여 마실 수 없고 물독 속은 진흙투성이

독호가 노래 부르기만 독촉하니 가슴 떨리고 눈물은 비오듯

수만의 일꾼 반석을 깎아내나 강가에 옮길 방도가 없으니

엄청나게 깎아 쌓은 돌 앞에서 눈물 덮어 누른 채 천년을 운다

(語釋) ㅇ丁督護歌(정독호가)－악부제명(樂府題名)이다. 육조(六朝) 때 송(宋) 고조(高祖)의 사위 서규지(徐逵之)가 노궤(魯軌)라는 자에게 살해되었다. 이에 고조가 정독호(丁督護)에게 조사를 명했었는데, 남편을 잃은 고조의 딸이 정독호를 보기만 하면, '정독호, 정독호'하고 빨리 해결하라고 독촉을 했다. 이백은 이 악부제를 가지고 심한 독촉을 받으며 노력 동원에 시달리는 일꾼들의 고초를 고발하고 있다. ㅇ雲陽(운양)－현 강소성(江蘇省) 진강(鎭江) 일대의 운하 개통을 위해 수(隨)나라 때에 이어, 당(唐)대에도 이곳의 착암공사(鑿岩工事)가 심했다. ㅇ兩岸(양안)－운양에서 운하를 타고 북상하면 양주(揚州) 같은 번화한 도시가 있다. ㅇ吳牛喘月(오우천월)－중국 남쪽에서는 물소를 오우(吳牛)라 한다. 남쪽은 더우니까 해에 질린 물소들이 달을 보고도 목이 타서 헐떡인다고 한 고사. ㅇ壺漿(호장)－물항아리 속의 물이 진흙에 범벅이 되어 뜨물같이 흐렸으므로 장(漿)이라 했다. ㅇ江滸(강호)－물가. ㅇ芒碭(망탕)－여기서는 깎은 돌이 많이 쌓였다는 형용.

(大意) 운양(雲陽)의 길을 따라 올라가면 양쪽으로는 번영한 상가들이 있고, 운하공사를 위해 많은 일꾼들이 바위를 깎느라고 모진 고생을 하고 있다.(1)

남쪽 오(吳) 지방의 소들은 더위에 질려 달을 보고도 해인 줄 착각하고 헐떡인다고 한다. 그렇듯이 더위 속에서 지치고 시달린 일꾼들이 배를 끌고 가는 괴로움이 어떠하겠는가.(2)

목이 타서 물을 마시려 해도, 물이 탁해서 마실 수가 없고, 물항아리 속의 물도 거의 진흙투성이가 되고 말았다.(3)

빗발치듯하는 무정한 독촉 소리에 가슴이 선뜻 무너져 내리고 눈물이 비오듯 쏟아진다.(4)

많은 사람들이 바위를 깎아 내건만 이것들을 강가까지 운반할 길이 없어서 엄청나게 쌓인 바위들을 보고 일꾼들은 메마른 눈으로 눈물 가리며 끝없이 슬퍼한다.(5~6)

(解說) 이백은 무고한 백성들이 지나친 노역(勞役)이나 정수(征戍)에 끌려가 고초를 겪는 쓰라림을 신랄하게 고발했고, 또 그러기 위한 시를 많이 지었다. 이 시는 천보(天寶) 초엽 위견(韋堅)의 광운담(廣運潭)의 개척 공사를 비판한 시다.

전 성 남
116. 戰城南 전성남

거 년 전 상 건 원　　금 년 전 총 하 도
1. 去年戰桑乾源　今年戰葱河道

세 병 조 지 해 상 파　　방 마 천 산 설 중 초
2. 洗兵條支海上波　放馬天山雪中草

만 리 장 정 전　　삼 군 진 쇠 노
3. 萬里長征戰　三軍盡衰老

흉 노　이 살 륙 위 경 작　　고 래　유 견 백 골 황 사 전
4. 匈奴 以殺戮爲耕作　古來 惟見白骨黃沙田

진 가 축 성 비 호 처　　한 가 환 유 봉 화 연
5. 秦家築城備胡處　漢家還有烽火燃

봉 화 연 불 식　　정 전 무 이 시
6. 烽火燃不息　征戰無已時

야 전 격 투 사　　패 마 호 명 향 천 비
7. 野戰格鬪死　敗馬號鳴向天悲

조 연 탁 인 장　　함 비 상 괘 고 수 지
8. 烏鳶啄人腸　啣飛上挂枯樹枝

사 졸 도 초 모　　장 군 공 이 위
9. 士卒塗草莽　將軍空爾爲

10. 乃知兵者是凶器 聖人 不得已而用之
내지병자시흉기 성인 부득이이용지

〈樂府詩〉

작년에는 상건하에서 싸웠고 금년에는 총령하에서 싸운다
병갑을 서역 바닷물에 씻고 병마를 눈덮인 천산에서 풀먹였다
만리 길 원정에 오래 시달려 삼군장병 모두 늙고 지쳤다
흉노는 살육 농사짓듯 하며 예부터 사막에는 백골들이 흐트러져 있을 뿐
진시황이 장성을 쌓아 호인 막았으나 한대에도 봉화 계속 올랐다
봉화는 지금도 타오르고 정벌 싸움은 그칠 날 없구나
야전 때 병사는 격투로 죽고 패전의 병마는 하늘 우러러 서글피 운다
새나 솔개는 사람의 창자를 쪼아 부리에 물고 썩은 나뭇가지로 날아오른다
사병들의 시체는 땅바닥 잡초에 엉키었으나 장군은 모른 척 대책도 없네
그러니 전쟁은 흉악한 짓 성인은 부득이할 때만 한다 했거늘

(語釋) ㅇ戰城南(전성남)－악부제(樂府題)다. 한(漢)대 〈단소요가(短簫饒歌)〉 22곡 중의 하나로, '성남에서 싸워 곽북에 죽고, 들에서 죽은 채 묻지 못해 새가 먹으리(戰城南 死郭北 野死不葬 鳥可食)'라며 전사의 기개를 높인 것이다. 후세에도 대략 충신의사(忠臣義士)가 나라를 위해 생명을 바치는 내용을 담았다. 그러나 이백은 옛날의 가사를 활용하여 전쟁에 시달린 병사들을 동정하고, 무모한 정벌을 발동한 통치자들을 꾸짖고 있다. ㅇ桑乾源(상건원)－현 산서성(山西

省) 영무현(寧武縣)에서 시작하여 북동으로 흘러 노구하(蘆溝河)에 합친다. ㅇ葱河道(총하도) – 총하는 파미르 고원에서 시작하여 롭놀에 흘러드는 타림강, 또는 돈황(敦煌) 서쪽 8천 리에 있는 총령(葱嶺)에서 흐르는 두 줄기의 강. 하나는 서쪽 대해(大海)에 들고, 하나는 동쪽 하원(河源)을 이룬다. 장건(張騫)이 대완(大宛)에 가서 이곳을 탐험했다. ㅇ條支(조지) – 후한(後漢)의 반초(班超)가 서역(西域)을 정복하고 이곳까지 갔으나 바다에 막혀 더 못 나갔다고 한다. 파시아(Parthia) 지방의 옛나라일 것이다. ㅇ天山(천산) – 천산산맥(天山山脈). ㅇ匈奴(흉노) – 당시에는 돌궐(突厥) · 토번(吐藩)을 가리켰다. ㅇ秦家築城(진가축성) – 진시황이 만리장성을 쌓아 흉노의 침입을 막았다. ㅇ兵者是凶器(병자시흉기) – 《노자(老子)》에 있는 말이다.

(大意) 작년에는 상건하(桑乾河)에서 싸웠고, 금년에는 총하(葱河) 길에서 싸웠다.(1)

병기나 갑옷을 파시아 바닷물에 씻고, 병마에겐 천산산맥의 풀을 뜯게 했다.(2)

만리나 떨어진 서역에서 평생을 전쟁에 시달렸으므로 군사들은 늙고 쇠잔했다.(3)

원래 흉노들은 살육을 농사짓듯하는 야만족이라 그곳 사막지대에는 언제나 백골들이 흩어져 있는 살기등등한 곳이다.(4)

진시황도 이들을 막기 위해 만리장성을 쌓았고, 한대에도 역시 흉노와의 싸움을 알리는 봉화가 계속 올랐다.(5)

오늘에도 싸움의 횃불이 여전히 오르고 정벌의 전쟁은 그칠 날이 없다.(6)

병사들은 야전에서 쓰러져 죽고, 주인 잃은 말들은 하늘을 보고 운다.(7)

하늘을 나는 새나 솔개들은 들에 쓰러져 죽은 사람들의 창자를 쪼아, 부리에 물고 썩은 나뭇가지 위로 날아간다.(8)

사졸들의 시체는 들에 버려진 채 잡초들에 묻혀 있건만, 장군들

은 멍청하니 모른 척하고 아무런 대책도 강구하고 있지 않다.(9)

그러기에 옛날 노자가 한 말을 잘 알아야 할 것이다. 무력은 흉악한 것이다. 성인들은 만부득이할 때에나 무력을 쓰라 했지 않았는가!(10)

(解說) 《통감(通鑑)》 천보(天寶) 10년에 보면 '양국충은 어사를 각지에 파견하여 사람을 잡아 칼을 채우고 줄줄이 묶어 군대에 몰아 넣었다'라고 있다. 이백은 지나친 정벌(征伐)이 얼마나 인민을 해치고 있는가를 여실히 드러내고 아울러 독무(瀆武)를 규탄하고 있다. 두보(杜甫)의 〈병거행(兵車行)〉과 같이 음미하면 더욱 깊게 이해할 수가 있을 것이다.

참고로 이백의 시 〈서회증남릉상찬부(書懷贈南陵常贊府)〉에서 인용하겠다. 양국충이 대대적인 운남 정벌을 꾀하던 천보(天寶) 13년 가을에 60일의 장마가 졌다. 이에 인민들은 전쟁에만 시달린 것이 아니고, 천재(天災)까지 겹쳐 고난(苦難)은 극에 달했다. 안녹산(安祿山)의 난을 앞두고 이렇듯 암담한 인민들의 생활을 이백은 다음과 같이 그렸다.

불타는 5월의 운남에서 노수를 건너자 군사들은 전멸했고

한나라 군마는 독초에 몰살되고 진나라 군기는 장병들에게 탈취되었으며

오늘에 이르기까지 서이하에는 시체 쌓이고 유혈이 낭자하다

맹획을 일곱 차례나 잡았다 놓아줘 심복시킨 제갈량의 지략이 없고 뜰안의 아욱을 밟히고는 나라 걱정을 한 노나라 여자 같은 마음 없음이 한스럽다.

천하의 중심지 함양에는 해마다 사람들이 끌려가서 일손이 모자라고

곡식값이 앙등하여 구슬 몇 말 가져도 한 접시의 조도 못 사더라

雲南五月中　頻喪渡瀘師

毒草殺漢馬　張兵奪秦旗

至今西洱河　流血擁僵屍
將無七擒略　魯女惜園葵
咸陽天下樞　累歲人不足
雖有數斗玉　不如一盤粟

이 시를 쓸 때 이백은 간신배들의 참언에 화를 입고 장안으로부터 쫓겨났을 때다. 따라서 무능하고 교활한 통치계급에 대한 불만이 더했을 것이다. 그러나 한편 자신의 무력함을 가슴 아프게 느끼기도 했다. 같은 시 말미에서 다음과 같이 읊었다.

장사의 머리엔 서리가 내려 백발이 되었고, 쫓겨난 신하의 옷은 눈물로 젖었으며
편히 자리잡고 앉아 있지 못하고 방랑하며 좌절된 채 세상에서 버림 받았네
霜驚壯士髮　淚滿逐臣衣
二此不安席　蹉跎身世違

아더 웨일리(Arthur Waley)의 영역을 붙이겠다.

Last year we were fighting at the esource of the Sang-Kan;
The year we are fighting on the Onion River road.
We have washed our swords in the surf of Parthian seas;
We have pastured our horses among the snows of the T'ien Shan,
The king's armies have grown grey and old,
Fighting ten thousand leagues away from home.
The Huns have no trade but battle and carnage;

They have no fields or ploughlands,

But only wastes where white bones lie among yellow sands.

Where the Emperor of Ch'in bulit the great wall that to keep away the Tartars,

There, in its turn, the House of Han lit beacons of war.

The beacons are alwarys alight, fighting and marching never stop.

Men die in the field, slashing sword to sword;

The horses of the conquered neigh piteously to Heaven.

Crows and hawks peck for human guts,

Carry them in their beaks and hang them on the branches of withered trees.

Captains and soldiers are smeared on the bushes and grass;

The General schemed in vain.

Know therefore that the sword is a cursed thing,

Which the wise man uses only if he must.

촉 도 난
117. 蜀道難 촉나라 가는 길

희 우 희 위 호 고 재 촉 도 지 난 난 어 상 청 천
1. 噫吁戱 危乎高哉 蜀道之難 難於上靑天

잠 총 급 어 부 개 국 하 망 연 이 래 사 만 팔 천 세
2. 蠶叢及魚鳧 開國何茫然 爾來四萬八千歲

불 여 진 색 통 인 연 서 당 태 백 유 조 도
3. 不與秦塞通人烟 西當太白有鳥道

가 이 횡 절 아 미 전 지 붕 산 최 장 사 사
4. 可以橫絶峨眉巓 地崩山摧壯士死

연 후 천 제 석 잔 상 구 련 상 유 육 룡 회 일 지 고 표
5. 然後 天梯石棧相鉤連 上有 六龍回日之高標

하 유 충 파 역 절 지 회 천 황 학 지 비 상 부 득 과
6. 下有 衝波逆折之回川 黃鶴之飛 尚不得過

원 노 욕 도 수 반 원 청 니 하 반 반
7. 猿猱欲度愁攀援 靑泥何盤盤

백 보 구 절 영 암 만 문 삼 역 정 앙 협 식
8. 百步九折縈巖巒 捫參歷井仰脅息

이 수 무 응 좌 장 탄 문 군 서 유 하 시 환
9. 以手撫膺坐長歎 問君西遊何時還

외 도 참 암 불 가 반 단 견 비 조 호 고 목
10. 畏途巉巖不可攀 但見悲鳥號古木

웅 비 자 종 요 임 간 우 문 자 규 제 야 월 수 공 산
11. 雄飛雌從繞林間 又聞子規 啼夜月愁空山

촉 도 지 난 난 어 상 청 천 사 인 청 차 조 주 안
12. 蜀道之難 難於上青天 使人聽此凋朱顔

연 봉 거 천 불 영 척 고 송 도 괘 의 절 벽
13. 連峰去天不盈尺 枯松倒挂倚絶壁

비 단 폭 류 쟁 훤 회 팽 애 전 석 만 학 뢰
14. 飛湍瀑流爭喧豗 砯厓轉石萬壑雷

기 험 야 여 차 차 이 원 도 지 인 호 위 호 래 재
15. 其險也如此 嗟爾遠道之人 胡爲乎來哉

검 각 쟁 영 이 최 외 일 부 당 관 만 부 막 개
16. 劍閣崢嶸而崔嵬 一夫當關 萬夫莫開

소 수 혹 비 친 화 위 랑 여 시 조 피 맹 호 석 피 장 사
17. 所守或匪親 化爲狼與豺 朝避猛虎 夕避長蛇

마 아 연 혈 살 인 여 마 금 성 수 운 락 불 여 조 환 가
18. 磨牙吮血 殺人如麻 錦城雖云樂 不如早還家

촉 도 지 난 난 어 상 청 천 측 신 서 망 장 자 차
19. 蜀道之難 難於上青天 側身西望長咨嗟

〈樂府詩〉

아이쿠! 아찔하게 높고도 험하구나! 촉으로의 길, 가기 어려워라 푸른하늘 오르기보다 더 어렵구나

잠총과 어부가 촉나라를 개국한 지 얼마나 아득한가. 그로부터 4만 8천 년 동안

관중 땅 진과 내왕길이 없었고 서쪽 태백산 날개길 따라

겨우 아미산에 올랐네. 미녀맞은 촉 장사들 산 무너져 죽은 후로

하늘 높다란 사다리 절벽에 매단 잔도만이 고리같이 길 대신 이어졌노라. 위로는 여섯 마리 용이 끌던 해 수레도 돌아섰던 높

은 고표산

아래는 암석절벽 치는 물결과 엇꺾여 흐르는 억센 물흐름 신선 탔던 황학도 날아 넘지 못하고

원숭이 넘으려 해도 잡을 데가 있어야지! 청니령 까마득하게 높이 서리고

백 걸음 아홉 번 꺾어, 돌바위 봉오리를 돌아야 하네. 하늘의 삼성별 어루만지고 정성별 지나니 숨이 막혀

손으로 앞가슴 쓸며 주저 앉아 장탄식 몰아 내뿜네. 그대 서촉 언제 떠나려나?

무서운 길 미끄러운 바위 오를 수 없고 오직 고목에 슬피우는 새들

암놈 수놈따라 날아돌고 또한 두견 달밤에 울고 빈산을 슬퍼할 따름

촉을 가는 길 가기 어려워. 푸른하늘 오르기보다 그곳 말만 들어도 홍안소년 백발노인으로 시들고야

연봉은 하늘과 한자도 못 돼. 메마른 소나무 절벽에 거꾸로 매달렸고

내닫는 여울과 튀는 폭포수 서로 다투어 소란 피우고 벼랑을 치고 돌을 굴려 온 골짜기 우레 소리 울리네

이렇듯 험난하거늘 그대 먼길 따라 온 손이여. 어이하다 왔단 말인가?

검각은 뾰죽뾰죽 높이 솟아 한 사람이 관문 막으면 만 명이 뚫지 못하리

지키는 이 일가친족 아니면 언제 이리 승냥이 될지 몰라 아침에 모진 호랑이 피하고 밤에 긴 뱀을 피해도

이를 갈고 피를 빨아 미친 마귀처럼 사람 죽이네. 금성이 비록 좋다 하나 일찍 집으로 돌아감만 못하리

촉으로의 길 가기 어려워라. 푸른하늘 오르기보다 더 어려워라. 몸 추켜세워 서쪽 바라보며 길게 탄식할 뿐이로다

(語釋) ㅇ蜀道難(촉도난)－촉으로 가는 길이 험하다는 뜻. 해제(解題)는 해설에 있음. ㅇ噫吁戱(희우희)－촉(蜀) 지방에서 놀랐을 때 외치는 감탄의 소리. '아야!'와 같은 뜻이다. 어려서 이백은 촉에 있었으므로 이렇게 사투리를 생생하게 활용했다. ㅇ危乎(위호)－위태롭다, 아찔하다. ㅇ高哉(고재)－높구나! '호(乎)·재(哉)'는 감탄의 어조사(語助辭). ㅇ難於上靑天(난어상청천)－푸른 하늘에 오르기보다 어렵다. 어(於)는 '~보다'의 뜻을 나타내는 조사(助辭)로 쓰였다. ㅇ蠶叢(잠총)－촉(蜀)을 개국(開國)했다는 전설적인 존재의 임금. ㅇ魚鳧(어부)－위와 같은 전설적인 인물. ㅇ何茫然(하망연)－얼마나 아득하게 먼 옛날이던가! 하(何)는 의문이 아니라 감탄의 뜻으로 쓰였다. ㅇ爾來(이래)－그 후로, 이래로, 4만 8천 년이란 수는 어디에 근거를 둔 것인지 상세하게 알 수 없다. ㅇ不與(불여)~－'~와 더불어 (통)하지 않는다.' ㅇ秦塞(진새)－진나라의 국경지대. 즉 지금의 섬서성(陝西省) 남쪽. ㅇ人烟(인연)－인가(人家)에서 오르는 연기, 또한 사람이나 인가란 뜻. ㅇ太白(태백)－산 이름. 태백산(太白山)이라고 불리는 많은 명산(名山) 중에도 섬서성과 하남성(河南省)에 있는 것을 가장 높은 영산(靈山)으로 친다. 여기서는 하남성의 태백산을 염두에 두고 시를 썼을 것이다. ㅇ鳥道(조도)－새가 날아서만 갈 수 있는 길. ㅇ峨眉(아미)－아미산. 사천성(四川省)에 있다. 실제로는 태백산과 아미산은 멀리 떨어져 있다. ㅇ巓(전)－산마루. ㅇ地崩山摧壯士死(지붕산최장사사)－땅과 산이 무너지고 장사들이 죽는다. 다음과 같은 고사가 있다. 진(秦)의 혜왕(惠王)이 촉왕(蜀王)에게 다섯 명의 미녀를 보내자 촉왕은 다섯 명의 장사를 시켜 이들을 맞이했다. 돌아오는 길에 자동(梓潼)에 이르자 큰 뱀이 땅구멍으로 들어가는 것을

보고, 장사 한 사람이 그 꼬리를 잡고 끌었으나 힘이 딸렸다. 이에 다섯 명의 장사가 다 합세하여 뱀꼬리를 잡아 당기자 갑자기 산이 무너지고 땅이 꺼져 촉나라의 장사들과 진나라의 미녀들이 모조리 죽고 그 자리에 다섯 개의 봉[五嶺]이 돋아났다(《華陽國志》). 또다른 고사가 전한다. '진나라가 촉을 치려 했으나 산길이 험난하여 진격할 도리가 없었다. 이에 진나라에는 금소[金牛]가 있고 그 소는 금똥[金糞]을 눈다는 말을 퍼뜨렸다. 그러자 촉나라 왕이 다섯 명의 장사를 보내어 산길을 뚫고 진으로 금소를 잡으러 보냈다. 진나라는 그 기회를 놓치지 않고 그 길을 타고 진격해 들어가 촉나라를 쳤다. ㅇ天梯(천제)-하늘로 통할 만큼 높은 사다리. ㅇ石棧(석잔)-암석 절벽에 만들어 놓은 잔도(棧道). ㅇ相鉤連(상구련)-구(鉤)는 갈고리. 서로 연이어졌다. ㅇ六龍回日之高標(육룡회일지고표)-여섯 마리의 용(龍)이 모는 해수레[日車]조차 되돌아섰다고 하는 고표산. 《회남자(淮南子)》의 주석에 '희화(羲和)가 해를 수레에 태우고 여섯 마리의 용[六龍]으로 하여금 끌게 했다'고 있다. 또 〈촉도부(蜀道賦)〉에는 '해도 고표에서 되돌아간다(陽烏回翼乎高標)'란 말이 있다. 고표산(高標山)은 촉(蜀)에서 가장 높아 표적이 된다는 산으로 고망(高望)이라고도 한다. ㅇ衝波逆折(충파역절)-바위나 절벽에 부딪친 강물이 반대로 꺾어져 흐른다. 험한 계곡의 물흐름을 형용한 것. ㅇ猿猱(원노)-원숭이. ㅇ欲度(욕도)-넘고자 한다, 타고 오르고자 한다. 도(度)는 도(渡). ㅇ愁攀援(수반원)-수(愁)는 걱정하다. 반(攀)은 밑에서 휘어잡다, 원(援)은 끌어당기고 매달리다. 즉 원숭이라 할지라도 잡고 매달릴 도리가 없어 걱정이라는 뜻. ㅇ青泥(청니)-청니령(青泥嶺). 촉으로 들어가는 고개로 흥주(興州)에 있다. ㅇ盤盤(반반)-구불구불 돌아서 오른다. ㅇ百步九折(백보구절)-백보를 걷는 데 아홉 번이나 길을 굽어야 한다. ㅇ縈(영)-얽힌다는 뜻. 여기서는 돌아간다. ㅇ巖巒(암만)-암석으로 된 산봉우리, 또는 산. ㅇ捫參(문삼)-삼(參)은 별 이름, 문(捫)은 어루만지다. 즉 높은 산길을 가다 보니 삼성(參星)을 손에 잡을 듯하다는 뜻. ㅇ歷井(역

정)－정(井)도 별이름, 역(歷)은 스쳐 지나가다. 삼성(參星)이 정성(井星)보다 위에 있고, 성수(星宿)로 보아 삼성은 촉(蜀)에 속하고, 정성은 진(秦)에 속한다. ㅇ脅息(협식)－숨이 막힌다. ㅇ撫膺(무응)－가슴을 쓸다. ㅇ畏途(외도)－겁나는 길, 험한 길. ㅇ巉巖(참암)－높은 암석, 높은 돌산. ㅇ號(호)－새가 우짖는다. ㅇ雄飛雌從(웅비자종)－수놈이 날면 암놈이 좇는다. ㅇ繞(요)－둘레를 돌다. ㅇ子規(자규)－두견새. ㅇ啼夜月(제야월)－반달을 보고 울며. ㅇ愁空山(수공산)－높고 깊어 더없이 외진 산을 슬퍼한다. ㅇ凋朱顔(조주안)－붉은 얼굴을 창백하게 시들게 한다. 낯이 파랗게 질린다는 뜻과, 홍안소년도 고생에 시달려 백발노인이 될 것이라는 뜻을 겸하고 있다. ㅇ去天(거천)－하늘에서 떨어지다. 하늘까지의 거리. ㅇ不盈尺(불영척)－한 자도 못 된다. 영(盈)은 차다. ㅇ倒挂(도괘)－거꾸로 걸렸다. 괘(挂)는 괘(掛). ㅇ倚絶壁(의절벽)－절벽에 매어 달렸다. ㅇ飛湍(비단)－세차게 흐르는 계곡의 물. ㅇ瀑流(폭류)－폭포나 폭포수같이 흐르는 물. ㅇ爭喧豗(쟁훤회)－시끄럽게 소리내어 싸우고 다툰다. ㅇ砯厓轉石(팽애전석)－세찬 계곡의 물이 절벽에 부딪히고 돌을 굴리는 소리. ㅇ萬壑雷(만학뢰)－모든 계곡이 우레 소리를 내다. ㅇ嗟爾(차이)－아아! 그대여. 또 이(爾)를 어조사의 어미로 읽어 '아아!'라고 풀 수도 있다. ㅇ胡(호)－어찌 ~하느냐? ㅇ劍閣(검각)－자동군(梓潼郡)에 있는 험준한 길로 검각도(劍閣道)라고 한다. 양쪽에는 칼날 같은 산이 우뚝 솟았고 밑이 낭떠러지라, 이곳에서는 한 사람의 힘으로 만 명의 침략군을 막을 수 있다고 한다. 따라서 이백은 다음 구절에서 '일부당관(一夫當關) 만부막개(萬夫莫開)'라 했다. 좌사(左思)의 〈촉도부(蜀道賦)〉에 '한 사람이 막으면, 만 명일지라도 뚫지 못하다(一夫守隘 萬夫莫開)'라 있다. ㅇ崢嶸(쟁영)－산이 높고 험준한 모양. ㅇ崔嵬(최외)－산이 뾰죽뾰죽 솟은 모양. ㅇ所守(소수)－지키는 사람. ㅇ匪親(비친)－육신이나 일가친척이 아니면. 비(匪)는 비(非). ㅇ化(화)－변절하여 배반하다, 변하다. ㅇ狼與豺(낭여시)－이리나 승냥이. ㅇ磨牙吮血(마아연혈)－어금니를 갈고, 피를 빨아 먹는다. ㅇ殺人如麻(살인여마)－사람을 마구 죽이다. 난마(亂麻)와 같이 사람을 마구 죽이다란 뜻. ㅇ錦城(금성)－성도(成都)를 금관성(錦官城)이라고도 했다. 강산(江山)이 비단[錦]같이 미려(美麗)하다는 뜻. ㅇ雖(수)－비록 ~라 하지만. ㅇ不如早還家(불여조환가)－차라리 일찌감치 집으로 돌아오는 편이 좋을 것이다. '불여(不如)~'는 '~만 못하리라'. ㅇ側身(측신)－몸을 추켜 뽑아 세우다. ㅇ咨嗟(자차)－한탄하다.

(大意) 아이쿠! 아찔하고도 높아라! 촉(蜀)으로 통하는 길 가기 어려움은, 푸른 하늘에 오르기보다 더 어렵구나.(1)

애당초 잠총(蠶叢)이니 또는 어부(魚鳧)니 하는 임금이 촉나라를 연 지 얼마나 되었는지 아득하여 알 수가 없다. 그러나 그 후 4만 8천 년 동안 줄곧 진(秦)나라 국경지대와도 서로 사람의 내왕이 없었노라. 즉 관중(關中)과의 문물교통이 없었다는 뜻.(2~3)

서쪽으로 가려면 마땅히 태백산(太白山)에 있는 새들이나 날아갈 수 있는 길을 따라서 가로질러 가야 비로소 아미산(峨眉山) 꼭대기에 이를 수가 있다.(3~4)

그러나 육로(陸路)는 매우 험난하여 촉나라 임금이 장사 다섯 명을 보내어 진나라의 미인을 맞이하고 돌아오던 길에 땅이 꺼지고 산이 무너져 모든 사람이 죽었으며, 그후 오늘까지도 길을 트지 못한 채로 오직 하늘에 오를 듯한 사다리길이나 절벽에 매어 달린 잔도(棧道)가 꼬리를 물고 이어졌을 뿐이다.(5)

산길은 높고 험난해 위로는 해를 몰고 달리던 여섯 마리의 용들도 되돌아섰다고 하는 고표산(高標山)이 솟아 있고, 아래는 암벽을 치고 꺾어져 흐르는 거센 물줄기의 폭류들이 소용돌이치며 흐르고 있다.(5~6)

그렇듯이 험난한 길이니까 옛날의 신선이 타고 일거천리(一擧千里)했다는 황학도 날아 넘지 못하고 또한 원숭이들조차도 산을 타고 넘으려 해도 잡고 매달릴 데가 없어 걱정할 정도이다.(6~7)

또한 청니령(靑泥嶺)은 얼마나 돌고 돌아 끝없이 높이 올라야 할 것이냐! 백 보의 거리를 가기 위해 아홉 번이나 꺾어 돌면서 돌바위 산봉우리를 타야 하느니라.(7~8)

너무나 높고 보니 하늘에 뜬 삼별(參星)을 손으로 쓸며 정성(井星)도 옆으로 스쳐갈 지경이다. 그러나 숨이 막히므로 손으로 가슴을 쓰다듬고 앉아서 길게 한숨을 쉬어야 할 판이니라.(8~9)

그러니 누구나 서쪽 촉지방으로 가면 언제 다시 되돌아올지 알 수가 없을 것이며 또한 험난한 길 우뚝 솟은 돌바위 산길을 탈 수가 없을 것이다.(9~10)

오직 슬픈 듯이 새들이 고목에서 목놓아 울며 수놈과 암놈이 앞뒤로 숲 사이를 나는 것만 보일 뿐, 또한 두견새가 달밤에 울고 텅 빈 듯 애달픈 산에 수심짓는 비통한 소리만이 들릴 뿐이다.(10~11)

촉으로 통하는 길 가기 어려움은, 푸른 하늘에 오르기보다 더 어렵구나! 그 험난한 길은 말만 들어도 붉은 얼굴이 창백해지게 마련이니라.(12)

이어진 산봉우리들은 하늘에서 불과 한 자 길이도 안 떨어졌고, 낡은 소나무는 절벽에 거꾸로 매달린 듯 자라고 있다.(13)

험하고 가파른 계곡을 흘러 내리는 물이나 폭포수는 시끄럽게 소리를 내며 싸우는 듯 소란을 펴고, 더욱이 세찬 물줄기는 암벽을 뚫고 바윗덩어리를 굴리며 흘러 내려오느라 온 골짜기에 우레 같은 소리를 울리게 한다.(14)

그렇듯이 험난하거늘, 아아! 그대 먼 길에서 온 손아! 어쩌자고 이곳까지 왔단 말인가?(15)

더욱이 검각(劍閣)의 길은 높이 솟은 산, 뾰죽뾰죽한 산길이라, 한 사람만이 가로막을 경우, 만 명이 나서서 길을 트고자 해도 안 될 만큼 험난하고 협소한 곳이다. 따라서 이러한 곳을 지키는 사람이 혹 그 나라의 임금과 한 집안 친족(親族)이 아닐 것 같으면 배반하여 일어나 승냥이같이 역습할지도 모를 일이다.(16)

또한 험난한 길에는 사나운 짐승들이 들끓고 있다. 아침에는 사나운 호랑이를 피해야 하고 밤에는 긴 뱀들을 피해야 한다. 그들 짐승들은 어금니를 갈며 피를 빨아 난마(亂麻)와 같이 마구 사람을 잡아 죽인다.(17)

성도(成都)는 풍경이 좋아 금관성(錦官城)이라고도 하지만 너무나 길이 험하니 일찌감치 되돌아가는 편이 좋을 성싶다.(18)

촉으로 통하는 길 가기 어려움은 푸른 하늘에 오르기보다 더 어렵구나, 길손은 몸을 추켜세우고 바라보면서 길게 한탄할 뿐이로다.(19)

(解說) 〈촉도난(蜀道難)〉은 악부제(樂府題)이다. 이백이 이 제명으로 결정적인 걸작을 지었다. 따라서 이백의 이 작품을 능가할 〈촉도난〉이란 시가 없게 되었다 해도 과언이 아니다.

이백은 촉으로 가는 산길의 험난하고 무시무시한 여러 광경을 천재적인 수법으로 생생하게 유감없이 우리에게 그려 주었다. 그러나 그 협벽한 촉지방을 소홀히 지키면 도리어 관중에 덤벼들 시랑과 같은 존재로 변할지도 모른다고 경고하는 것을 잊지 않고 있다.

이백이 이 시를 지은 것은 비교적 초기였다. 그가 장안(長安)에 와서 하지장(賀知章)을 처음 만나 이 시를 보였더니, 하지장이 크게 탄복하고 "자네는 적선인(謫仙人)일세"라고 말했다고 한다. 즉 하늘에서 땅으로 쫓겨난 선인이란 뜻이다. 그리하여 이백의 시명(詩名)이 일시에 높아지기도 했다.

이백이 이 시를 지은 목적에 대하여서는 설이 많고 서로 엇갈리고 있다. 그 중에도 명(明)대의 소사빈(蕭士贇)의 설이 가장 넓게 받아들여지고 있다. 즉 당(唐) 현종(玄宗)이 안녹산(安祿山)의 난을 피해 촉(蜀)으로 피난하고자 한 것을 은근히 이 시로 막고자 한 것이다. 당시 적을 막던 명장 가서한(哥舒翰)의 군대가 동관(潼關)에서 패하자, 양국충(楊國忠)은 현종에게 촉으로 피할 것을 권했다. 그러나 다른 많은 충신들은 이를 적극 만류했다. 특히 건령왕(健寧王) 담(倓)은 "만약 적병(賊兵)들이 잔도(棧道)를 절소(絶燒)하면,

중원(中原)의 땅은 손쉽게 적에게 넘어갈 것이다"라고 하였다. 이는 이백이 시에서 경고한 뜻과 같다. 현종은 결국 양국충의 말을 듣고 서쪽으로 가다가 마외(馬嵬)에서 변이 일어나, 그 자리에서 양귀비(楊貴妃)와 양국충(楊國忠)이 죽었음은 잘 알려진 사실이다.

그러나 소사빈의 설은 이백이 이 시를 지은 연대와 견주어 볼 때 약간의 시대적인 차이가 있어 무리가 아닐까 하는 반론도 나온다. 즉 이 시는 당(唐)의 은번(殷璠)이 편찬한 《하악영령집(河嶽英靈集)》에 실려 있는데, 그 시집은 천보(天寶) 13년(754)에 만들어졌으며, 그 서문에 전 해까지의 시를 추린 것이라 밝혔다. 따라서 현종이 난을 피했던 천보 15년과는 연대가 맞지 않는다.

또 이백이 이 시를 하지장에게 보였다고 한 것도 천보 초년경이니까, 역시 이 시는 천보 초년경 이백이 장안에 처음 왔을 때의 작품이라 보겠고 따라서 이백은 이 시로 장구겸경(章仇兼瓊)을 풍자했다고 하는 옛날의 설이 타당하다고 보아야 할 것이다. 그러나 장규겸경에 대해서는 아직까지 자세한 고증이 나오지 않아, 잘 알 수가 없다.

여기 〈촉도난(蜀道難)〉의 영역을 게재한다.

Eheu! How dangerous, how high!
It would be easier to climb to Heaven
Than walk the Szechwan Road.
Since Ts'an Ts'ung and Yü Fu ruled the land
Forty-eight thousand years have gone by,
And still from the kingdom of Shu to the frontiers of Ch'in
No human hearth was lit.
To the west, starting from the Great White Nountain, it was said
There was a bird-track that cut across to the mountains

of Szechwan;

But the earth of the hill crumbled and heroes perished.

So afterwards they made sky-ladders and hanging-bridges.

Above, high beacons of rock that turn back the chariot of the sun;

Below, whirling eddies that meet the clashing torrent and turn it away.

The crane's wing fails, the monkeys grow weary of such climbing.

How the road curls in the Pass of Green Mud!

With nine turns in a handred steps it twists up the hills.

Clutching at Orion, passing the Well Star, I look up and gasp;

Then beating my breast sit and groan aloud.

I fear I shall never return from my westward wandering;

The way is steep and the rocks cannot be climbed.

Sometimes the voice of a bird calls among the ancient trees-

A male calling to its wife, up and down through the woods;

Sometimes a cuckoo sings to the moon, weary of empty hills.

It would be easier to climb to Heaven than walk the Szechwan Road,

And those who hear the tale of it turn pale with fear.

Between the hill-tops and the sky there is not a cubit's space.

Withered pines hang leaning over precipitous walls.

Flying waterfalls and rolling torrents blend their din,

Pounding the cliffs and circling the rocks they thunder in a thousand valleys.

Alas, traveller, why did you come to so fearful a place?

The Sword Gate is high and jagged,

If one man stood in the pass he could hold it against ten thousand.

At the sight of a stranger, the guardians of the pass leap on him like wolves.

In the day time one hides from ravening tigers, in the night from long serpents.

That sharpen their fangs and suck blood, wreaking havoc among men.

They say the Damask City is a pleasant place;

I had rather go quietly home.

For it is easeir to climb to Heaven than to walk the Szechwan Road.

I look over my shoulder, gazing to the West, and heave a deep sigh.

맹 호 행

118. 猛虎行 맹호행

조 작 맹 호 행 모 작 맹 호 음

1. 朝作猛虎行 暮作猛虎吟

장 단 비 관 농 두 수 누 하 불 위 옹 문 금

2. 腸斷非關隴頭水 淚下不爲雍門琴

정기빈분양하도 전고경산욕경도
3. 旌旗繽紛兩河道 戰鼓驚山欲傾倒

진인반작연지수 호마번함낙양초
4. 秦人半作燕地囚 胡馬翻銜洛陽草

일수일실관하병 조항석반유계성
5. 一輸一失關下兵 朝降夕叛幽薊城

거오미참해수동 어룡분주안능녕
6. 巨鼇未斬海水動 魚龍奔走安能寧

파사초한시 번복무정지
7. 頗似楚漢時 翻覆無定止

조과박랑사 모입회음시
8. 朝過博浪沙 暮入淮陰市

장량미우한신빈 유항존망재양신
9. 張良未遇韓信貧 劉項存亡在兩臣

잠도하비수병략 내투표모작주인
10. 暫到下邳受兵略 來投漂母作主人

현철서서고여차 금시역기청운사
11. 賢哲栖栖古如此 今時亦棄青雲士

유책불감범용린 찬신남국피호진
12. 有策不敢犯龍鱗 竄身南國避胡塵

보서옥검괘고각 금안준마산고인
13. 寶書玉劍挂高閣 金鞍駿馬散故人

작일방위선성객 철령교통이천석
14. 昨日方爲宣城客 掣鈴交通二千石

유시육박쾌장심 요상삼잡호일척
15. 有時六博快壯心 遶牀三匝呼一擲

초인매도장욱기　심장풍운세막지
16. 楚人每道張旭奇　心藏風雲世莫知

삼오방백개고반　사해웅협양추수
17. 三吳邦伯皆顧盼　四海雄俠兩追隨

소조증작패중리　반룡부봉상유시
18. 蕭曹曾作沛中吏　攀龍附鳳常有時

율양주루삼월춘　양화망망수살인
19. 溧陽酒樓三月春　楊花茫茫愁殺人

호추녹안취옥적　오가백저비양진
20. 胡雛綠眼吹玉笛　吳歌白紵飛梁塵

장부상견차위락　추우과고회중빈
21. 丈夫相見且爲樂　椎牛撾鼓會衆賓

아종차거조동해　득어소기정상친
22. 我從此去釣東海　得魚笑寄情相親

〈樂府詩〉

조석으로 맹호행 읊으며 굳은 충절 맹세했노라

단장의 슬픔은 흐느끼는 농두물이거나 옹문의 거문고 소리 듣고 눈물 흘림도 아니로다

하남 하북에 전쟁의 깃발 엉키었고 전고 울리어 산들이 놀라 무너질 듯

관군 병사 오랑캐 포로되고 오랑캐 말 낙양 풀 뜯어먹네

관군은 연거푸 패배와 실책, 유주계주는 조석으로 변하네

큰 고래를 안 잡으니 바다가 시끄럽고 백성과 임금 쉴 날이 없더라

흡사 초한이 싸울 때 같고 이리저리 뒤집혀 끝이 없어

아침에는 박랑사의 장량을 회상하고 저녁에는 회음시의 한신을 추모한다

장량과 한신이 못 만났으나 유방과 항우는 이들에게 달렸었네

장량 하비에서 황석공에게 병법을 물려받고 한신은 낚시질하며 빨래꾼 아낙에게 밥 얻어 먹었지

자고로 뛰어난 인물 이렇듯 허둥지둥 불안했듯이 오늘 역시 청운의 선비가 버림을 받고 있네

경륜지책 감히 임금에게 올릴 수 없고 전란 피해 남쪽에 묻혀 있네

귀중한 책과 옥칼 걸어놓고 금안장과 준마를 친우에게 나눠준다

어제는 선성의 길손되어 종을 당겨 태수와 사귀었네

노름에 배짱을 키우고 소리치며 상을 세 번 돌았네

초나라 사람 장욱의 호탕아나 가슴속 풍운을 알지 못하고

부근의 방백들 그대를 찾고 사해의 영웅들 그대를 좇네

소하·조참도 패중 벼슬하다 한고조 달 높이 올랐노라

양춘삼월 율양술집에 올라 버들꽃 망망할새 시름 못 참겠구나

파란 눈의 서역 아가씨 옥피리 불며 오나라 백저가 노래 부르니 대들보 먼지 나네

대장부 서로 만나니 한바탕 즐겨야 하네. 소잡고 북치며 많은 손님 모아 노세

나는 이제 동해로 가서 낚시질 하고저. 고기 낚거든 즐거이 보내어 정(情) 표시 삼고저 하네

(語釋) ㅇ猛虎行(맹호행)—악부제(樂府題)다. 멀리 전장에 나가 고생을 겪으면서도 충절을 굽히지 않는 내용의 시다. '굶주려도 맹호를 따라

먹지 않는다(飢不從猛虎食)'에서 온 말이다. 이백은 천보(天寶) 14년(755) 안녹산(安祿山)에게 낙양(洛陽)이 떨어지고 관군이 패하는 것을 보고 격분하여 지었다. ㅇ隴頭水(농두수)－<농두가(隴頭歌)>에 '농두의 흐르는 물 울며 흐느끼고, 멀리 진천을 바라보며 간장이 끊어지는 듯(隴頭流水 嗚聲幽咽 遙望秦川 肝腸斷絶)'이라는 구절이 있다. ㅇ雍門琴(옹문금)－옹문(雍門)에 살던 자주(子周)가 거문고를 잘 타서 맹상군(孟嘗君)을 울렸다. ㅇ旌旗(정기)－전쟁터에 나부끼는 갖가지 군기들. ㅇ繽紛(빈분)－혼잡하게 엉키어 나부낀다. ㅇ兩河(양하)－하남(河南)과 하북(河北) 지방. ㅇ秦人半作燕地囚(진인반작연지수)－안녹산이 천보 14년 11월 범양(范陽)에서 반란을 일으키고 서쪽으로 침공해 들어와 12월에 낙양(洛陽)을 함락시켰다. 이에 그곳을 수비하던 진(秦 : 현 陝西省) 땅의 병사들이 대부분 포로가 되어 안녹산의 근거지인 연(燕 : 현 河北省) 지방으로 끌려갔다. ㅇ銜洛陽草(함낙양초)－반란군의 오랑캐 말들이 낙양의 풀을 뜯어 먹는다. ㅇ一輸一失關下兵(일수일실관하병)－관군이 패전하고 또 실패하다. 안녹산에게 낙양이 함락당한 후 고선지(高仙芝)가 5만을 지휘하여 적군을 쳐서 봉상청(封常淸)의 패전을 만회하고, 동관(潼關)에서 적을 잘 막았다. 그러나 환관(宦官) 변령성(邊令誠)의 참언으로 도리어 현종(玄宗)은 봉상청과 고선지를 군법에 걸어 처형했다. 즉 싸움에 지고 또 실책을 저질렀다. ㅇ朝降夕叛幽薊城(조항석반유계성)－안고경(顔杲卿)이 의병을 이끌고 일어나자 하북(河北)의 여러 성들이 관군 앞에 투항해 붙었으나, 다시 안고경이 패하자 반란하여 적군에게 붙었다. 유계(幽薊)는 하북 일대. 유(幽)는 현 북경(北京). ㅇ巨鼇(거오)－큰 자라. 안녹산을 비유했다. ㅇ魚龍(어룡)－고기와 용, 백성과 임금. ㅇ博浪沙(박랑사)－장량(張良)이 진시황(秦始皇)을 암살하려다가 실패한 곳. ㅇ淮陰市(회음시)－한신(韓信)의 고향. ㅇ劉項存亡在兩臣(유항존망재양신)－한(漢)왕 유방(劉邦)과 초(楚)왕 항우(項羽)의 존망이 두 신하, 즉 장량과 한신에 달려 있었다. 장량과 한신을 쓴 유방이 이겨 한 고조(高祖)가 되었다. ㅇ下邳(하비)－

장량(張良)은 박랑사(博浪沙)에서 암살에 실패하자 하비에 숨어 살았고, 그곳에서 만난 신선 황석공(黃石公)으로부터 병법(兵法)을 물려받았다. ㅇ漂母(표모)—한신은 일찍이 빨래꾼 부인에게 며칠간이나 밥을 얻어 먹고 굶주린 배를 채운 일이 있었다. ㅇ栖栖(서서)—불안해서 허둥지둥한다. ㅇ青雲士(청운사)—푸른 하늘의 구름에 올라갈 수 있는 뛰어난 선비. ㅇ犯龍鱗(범용린)—《한비자(韓非子)》에 있다. 용은 잘 다루면 타고 오를 수가 있다. 그러나 목 밑의 역린(逆鱗)을 건드리면 용에게 죽는다. 임금도 이렇듯 역린이 있다. ㅇ竄身(찬신)—몸을 숨기고 피난가다. ㅇ寶書玉劍挂高閣(보서옥검괘고각)—책과 칼을 고각에 걸었다고 한 것은 이백의 학식과 용맹을 집안에 묻어놓고란 뜻. ㅇ金鞍駿馬散故人(금안준마산고인)—이백은 장안에서 나오자 금안장이나 좋은 말을 팔아 벗들과 사귀어 노는 데 썼다. ㅇ掣鈴(철령)—초인종을 잡아당겨 울린다, 즉 방문한다. 당(唐)대에는 관청 밖에 종을 달고 이를 잡아당겨서 알리게 했다. ㅇ二千石(이천석)—자사(刺史). ㅇ六博(육박)—노름. ㅇ三匝(삼잡)—세 번 두루 돈다. 노름에서 패를 돌리거나 또는 이겼을 때 상을 세 번 돌며 크게 소리치고 법석을 떠는 품. ㅇ張旭(장욱)—초서(草書)를 잘했다. 소주(蘇州) 사람이었는데, 당시 이백과 어울렸고 '음중팔선(飮中八仙)'의 한 사람으로 꼽혔으며, 초성(草聖)이라고 일컬었다. ㅇ心藏風雲(심장풍운)—가슴속에 풍운과도 같은 뜻을 품고 있다. ㅇ三吳(삼오)—오흥(吳興)·오군(吳郡)·회계(會稽)를 삼오라 했다. ㅇ邦伯(방백)—주목(州牧). ㅇ蕭曹(소조)—한 고조 유방(劉邦)을 도운 소하(蕭何)와 조참(曹參). ㅇ沛中吏(패중리)—패(沛)는 현 강소성(江蘇省)의 패현(沛縣)으로, 유방(劉邦)도 이곳 출신이다. ㅇ攀龍附鳳(반룡부봉)—용을 타고 오르고 봉황에게 붙는다. 즉 임금에 붙어 오르고 곁에서 보필한다는 뜻. ㅇ溧陽(율양)—지명, 율수(溧水) 강가에 있었다. ㅇ胡雛綠眼(호추녹안)—파란 눈동자의 외국 아가씨, 이란 계통의 젊은 여자를 호추(胡雛)라 했다. ㅇ白紵(백저)—가곡의 이름. ㅇ槌牛(추우)—소를 잡는다. 즉 소를 잡아 음식을 차리고란 뜻. ㅇ撾鼓(과

고)－북을 치다.

(大意) 아침에는 맹호행(猛虎行)의 노래를 짓고 저녁에는 맹호음(猛虎吟)을 읊어, 여하한 간난 속에서도 적에 굴복하지 않고 충절을 다할 것을 맹세하고 있다.(1)

나의 창자가 끊어지는 것같이 비통해하는 까닭은 다름이 아니다. 농두가(隴頭歌)에 있듯이 용두의 강물이 흐느끼고 소리내어 울고 있기 때문도 아니고, 또한 내가 눈물을 흘리는 것은 맹상군(孟嘗君)을 울렸다던 옹문(雍門) 자주(子周)의 거문고 소리 때문도 아니다. 오직 세상이 어지럽고, 안녹산의 적군들이 난동을 부리고 있기 때문이다.(2)

하남(河南) 하북(河北) 두 지방 일대에는 전란에 휩싸여 관군과 적군의 군기가 어지럽게 엉키어 휘날리고 전투 북소리에 산들이 놀라 무너져 내릴 듯하다.(3)

안녹산이 낙양(洛陽)을 함락시키자 그곳을 지키던 관군이 안녹산의 근거지인 연(燕)으로 끌려갔고, 적군의 오랑캐 말들이 낙양땅의 풀을 뜯어 먹고 있다.(4)

한편 관군은 패배와 실책을 거듭하고 있으며, 유주(幽州)나 계주(薊州)의 성주(城主)들은 아침 저녁으로 이리 붙었다 저리 붙었다 하며 혼란을 거듭하고 있다.(5)

큰 고래 같은 안녹산을 베어 자르지 않는 한 바다는 노상 시끄러울 것이고 따라서 백성이나 상감은 노상 분주하게 뛰어야 하며 평안할 때가 없을 것이다.(6)

지금 이때는 마치 초(楚)와 한(漢)이 싸우던 때와 같아서 대세가 걷잡을 수 없이 이리 뒤집히고 저리 뒤집혀 안정될 날이 없다.(7)

아침에는 박랑사(博浪沙)에 가서 진시황을 치려던 장량(張良)을 회상하고, 밤에는 회음(淮陰)에 가서 한신(韓信)을 추모한다.(8)

장량은 많은 돈을 뿌리며 동지들을 찾았지만, 처음에는 가난한 한신을 만나지 못했었다. 그러나 이들 두 사람은 결국에 가서는 초

나라의 항우(項羽)와 한나라의 유방(劉邦)의 존망을 결정하는 귀중한 신하가 되었던 것이다.(9)

일찍이 장량은 박랑사에서 실패하자 하비(下邳)에 숨어 살다가 황석공(黃石公)으로부터 병법을 전수받았고, 한편 가난한 한신은 강가에서 낚시질하며 빨래꾼 부인에게 밥을 얻어 먹었었네. 자고로 현명한 인사들은 이렇듯이 허둥지둥 자리를 못 잡았고, 오늘도 푸른하늘의 구름에 오를 재주 있는 인물들이 버림받고 있네.(10~11)

나도 좋은 경륜의 책을 지니고 있으면서 임금에게 감히 상주해 받을 길 막히었고, 오히려 안녹산의 난에 휘말려 전란을 피해 남쪽으로 피신하고 있네.(12)

지난날 공부했던 귀중한 책들과, 연마했던 옥칼은 그냥 집안에 쌓아 두고 있으며, 뜻이 맞는 벗들과 교유하느라 상감에게서 하사받은 황금안장과 말들을 술과 바꾸어 없앴네.(13)

그리하여 가난하게 떠돌아다니는 나는 어제는 선성(宣城)의 길손이 되었고, 관청을 찾아 종을 울리며 태수(太守)와 사귀고 놀았네.(14)

때로는 도박을 하며 한 판에 백만금을 걸고 담대하게 놀았고, 또 유의(劉毅)같이 큰소리치며 노름상을 세 번이나 두루 돌기도 했었지.(15)

이곳 초나라 사람들은 장리(長吏)로 있는 장욱(張旭)을 호걸풍의 기인이라 하지만 실상 그대 가슴에 품고 있는 구름 바람과 같은 큰 뜻을 알아줄 사람이 없군.(16)

삼오(三吳) 지방의 주목(州牧)들은 모두 자네를 찾고, 사방의 영웅이나 호협한 사람들이 그대를 따르고 있네.(17)

옛날 소하(蕭何)나 조참(曹參)도 패중(沛中)의 하급관리에 불과했으나, 결국에는 용을 타거나 또는 봉황새에 붙어 오르듯이 한 고조(高祖)에 붙어 재상까지 지냈으니, 출세길에는 다 때가 있는 법일세. 언젠가는 그대도 높이 오를 것일세.(18)

춘삼월 율양의 주루에 올라 내려다보니 강가의 버들꽃이 아득하

게 피어 번졌고, 사람으로 하여금 감상에 젖어 못 견디게 한다.(19)

파란 눈동자의 서역지방 외국 여인은 옥피리를 불며, 오나라의 백저곡 노래를 부르니 대들보에 사뿐히 먼지가 인다.(20)

대장부가 만났으니, 한바탕 즐기세! 소잡고 장구치고 손님 모아 노세!(21)

나는 이제부터 이곳을 떠나 동쪽 바다로 가서 낚시질이나 하고자 하네. 내 그곳에서 고기를 낚거던 웃음과 더불어 그대에게 기꺼이 보내주어, 그대에 대한 정 표시로 하겠네.(22)

(解說) 이 시는 안녹산(安祿山)의 난을 당하여 혼란한 세상을 한탄하고 분개한 이백이 피난길에 '음중팔선(飮中八仙)'의 한 사람인 장욱(張旭)을 만나 같이 술을 마시며, 평소의 포부를 토하고 아울러 사무쳤던 울분을 풀고 또한 장욱의 장래를 은근히 축복한 것이다.

장안(長安)에서 쫓겨난 이백은 당나라의 어둠과 사회의 혼란을 예측했다. 그는 기회 있을 때마다, 무고한 백성들을 옹호했고 부패와 무능한 위정계급을 통렬히 규탄했다.

그러나 올 것은 드디어 왔다. 천보(天寶) 14년(755) 11월에 안녹산이 범양(范陽 : 현 河北省 北京) 근처에서 반란을 일으켜 파죽지세로 낙양(洛陽)을 함락시키고 기세를 떨쳤다. 이에 현종은 피난길에 올랐고, 이듬해 6월 마외파(馬嵬坡)에서 양귀비(楊貴妃)를 죽게 하고 촉으로 갔다. 이때에 이백은 〈촉도난(蜀道難)〉을 지어 풍간(諷諫)했다.

안녹산의 난이 일어났을 때 이백은 55세였으며 장안에서 쫓겨난 지 10년을 두고 각지로 떠돌고 있었다. 그러나 본래 '우국연민(憂國憐民)'하고 '경국제세(經國濟世)'하겠다던 이백이었다. 안녹산의 난을 당하여 내외로 분통을 터뜨렸다. 안으로는 당나라 황실의 암혼(暗昏)을 탓했고, 밖으로는 역적 안녹산을 꾸짖었다.

안녹산의 무리들, 늑대나 범같이 중원에 날뛰고, 당나라 종묘가 거센 불길에 탄다

中原走豺虎　　烈火焚宗廟
왕성은 모조리 뒤집혔고 세상은 험하게 되었노라
王城皆蕩覆　　世路成奔峭
백골이 산더미로 쌓였으니 창생이 무슨 죄가 있느냐?
白骨成丘山　　蒼生竟何罪

그런데도 속 시원하게 역적을 칠 사람이 없다니 한탄스러웠다.

오랑캐는 산 위에 눈같이 덮였거늘 누가 적을 무찌를 수 있으랴?
連兵似雪山　　破敵誰能料

마침내 늙은 이백은 참다 못하여 읊었다.

적을 꺾어야지! 모두성(旄頭城)을 없애야지!
오랑캐의 창자를 짓밟고, 오랑캐의 핏물 흐르는 강을 건너
오랑캐를 푸른 하늘에 매달고, 오랑캐를 변새 웅덩이에 묻어버리자
오랑캐가 전멸되는 날, 우리 한나라가 창성하리
敵可摧　　旄頭滅
履胡之腸涉胡血
懸胡青天上　　埋胡紫境旁
胡無人　　漢道昌

격렬하게 오랑캐 출신 안녹산을 증오한 이백은 애국심에 불탔다. 떨치고 나가 역적을 베고자 칼을 움켜 잡기도 했다.

칼을 어루만지며 밤에 읊조리니, 세찬 마음 천리 길 내닫고
고래 같은 역적놈 베어서, 낙양 물을 청정하게 하고저
撫劍夜吟嘯　　雄心日千里

誓欲斬鯨鯢　　澄清洛陽水

장강을 건너며 유수에 맹세한다, 중원을 맑고 조용하게 평정하리

칼을 뽑아 기둥을 치며, 분개하는 일편단심

過江誓流水　　志在清中原

拔劍擊前柱　　悲歌難重論

이러한 충성심으로 해서 이백은 다시 한번 뜻하지 않는 비운을 겪게 되었다. 즉 영왕(永王)의 막료가 되었다가 야랑(夜郎)으로 유배되었던 것이다.

만분사 투위낭중

119. 萬憤詞 投魏郎中 위낭중에게 울분을 적어 보냄

해수발율　　인이경예

1. 海水渤潏　　人罹鯨鯢

옹호사이사색　　시도천어연제

2. 蓊胡沙而四塞　　始滔天於燕齊

하육룡지호탕　　천백일어진서

3. 何六龍之浩蕩　　遷白日於秦西

구토성분　　오오서서

4. 九土星分　　嗷嗷栖栖

남관군자　　호천이제

5. 南冠君子　　呼天而啼

연고당이엄읍　　누혈지이성니

6. 戀高堂而掩泣　　淚血地而成泥

옥 호 춘 이 불 초　　독 유 원 이 침 미
7. 獄户春而不草　獨幽怨而沈迷

형 구 강 혜 제 삼 협　　비 우 화 지 난 제
8. 兄九江兮弟三峽　悲羽化之難齊

목 릉 관 북 수 애 자　　예 장 천 남 격 노 처
9. 穆陵關北愁愛子　豫章天南隔老妻

일 문 골 육 산 백 초　　우 난 불 복 상 제 휴
10. 一門骨肉散百草　遇難不復相提携

수 진 발 계　　수 난 총 계
11. 樹榛拔桂　囚鸞寵雞

순 석 수 우　　백 성 경 리
12. 舜昔授禹　伯成耕犁

덕 자 차 쇠　　오 장 안 서
13. 德自此衰　吾將安棲

호 아 자 휼 아　　불 호 아 자　하 인 임 위 이 상 제
14. 好我者恤我　不好我者 何忍臨危而相擠

자 서 치 이　　팽 월 해 혜
15. 子胥鴟夷　彭越醢醯

자 고 호 열　　호 위 차 예
16. 自古豪烈　胡爲此繄

창 창 지 천　　고 호 시 저
17. 蒼蒼之天　高乎視低

여 기 청 비　　탈 아 뢰 폐
18. 如其聽卑　脫我牢狴

당 변 미 옥　　군 수 백 규
19. 儻辨美玉　君收白圭

〈雜言詩〉

바닷물이 끓어 용솟음치며 고래 날뛰듯 안녹산 난동으로 백성 괴롭혀

오랑캐 자욱한 먼지 사방을 덮어 범양에 일어선 역적 연과 제를 휩쓰니

해몰이 여섯 용이 호탕히 뛰어 달려 당나라 임금 멀리 촉으로 피신하셔라

온 천하 별같이 흩어지고 백성은 처참히 울부짖노라

나도 남관 군자처럼 객지에 머물러 하늘을 쳐다보며 통곡했네

높이 행궁 그리면서 엎드려 울부짖으며 피 눈물 땅에 쏟아 진흙된다

옥문엔 봄 되어도 싹돋지 않고 원통할사 어찌할 바 모르네

형은 구강 동생은 삼협에 같이 짝지어 우화등선 어려움이 슬프더라

목릉 관북에 있는 귀여운 자식 걱정스럽고 예장 남쪽의 소식 끊어진 노처(老妻) 애처롭구나

한 집안 골육들이 잡초같이 흩어졌고 전란에 맞손잡고 돕지 못해

지금 세상 개암나무 심고 계수나무 뽑고 난새 쫓고 닭을 총애하누나

순임금 천하를 우에 물려주어 백성은 제후 마다하고 밭갈이 했네

이렇듯 덕이 쇠퇴했으니 난들 어이 편안하리요

사랑하는 이여 나를 도와주오 나를 싫어하는 자라도 이렇듯 위태롭게 말려든 나를 돕지 않으려는가

충렬의 오자서 참언에 걸려 시체를 부대에 담겼다 하고, 한고

조 도운 팽월도 무고로 죽어 소금에 절여졌다 한다
　자고로 호걸들은 어이 그런 꼴을 당하는고!
　높푸른 하늘이 높아서 아래를 보듯
　나의 하소연을 들어 나를 감옥에서 뽑아 주오
　고운 구슬 분별하거든 백옥 같은 나를 거두어 주오

(語釋) ㅇ萬憤詞(만분사)－가슴에 쌓인 태산 같은 울분을 토로한 시. ㅇ投魏郎中(투위낭중)－투(投)는 보내다. 증(贈)과 같다. 위(魏)는 성, 낭중(郎中)은 직명, 그 밖에는 자세히 알 수 없다. 위낭중에게 보내다란 뜻인데 위낭중은 이백보다 나이가 어린 사람일 것이다. ㅇ渤潏(발율)－물이 솟아나다. ㅇ罹鯨鯢(이경예)－고래에 피해를 입는다. 즉 안녹산의 난에 피해를 받다. ㅇ蓊(옹)－주워 모으다. ㅇ始滔天(시도천)－처음에는 하늘까지 흘렀다. 도(滔)는 도도하게 물이 흐르다. 안녹산의 군대가 처음에는 낙양을 함락하고 당나라의 천자(天子), 즉 현종을 촉으로 몽진(蒙塵)하게 했다. ㅇ於燕齊(어연제)－연이나 제에서부터. 연(燕)은 현 북경(北京)을 중심한 곳, 제(齊)는 현 산동성(山東省), 안녹산은 이곳 즉 범양(范陽)에서 반란을 일으켰다. ㅇ六龍(육룡)－해가 탄 수레를 끄는 여섯 마리의 용. ㅇ浩蕩(호탕)－아득하게 멀다, 즉 현종이 멀리서 촉으로 피난간 것을 말한다. ㅇ秦西(진서)－촉(蜀)은 현 사천성(四川省)이고 진(秦 : 현 陝西省)의 서쪽이다. ㅇ九土(구토)－구주(九州)와 같다. 중국 전토를 가리킨다. ㅇ星分(성분)－별같이 흐트러졌다. 좌사(左思)의 〈촉도부(蜀道賦)〉에 '구토가 별 흩어지듯 갈라진다(九土星分)'라고 있다. ㅇ嗷嗷栖栖(오오서서)－불안하여 떠들썩하고 허둥대다. ㅇ南冠君子(남관군자)－남쪽 관모를 쓴 사람이란 뜻. 《좌전(左傳)》에 있다. 초(楚)에서 잡혀온 죄수가 남쪽 모자를 쓰고 있었으므로, 남관군자라 했다. 여기서는 객지에 사로잡혀 있는 사람이란 뜻. 이백 자신을 두고 한 말이다. ㅇ高堂(고당)－보통은 부모가 계신 곳. 여기서는 천자가 계신 곳. ㅇ羽化

(우화)—다같이 우화등선(羽化登仙)하다. 또는 날개타고 하늘에 날다. ㅇ穆陵關(목릉관)—청주(靑州) 대현산(大峴山)에 있다. 당시 이백의 아들 백금(伯禽)이 아직 동로(東魯)에 있었다. ㅇ豫章(예장)—당시 이백은 여산(廬山)에 있었고, 가족은 예장에 있었을 것이다.(流夜郎寄內 참조) ㅇ樹榛拔桂(수진발계)—개암나무 같은 잡목을 심고 계수나무 같은 향목을 뽑아 버린다. 즉 세상이 가치를 전도하고 있다는 뜻. ㅇ囚鸞寵雞(수난총계)—난새를 가두어 두고 닭을 사랑한다. 《후한서(後漢書)》에 있다. 즉 인재를 잘못 등용한다는 뜻. ㅇ伯成耕犂(백성경리)—백성이 농사를 짓다. 리(犂)는 보습, 또는 얼룩소, 《장자(莊子)》에 있다. '요(堯)가 순(舜)에게 선위하고, 다시 순이 우(禹)에게 자리를 물리자, 그때까지 제후(諸侯)로 있던 백성(伯成)이 은퇴하여 농사를 지었다. 우가 까닭을 물으니, 우가 상벌(賞罰)을 내걸고 백성을 다스리는 것은 바로 도덕이 타락하는 시초라 하고 불만해했다. 백성(伯成)의 이름은 자고(子高)다. ㅇ子胥鴟夷(자서치이)—《설원(說苑)》에 있다. 오왕(吳王)이 오자서(伍子胥)의 시체를 말가죽에 싸서 버렸다. 치이(鴟夷)는 말가죽이다. 오자서는 춘추시대 초나라의 열사로 《사기(史記)》에 그의 전기가 있다. ㅇ彭越醢醢(팽월해혜)—《사기》에 있다. 팽월은 한 고조(高祖)의 공신이었으나, 고조는 후에 그를 처형하고 시체를 소금에 절여 신하에게 나누어 주었다. ㅇ繄(예)—여기서는 감탄사로 쓰였다. 아아! ㅇ聽卑(청비)—천한 나의 말을 들어준다면. ㅇ牢狴(뇌폐)—감옥, 우리. ㅇ儻(당)—만약. ㅇ白圭(백규)—규(圭)는 서옥(瑞玉).

(大意) 바닷물이 뒤끓고 사람들이 고래에 먹혔다(안녹산의 난으로 고난에 빠졌다).(1)

오랑캐 땅의 모래 같은 역적들을 모아 사방을 막고 있다. 그것은 안녹산이 범양(范陽)에서 난을 일으켜 난동을 부리고 있기 때문이다.(2)

당 현종을 모신 여섯 필의 용(말)이 끄는 어가는 아득히 먼 촉

(蜀)나라로 가니, 이는 바로 태양이 진(秦)나라의 서쪽으로 옮아 가는 것이나 다름이 없다.(3)

중국 전토가 별들같이 뿔뿔이 흩어졌고, 온 세상이 시끄럽고 불안에 떨고 있다.(4)

옛날 남관군자(南冠君子)같이 객지에서 오직 하늘을 보고 통곡할 따름이다.(5)

상감을 그리며 우는 나의 피눈물이 땅에 엉키어 진흙이 되더라.(6)

내가 매어져 있는 감옥의 문은 봄이 되어도 풀이 안 자라고, 혼자 갇히어 원망하고 몹시 침체해 있다.(7)

형인 나는 구강(九江)에 있고 동생 자네는 삼협(三峽)에 있어, 서로 함께 날개타고 날아 우화등선하지 못함이 서럽다.(8)

지금 목릉관(穆陵關) 북쪽에 있는 귀여운 아들이 불쌍하고 예장(豫章) 남쪽에 있는 늙은 나의 처가 가련하네.(9)

이렇게 한 집안 식구 골육들이 서로 뿔뿔이 흐트러졌으니, 다시 서로 만나 손잡고 도와 주기조차 어렵게 됐네.(10)

개암나무 같은 잡목을 심고 계수나무 같은 향목을 뽑아 버리고, 영특한 난새를 가두어 두고 저속한 닭을 사랑하듯 가치를 전도하고 인재등용을 그르치고 있네.(11)

옛날의 순(舜)임금이 우왕(禹王)에게 자리를 물려주자, 백성(伯成)이 덕이 헝클어질거라 예견하고 물러나 농사를 지었지.(12)

사실 그때부터 덕이 쇠퇴하여 오늘까지 이꼴이 되었으니, 나는 장차 어디로 가서 안주할 곳을 찾으랴.(13)

제발 나를 사랑하는 사람은 나를 불쌍히 여겨주고, 나를 미워하는 자라 할지라도 이렇듯 위험한 고비에 마주친 나를 도와주기 바라네.(14)

옛날 춘추시대의 공을 세운 오자서(伍子胥)건만 오왕은 노하여 벌을 주고 그의 시체를 말가죽에 싸서 버렸다지. 또 한나라의 공신 팽월(彭越)도 한 고조가 벌을 내려 죽이게 하고 그의 시체를 소금

에 절여 신하에게 나누어 주었다지.(15)

자고로 영웅호걸은 왜 불행하게 마련일까? 참으로 한탄스럽군!(16)

푸르고 높은 하늘이여, 높은 곳에서 아래를 굽어 살펴 주시고, 또 나의 비천한 말이라도 들어 주신다면, 제발 저를 감옥에서 뽑아 주기 바랍니다.(17~18)

그리고 참다운 미옥(美玉)을 가리시고 백규(白圭) 같은 저를 상감이 거두어 주시기를 바랄 뿐이다.(19)

(解說) 이백이 노경에 영왕(永王) 이인(李璘)의 막하(幕下)가 되었다가 숙종(肅宗)에게 역적으로 몰리고 사형 언도까지 받았으나, 간신히 목숨만을 건지고 야랑(夜郎)으로 유적(流謫)됐었다. 그때의 분한 심정을 적어 자기의 의동생인 위낭중(魏郎中)에게 보낸 시다.

영왕(永王) 이인(李璘)은 숙종(肅宗)의 동생이었고, 숙종도 몹시 사랑했다. 안녹산의 난이 나자 이인은 현종의 명을 받고 강남(江南)을 평정하고자 관군을 이끌고 안녹산 토벌에 나섰다.

그리고 이백을 막료로 불렀다. 이에 평소부터 '입공보국(立功報國)'을 소망해 왔던 이백은 기뻐하며 영왕을 따랐다. 그때의 심정을 이백은 이렇게 읊었다.

임금님의 구슬 달린 말채찍을 빌려 개선한 자리에 오랑캐를 꿇어앉히리

훈훈한 남풍으로 오랑캐가 일으킨 전쟁의 먼지가 가라앉으면 서쪽 장안에 들어가 해님 곁에 모시고 있으리

試借君王玉馬鞭　　指揮戎虜坐瓊筵
南風一掃胡塵靜　　西入長安到日邊

이렇듯 이백이 영왕을 따른 동기는 순수한 '진충보국(盡忠報國)'의 일념에서였다.

그러나 당 황실의 형제싸움으로 이백은 뜻하지 않은 욕을 보게 되었다. 즉, 형 숙종이 동생 영왕에게 군대를 해산시키라고 명령한 것을 영왕이 듣지 않아, 그 일당이 역적으로 몰리게 되었던 것이다.

이때 이백의 나이 58세였다. 너무나 어처구니없고 딱하고 분통스러웠다. 옥중에 갇힌 이백은 백방으로 구명운동을 하고 여러 사람에게 호소하는 시를 지어 보냈다.

애처롭고 슬프구나! 누가 나의 굳고 곧은 충성심을 알아주나!
哀哉悲夫　　誰察余之貞堅

당시 그는 〈심양의 옥중에서 처에게 보냄(在尋陽非所寄內)〉이라는 시를 지었다.

나의 수난을 듣고 그대 통곡했으리, 걸음따라 눈물 흘리며 관문 찾았으리
남편 위해 눈물로 조공에게 호소하던 채염처럼 고마우이
그대는 나를 찾아 오장령에 올라, 기구한 돌길을 타고 죽을 고비를 넘어
푸른 구름을 뚫고 멀리 나를 찾아오리
만약 서로 만나 설움 나눈다면 애처로운 울음소리 차마 못 들을 걸세!
聞難知慟哭　　行啼人府中
多君同蔡琰　　流淚請曹公
知登吳章嶺　　昔與死無分
崎嶇行石道　　外折入青雲
相見若愁歎　　哀聲那可聞

야랑으로 유적된 그는 심양(尋陽)을 출발하여 동정호(洞庭湖)를 건너고 삼협(三峽)을 거슬러 올라갔다. 처자와도 다시 만날 기약조차 못 하는 생이별의 멀고 먼 유찬(流竄)의 길이었다. 오직 기

적을 바랄 뿐이었다. 언제 임금의 특사가 내릴까, 그것만이 기다려졌다.

멀리 유적되어 야랑으로 쫓기는 몸 서러워라. 금계는 어느 날에 풀리어 되돌아오리

我愁遠謫夜郎去　　何日金雞放赦回

금계(金雞)는 거칠고 사납다. 그러나 길들이면 세차고 아름다운 하늘의 닭이다. 이백은 자기를 금계에 비유했다. 또한 사면(赦免)을 내릴 때 황금의 금계를 끝에 단 기간(旗竿)을 썼다. 고난의 유배 길에 이백은 더욱 늙고 쇠약해졌다.

야랑으로 가는 서쪽 만 리 길 사람을 더욱 늙게 만드네

夜郎萬里道　　西上令人老

그러나 마침내 기적이 일어났다. 유적의 길에 오른 지 2년째 되던 해, 무산(巫山)까지 갔던 이백은 대사(大赦)를 맞아 구사일생(九死一生)으로 풀려나게 되었다.

사면 소식 전해 듣고 풀린 몸 야랑을 뒤로 돈다

싸늘한 골짜기에 갑자기 포근한 기운 서리고 죽었던 잿가루가 뜨거운 불길에 다시 살아난다

傳聞赦書至　　却放夜郎廻
暖氣變寒谷　　炎煙生死灰

그러나 다시 정열의 불을 피워 올리기에는 이백은 너무나 쇠퇴했다.

마치 만리 구름을 뚫고 산이 솟아나듯
온통 푸른 하늘 우러러 나의 시름을 풀리

몸의 상처는 다시 마음의 상처되고
쓰린 고초는 더욱 길게 아플새
덮치는 시름에 못 견디어 2천 석의 술을 마시니
얼었던 잿더미 다시 한번 봄 맞은양 포근하여라
有似山開萬里雲　　四望青天解人悶
人悶還心悶　　苦辛長苦辛
愁來飲酒二千石　　寒灰重暖生陽春

이렇듯 간신히 술로 몸을 포근히 녹혀야 했다. 노쇠한 이백은 마음도 약해졌다. 옛 친구를 만나니 아녀자같이 눈물이 앞섰다. 악양(岳陽)에서 가지(賈至)를 만나 이백은 눈물을 흘리며 시를 읊었다.

주옥을 두 쪽 내어 서로 주면서 촌심도 못 잊을 양 귀히 여겼네
어찌 아녀자만이 그럴까 보냐. 서로 헤어질세라 눈물 흘리네!
割珠兩分贈　　寸心貴不忘
何必兒女仁　　相看淚成行

죄에서는 풀렸으나, 노경에 이백은 생활의 고초를 겪어야 했다. 늙은 이백의 시를 보면 혹심한 궁핍을 호소한 것이 너무나 많고 가슴 아프게 느껴진다. 이름도 권세도 돈도 없는 미천한 농부나 시골 할머니들에게도 자주 따뜻한 도움을 받고 고마운 눈물을 흘린 이백이었다.

〈오송산 밑 순씨 할머니집에 묵다(宿五松下荀媼家)〉란 시가 있다. 고미(菰米)로 밥을 지어 주고, 하룻밤을 재워 준 시골 할머니에게 무한히 고마워하고 있다.

오송산 밑에 묵었노라, 적료하고 별로 즐길 것은 없었노라
농가 가을 타작에 고되어도 아낙들 밤새 방아를 찧었노라

고미쌀밥 무릎 꿇고 바칠새 달빛은 소반에 환하게 비치었네
한신을 도와준 빨래꾼 아낙처럼 너무나 고마워 먹을 수가 없었네

我宿五松下　宿寥無所歡
田家秋作苦　鄰女夜舂寒
跪進彫胡飯　月光明素盤
令人慙漂母　三謝不能餐

천지를 두루 돌고 현종(玄宗) 앞에 통음하며 호일방탕(豪逸放蕩)하던 이백의 모습은 어디로 사라졌는가? 그러나 그의 시정신(詩精神)과 문학정신은 끝내 살았었다.

대아같이 격조 높은 시가 안 나온 지 오래니
나마저 시들면 누가 일으킬 것인가?
大雅久不作　吾衰竟誰陳

여기서 우리는 이백의 본정신과 참빛을 볼 수가 있다. 그는 마지막으로 〈임종가(臨終歌)〉를 지었다. 그리고 62세로 이승을 하직하기에 앞서 자기의 초고를 종숙(從叔) 이양빙(李陽氷)에게 넘겨주었으며, 아울러 시집의 서문까지 부탁했다. 이양빙은 이내 《초당집(草堂集)》 10권을 엮었다.

증왕륜
120. 贈王倫 왕륜에게 주다

이백승주욕원행
1. 李白乘舟欲遠行

홀문안상답가성
2. 忽聞岸上踏歌聲

도화담수심천척
3. 桃花潭水深千尺

불급왕륜송아정
4. 不及汪倫送我情

이백이 배를 타고 멀리 떠나려 할 제
홀연 강가에서 답가 소리가 들려오네
도화 우거진 연못의 깊이가 천 자일지라도
나를 전송하는 왕륜의 정만큼 깊지 못하리라

(語釋) ㅇ贈王倫(증왕륜)－왕륜에게 주는 시. 왕륜은 도화담(桃花潭) 근처의 술가게 주인으로 무명의 서민이다. 도화담은 안휘성(安徽省) 경현(涇縣)에 있다. ㅇ李白乘舟欲遠行(이백승주욕원행)－이백이 배를 타고 멀리 떠나려 할 제. ㅇ忽聞(홀문)－홀연히 들려온다, 뜻밖에 듣는다. ㅇ岸上(안상)－강가 언덕에서. ㅇ踏歌聲(답가성)－발로 땅을 구르고 장단을 맞추며 부르는 노래. ㅇ桃花潭水(도화담수)－도화담의 물. ㅇ深千尺(심천척)－그 물 깊이가 천 자라 한들. ㅇ不及(불급)－못 미치리라. ㅇ汪倫送我情(왕륜송아정)－나를 전송해 주는 왕륜의 우정에는 (미치지 못하리라).

(解說) 이백의 칠언절구(七言絶句)다. 평범한 사람들의 진솔한 감정을 사실적으로 알기 쉽게 읊었다. 이백은 허세를 부리고 비도덕적인 고관대작들 앞에서는 방약무인하게 호기를 부리고 그들을 매도했다. 그러나 답가를 부르며 전송해 주는 술장수에게는 뜨겁게 고마워했다.

왕 우 군
121. 王右軍 왕우군

우 군 본 청 진　소 쇄 재 풍 진
1. 右軍本清眞　瀟洒在風塵
산 음 우 우 객　애 차 호 아 빈
2. 山陰遇羽客　愛此好鵝賓
소 소 사 도 경　필 정 묘 입 신
3. 掃素寫道經　筆精妙入神
서 파 농 아 거　하 증 별 주 인
4. 書罷籠鵝去　何曾別主人

왕희지는 성품이 맑고 진솔했으며 풍진 속에서도 행실이 산뜻했었노라

산음에서 깃털 옷을 입은 도사를 만나니 도사도 거위를 사랑하는 그를 좋아했노라

이에 흰 비단을 쓸 듯이 붓으로《도덕경》을 써내려가니 그 필적이 정밀하고 기묘한 품이 신의 경지에 들었노라

글을 다 쓰자, 냉큼 거위를 대광주리에 넣고 갔으니 어찌 새삼 거위 주인에게 작별 인사할 틈인들 있으라

(語釋) ○王右軍(왕우군)－왕희지(王羲之 : 321~379), 자는 일소(逸少), 동

진(東晉)의 명필. 특히 예서(隸書)에 뛰어났다. 우군장군(右軍將軍)을 지냈으므로 '왕우군'이라 함. 회계군(會稽郡)의 내사(內史)를 지냈으며 59세에 사망. ㅇ淸眞(청진)-성품이 맑고 진솔했다. ㅇ瀟洒(소쇄)-기상이나 품행이 깨끗하고 산뜻하다. 소(瀟)는 맑고 깊을 소. 쇄(洒)는 상쾌할 쇄. ㅇ在風塵(재풍진)-바람과 티끌 많은 속세에 있으면서도 (소쇄했다). ㅇ山陰(산음)-현 절강성(浙江省) 소흥(紹興) 회계산(會稽山) 북쪽. 당시 왕희지는 회계군(會稽郡) 산음현(山陰縣)의 장관이었으며, 영화(永和) 9년(353) 3월 3일, 난정(蘭亭)에서 명사들과 주연을 열고, 〈난정집서(蘭亭集序)〉라는 명문을 지은 바 있다. ㅇ遇羽客(우우객)-우의(羽衣)를 입은 도사를 만났다. 도사는 도술을 터득하고 '우화등선(羽化登仙)'하는 사람이다. ㅇ愛此好鵝賓(애차호아빈)-애(愛)는 '도사가 사랑하다, 좋아하다' 차호아빈(此好鵝賓)은 '그 거위를 좋아하는 손' 즉 왕희지, '도사가 거위를 좋아하는 왕희지를 사랑했다'는 뜻. 아(鵝)는 거위 아. ㅇ掃素(소소)-붓으로 흰 바탕의 비단을 쓸 듯이. ㅇ寫道經(사도경)-노자의 《도덕경》을 다 쓰다. 노자를 상하권으로 나누고, 상권은 도경(道經), 하권을 덕경(德經)이라고 한다. 여기서는 '《도덕경》 5천자(五千字)'를 다 썼다는 뜻이다. ㅇ筆精妙入神(필정묘입신)-그 필적이 정밀하고 아울러 그 기묘한 품이 신의 경지에 들었다. ㅇ書罷籠鵝去(서파농아거)-글을 다 써 주고, (왕희지는) 거위를 대광주리에 넣고 가다. ㅇ何曾別主人(하증별주인)-어찌 새삼 거위의 주인에게 작별 인사를 할 틈이 있으랴? 인사도 안하고 후딱 갔다는 뜻. 증(曾)은 거듭 증.

(解說) 왕희지는 거위를 좋아했다. 거위를 등에 지고 다니는 도사를 만나자, 천하의 명필 왕희지는 '노자의 《도덕경》'을 써주고, 도사로부터 거위를 받아, 광주리에 넣고 후딱 가버렸다. 거위를 좋아하는 왕희지의 청진(淸眞)하고 소쇄(瀟洒)한 성품을 읊은 시다.

자 류 마
122. 紫騮馬 자류마

자 류 행 차 시　　쌍 번 벽 옥 제
1. 紫騮行且嘶　雙翻碧玉蹄

임 류 불 긍 도　　사 석 금 장 니
2. 臨流不肯渡　似惜錦障泥

백 설 관 산 원　　황 운 해 수 미
3. 白雪關山遠　黃雲海戍迷

휘 편 만 리 거　　안 득 염 향 규
4. 揮鞭萬里去　安得念香閨

나를 태운 자류마는 멈칫멈칫 가면서 흐느껴 울고 푸른 옥 같은 발굽을 번갈아 뒤집어 보이며 가노라

강 앞에서 물을 건너가려 하지 않으니 흡사 비단 진흙막이를 아끼는 듯하여라

흰 눈 덮인 산악지대의 관문은 아직도 멀고, 누런 구름에 가려진 수자리 가는 길을 모르니

나는 채찍을 휘둘러 만리 길을 달려가노라. 어느 겨를에 향기로운 규방 생각을 하리요

(語釋) ㅇ紫騮馬(자류마)－붉은 밤색 몸통에 자줏빛을 띈 검푸른 갈기를 날리는 준마. '자류마(紫騮馬)'는 변경에서 수자리 사는 낭군을 그리는 악부곡명(樂府曲名)이기도 하다. ㅇ紫騮行且嘶(자류행차시)－자류마가 멈칫멈칫 가면서 흐느껴 운다. 시(嘶)는 울 시. ㅇ雙翻碧玉蹄(쌍번벽옥제)－푸른 옥 같은 말발굽을 번갈아 뒤집어 보인다. 쌍

번(雙翻)은 이쪽저쪽 번갈아 뒤집는다. 제(蹄)는 굽 제. ㅇ臨流不肯渡(임류불긍도)-강 앞에서 물을 건너가려 하지 않는다. ㅇ似惜錦障泥(사석금장니)-흡사 (안장 밑에 깐) '비단 진흙막이[錦障泥]'를 아끼는 듯하다. 즉 '비단 진흙막이'가 더러워질까 겁을 내는 듯하다. ㅇ白雪關山遠(백설관산원)-(내가 가야 할) 흰 눈이 덮인 산악지대의 관문은 아직도 멀고. ㅇ黃雲海戍迷(황운해수미)-누런 구름에 가려진 사막지대의 수자리 가는 길을 알 수가 없다. 해수(海戍)는 청해(青海)의 요새(要塞). ㅇ揮鞭萬里去(휘편만리거)-말채찍을 휘둘러 만 리를 가야 하니. ㅇ安得念香閨(안득염향규)-어느 겨를에 (고향에 있는 아내의) 향기로운 규방 생각을 할 수가 있으랴?

(解說) '자류마(紫騮馬)'는 〈횡취곡(橫吹曲)〉, 즉 피리에 맞춰 노래하는 악부의 시다. 고향에 향기롭고 예쁜 아내를 두고 서역(西域) 사막지대로 수자리 살러 가는 낭군의 걸음이 가벼울 수 없다. 그래서 말조차, 멈칫멈칫하고 또 흐느껴 울면서 간다.

그가 탄 준마(駿馬) 자류마는 화사하게 꾸몄다. 눈부신 은빛 안장 밑에는 '비단으로 된 진흙막이[錦障泥]'까지 깔았다. 그러므로 말조차 험한 길을 가려 하지 않는 것이다.

그러나 가야 한다. 장부는 만 리 타향 변경에 나가 오랑캐를 무찌르고 공을 세워야 한다. 이에 그는 아내를 생각할 겨를도 없이 말채찍을 휘둘러 백설 덮인 산악지대 관문을 향해 달려간다.

123. 古風(고풍)-제2수 고풍

전문 〈1~7〉 (전체를 3단으로 나누었다)

1. 蟾蜍薄太清　蝕此瑤臺月
2. 圓光虧中天　金魄遂淪沒
3. 螮蝀入紫微　大明夷朝暉
4. 浮雲隔兩曜　萬象昏陰霏
5. 蕭蕭長門宮　昔是今已非
6. 桂蠹花不實　天霜下嚴威
7. 沈歎終永夕　感我涕沾衣

제1단 : 1~2

섬서박태청　식차요대월
1. 蟾蜍薄太清　蝕此瑤臺月

원광휴중천　금백수윤몰
2. 圓光虧中天　金魄遂淪沒

〈入聲 6 月韻 : 月沒〉

달 속의 두꺼비가 큰 하늘을 흐리게 덮고 달나라의 아름다운 요대를 검게 잠식하므로

둥글고 밝은 달이 중천에서 빛을 잃고 황금의 넋인 달님이 마침내 침몰했노라

(語釋) ㅇ蟾蜍薄太淸(섬서박태청)－두꺼비가 맑은 하늘을 덮고 흐리게 하다. 현종(玄宗)의 총비(寵妃) 무혜비(武惠妃)가 나타나 하늘을 흐리게 하다. 섬(蟾)은 두꺼비 섬. 서(蜍)는 두꺼비 서. 박(薄)은 엷을 박. ㅇ蝕(식)－검게 잠식하다. 식(蝕)은 좀먹을 식. ㅇ瑤臺(요대)－신선이 사는 옥으로 만든 궁전. ㅇ圓光(원광)－둥글고 빛나는 달. ㅇ虧中天(휴중천)－높은 하늘에서 이지러지고 손상되다. 휴(虧)는 이지러질 휴. ㅇ金魄(금백)－달의 별명, 황금의 넋이 곧 달이다. 백(魄)은 음(陰)의 넋, 혼(魂)은 양(陽)의 넋. ㅇ遂淪沒(수윤몰)－드디어 침몰하고 멸망하다. 왕황후(王皇后)가 사랑을 잃고 마침내 유폐되었다.

제2단 : 3~4

체 동 입 자 미　대 명 이 조 휘
3. 蝃蝀入紫微　大明夷朝暉

부 운 격 양 요　만 상 혼 음 비
4. 浮雲隔兩曜　萬象昏陰霏

〈上平聲 5 微韻 : 微暉霏〉

요사한 무지개가 천자의 자미궁에 들어가자 천지를 밝힐 조정의 밝은 빛이 어두워졌노라

떠도는 구름이 해와 달 사이에 끼어들자 삼라만상이 어둡고 음산한 비에 젖었노라

(語釋) ㅇ蝃蝀(체동)－무지개, 체(蝃)는 무지개 체. 동(蝀)은 무지개 동. ㅇ入紫微(입자미)－자미(紫微)에 들어가다. 자미는 북쪽에 있는 성좌로, 천제(天帝)의 거처. 지상에서는 천자(天子)의 궁궐. 무혜비가 현종의 사랑을 받게 되었다는 뜻. ㅇ大明夷朝暉(대명이조휘)－대명(大明)은 태양, 천자(天子)의 영명(英明)을 비유함. 이(夷)는 멸망

하다, 상하다. 조운(朝暉)는 아침의 찬란한 빛. 즉 조정에서 슬기롭고 빛나는 정치를 하지 못한다는 뜻. ㅇ浮雲(부운)−뜬구름. 간악한 간신이나 후궁을 비유함. ㅇ隔兩曜(격양요)−해와 달을 갈라놓다. 임금과 황후 사이에 뜬구름이 끼어들어 빛을 흐리게 한다. 임금은 건(乾)을 대표하는 태양이고, 황후는 곤(坤)을 대표하는 달[月]이다. 건곤(乾坤)이 하나로 화합해야 한다. ㅇ萬象昏陰霏(만상혼음비)−(건곤이 갈라졌으므로) 삼라만상이 어둡고 음산한 장마비 속에 잠겼다. 비(霏)는 눈이나 비가 줄줄 내린다는 뜻. 당 현종이 무혜비를 총애하게 되자, 정치가 흐리고, 백성들이 혼미에 빠졌다는 뜻.

제3단 : 5~7

소 소 장 문 궁　석 시 금 이 비
5. 蕭蕭長門宮　昔是今已非

계 두 화 불 실　천 상 하 엄 위
6. 桂蠹花不實　天霜下嚴威

침 탄 종 영 석　감 아 체 첨 의
7. 沈歎終永夕　感我涕沾衣

〈上平聲 5 微韻 : 非威衣〉

지금 왕황후를 쓸쓸한 냉궁에 유폐한 것은 잘못이노라. 옛날 한무제가 진황후를 장문궁에 가둔 것은 옳았노라

달나라 계수나무에 좀이 슬어 꽃이 열매를 맺지 못했거늘 하늘인 현종이 추상을 내려 땅인 황후를 무참히 위협했으니

나는 침울하고 비탄하면서 긴긴 밤을 새웠으며 감읍하여 흘린 눈물이 옷자락을 흠뻑 적시었노라

(語釋) ㅇ蕭蕭(소소)−적막하고 쓸쓸하다. ㅇ長門宮(장문궁)−한무제(漢武

帝) 때, 진황후(陳皇后)가 버림을 받고 유폐되었던 곳. ㅇ昔是(석시)-옛날에는 옳았다. 즉 진황후는 죄가 있어 유폐되었다. ㅇ今已非(금이비)-지금은 옳지 않다. 당나라 현종의 왕황후(王皇后)는 죄 없이 폐위되고 냉궁(冷宮)에 유폐되었다. 그 원인은 현종이 후궁 무혜비(武惠妃)를 총애하고 그를 황후로 높이기 위해서였다. 즉 왕황후는 죄 없이 벌받고 유폐된 것이다. 그 결과는 어떻게 되었나? 악덕은 반드시 망한다. ㅇ桂蠹(계두)-계수나무에 좀이 슬면. 두(蠹)는 좀 두. ㅇ花不實(화불실)-꽃이 열매 맺지 못한다. 왕황후가 아들을 못 낳는다고 하지만, 현종이 후궁에게 빠져, 황후를 돌보지 않았으니, 열매를 맺을 수 없었다. ㅇ天霜(천상)-현종이 잔인하게 벌을 내렸다는 뜻. ㅇ下嚴威(하엄위)-아래에 있는 만물이 혹독하게 위협을 받았다는 뜻. ㅇ沈歎終永夕(침탄종영석)-침울하고 한탄하면서 긴긴 밤을 새었다. ㅇ感我涕沾衣(감아체첨의)-감읍한 나는 눈물을 흘려 옷을 적시었다.

(解說) 왕황후(王皇后)는 기주(冀州) 자사(刺史) 신념(神念)의 후예로 현종(玄宗)이 임치왕(臨淄王) 때에, 왕비가 되었으니, 말하자면 '조강지처'다. 그후 현종이 천자가 되니, 그녀는 황후가 된 것이다. 부덕이 높다고 칭송되었으나 아들을 낳지 못한 것이 화근이었으며, 특히 현종이 무혜비(武惠妃)를 총애하자 마침내, 왕황후를 폐위하고 이어 혹독하게 죄를 물어 유폐했던 것이다.

이태백은 현종을 힐난하는 투로 시를 지었다. 현종에게 사랑을 받았던 무혜비가 신병으로 죽은 다음에 등장한 여인이 양귀비(楊貴妃)였다. 원래 그녀는 자기의 아들 수왕(壽王)의 처였다. 말하자면 현종이 자부(子婦)를 가로챈 것이다. 그 결과 현종의 정치가 문란해지고, 마침내 안녹산(安祿山)의 난을 야기했으며, 현종이 촉(蜀)으로 피난을 가고, 자리에서 물러났다. 그리고 이어 사사명(史思明)의 난으로 당왕조가 쇠퇴하게 되었다.

이태백은 당 현종을 여자 때문에 나라를 망쳤다고 비판했다. 그러나 중당(中唐)의 시인 백낙천(白樂天)은 장편의 낭만 서정시(浪漫 抒情詩) 〈장한가(長恨歌)〉에서 당 현종과 양귀비의 사랑을 미화했다.

124. 古風(고풍) - 제5수 고풍

태백하창창 성신상삼렬
1. 太白何蒼蒼 星辰上森列

거천삼백리 막이여세절
2. 去天三百里 邈爾與世絶

중유녹발옹 피운와송설
3. 中有綠髮翁 披雲臥松雪

불소역불어 명서재암혈
4. 不笑亦不語 冥棲在巖穴

아래봉진인 장궤문보결
5. 我來逢眞人 長跪問寶訣

찬연홀자신 수이연약설
6. 粲然忽自哂 授以鍊藥說

명골전기어 송신이전멸
7. 銘骨傳其語 竦身已電滅

앙망불가급 창연오정열
8. 仰望不可及 蒼然五情熱

오장영단사 영여세인별
9. 吾將營丹砂 永與世人別

〈五言古詩〉

태백산은 울창하게 드높고 뭇 별은 삼엄하게 깔렸네
하늘과는 삼백 리뿐이지만 속세와는 아득히 단절됐네
산중에 검은 머리 신선 살면서 구름을 덮고 흰눈 깔고 누웠네
웃음도 말도 않고서 바위굴 깊이 숨었네
찾아서 신선을 뵈옵고 깊이 꿇어 보결(寶訣)을 물으니
옥치(玉齒)를 번쩍이며 연약설 가르친다.
뼈에 새겨 말씀 기억할새 홀연 번개같이 사라지네
바라도 따를 수 없고 창연히 속만 타네
앞으로 붉은 선약을 마련하여 영원히 속세를 하직하리

(語釋) ㅇ太白(태백)—태백산, 장안에서 2백리 떨어진 무공현(武功縣)에 있다. 산봉우리에는 언제나 흰눈이 쌓여 있고, 도사들이 잘 찾는 명산이다. ㅇ邈爾(막이)—아득하다. ㅇ綠髮翁(녹발옹)—검은 머리의 노인 도사. ㅇ披雲(피운)—구름을 자리처럼 펴고, 여기서는 구름을 이불로 삼고. ㅇ冥棲(명서)—유암(幽暗)하다, 또는 하늘이란 뜻. 신비에 싸여서 산다. ㅇ眞人(진인)—도통(道通)한 선인. ㅇ跪(궤)—무릎을 꿇고서. ㅇ寶訣(보결)—선가(仙家)의 비결. ㅇ粲然(찬연)—빛나다, 웃을 때 하얀 이가 반짝인다. ㅇ哂(신)—빙그레 웃는다. ㅇ鍊藥說(연약설)—도가에서 말하는 선약(仙藥)을 빚는 방법. ㅇ銘骨(명골)—뼛속 깊이 명기하다. ㅇ竦身(송신)—몸을 우뚝 솟구쳐 올리다. 송(竦)은 용(聳). ㅇ電滅(전멸)—번개같이 사라졌다. ㅇ蒼然(창연)—아득하고, 암담하다. ㅇ五情(오정)—인간의 감정은 희노애락원(喜怒哀樂怨)의 다섯 가지이다. ㅇ營丹砂(영단사)—단사를 빚어 선약을 만들다. 연금술(鍊金術)의 원료로 주사라고도 한다.

(大意) 태백산(太白山)은 울창하게 푸르고 바로 위에는 별들이 잔뜩 깔렸으며, 하늘에서 불과 3백 리밖에 안 떨어졌고 아득하게 깊고 높은 산중이라 속세와는 단절되어 있다.(1~2)

산중에 머리가 검은 신선 할아버지가 있고 구름을 덮고 소나무 위의 눈[雪]을 요삼아 깔고 누웠다.(3)

이분은 웃지도 않고 말도 않고 오직 바위굴 안에 신비스런 존재로 살고 있다.(4)

마침내 나는 와서 이렇듯 대통한 신선을 만나자 길게 엎드려 무릎 꿇고 신선의 비결을 물었다.(5)

그분은 빛나는 하얀 이를 번뜩이며 혼자서 웃고 나더니, 선약 빚는 법을 가르쳐 주었다.(6)

나는 그 말을 뼛속까지 사무치도록 기억하고 있는데 갑자기 그분은 몸을 일으키자 번개같이 사라지고 말았다.(7)

내가 고개를 들어 쳐다보았으나 이미 뒤따를 수가 없었고, 실망한 채로 나는 다시 인간적인 감정만을 불태우며 들떠 있었다.(8)

장차 내가 단사를 빚어 성공하면, 나는 신선이 되어 영원히 인간 속세와는 이별을 하겠다.(9)

(解說) 이백은 일찍부터 구선학도(求仙學道)했고 또 많은 도사들과도 사귀었다. 더욱이 장안(長安)에서 쫓겨난 후, 이백은 도사 고천사(高天師)로부터 도록(道錄)을 받아 정식으로 도사가 되었다.

이 시는 그가 태백산으로 도사를 찾아가 비결을 받고자 한 경위를 적은 것이다. 그러므로 이 속에 입선구도(入仙求道)하겠다는 집착심과, 현실의 인간 속세에서 초탈하겠다는 신선풍(神仙風)이 잘 나타나 있다.

그의 자호가 태백(太白)으로 된 연유도 잘 알 것이다.

125. 古風 - 제6수 고풍

대 마 불 사 월　　월 금 불 연 연
1. 代馬不思越　越禽不戀燕

정 성 유 소 습　　토 풍 고 기 연
2. 情性有所習　土風固其然

석 별 안 문 관　　금 수 용 정 전
3. 昔別雁門關　今戍龍庭前

경 사 난 해 일　　비 설 미 호 천
4. 驚沙亂海日　飛雪迷胡天

기 슬 생 호 갈　　심 혼 축 정 전
5. 蟣蝨生虎鶡　心魂逐旌旃

고 전 공 불 상　　충 성 난 가 선
6. 苦戰功不賞　忠誠難可宣

수 련 이 비 장　　백 수 몰 삼 변
7. 誰憐李飛將　白首沒三邊

〈五言古詩〉

북방 말은 남방 땅 생각지 않고 남쪽 새는 북쪽 땅 그리워 않네
정성은 습속 따라 쏠리고 풍토는 자연 따라 굳거늘
옛날 압문관 밖에서 싸운 전사들 오늘 오랑캐 제단인 용정 지키네
미친 듯 바람 모래 해를 가려 덮고 휘몰아치는 백설은 하늘은 어지럽히네

군복 속엔 물것들이 들끓어 무나 마음만은 한결같이 군기를 따르네

싸움의 공 세워도 상 못 받고 나라에 충성해도 전할 길 없네

이장군도 알아주는 사람 없어서 평생토록 싸우다 변경에 묻혔지

(語釋) ㅇ代馬(대마)－북쪽의 말. 대(代)는 진(秦)·한(漢) 일대, 현 산서성(山西省) 대동(大同)을 가리키는 명칭. ㅇ越(월)－남쪽, 현 절강성(浙江省)을 중심한 일대. ㅇ禽(금)－새. ㅇ燕(연)－전국(戰國)시대의 나라, 현 하북성(河北省) 동북 일대. ㅇ雁門關(안문관)－산서성(山西省) 대현(大縣) 북쪽에 있다. ㅇ戍(수)－싸우고 있다, 지키고 있다. ㅇ龍庭(용정)－흉노(匈奴)의 왕 선우(單于)가 천지귀신을 모시는 제단(祭壇)이 있던 곳. ㅇ驚沙(경사)－바람에 휘날리는 모래. ㅇ亂海日(난해일)－흙먼지 바람에 해가 가려진다는 뜻. 해일(海日)은 바다에서 떠오른 태양. ㅇ迷胡天(미호천)－오랑캐 하늘에 눈이 휘날린다. ㅇ蟣蝨(기슬)－서캐나 이. ㅇ虎鶡(호갈)－호랑이나 갈새, 즉 근위병(近衛兵)의 뜻. 임금을 호위하는 근위병은 옷에 호랑이를 그렸고 관(冠)에는 갈새 모양을 떴다. ㅇ旌旃(정전)－오색으로 된 기장목과 비단천의 붉은 기. ㅇ李飛將(이비장)－이광(李廣), 한(漢)의 명장으로 흉노(匈奴)들이 그를 비장(飛將)이라고 부르며 겁냈다. 그러나 이광은 평생을 변경에서 싸웠고 많은 전공을 세웠으나, 대궐에 들어가 높은 자리도 못 차지하고 결국 60여세에 변경지대에서 자결하여 비참하게 일생을 마쳤다.

(大意) 북쪽의 말들은 남쪽에 살기를 원하지 않고, 남쪽의 새들은 북쪽을 그리워하지 않는다.(1)

이것은 자연적인 정성의 습성이며 풍토의 당연성이라 하겠다.(2)

그러하거늘 병졸들은 옛날에 안문관(雁門關)을 나와 변경에서 싸워왔고, 그대로 고향에 돌아가지 못한 채 오늘날에도 오랑캐가 제사

지내던 땅인 용정(龍庭)을 굳게 지키고 있다.(3)

이곳 오랑캐 땅에는 혹심한 바람에 불린 사막의 모래가 청명한 태양을 가려 덮어 어둡게 하고, 한편 휘날리는 눈보라는 하늘을 어지럽게 흐리고 있다.(4)

이러한 역경 속에서 고생하는 병사들이 입은 근위병의 군복(호랑이가 그려진 옷과 갈새 모양을 딴 관)에는 서캐나 이가 들끓고 있다. 그래도 병사들은 충성을 다하는 마음으로 군기나 지휘기를 따라 순종하고 있다.(5)

하지만 이렇게 고생스럽게 싸움을 하고 공을 세워도 오히려 상을 못 받고, 그들의 충성을 윗사람에게 높이 펴 알릴 도리가 없는 것이다.(6)

한나라의 이광(李廣)은 오랑캐에 비장(飛將)이라고 불려질 만큼 전공을 세웠으나 그를 알아 높이 써주는 사람이 없었고, 결국 그는 한평생을 변경에서 싸우다 백발이 되어 자결해 죽지 않았더냐?(7)

(解說) 이백은 통치자들의 지나친 정벌전쟁 수행 때문에 희생되고 있는 백성들을 동정하였고, 또 그들을 대변하여 분개하고 있다.

도대체가 변경지대에 끌어다가 오래도록 발을 묶어 두는 것은 비인도적일 뿐만 아니라, 자연의 정리에도 맞지 않는 처사라고 항의했다.

그리고 더욱 병사들의 피와 땀으로 얻어진 전공(戰功)의 값을 노략질하는 중앙의 썩은 정상배들에게 더없이 분개하고 있다.

'고전공불상(苦戰功不賞) 충성난가선(忠誠難可宣)'. 이백도 장안(長安)에 들어가 현종(玄宗)을 모신 일이 있었다. 그러나 소탈한 이백, 순수한 이백은 음흉한 정상배들과 어울리고 한 패가 될 수 없었다. 아니 못 어울리거나 굴복하지 못했을 뿐만 아니라, 불같이 타오르는 정의감으로 그들을 정면으로 매도했다. 따라서 그는 간신배들의 참언에 의해 결국 쫓겨나고 말았다. 이광(李廣)을 동정하는 이백의 심정은 이해하고도 남음이 있다.

126. 古風(고풍)-제9수 고풍

1. 莊周夢蝴蝶(장주몽호접) 蝴蝶爲莊周(호접위장주)
2. 一體更變易(일체경변이) 萬事良悠悠(만사양유유)
3. 乃知蓬萊水(내지봉래수) 復作淸淺流(복작청천류)
4. 靑門種瓜人(청문종과인) 昔日東陵侯(석일동릉후)
5. 富貴故如此(부귀고여차) 營營何所求(영영하소구)

〈五言古詩〉

장주가 나비 꿈꾸었나? 나비가 장주 되었었나?
한몸도 이렇듯 변하거늘 만사는 더구나 아득하리
봉래수가 개울됨도 이것으로 알 만하지
청문의 오이장수 옛날의 동릉후라
부귀란 원래 그러한 것. 열심히 좇아 뭘 하리요

(語釋) ㅇ莊周夢蝴蝶(장주몽호접)-《장자(莊子)》〈제물론(齊物論)〉에 있다. 장자가 꿈에 나비가 되어 훨훨 날았다. 그리고 깨어나자 생각했다. 과연 내가 나비의 꿈을 꾼 것일까? 아니면 나비가 나를 꿈꾸고 있는 것일까? ㅇ悠悠(유유)-아득하다. ㅇ蓬萊水(봉래수)-동해(東海)의 신선들이 산다고 하는 봉래섬[蓬萊島]을 둘러싸고 있는 바다

로 마고선녀(麻姑仙女)가 조화를 부리면 즉시 얕은 개울같이 변한다고 한다. 《신선전(神仙傳)》에 있다. ㅇ青門種瓜人(청문종과인)－장안(長安) 밖에 있는 푸른 문 근처에서 오이를 심고 있는 사람. 원래는 진(秦)의 동릉후(東陵侯)였던 소평(邵平)이다. 그가 진이 망하자 오이를 심었고, 그 오이를 동릉과(東陵瓜)라고 했다. ㅇ營營(영영)－악착같이, 열심히.

(大意) 《장자(莊子)》의 〈제물론(齊物論)〉에서 말했다. 내가 꿈에 나비를 보았는가? 지금의 나는 나비가 꿈을 꾸고 있는 것일까?(1)

한 몸뚱이도 이렇듯이 걷잡을 수 없이 변신하거늘 이 세상 만사가 변하는 이치는 아득하여 알 도리가 없느리라.(2)

그러므로 봉래섬(蓬萊島)의 바닷물을 마고선녀(麻姑仙女)가 조화를 부려 얕은 냇물로 변하게 했다는 것도 있을 만하다.(3)

청문(青門)에서 오이를 심던 소평(邵平)은 본래가 동릉후(東陵侯)였다.(4)

부귀 영화란 원래가 이렇게 허무한 것이어늘 악착같이 쫓아 무엇하리요?(5)

(解說) 《장자》의 우화(寓話)를 바탕으로 실재(實在) 아닌 현실의 부귀영화를 초월하자는 시를 지은 것이다. 이백의 노장(老莊) 사상의 일면을 엿볼 수 있는 시다.

청문에 오이를 심은 소평(邵平)의 고사는 완적(阮籍)의 시에도 나온다.

고풍
127. 古風 - 제10수 고풍

제유척당생 노련특고묘
1. 齊有倜儻生 魯連特高妙

명월출해저 일조개광요
2. 明月出海底 一朝開光耀

각진진영성 후세앙말조
3. 却秦振英聲 後世仰末照

의경천금증 고향평원소
4. 意輕千金贈 顧向平原笑

오역담탕인 불의가동조
5. 吾亦澹蕩人 拂衣可同調

〈五言古詩〉

제나라의 자유분방한 인재 중에 노중련이 가장 높이 뛰어났다
명월이 바다에서 솟아 올라와 한바탕 찬란하게 빛을 밝히며
진나라 물리치고 영명 떨치니 후세의 사람들이 길이 우러러
천금의 상여도 가볍게 사양하고 평원군 벼슬도 웃으며 거절했다
나 또한 호탕한 인간 옷 털고 맞장구 치리

(語釋) ㅇ倜儻(척당)－자유롭고 호탕하다. 불기척당(不羈倜儻)하다. ㅇ魯連(노련)－노중련(魯仲連). 제(齊)나라 사람. 호탕한 인품을 지니고 벼슬 살기를 마다했다. 그러나 조(趙)나라의 평원군(平原君)이 위기에 빠진 것을 보고는 나와서 그를 도와 진(秦)나라를 물리쳤다. 이에 평원군이 많은 사례와 높은 벼슬을 주고자 했으나, 노중련은 깨끗이 사양하고 조나라에서 떠났다. ㅇ明月(명월)－야광주(夜光珠)라고 풀

기도 한다. ㅇ仰末照(앙말조)－후광(後光)을 우러러본다. ㅇ平原(평원)－조(趙)나라의 평원군(平原君). ㅇ澹蕩人(담탕인)－호탕한 인간. ㅇ拂衣(불의)－옷 털고 일어나다, 나서서 활약하다.

(大意) 옛날 오패(五覇)의 으뜸인 환공(桓公)이 다스렸던 제(齊)나라에는 원래 자유분방한 호걸들이 많이 나타났었다. 그러나 그 중에서도 노중련(魯仲連)이 누구보다도 가장 뛰어났었다.(1)

마치 야광주나 명월이 바다에서 솟아나 한바탕 찬란하게 밝은 빛을 뿌리듯이, 노중련이 일어나서 진(秦)나라를 격퇴하고 영명을 떨치자 후세 사람들도 길이길이 그의 여광을 우러러본다.(2~3)

그러면서도 그는 천금의 상여(賞與)도 가볍게 사양하고 높은 벼슬도 마다하고 평원군(平原君)에게 웃으며 하직하고 조나라를 떠났다.(4)

나도 역시 호탕한 인간이다. 옷을 털고 일어나 그와 같이 공명을 돌보지 않고 나라 위해 충성을 바치고자 한다.(5)

(解說) 이백은 나라를 위해 '경세제민(經世濟民)'하겠다는 유가적(儒家的) 사상과, 현실을 초탈하고 공명(功名)과 같은 구속에서 벗어나 마냥 정신적 자유를 얻겠다는 도가적(道家的)인 사상을 잘 조화시켰다. 따라서 그는 소극적이고 나만이 잘 살다 죽으면 된다는 샌님 같은 개인주의자는 될 수가 없었다. 사회를 악에서부터 풀어 자유로운 높은 선(仙)의 세계로 끌어올리기 위해 헌신적으로 나서서 일을 하고자 했다. 그렇다고 명예나 돈을 위하겠다는 생각은 터럭만큼도 없었다.

이 시는 노중련(魯仲連)을 들어 자기의 포부를 읊은 것이다.

128. 古風(고풍) – 제14수 고풍

1. 胡關饒風沙(호관요풍사) 蕭索竟終古(소삭경종고)
2. 木落秋草黃(목락추초황) 登高望戎虜(등고망융로)
3. 荒城空大漠(황성공대막) 邊邑無遺堵(변읍무유도)
4. 白骨橫千霜(백골횡천상) 嵯峨蔽榛莽(차아폐진모)
5. 借問誰凌虐(차문수능학) 天驕毒威武(천교독위무)
6. 赫怒我聖皇(혁노아성황) 勞師事鞞鼓(노사사비고)
7. 陽和變殺氣(양화변살기) 發卒騷中土(발졸소중토)
8. 三十六萬人(삼십육만인) 哀哀淚如雨(애애루여우)
9. 且悲就行役(차비취행역) 安得營農圃(안득영농포)
10. 不見征戍兒(불견정수아) 豈知關山苦(기지관산고)
11. 李牧今不在(이목금부재) 邊人飼豺虎(변인사시호)

〈五言古詩〉

오랑캐 관문에 모래바람 덮치고 예부터 쓸쓸하기 그지없어라
낙엽지고 가을풀 시든 계절에 드높이 올라 오랑캐 진지를 바라보노라
망막한 사막엔 황성만이 있고 황폐한 마을엔 담장조차 없네
천년 서리에 백골들 누운 채 높이 우거진 가시덤불에 덮였네
누가 감히 침략하여 욕보이나 물으니 오만무도 오랑캐가 악독한 힘 휘둘러
우리 임금 불같이 노하시어 병사 풀고 전고 울렸노라
화양한 빛 살기로 돌변하고 군사는 출동하고 나라는 법석댄다
36만 대군 전멸이란 비보에 애통하는 눈물이 비오듯 흐르네
비통 머금고 장정들 싸움에 가니 밭같이 농사를 어떻게 가꿀건가
출정 장정의 몰골 보지 않고서 어찌 요새의 고초 알 수 있으리
이목 같은 명장 오늘에 없으니 오랑캐를 키워 시호를 만들었지

語釋 ㅇ胡關(호관)-오랑캐의 침입을 막기 위한 변방의 관문, 안문(雁門)·옥문(玉門)·양관(陽關) 등이다. ㅇ饒(요)-많다. ㅇ蕭索(소삭)-쓸쓸하다, 소삽하다. ㅇ戎虜(융로)-오랑캐, 여기서는 그들의 진지. ㅇ遺堵(유도)-허물어져 남은 담장. 도(堵)는 담장. ㅇ嵯峨(차아)-우뚝 높이 엉키어 있는 품. ㅇ榛(진)-여기서는 거친 잡목이란 뜻. 개암나무. ㅇ莽(모)-잡초가 우거진, 어수선한 품. ㅇ淩虐(능학)-침략하여 횡포를 부린다는 뜻. ㅇ天驕(천교)-오랑캐의 임금 선우(單于)를 '오랑캐는 하늘이 낳은 심술꾸러기(天之驕子)'라고 한 일이 있다. ㅇ赫怒(혁노)-심하게 노하다, 불같이 노하다. ㅇ勞師(노사)-군사들을 괴롭힌다, 즉 출동시킨다. ㅇ鼙鼓(비고)-비(鼙)는 말을 타고 치는 북. 여기서는 전고(戰鼓)란 뜻. ㅇ三十六萬人(삼십육만인)-당시 양국충(楊國忠)이 추천한 선우중통(鮮于仲通)이 운

남(雲南)을 정벌하러 나갔다가 패하고 26만의 군졸을 죽인 일이 있다. 여기서는 꼭 맞지는 않지만, 흔히 변경투벌에서 오랑캐에게 패하고 많은 군사를 죽였음을 이백이 격렬하게 탓하고 있다. ㅇ李牧(이목)－한(漢)나라의 장군이다. 흉노(匈奴)의 10만 대군을 격파하고, 10년동안을 못 쳐들어오게 한 명장이다. ㅇ豺虎(시호)－승냥이와 호랑이.

(大意) 서북쪽 오랑캐 변경지방에 있는 관문은 노상 먼지바람이 휩쓸고 있어 예나 지금이나 한결같이 소삽한 곳이다.(1)

더욱이 가을 나뭇잎 떨어지고 풀잎이 물들 때 높이 올라 멀리 오랑캐 진지를 바라보면 막막한 허허벌판 사막 위에는 텅 빈 황성만 있을 뿐, 변두리 마을에는 허물어진 담장 조각조차 남은 것이 없다.(2~3)

싸움이 되풀이되었던 그 사막 변경지대에는 백골들이 천 년을 두고 서리를 맞은 채로 버려져 있으며, 높이 우거져 엉킨 잡목이나 잡초에 가리어 덮여 있다.(4)

누가 감히 침략하고 행패를 부렸는가 물으니, 오만무도한 오랑캐가 악독하게 무력을 휘둘러 쳐들어 왔으므로, 우리 상감께서 불같이 노하시어 군대를 출동시키고 전고를 울리게 했다는 것이다.(5~6)

온화하고 평화롭던 분위기가 갑자기 살기에 휩싸이고 군졸들이 출동하자 나라 안이 어수선하기 짝이 없다.(7)

빈번한 변경토벌로 인하여 이미 36만의 병사들이 죽었다고 하고 이를 애통하는 눈물이 비오듯 넘치건만, 여전히 정벌이 계속되므로 장정들이 울며울며 정벌에 동원되어 나가기만 하니 어떻게 후방에서는 농사를 지을 수가 있겠는가?(8~9)

일선에 나가 고생하는 전사들을 직접 보지 않고서는 어찌 변경지대 싸움터의 처참하고 고생스런 꼴을 이해하겠는가?(10)

대궐 안에 있는 고관대작들은 아무것도 모르는 주제에, 옛날의 이목(李牧)같이 용감하지도 못하니까, 결과적으로 오랑캐들이 승냥

이나 호랑이같이 사납게 덤비고 침략하게 된 것이니라.(11)

(解說) 이백은 일찍이 칼을 잘 썼다. '깊은 밤 칼을 어루만지며 읊조리면, 뛰는 마음은 하루에도 천리를 뛰어 달린다(撫劍夜吟嘯 雄心日千里).' 또 '긴칼 거머잡고 한잔 술 드니, 남아의 가슴 더욱더 굳어지네(長劍一杯酒 男兒方寸心)'라고 했다.

무용과 정의감에 넘치는 이백이었다. 위정자 통치계급의 무능으로 무고한 장정을 변경에 몰아내어 죽게 하고, 농토를 황폐하게 하는 어처구니없는 실정을 통분하며 쓴 시다.

129. 古風(고풍) - 제24수 고풍

대거양비진 정오암천맥
1. 大車揚飛塵 亭午暗阡陌

중귀다황금 연운개갑택
2. 中貴多黃金 連雲開甲宅

노봉투계자 관개하휘혁
3. 路逢鬪雞者 冠蓋何輝赫

비식간홍예 행인개출척
4. 鼻息干虹蜺 行人皆怵惕

세무세이옹 수지요여척
5. 世無洗耳翁 誰知堯與跖

〈五言古詩〉

질주하는 큰 수레 먼지 날리니 대낮인데 거리는 어둠침침해
세도 높은 내시들이 황금 몽땅 움켜쥐고 호사로운 저택들이

구름 높이 맞붙었네

길가에는 닭싸움꾼 활개치고 관모와 수레 덮개 번쩍번쩍 눈부시네

콧김 세어 무지개 다칠 듯 행인 겁에 질려 피하누나

귀를 씻던 허유 같은 성인 없으니 성군 요와 도둑 도척을 그 누가 분간하리

(語釋) ㅇ亭午(정오)－대낮, 정오. 정(亭)은 지(至)란 뜻. ㅇ阡陌(천맥)－논밭의 두렁길. 여기서는 거리의 동서로 난 길을 천(阡), 남쪽으로 난 길을 맥(陌)이라 했다. ㅇ中貴(중귀)－궁중에서 총애를 받는 신하·귀족·환관(宦官)을 가리키는 수가 많다. ㅇ甲宅(갑택)－고급층의 저택. ㅇ鬪雞者(투계자)－닭싸움꾼. 현종이 투계를 좋아했으므로, 닭싸움꾼들이 많이 나왔고 당시에는 세도가 높았다. 그 중에서도 가장 뛰어난 가창(賈昌)이라는 자는 직접 총애를 받고 귀족보다 더 잘살았다. ㅇ冠蓋(관개)－머리에 쓰는 관모와 수레의 덮개, 차일. ㅇ干虹蜺(간홍예)－무지개를 거센 콧김으로 불어 날려 버릴 듯하다는 뜻. ㅇ怵惕(출척)－겁내고 두려워한다. ㅇ洗耳翁(세이옹)－옛날의 요(堯)임금이 허유(許由)에게 천하를 물려주겠다고 하자, 이 소리를 들은 허유가 귀를 더럽혔다며 영수(潁水) 강물에 귀를 씻었다고 한다. ㅇ跖(척)－춘추시대 때의 큰 도적. 도척(盜跖)이라고도 한다.

(大意) 귀족들이 탄 수레가 거리를 질주하며 흙먼지를 하늘 높이 날리어 대낮인데도 온 거리가 어둠침침하다.(1)

내시를 비롯한 총신들은 모든 금은보배 같은 재물을 독차지했고, 그들 통치계급이 사는 고급주택들이 높이 솟아 구름에 맞닿을 듯하다.(2)

거리에는 때를 만난 닭싸움꾼들이 활개를 치고 다니며, 그들의 관모나 수레의 차일이 번쩍번쩍 눈이 부시다.(3)

또한 놈들의 콧김이 어찌나 센지, 무지개를 날려 보낼 듯 거세므로, 행인들은 누구나 놈들을 겁내고 두려워한다.(4)

오늘 이 세상에는 허유(許由)같이 청렴결백한 사람이 하나도 없으니, 성인 요임금과 악한 도척을 누가 분간해 가리겠는가?(5)

(解說) 당(唐)대의 환관(宦官)들 세도는 오늘날에는 상상도 못할 만큼 대단했다. 대궐 안에서 정치권력까지 그들이 장악했고, 경향의 땅이나 재물을 무한량 차지하고 있었다. 이백을 내쫓은 고력사(高力士)도 내시였다. 당시의 재상(宰相)들도 그 앞에서는 굽신거려야 했다. 그런데 이백은 술에 취한 척하고, 고력사에게 발을 내밀고 신을 벗기라 했다니, 사실 오늘의 우리가 듣기에는 통쾌하나 그 당시로서는 너무나 엉뚱한 짓을 했다.

한편 닭싸움꾼들의 세도도 대단했다. 스페인의 투우사는 직접 소와 싸우니까 훌륭하다고 하겠으나, 그때의 닭싸움꾼들은 싸움닭을 키우고 조련시키기만 했다. 그런데도 대단한 이익이 있었고 또 잘 살았다. 당시 대궐 안에는 가창(賈昌) 밑에 5백 명의 아이들이 수천 마리의 싸움닭을 키웠고, 또 귀족들도 투계(鬪鷄)를 위해 막대한 재물과 정신을 쏟았다.

이백은 이렇듯 비생산적이고 부패하고 무지한 통치계급을 그냥 보아 넘길 수가 없었다. 따라서 그는 이 시와 같이 그들을 증오하고 고발하는 시를 많이 썼다.

그러나 결국은 이백이 패배하고 궁중으로부터 쫓겨나고 말았다.

일찍부터 정치 포부를 품은 내가, 특별나게 용안 우러러 모시었거늘

흰 구슬을 쉬파리가 더럽힘으로써, 홀연 황제와 신하가 갈라서게 되었다

早懷經濟策　　特受龍顔顧
白玉栖靑蠅　　君臣忽行路

흰 구슬에 무슨 허물이 있나? 오직 쉬파리가 억울한 죄를 씌웠지

白璧竟何辜　青蠅遂成寃

참언에 영명한 군주의 마음 흔들려 간신들 꾀로 성은을 거두시었도다

대궐 뜰을 방황하며 탄식 속에 세월 보내며

왕중선같이 시도 읊지 못한 채로 가의같이 쫓겨나 눈물 흘리네

讒惑英主心　恩疏佞臣計

彷徨庭闕下　歎息光陰逝

未作仲宣詩　先流賈生涕

간악한 참언에 몰려 이백은 쫓겨났다. 얼마나 분통할 것인가? 그는 더욱 미친 듯 마시고 떠들어댔다. '황음광가(荒飮狂歌)'했던 것이다. 그의 시 〈월하독작(月下獨酌)〉을 보라.

130. 古風(고풍) - 제34수　고풍

1. 羽檄如流星(우격여유성)　虎符合專城(호부합전성)
2. 喧呼救邊急(훤호구변급)　羣鳥皆夜鳴(군조개야명)
3. 白日曜紫微(백일요자미)　三公運權衡(삼공운권형)
4. 天地皆得一(천지개득일)　澹然四海清(담연사해청)

차 문 차 하 위　　답 언 초 징 병
5. 借問此何爲　答言楚徵兵

도 로 급 오 월　　장 부 운 남 정
6. 渡瀘及五月　將赴雲南征

겁 졸 비 전 사　　염 방 난 원 행
7. 怯卒非戰士　炎方難遠行

장 호 별 엄 친　　일 월 참 광 정
8. 長號別嚴親　日月慘光晶

읍 진 계 이 혈　　심 최 양 무 성
9. 泣盡繼以血　心摧兩無聲

곤 수 당 맹 호　　궁 어 이 분 경
10. 困獸當猛虎　窮魚餌奔鯨

천 거 불 일 회　　투 구 기 전 생
11. 千去不一回　投軀豈全生

여 하 무 간 척　　일 사 유 묘 평
12. 如何舞干戚　一使有苗平

〈五言古詩〉

털깃 달린 소집영장 유성같이 내리고 출전명령 호부조각 성주에게 전해져
변경의 위급 떠들썩 호소하니 새들도 놀라 밤 사이 우짖는다
햇빛은 대궐 자미궁에 눈부시고 삼공이 화목 공정하게 다스리니
천지가 하나되고 사해가 조용한데
어찌 된 난리인가 물었더니 답하되 남쪽 초지방 군사 모아
5월에 노수를 건너 운남을 치고자 해서라네
용사가 아닌 겁많은 졸병들이니 불더위 남쪽 원정이 어렵거늘

장탄식 울부짖고 부모를 떠나니 일월도 무참하다 광택을 잃더라
눈물 말라 피 이어 흘리며 가슴 쓰려 피차 말을 못 해라
무력한 짐승이 맹호에게 덤비고 길 막힌 고기가 고래에게 대들 듯
천번 싸워 한번도 못 이길 것이니 어찌 살아 온전히 돌아오리요
어떻게 간척 들고 춤을 추워 유묘씨 순종토록 할 수 없을까?

(語釋) ㅇ羽檄(우격)－병사를 징집할 때에 목간(木簡)에 격문을 써서 보냈다. 특히 지급을 요할 때는 새털을 붙였다. ㅇ虎符(호부)－군사권을 가진 지방장관에게 천자가 출동을 명할 때 내리는 할부(割符), 한편 지방에서 병졸을 징집하는 것을 허락하는 죽사부(竹使符)도 겸해 주었다. ㅇ專城(전성)－성을 마음대로 다스리는 사람, 지방 장관. ㅇ喧呼(훤호)－시끄럽게 떠든다. ㅇ紫微(자미)－황제의 자리, 천자가 계신 궁전을 자미궁이라 한다. ㅇ三公(삼공)－사마(司馬)・사공(司空)・사도(司徒)를 삼공이라 한다. 사마는 하늘을 다스리고, 사공은 땅을 다스리고, 사도는 사람을 다스림. ㅇ得一(득일)－하나를 얻었다. 일(一)은 노자(老子)가 말하는 무위지도(無爲之道). ㅇ澹然(담연)－염담(恬澹)하다. ㅇ楚(초)－남쪽 일대를 가리킨다. ㅇ瀘(노)－한(漢)대에는 노수라 했고 당(唐)대에는 금사강(金沙江)이라 했다. 제갈량(諸葛亮)이 〈출사표(出師表)〉에서 '5월에 노를 건넌다'고 한 강이다. 운남(雲南)으로 가기 위해 건너야 하는 이 강은 독기(毒氣)가 심해 인명에 위험을 준다. ㅇ炎方(염방)－불같이 타는 뜨거운 지방. ㅇ長號(장호)－길게 탄식하고 통곡하며 운다. ㅇ慘光晶(참광정)－해와 달마저 처참하게 여겨 빛을 흐린다는 뜻. ㅇ舞干戚(무간척)－옛날에 순(舜)임금이 간척(干戚)을 들고 춤을 추게 함으로써 반란을 일으켰던 유묘씨(有苗氏)를 순복케 했다고 《서경(書經)》에 있다.

(大意) 날개털 깃을 붙인 지급 징집장이 유성같이 장안에서 각지로 떨어져 내리고, 출동을 명하는 호부가 지방장관에게 내려진다.(1)

변경이 급하니 구해야 한다고 떠들썩하고 난리를 치는 통에, 새들조차 밤잠을 못 자고 어울려 밤새 우짖는다.(2)

원래 자미궁 대궐 안에는 햇빛이 훤하게 빛나듯 황제가 밝은 정치를 하고, 그 밑에서 산공들이 서로 합심 협동하여 바른 정치를 하고 있으므로, 천지가 다 안일무사(安逸無事)하고 사해가 다 맑고 조용하거늘.(3~4)

왜 이 야단인가 물으니, 남쪽에서 병사를 징집하여 5월에는 노강을 건너서 운남으로 징벌을 떠나고자 야단이라 한다.(5~6)

끌려가는 사람들은 훈련받은 전사들이 아니고 모두가 겁먹은 졸부들이니, 어찌 그들이 불같이 뜨거운 남쪽 운남까지 멀리 정벌해 나갈 수가 있을까.(7)

그들이 통곡하고 길게 울부짖으며 부모에게 하직하자, 해와 달도 너무나 처참하게 여겼는지 빛을 흐리네.(8)

가는 아들이나 보내는 부모나 울다울다 눈물이 말라 피눈물을 흘리며, 가슴이 메어져 피차에 말도 못하네.(9)

이는 마치 맥빠진 짐승을 호랑이 앞에 덤비게 하고, 또 길막힌 고기로 하여금 세찬 고래를 물게 하는 격이니라.(10)

천 번 나가 싸워봤자 한번도 이기고 돌아올 수가 없겠으니, 저들이 싸우러 가서 어찌 온전하게 살아 남겠는가.(11)

어떻게 옛날의 순(舜)임금같이 싸움하지 않고 간척을 들고 춤을 추게 함으로써 유묘씨를 평정하게 하는 방법이 없겠는가?(12)

(解說) 고국의 산천을 사랑한 이백은 고국의 인민대중을 사랑했다. 또한 정의와 더불어 평화를 사랑했다. 이 시에서 이백은 인민대중을 옹호하고 무능한 정치가를 혹독하게 규탄하고 있다.

천보(天寶) 10년(751), 양국충(楊國忠)은 운남(雲南)으로 정벌을 나갔다가 운남의 서이하(西洱河) 부근에서 강력한 반격을 받고 전멸한 일이 있었다. 더욱이 양국충은 정벌의 실패를 은폐하고 1차, 2차, 3차에 걸쳐 도합 20만 이상의 병력을 잃었다. 그래도 양국충은 계속 터무니없는 징집령을 내려 병졸들을 끌어 운남에 몰래 보냈다. 운남은 불같이 더운 곳이며, 나쁜 기후에 온갖 질병이 만연하는 곳이다. 따라서 병사들은 싸움에서보다도 자연의 악조건에 의해 더 많이 희생되었던 것이다.

이러한 비극을 보고 이백은 당나라 통치자들이 지나치게 무력정벌을 일삼은 결과 백성들을 피폐시키고 국력을 쇠진케 하는 짓이라 분개했다. 많은 장정들이 이미 나가 죽었으니 생산에도 막대한 지장이 있었고, 가족들은 지리멸렬하여 국민의 생활이 엉망이 되었다. 게다가 나라에서는 손실을 메우기 위하여 세금을 더욱 가중하게 거두어 들였다. 그러므로 인민은 더욱 부랑민화(浮浪民化)했던 것이다.

이러한 현실 앞에서 휴머니스트 이백은 격렬한 현실 고발로서 무고한 인민의 슬픔을 호소했고 또한 이들을 구제하고자 많은 시를 읊었다.

131. 古風(고풍) - 제1수 고풍

대아구부작 오쇠경수진
1. 大雅久不作 吾衰竟誰陳

왕풍위만초 전국다형진
2. 王風委蔓草 戰國多荊榛

용호상담식 병과체광진
3. 龍虎相啖食 兵戈逮狂秦

정성하미망 애원기소인
4. 正聲何微茫 哀怨起騷人

양마격퇴파 개류탕무은
5. 揚馬激頹波 開流蕩無垠

홍 폐 수 만 변　　헌 장 역 이 륜
6. 興廢雖萬變　憲章亦已淪

자 종 건 안 래　　기 려 부 족 진
7. 自從建安來　綺麗不足珍

성 대 복 원 고　　수 의 귀 청 진
8. 聖代復元古　垂衣貴清眞

군 재 속 휴 명　　승 운 공 약 린
9. 羣才屬休明　乘運共躍鱗

문 질 상 병 환　　중 성 라 추 민
10. 文質相炳煥　衆星羅秋旻

아 지 재 산 술　　수 휘 영 천 춘
11. 我志在刪述　垂輝暎千春

희 성 여 유 립　　절 필 어 획 린
12. 希聖如有立　絶筆於獲麟

〈五言古詩〉

〈대아〉의 문학이상 벌써 시들었고 나마저 노쇠하면 누가 일으키리
왕풍도 덤불에 묻혔고 전국엔 쑥대밭뿐이네
용호가 서로들 먹고 삼키며 전란이 광폭한 진에 미치니
올바른 문학 소리 이미 죽였고 굴원의 초사 슬픔 읊어라
양웅·사마상여 물결 쳤으나 흐름 요란할 뿐 끝이 없었네
흥망을 거듭했으나 법도는 내내 사라졌네
건안 이래의 시(詩)는 꾸민 아름다움뿐
성대를 맞아 복고(復古) 기운 일고 청정과 진실 높여 무위덕치(無爲德治)하니

많은 재사들 훌륭한 글 짓고 시운 타고서 용인 듯 날뛰네

시문(詩文)이 어울려 빛나고 별들이 가을 하늘에 깔렸네

내 뜻은 일대의 시들을 바로잡아 광채를 천고에 밝히어 빛내고저

높이 성인으로 오를 수 있다면 기린 잡은 데서 붓대를 놓으리

(語釋) ㅇ古風(고풍)－이백이 지은 고풍의 시는 59수가 있다. 당면한 세풍(世風)을 바로잡아 이상적이었던 옛풍[古風]으로 돌리려는 뜻으로 지은 시들이다. ㅇ大雅(대아)－《시경(詩經)》〈대아편(大雅篇)〉의 작품이라든가, 그 기풍을 가리킨다.《시경》의 내용은 풍(風)·아(雅)·송(頌)의 셋으로 나눌 수 있다. 풍(風)은 여러 지방의 민풍(民風)을 알리는 민요시라 하겠고, 송(頌)은 선조신(先祖神)이나 건국의 공로자를 제사지내는 종묘시(宗廟詩)라 하겠고, 아(雅)는 국가대사(國家大事)나 왕후귀족(王侯貴族)들을 중심한 정치적 현실을 반영한 시들이다. 그 중에서도 〈대아(大雅)〉는 아(雅)에 가까운 정중한 정치시라 하겠고, 〈소아(小雅)〉는 풍(風)에 가까운 개인적 생활을 담은 시라 하겠다. 이백이 여기서 '〈대아〉가 오래 지어지지 않았다'고 한탄한 것은 '정도(正道)의 문학이 없었다'는 뜻이다. 즉 덕치교화(德治教化)의 왕도(王道)를 진작할 문학이 없었다는 뜻이다. ㅇ久不作(구부작)－오래 진작(振作)되지 못했다. 육조(六朝) 이래로 중국의 문학은 형시미의 수식과 말초적인 기교만을 일삼고, 내용적인 정신의 높이를 망각하고 있었다. ㅇ吾衰(오쇠)－이백은 중국문학의 중흥(中興)을 자처했으며, 왕도(王道)나 대도(大道)의 문학을 진작하고자 했다. 그런데 자기가 시들면 다른 누가 나와서 대도의 문학을 발전시킬 것인가? 뒤쫓을 사람 없음을 걱정하고 있다. 또 '오쇠(吾衰)'는《논어(論語)》에서 공자(孔子)가 '심하게도 내가 노쇠했도다. 꿈에 주공 못 뵈온 지가 오래로다(子曰, 甚矣吾衰也, 久矣吾不復夢

見周公)'라고 한 말을 연상시킨다. ㅇ陳(진)-말하다, 고(告)하다, 펴다. ㅇ王風(왕풍)-《시경》에 〈왕풍(王風)〉이 있다. 주로 주(周) 평왕(平王) 이후의 작품이며, 공자가 시를 정리할 때 아(雅)에 넣지 않고 13 〈국풍(國風)〉의 하나로 쳤다. ㅇ委蔓草(위만초)-위(委)는 버려지다. 만초(蔓草)는 덩굴풀. 즉 〈왕풍(王風)〉의 시들을 아(雅)에 넣지 않고 국풍 속에 넣었다는 뜻. ㅇ戰國(전국)-주(周) 위열왕(威烈王) 23년(기원전 403)에서 진(秦)의 통일(기원전 221)까지의 183년간을 전국시대라 한다. 특히 진(秦)·초(楚)·연(燕)·제(齊)·한(韓)·위(魏)·조(趙)의 7국이 서로 패권을 다투고 심하게 싸웠다. ㅇ多荊榛(다형진)-형(荊)은 가시나무, 진(榛)은 거칠은 잡목, 전란에 폐허가 되다. 쑥대밭이 되었다는 뜻. 또는 훌륭한 문학이 안 나오고, 잡초처럼 볼품 없는 작품만 많았다는 뜻. ㅇ龍虎(용호)-전국시대의 7국이 서로 용호같이 패권을 다투고, 서로 먹고 먹히고 했다. ㅇ啖(담)-씹어 먹다, 삼키다. ㅇ兵戈(병과)-전란. ㅇ逮狂秦(체광진)-광기에 넘친 포악한 진나라 때까지 끌었다. 진(秦)의 시황제(始皇帝 : 在位 기원전 221~220)는 '분서갱유(焚書坑儒)' 같은 포악을 저질렀다. ㅇ正聲(정성)-《시경》의 아(雅)를 정아(正雅), 변아(變雅)로 나눈다. 정아는 왕도정교(王道政敎)가 바르게 다스려진 내용의 시들이고, 변아는 쇠퇴한 기풍의 작품이다. ㅇ何微茫(하미망)-너무나 없다. 미(微)는 미소하다. 망(茫)은 아득하여 찾을 수도 없다. ㅇ騷人(소인)-전국시대 초(楚)나라의 시인 굴원(屈原 : 기원전 339~280?)은 충군애국(忠君愛國)의 충정에 넘쳤으나, 도리어 간신배에게 쫓겨났고, 결국 자기의 조국도 쇠망하게 되었다. 이에 굴원은 자기의 우국비분(憂國悲憤)을 주관성이 짙은 시로 발표했다. 대표작으로는 〈이소(離騷)〉가 있다. 이(離)는 리(罹), 소(騷)는 우(憂)란 뜻이다. 그 후부터 슬픔을 엮은 시인들이나 《초사(楚辭)》의 작가들은 소인(騷人)이라 부르기도 했다. ㅇ揚馬(양마)-양(揚)은 양웅(揚雄 : 기원전 53~서기 18), 자는 자운(子雲), 한(漢)나라의 문장가였다. 마(馬)는 사마상여(司馬相如 : 기원전 179~117), 사천(四川) 출신으로 한대(漢代)의 대표적 문장가. ㅇ激頹波(격퇴파)－문학의 퇴폐한 기세를 일으키고자 했다는 뜻. ㅇ蕩無垠(탕무은)－탕(蕩)은 크고 넘친다. 무은(無垠)은 언덕이 없다. 끝이나 종착이 없다. ㅇ憲章(헌장)－법도(法度). ㅇ淪(윤)－없어지다, 침몰하다. ㅇ建安(건안)－한말 헌제(獻帝)의 연호(196~220). 이때의 조조(曹操) 부자(父子) 및 업하칠자(鄴下七子)가 나와 시풍을 일변시켰으며, 이를 건안체(建安體)라고 했다. 그 후 육조(六朝)에는 주로 기미(綺靡)한 시풍만이 성했다. ㅇ聖代(성대)－당대(唐代). ㅇ垂衣(수의)－임금이 옷을 늘어뜨리고 가만히 있다는 뜻. 《역경(易經)》에 황제(黃帝)·요(堯)·순(舜)임금이 옷을 늘어뜨리고 가만히 있었으나 덕치가 잘 되었다고 한 말을 인용했다. ㅇ貴淸眞(귀청진)－청진을 귀중히 여긴다. 당(唐)은 도교(道敎)를 높였다. 노자(老子)의 성이 이(李)였고 당나라 황실도 이씨였다. 따라서 노자[李聃]를 국조현원황제(國祖玄元皇帝)라 모셨고, 노자의 무위자연(無爲自然) 청정진덕(淸靜眞德)을 숭상했다. 《노자》에 '청정하면 천하가 바르게 된다(淸靜爲天下正)'(45장) '굳게 도를 닦으면 그 덕은 참되다(脩之於身 其德乃眞)'(54장)라고 있다. ㅇ休命(휴명)－대명(大明), 휴(休)는 크다, 아름답다, 훌륭하고 밝은 경지. ㅇ躍鱗(약린)－용(龍)이 날고 뛴다. ㅇ文質相炳煥(문질상병환)－정신적인 내용과 수식적인 외형이 서로 어울리고 잘 빛나다. 《논어》에 '문질빈빈(文質彬彬)'이라는 말이 있다. ㅇ秋旻(추민)－가을, 민(旻)은 가을의 맑고 밝은 하늘. ㅇ刪述(산술)－깎고 서술한다. 공자(孔子)가 3천 편의 시를 깎고 추리고 다시 풀이를 가해서 《시경》 3백 편을 엮었다는 기록을 인용했다. ㅇ希聖(희성)－현인은 보다 차원이 높은 성인이 되기를 바란다. ㅇ絶筆於獲麟(절필어획린)－공자(孔子)가 《춘추(春秋)》를 저술하였고 노(魯) 애공(哀公) 14년(기원전 481)에 '서쪽에서 사냥하다가 기린을 잡았다.(西狩獲麟)'의 항을 마지막으로 붓을 놓았다. 그것은 쇠퇴한 주도(周道)를 중흥(中興)시키자는 희망에서였다.

(大意) 주(周)나라의 덕치교화의 이상을 닮은 〈대아(大雅)〉 같은 문학작품이 나오지 않은 지 오래되었고, 이제 나 이태백(李太白)마저 노쇠했으니 누가 나타나서 고답한 문학을 진작할 것인가?(1)

〈대아(大雅)〉 다음에 높았던 〈왕풍(王風)〉의 시들도 덩굴풀 속에 버려져 묻혔고, 이어 전국시대로 들어가 모든 문학작품들은 쑥대밭의 잡초에 불과한 것들이었다.(2)

전국시대를 통해 7국들이 서로 먹고 삼키는 용호(龍虎)의 혈전을 벌였고, 그 전란은 마침내 포악무도한 진(秦)에까지 미쳤다.(3)

그리하여 대도(大道)의 바른 문학은 망망하고 찾을 수가 없게 되었고, 굴원(屈原) 같은 우국비분(憂國悲憤)의 시인이 나타나 자기네들의 슬픔과 원한을 호소하는 초사문학이 대두하게 되었다.(4)

그 후 한(漢)대에 양운(揚雲)이나 사마상여(司馬相如) 같은 뛰어난 부가(賦家)들이 나타나 바다의 파도를 높게 차올리듯 문학의 기세를 높였으나, 그들의 문학운동의 흐름은 탕탕하고 넓게 흐르기만 했지 뚜렷한 목적의식이 없었다.(5)

그 후로도 문학의 기세는 흥폐를 수없이 거듭해 왔으나, 밝은 법도는 없어진 지 이미 오래되었다.(6)

건안(建安)대에 일시 시풍이 쇄신하는 듯했으나, 그 후로부터 육조(六朝)에 걸쳐서는 주로 기미(綺靡)하게 꾸미는 시만이 나타났으므로 그 시는 별반 높게 칠 수가 없게 되었다.(7)

그러자 성군이 다스리는 당(唐)대에 들어와 복고(復古)의 기운이 돋았고, 상감께서는 요·순 성군같이 옷을 늘어뜨린 채 무위자연(無爲自然)과 청정진덕(淸淨眞德)을 높이고 계시다.(8)

따라서 많은 재사들이 훌륭한 작품들을 지었고, 시운을 타고 저마다 용같이 도약을 하고 있다.(9)

그리하여 오늘 성당(盛唐)의 문학은 정신 내용과 수식 외형이 서로 빛을 내고 잘 조화되었으며, 마치 가을날 청명한 밤 하늘에 수많은 별들이 줄지은 듯하다.(10)

나의 뜻은 이러한 성당의 문학을 집대성하고 바르게 정리하여 천

고에 빛을 내게 하자는 데 있다.(11)

만약 성인의 경지에 오르겠다는 나의 희망이 달성된다면 공자가《춘추》를 저술할 때 중흥의 뜻을 높이기 위해 기린을 잡았다는 대목에서 붓을 놓으시듯, 나도 이 성당 문학의 성공적인 일면을 매듭짓고자 한다.(12)

㊁解說 이백(李白)은 중국만이 아니라 세계에서도 으뜸으로 꼽히는 위대한 시인이라 하겠다. 그리고 그의 위대성은 사상과 예술이 함께 어울려 잘 조화된 바탕 위에서 만고의 빛을 내고 있는 데서 확인된다. 동시에 이백은 역사와 현실을 폭넓게 내다보고 또 그 소망의 길을 만인을 위해 터주고자 염원했다.

이백은 호매(豪邁)한 포부와 임협(任俠)의 정리를 지닌 인간이었다. 따라서 그는 정치적으로는 모든 백성을 잘살게 하고 나라를 안정시키자는 '안사직(安社稷)' '제창생(濟蒼生)'의 '경국제민(經國濟民)'과 '수기치인(修己治人)'의 유가적(儒家的) 길을 찾게 했고, 문학인으로서는 암흑과 불의에 항거하며 또한 세속과 현실의 구속에서 벗어나 대도(大道)와 자연(自然)에 합일하여 유유자적하는 정신적 자유인(自由人)이자, 영원한 로맨티스트로서의 도가적(道家的) 구선학도(求仙學道)의 길을 걷게 했다.

그리고 이 두 길의 조화는 오직 문학세계에서만 얻을 수가 있었다. 그는 정치인으로서 성공하기에는 너무나 낭만적이고 이상주의자였다. 한편 철저한 현실초탈자이자 봉래산에 은신하고야 말, 신선이 되기에는 너무나 인간에게 애착을 갖는 휴머니스트였다. 따라서 이백의 휴머니즘과 로맨티즘이 결실할 수 있는 터전은 문학 이외에는 없었다고 하겠다. 게다가 이백은 하늘이 내려준 문학적 재질을 지니고 있었다.

이에 우리는 이백이 위대한 문학인으로서 숙명지어진 존재임을 새삼 느끼게 된다. 하지장(賀知章)이 '하늘에서 인간 세상으로 쫓겨난 신선(謫仙人)'이라 한 그대로다.

이 〈고풍(古風)〉의 제1수는 이러한 이백이 숙명지어진 시인으로서의 자각을 기록한 시다.

이 시 속에는 이백의 문학관이 잘 나타나 있다. 문학은 말재간이나 자질구레한 꾸밈이어서는 안 된다. 그것은 교화덕치(敎化德治)의 왕도정치(王道政治)에 통하는 대도(大道)의 문학이어야 한다는 것이다. 조비(曹丕)가 《전론논문(典論論文)》에서 '문장은 경국지대업(文章, 經國之大業)' '불후의 성사(不朽之盛事)'라고 한 그대로다.

다음에서 이백은 기왕의 문학의 발자취를 더듬어 앞으로의 확고한 문학의 새로운 기틀을 자기가 대성시키겠다는 포부와 자신에 넘쳤다. 온고이지신(溫故而知新)의 경지다.

세계에 빛을 낼 자신을 피력한 시인으로서의 자화상이라 하겠다. 이백의 〈임종가(臨終歌)〉와 함께 감상하면, 감개가 무량한 바 있으리라.

132. 臨終歌(임종가) 임종의 노래

대붕비혜진팔예 중천최혜역부제
1. 大鵬飛兮振八裔 中天摧兮力不濟

여풍격혜만세 유부상혜괘석메
2. 餘風激兮萬世 游扶桑兮掛石袂

후인득지전차 중니망혜 수위출체
3. 後人得之傳此 仲尼亡兮 誰爲出涕

〈雜言詩〉

천지 진동하며 큰 붕새 날았다가 힘겨워 날갯죽지 중천에 꺾였건만

그 바람에 온 세상 격동시키며 신선이 해뜨는 부상에서 큰 소매 해를 덮듯

후세 사람 이를 전하겠지만 공자님 안 계시니 뉘라 눈물 흘리리

語釋 ㅇ臨終歌(임종가)－원본에는 임로가(臨路歌)라고 했다. 청(淸)나라 왕기(王琦)의 주로 '종(終)'이라 고쳤다. ㅇ八裔(팔예)－팔방(八方)과 같다. ㅇ摧(최)－꺾이다, 무너지다. ㅇ扶桑(부상)－해가 뜨는 곳, 선경(仙境), 중국 고대신화에 나온다. ㅇ仲尼(중니)－공자의 자(字).

大意 큰 붕새가 날아 팔극을 진동하며 하늘 높이 올랐으나, 중도에서 날갯죽지가 꺾이고 힘이 충분치 못했다. 즉 자기의 이상을 온 세상에 구현시키지 못하고 좌절되었다.(1)

그러나 여파는 만세를 뒤흔들 만큼 격했으며, 마치 선인(仙人)이 자기 옷소매를 해뜨는 부상에 올라가 산을 가리어 덮은 듯하다. 즉 자기의 문학활동이 세상에 막대한 영향과 감동을 주었다.(2)

필경 후세 사람들이 알아서 전해 주겠지만, 《춘추(春秋)》를 지어 후세의 역사를 바르게 전한 공자님이 안 계시니, 누가 나를 위해 참된 동정과 눈물을 흘려 줄 것인가?(3)

解說 예나 지금이나 뛰어난 재능과 밝은 양심은 제대로 날개를 펴지 못하고 어둠이나 먼지속에 매장되어 버리는 수가 많다.

낭만의 천재시인 이백도 그 중의 한 사람이라 하겠다. 명석한 역사관과 고답적인 세계관을 지녔고 또 넘치는 정열과 해박한 지식을 마냥 활용하여 국가와 겨레를 위해 충성을 다하고자 백방으로 애를 썼지만, 끝내 그는 사람과 때를 못만나고 애석하게 시들고 말았다. 아니, 오히려 그는 먹구름같이 흉물스런 속세에 눌리고 속인들의 조소를 받으며 비분강개하다 이승을 뜨고 말았다.

《장자(莊子)》에 보면 봉황새의 등넓이가 몇천 리가 되는지 알 수 없으며, 그는 회오리바람을 타고 단숨에 9만 리를 날아오른다고 했

다. 이렇듯 대범한 대붕과도 같이, 이백도 큰 힘과 큰 뜻을 가지고 팔극(八極)을 진동시킬 만한 천재의 날개를 펴고 세차게 나섰다. 그러나 목적지인 천지(天地) 남명(南冥)까지 가지 못하고 중천에서 날갯죽지를 꺾이고 말았다.

이백은 정치적으로는 좌절했다. 그러나 그의 문학은 만세를 놀라게 했고 후세 사람들의 심금을 울려줄 것이라고 이백은 믿었다. 자신만만했다. 그러나 역시 참으로 자기를 위해 눈물을 흘려 줄 분은 공자님뿐이라고 아쉬워하기도 했다.

이백(李白)·두보(杜甫) 연표

서기(연호)	중 국	이백과 두보
690년 (天授元)	측천무후(則天武后) 스스로 제위(帝位)에 올라 국호를 주(周)로 고치다.	
700년 (久視元)	동평장사(同平章事 : 宰相)인 적인걸(狄仁傑) 죽다. 말갈족(靺鞨族) 독립하여 진국(震國 : 후에 渤海國으로 改稱)이라 칭하다.	
701년 (長安元)		이백, 중앙아시아의 쇄엽(碎葉)에서 태어나다.
702년 (長安 2)	토번(吐蕃), 무주(茂州 : 四川)에 내습하다. 도독(都督) 진대자(陳大慈)가 이를 격파하다.	
704년 (長安 4)	장간지(張柬之)를 동평장사(同平章事)에 임명하다.	
705년 (神龍元)	1월, 측천무후 병이 위중한데 장간지 등이 쿠데타를 일으키어 황태자 현(顯 : 中宗)을 복위시키고 국호도 당(唐)으로 회복시키다. 11월 측천무후 81세로 서거하다.	이백, 아버지를 따라 금주(錦州) 창명현(彰明縣 : 四川)으로 이사하다.
707년 (景龍元)	금성공주(金城公主)를 토번왕(吐蕃王)에게 강가(降嫁)시키다.	
708년 (景龍 2)	수문관(修文館)을 설치하고 공경(公卿) 이하의 사람 중 글 잘하는 자를 학사(學士)로 임명하다.	

서기(연호)	중 국	이백과 두보
709년 (景龍 3)	관중(關中)의 기근(飢饉). 쌀 한 말에 백전(百錢), 경우(耕牛)를 잡는 사람이 10명 중 8, 9명에 이르다.	
710년 (景雲元)	6월에 위후(韋后)가 중종(中宗)을 독살하다. 이융기(李隆基)가 군사를 일으키어 위후를 공격하고 살해한 다음, 자기 아버지 단(旦)을 즉위시키다(睿宗).	
711년 (景雲 2)	금산공주(金山公主)를 돌궐왕(突厥王)에게 강가(降嫁)시키다.	
712년 (先天元)	태자 이융기(李隆基)에게 양위하다(玄宗).	두보, 공현(鞏縣 : 河南)에서 태어나다.
713년 (開元元)	환관 고력사(高力士) 우감문장군(右監門將軍)이 되다.	
714년 (開元 2)	음악무곡(音樂舞曲) 아카데미라고도 할 수 있는 기관을 궁정의 이원(梨園)에 창립하고 이곳에서 배우는 남녀를 '황제이원제자(皇帝梨園弟子)'라고 칭하다. 또 한림원(翰林院)을 설치하고 문장이 뛰어난 선비와 금기서화술수승도(琴棋書畫術數僧道) 등을 한림대조(翰林待詔)로 명하다.	
716년 (開元 4)	인도의 슈바카라신하(善無畏)가 와서 밀교(密敎)를 전하다. 재상인 요숭(姚崇) 사임하다(후임자는 宋璟).	

서기(연호)	중 국	이백과 두보
719년 (開元 7)		이백, 성도(成都)에서 놀다. 격검임협(擊劍任俠)을 좋아하다.
720년 (開元 8)	재상 송경(宋璟) 사임하다. 인도의 바쥬라보디(金剛智)와 아모바쥬라(不空金剛) 당나라에 오다.	
722년 (開元 10)		이백, 아미산(峨眉山)에서 놀고 청성(靑城)에 은거하다.
723년 (開元 11)	여산(驪山)에 온천궁(溫泉宮)을 열다.	
725년 (開元 13)	태산(泰山)에서 봉선(封禪) 의식을 거행하다.	이백, 처음으로 촉(蜀) 땅에서 나와 삼협(三峽)을 거쳐 동정호(洞庭湖)에서 놀다. 강릉(江陵)에서 〈대붕부(大鵬賦)〉를 짓다. 두보는 낙양(洛陽)의 기왕(岐王) 댁에서 이귀년(李龜年)의 악곡을 듣다.
726년 (開元 14)	천하의 호구조사(7,069,565호, 41,419,712명)	이백, 양양(襄陽)에서 놀고, 여산(廬山)에 올랐으며 다시 금릉(金陵)·양주(楊州)에서 놀다.
727년 (開元 15)		이백, 허어사(許圉師)의 손녀와 결혼하여 안륙(安陸)에 머물다.
728년 (開元 16)		이백의 장녀 평양(平陽 : 幼名은 明月奴) 태어나다.

서기(연호)	중 국	이백과 두보
730년 (開元 18)		이백, 처음으로 장안(長安)에 상경하여 종남산(終南山) 마루에서 살다. 하지장(賀知章)·최종지(崔宗之) 등을 알게 되었고 '주중팔선지유(酒中八仙之遊)'를 하다.
731년 (開元 19)	토번왕(吐蕃王)의 요구에 따라 《모시(毛詩)》《춘추(春秋)》《예기(禮記)》 등을 주다.	이백, 황하를 동하(東下)하여 양원(梁園)에서 기거(寄居)하다. 두보는 오월(吳越)에서 놀다.
732년 (開元 20)	천하의 호구조사(7,861,236호, 45,431,265명)	이백은 낙양을 거쳐 안륙(安陸)으로 돌아오다. 두보는 오월(吳越)에서 여행을 계속하다.
733년 (開元 21)	장구령(張九齡) 동평장사(同平章事)가 되다.	이백은 안륙에 있고 두보는 아직도 오월을 여행하다.
734년 (開元 22)	장구령, 중서령(中書令)으로 옮기고 이임보(李林甫)가 동평장사가 되다.	이백은 양양(襄陽)에서 놀고 한형주(韓荊州)를 알게 되다. 또 원단구(元丹邱)와 함께 숭산(崇山)에서 놀다. 두보는 아직도 오월에서 여행하다.
735년 (開元 23)	대사령(大赦令). 도성(都城)에서는 포삼일(酺三日), 즉 잔치를 사흘 동안 베풀다.	이백은 태원(太原)에서 놀다. 두보는 동도(東都) 낙양(洛陽)에 올라가서 공거(貢擧)를 보았으나 낙방하다.
736년 (開元 24)	장구령, 중서령(中書令)에서 면직되다. 이때부터 이임보(李林甫)의 전횡정치가 시작되다.	이백은 동로(東魯)의 임성(任城)에 우거하고 공소보(孔巢父) 등과 조래산(徂徠山)에서

서기(연호)	중 국	이백과 두보
		'죽계육일(竹溪六逸)'과 놀이를 하다. 두보는 연주사마(兗州司馬)가 된 아버지를 따라 제(齊) 땅에 있으면서 소원명(蘇源明)과 알게 되다.
737년 (開元 25)		이백은 동로(東魯)에 있으면서 장남 백금(伯禽)을 낳다.
739년 (開元 27)	공자(孔子)에게 문선왕(文宣王)이란 시호를 추가로 바치다.	이백은 파릉(巴陵 : 岳陽)에서 왕창령(王昌齡)을 만나다. 두보는 제(齊)·조(趙) 땅을 여행하다.
740년 (開元 28)	현종(玄宗)은 양옥환(楊玉環)을 총애했는데 한때는 양옥환을 도사라며 태진(太眞)이란 호를 내렸다.	이백의 부인 허씨(許氏) 세상을 떠나다.
741년 (開元 29)	안녹산(安祿山)을 평로절도사(平盧節度使)로 임명하다.	이백은 동로(東魯)에 있고 두보는 수양산(首陽山) 밑에 육혼산장(陸渾山莊)을 짓고 양씨(楊氏)와 결혼하다.
742년 (天寶元)	시중(侍中)을 고치어 좌상(左相)이라 하고 중서령(中書令)을 고치어 우상(右相)이라고 하다.	이백은 도사 오균(吳筠)과 함께 월(越) 땅에서 놀고 섬중(剡中)에 있었다. 얼마 후 오균은 부름을 받고 상경했는데 그의 추천으로 이백도 부름을 받아 한림원대조(翰林院待詔)가 되다.
743년 (天寶 2)		이백은 장안에 머무르면서 이따금 천자의 잔칫자리에도 참

서기(연호)	중 국	이백과 두보
		석했다. 어느 때는 만취하여 천자 앞에서 고력사(高力士)에게 자기 신발을 벗기도록 했다.
744년 (天寶 3)	안녹산으로 하여금 범양절도사(范陽節度使)를 겸직하게 하다. 양옥환을 궁중으로 불러들이고 밤낮으로 총애하다.	이백은 고력사와 양옥환의 참소로 '사금환산(賜金還山)'의 몸이 되었다. 초여름에 낙양에서 두보와 만났고 양(梁)·송(宋) 땅에서 놀며 우정을 맺었다. 이 여행에서 이백은 종씨(宗氏)란 여성과 인연을 맺는다.
745년 (天寶 4)	양옥환을 책립(冊立)하여 귀비(貴妃)로 삼다.	이백과 두보는 공히 연주(兗州)에서 놀다. 그후 이백은 강동(江東)으로, 두보는 낙양으로 갔는데 두 사람은 두 번 다시 만나지 못했다.
746년 (天寶 5)	좌상(左相) 이적지(李適之)는 이임보(李林甫) 때문에 파면되었다.	이백은 소주(蘇州)에 있었는데 그후 양주(楊州)에 있으면서 해를 보냈다. 두보는 낙양에서 장안으로 올라와 왕유(王維)·잠삼(岑參) 등과 교제했다.
747년 (天寶 6)	이옹(李邕 : 北海)은 이임보에 의해 장살(杖殺)당한다. 이적지도 압박당하다가 독약을 먹고 자살한다. 천자는 일예(一藝)에 통하는 자를 천하에서 얻기 위해 응	이백은 초춘(初春)에 양주(楊州)에 있었으며 중춘(仲春)에는 금릉(金陵)에서 놀았다. 5월에 당도(當塗)로 왔고 횡망산(橫望山)에서 얼마동안 머

서기(연호)	중 국	이백과 두보
	시시켰으나 이임보의 훼방에 의해 단 한명의 급제자도 없었다. 투르기시족 출신인 가서한(哥舒翰)을 농우절도사(隴右節度使)로 명하다.	물렀다. 가을에는 회계(會稽)에서 놀았고 다시 금릉으로 돌아왔다. 그후 2년간 금릉에 우거했다. 두보는 장안에 올라가서 일예(一藝)에 통하는 자를 뽑는 데 응시했지만 낙방했다.
748년 (天寶 7)	가서한(哥舒翰), 청해(青海) 가장자리에 '신무군(神武軍)'을 구축하다.	이백은 금릉의 우거(寓居)를 기지로 삼아 곽산(霍山) 등을 여행하다. 두보는 장안에 있으면서 자주 권문(權門)에 시서(詩書)를 바치며 취직운동을 했으나 효과가 없었다.
749년 (天寶 8)	가서한(哥舒翰)은 부하 병력 수만 명을 희생시키면서 토번(吐蕃)으로부터 석보성(石堡城)을 탈환했는데, 그 공로로 어사대부(御史大夫)가 되었다.	이백은 금릉에 있었다. 두보는 장안에 있었는데 겨울이 되자 낙양으로 돌아왔다.
750년 (天寶 9)	안녹산이 동평군왕(東平郡王)에 봉해지고 다시 하북도채방사(河北道采訪使)를 겸임하다.	이백은 금릉에 있었는데 가을에 북상하여 낙양에서 놀았다. 시 〈답왕십이한야독작유회(答王十二寒夜獨酌有懷)〉를 짓다. 두보는 다시 장안으로 가서 취직운동을 했으나 실패했다. 정건(鄭虔)과 교우하다. 이 해에 장남 종문(宗文) 태어나다.

서기(연호)	중 국	이백과 두보
751년 (天寶 10)	안녹산이 하동절도사(河東節度使)를 겸임하다. 검남절도사(劍南節度使) 선우중통(鮮于仲通)은 남조(南詔)를 치다가 대패했다. 군사를 모아도 응모자가 없었으므로 양국충(楊國忠)은 사람을 마구 유괴해다가 군사를 보충했다. 고선지(高仙芝)는 대식국(大食國 : 사라센)을 치다가 대패했다. 죽은 자가 무수했다.	이백은 동로(東魯)에 있던 가족을 찾아본 다음 남양(南陽)·양원(梁園)을 여행했다. 〈고풍(古風)〉 59수 가운데는 선우중통과 양국충을 풍자한 작품이 있다. 또 안녹산을 풍자한 작품도 있다.
752년 (天寶 11)	이임보 병사(病死)하다. 권력은 안녹산과 양국충이 다투게 되었다. 양국충은 우상(右相)이 되어 문부상서(文部尚書)를 겸하게 되었다.	이백은 가을에 유주(幽州)를 여행했는데 안녹산의 발호(跋扈)를 목격하고는 우국지정에 불탔다.
753년 (天寶 12)	가서한은 하서절도사(河西節度使)를 겸하고 서평군왕(西平郡王)에 봉해졌다.	이백은 하북(河北)·산서(山西)를 여행하고, 가을에는 선성(宣城)에 왔다가 겨울에는 금릉으로 돌아왔다. 두보는 장안에 있으면서 시 〈여인행(麗人行)〉으로 양씨(楊氏) 일문(一門)을 풍자했다. 이해에 차남 종무(宗武) 태어나다.
754년 (天寶 13)	안녹산 입조(入朝)하여 좌복야(左僕射)의 벼슬을 더 받다. 호구조사(9,069,154호, 52,880,488명). 이때가 당조(唐朝)의 극성(極盛)시대이다.	이백은 왕옥산(王屋山)에서 찾아온 위호(魏顥)와 함께 진회하(秦淮河)에 배를 띄웠다. 또 황산(黃山)에서 놀고 〈추포가(秋浦歌)〉 17수 가운데

서기(연호)	중 국	이백과 두보
		야광공인(冶礦工人)을 읊었다. 두보는 장안에 있었는데 날씨가 사나웠던 관계로 생활이 어려워져서 가족들을 봉선현(奉先縣)으로 옮겼다.
755년 (天寶 14)	11월, 안녹산이 마침내 범양(范陽)에서 군사를 일으키어 황하 이북을 단숨에 정복하고 황하를 건너 동도(東都) 낙양을 함락시켰다. 관군은 황태자 이완(李琬)을 원수(元帥)로 삼고 가서한(哥舒翰)을 부원수로 삼아 동관(潼關)을 지키도록 함과 동시에 왕자 이린(李璘)을 산남절도사(山南節度使)로 임명하여 장강(長江) 유역의 방어를 굳혔다.	안녹산의 난을 만난 이백은 양원(梁園)에서 피난했다(시 〈奔亡道中〉 5수를 짓다). 그리고 심양(尋陽)에 우거하다가 금릉·선성(宣城) 등으로 돌아다녔다. 두보는 10월, 우위솔부주조참군(右衛率府胄曹參軍)의 직책에 취임했다. 시 〈자경부봉선현영회(自京赴奉先縣詠懷)〉를 짓다. 봉선현에서 가족들과 함께 안녹산의 반란 소식을 들었다.
756년 (至德元)	6월, 가서한은 적군과 영보(靈寶)에서 싸워 대패했다. 적군은 동관(潼關)으로 들어왔다. 가서한은 붙잡히어 적군에게 항복했다. 현종(玄宗) 등은 장안을 버리고 촉(蜀)을 향해 몽진하다. 도중 마외역(馬嵬驛)에서 병변(兵變)이 일어났고 양국충이 죽음을 당했다. 병사들은 또 현종을 윽박질러서 양귀비를 목졸라 죽게 했다. 7월, 태자 이형(李亨)은 독단으로 영무(靈武)에서 즉위했다(肅	이백은 가을에 추포(秋浦)를 거쳐 심양(尋陽)에 이르렀으며 여산(廬山)에 숨어 살았는데 겨울철에 영왕(永王)의 사절(使節)인 위자춘(韋子春)의 초청으로 산에서 내려와 영왕의 수군(水軍)에 합류했다. 두보는 가족을 데리고 백수(白水)에서 부주(鄜州)로 도망간 다음, 단신으로 연안(延安)에 갔고, 그곳에서 우회하여 숙종(肅宗)이 있는 영무(靈武)

서기(연호)	중 국	이백과 두보
	宗). 촉 땅으로 도망간 현종은 나중에 그것을 추인(追認)하는 수밖에 없었다. 장강 유역의 방어를 담당하고 있던 이린(李璘 : 永王)은 수군을 이끌고 동하(東下)했다가 다시 바다를 건너 북상(北上)하여 적을 공격할 계획을 세웠다. 그런데 숙종은 영왕이 자립할 의도가 있는 것으로 생각하고 고적(高適)을 회남절도사(淮南節度使)에 임명하여 영왕을 토벌시키려고 했다.	로 가고자 했으나 불행하게도 도중에서 적군에게 붙잡히어 장안으로 다시 끌려왔다. 장안에서 시 〈애왕손(哀王孫)〉 〈비진도(悲陳陶)〉를 짓다.
757년 (至德 2)	1월, 안녹산은 그의 아들 안경서(安慶緒)에게 죽음을 당했다. 2월, 영왕은 지방의 군벌(軍閥)에게 광릉(廣陵 : 揚州)에서 패하여 강서성(江西省)까지 도망쳤다가 붙잡히어 죽음을 당했다. 숙종은 영무(靈武)에서 팽원(彭原)을 거쳐 봉상(鳳翔)으로 왔다. 아버지인 현종과 사이가 좋았던 방관(房琯)을 배척하고 장호(張鎬)를 재상에 임명했다. 장호는 9월이 되어서야 겨우 장안을 수복했다. 숙종은 장안으로 돌아왔다. 12월에 현종도 촉 땅에서 장안으로 돌아왔다. 이 부자(父子) 사이는 좋지 못했다.	이백은 1월에 〈영왕동순가(永王東巡歌)〉를 지었는데 2월에는 벌써 영왕의 군대가 패주하게 되었다. 이백은 숙종의 군사에게 붙잡히어 심양(尋陽)에 투옥되었다. 부인인 종씨(宗氏)는 어사중승(御史中丞)인 송약사(宋若思)를 움직이어 이백을 석방시켰지만 야랑(夜郎 : 貴州省)으로 쫓겨나는 유배형(流配刑)이 기다리고 있었다. 두보는 장안에서 도망하여 봉상(鳳翔)에 있는 숙종의 조정에 도착했을 때 좌습유(左拾遺)의 벼슬을 얻었다. 그러나 방관(房琯)을

서기(연호)	중 국	이백과 두보
		변호했다 하여 숙종의 분노를 사게 되었다.
758년 (乾元元)	간신인 이보국(李輔國)이 차츰 권력을 잡더니 5월에는 장호가 파면당했다. 방관은 도읍에서 쫓겨났고 분주자사(邠州刺史)로 좌천되었다. 7월 곽자의(郭子儀) 등에게 명하여 안경서(安慶緖) 토벌을 위한 군사를 일으켰다.	이백은 야랑으로 귀양가던 도중 장강을 거슬러 올라가 강하(江夏 : 武昌)에서 얼마동안 머무르게 되었다. 이때 장호(張鎬)에게 회답하는 시를 지었다. 두보는 좌습유로서 궁정생활을 하고 있었는데 방관(房琯)이 지방으로 좌천되자 동시에 화주사공(華州司功)으로 좌천되었다.
759년 (乾元 2)	3월, 상주(相州 : 安陽)에서 적군과 대치하고 있던 9절도사의 연합군이 광풍(狂風)과 대기근(大飢饉)으로 패주했다. 적측에서도 내전(內戰)이 일어나 사사명(史思明)이 안경서를 죽이고 군사 중 태반을 손에 넣었다. 그리고 다시 낙양을 함락시켰다.	이백은 삼협(三峽)을 거슬러 올라가 무산(巫山)에 당도했을 때 대사령이 내려졌으므로 배를 타고 강릉(江陵)으로 돌아왔다. 이때 지은 시에 〈천리강릉일일환(千里江陵一日還)〉이 있다. 또 가지(賈至)와 만나 함께 동정호(洞庭湖)에서 배를 띄웠고 상수(湘水)와 소수(瀟水)가 만나는 영릉(零陵)에서는 서예가인 회소(懷素)와 사귀게 되었다. 두보는 낙양에서 화주(華州)로 돌아오던 도중에 목격한 제재(題材)로 〈삼경(三吏)〉 〈삼별(三別)〉을 지었다. 10월 진주(秦州)에서 동곡(同谷)으로 갔고

서기(연호)	중 국	이백과 두보
		12월 성도(成都)로 왔다.
760년 (上元元)	이보국은 현종 상황(上皇)을 서내(西內)로 옮기고 고력사(高力士)를 무주(巫州)로 귀양보냈다. 흉작으로 쌀 한 말에 천전(千錢)을 호가했다.	이백은 영릉(零陵)에서 악양(岳陽)으로 왔다가 다시 무창(武昌)으로 나갔다. 두보는 성도(成都)의 완화계(浣花溪)에 초당(草堂)을 지었다.
761년 (上元 2)	3월, 사사명(史思明)은 그 아들인 사조의(史朝義)에 의해 죽음을 당했다. 9월 강회(江淮)에 대기근이 든 데다가 조용사(租庸使) 원재(元載)의 가렴주구(苛斂誅求)로 사방에서 폭동이 일어났다.	이백은 이광필(李光弼)의 관군에 합류하고자 했으나 병을 얻어 도중에서 돌아왔고 연말에는 당도현령(當塗縣令)인 이양빙(李陽冰)을 찾아가서 요양했다. 두보는 성도(成都)에 있으면서 시 〈모옥위추풍소파(茅屋爲秋風所破)〉를 지었다.
762년 (寶應元)	4월, 현종과 숙종이 연이어 세상을 떠났다. 태자가 즉위〔代宗〕했는데 실권은 이보국이 잡고 있었다. 관군은 위구르의 지원을 얻어 10월에야 겨우 사조의(史朝義)의 군사를 무찌르고 낙양을 수복했는데 이 와중에서 이보국은 암살당한다.	이백은 당도(當塗)에서 병을 고치고 봄에 횡망산(橫望山)에 들어가 오균도사(吳筠道士)에게 작별을 고한 다음 도교(道敎)의 미신에서 벗어난 시를 지었다. 11월 농협증(膿脇症)으로 당도에서 영면했다. 두보는 성도(成都)에 있으면서 〈기이백이십운(寄李白二十韻)〉을 짓다.
763년 (廣德元)	1월 사조의는 부하의 배신으로 죽는다. 전후 8년에 걸친 동란도 겨우 끝이 났다. 그러나 그후에	두보는 재주(梓州)에 있었는데 촉 땅에서 떠나야겠다는 생각을 굳히게 되었다.

서기(연호)	중 국	이백과 두보
	도 토번(吐蕃)의 입구(入寇) 등 혼란이 있어서 평정한 날은 없었다.	
764년 (廣德 2)	10월 복고회은(僕固懷恩 : 투르크족 출신의 장군)은 토번 및 돌궐(突厥)의 군사를 이끌고 입구(入寇)했다. 장안은 또다시 위기를 맞았다. 곽자의(郭子儀)에 의해 겨우 적군을 물리친다. 이해 연말의 천하 인구는 불과 16,900,000명. 천보(天寶) 13년에 비하여 실로 70%나 감소되었다.	두보는 배로 유주(渝州)까지 남하하여 실제로 촉 땅에서 나올 생각이었는데 3월 엄무(嚴武)가 다시 동서천절도사(東西川節度使)에 임명된 것을 알고는 성도(成都)로 돌아간다. 6월 엄무의 추천으로 절도사 막영(幕營)의 참모가 되었으며 또 검교공부원외랑(檢校工部員外郎)에 임명된다.
765년 (永泰元)	9월, 복고회은(僕固懷恩)이 위구르·토번·탕구트 등을 꾀어가지고 다시 입구(入寇). 다행스럽게도 적군 안에서 내분이 일어났으므로 당(唐)나라는 구원을 받게 된다.	두보는 1월 절도사 막영에서 나와 초당으로 돌아왔다. 4월에 엄무가 죽자 이를 애도했는데 이제는 아무 미련도 남지 아니한 촉 땅을 떠나야겠다며 운안진(雲安鎭)까지 와서 신병을 요양했다.
766년 (大曆元)	천하묘일묘전십오(天下苗一畝錢十五), 또 지두전매묘이십(地頭錢每畝二十), 묘가 파란 때에 과세했으므로 '청묘전(青苗錢)'이라고도 했다.	두보는 봄에 운안진에 있으면서 가주자사(嘉州刺史)가 된 잠삼(岑參)에게 시를 지어 보냈다. 여름에는 기주(夔州)에 가서 백무림(柏茂琳)의 도움으로 동둔공전(東屯公田) 백경(百頃)의 관리자가 된다.
767년 (大曆 2)	대종(代宗)은 기도하기를 좋아했다. 재상인 원재(元載) 등은 그러	두보는 기주에 머물렀는데 폐병(천식이었을까?)이 무거워

서기(연호)	중 국	이백과 두보
	는 대종에게 영합했으므로 궁궐 안은 승려들로 넘쳐났고 독경과 기도로 날이 새고 해가 지게 되었다.	졌다. 그런데다가 귀머거리가 되었고 눈이 침침해져서 딱한 처지에 놓였다.
768년 (大曆 3)	6월 유주(幽州)의 병마사(兵馬使) 주희채(朱希采)가 절도사 이회선(李懷仙)을 죽이고 스스로 유후(留後)라고 칭했다. 조정에서는 이를 처벌할 수가 없어서 주희채를 그대로 유후직에 두었다.	두보는 1월 중순 기주를 떠나 삼협(三峽)을 나왔다. 3월 강릉에 이르러 종제(從弟)인 두위(杜位)네 집으로 갔다. 가을에 그곳을 떠나 세모(歲暮)에는 악양(岳陽)까지 갔다.
769년 (大曆 4)	7월 최관(崔瓘)이 담주자사(潭州刺史)가 되었으며 호남도단련관찰사(湖南都團練觀察使)를 겸하였다.	두보는 상수(湘水)를 거슬러 올라가서 3월에는 담주(潭州 : 長沙)에 왔다. 그 강가에 배가 매어져 있을 때 소환(蘇渙)이 찾아와서 시를 논했다.
770년 (大曆 5)	4월 호남병마사(湖南兵馬使)인 장개(臧玠)가 담주자사(潭州刺史) 최관(崔瓘)을 죽이고 난을 일으켰다. 예주자사(澧州刺史)·도주자사(道州刺史)·형주자사(衡州刺史)가 공동으로 출병하여 겨우 난을 진압했다.	4월 장개(臧玠)의 난을 소환(蘇渙)과 함께 형주(衡州 : 衡陽)에서 피하다. 그후 호남으로 가겠다는 소환과 헤어져서 상수(湘水)의 지류(支流)인 뇌수(耒水)를 거슬러 올라가 뇌양(耒陽)에 당도했다. 때마침 강물이 모두 빠져 나갔다. 섭(聶)이라는 현령이 일부러 두보를 찾아와서 위문하고 쇠고기와 술을 바쳤다. 여름철이었으므로 쇠고기가 썩었던 것이리라. 그것에 중독되어 두보는 생애를 마감했다.

색 인(索引)

[ㄱ]

[ㄴ]

[ㄷ]

[ㅁ]

[ㅂ]

[ㅇ]

[ㅈ]

[ㅊ]

[ㅌ]

[ㅍ]

[ㅎ]

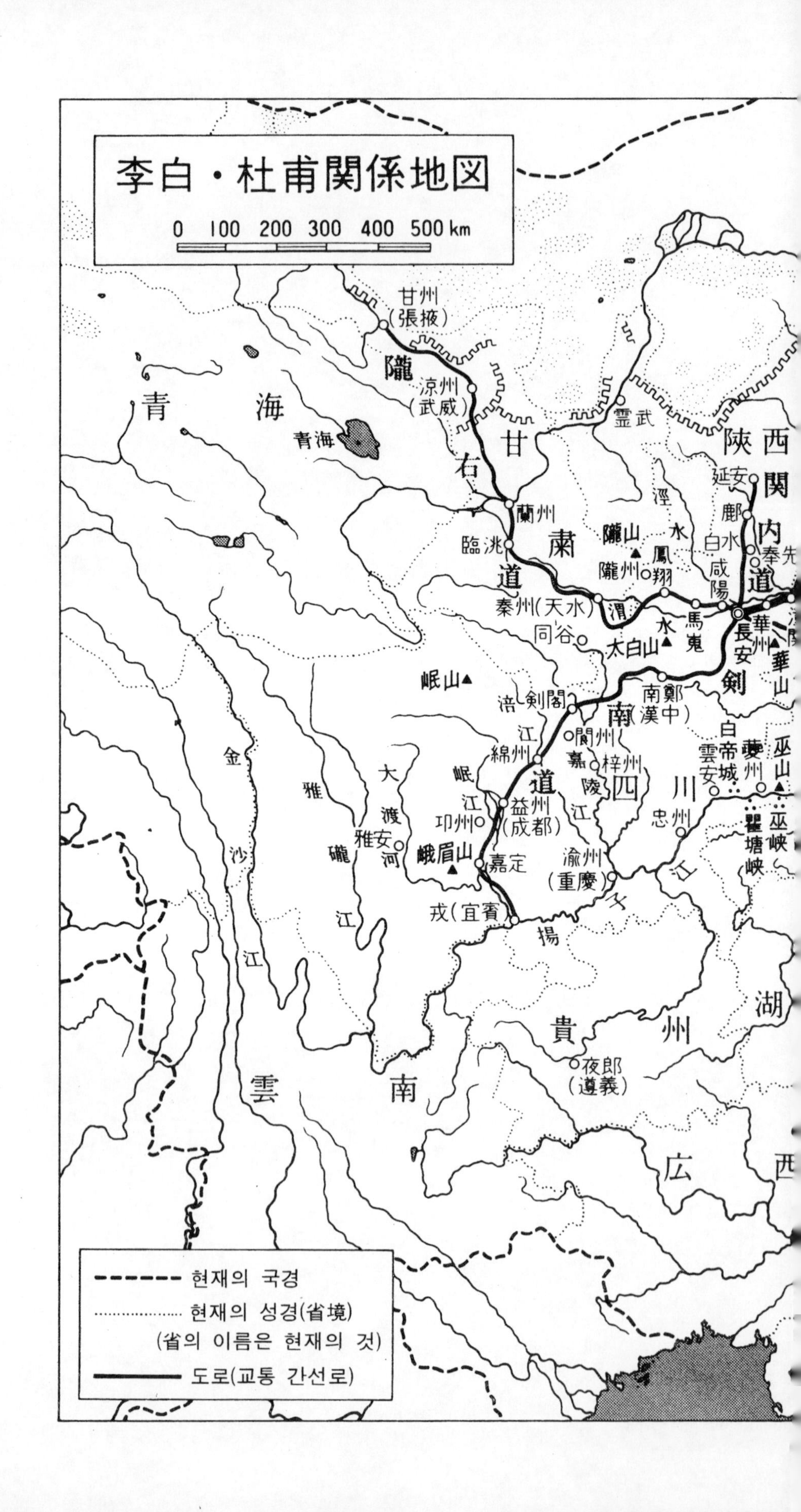

李白・杜甫関係地図
0 100 200 300 400 500 km
甘州
(張掖)
隴
涼州
(武威)
右
甘
粛
道
青
海
青海
霊武
陝
西
関
内
道
延安
鄜
白水
奉先
咸陽
蘭州
臨洮
隴山
涇
水
鳳
翔
隴州
秦州(天水)
渭
水
馬
嵬
長
安
華
州
華
山
同谷
太白山
岷山
剣
南
道
涪
剣閣
南鄭
(漢中)
江
閬州
綿州
嘉
陵
江
梓州
四
川
白
帝
城
雲
安
夔
州
巫
山
巫
峡
瞿
塘
峡
忠州
岷
江
益州
(成都)
邛州
大
渡
河
雅安
峨眉山
嘉定
渝州
(重慶)
子
揚
江
戎(宜賓)
金
沙
江
雅
礱
江
貴
州
夜郎
(遵義)
湖
雲
南
広
西
현재의 국경
현재의 성경(省境)
(省의 이름은 현재의 것)
도로(교통 간선로)

遼河
渤海
黄海
雲州(大同)
幽州(北京)
恒山
黄河
河東道
河北道
太原
井陘
山西
邯鄲
魏府
済州
泰山
曲阜
徂徠山
山東
首陽山
相州(安陽)
兗州
函谷関
陝
洛陽
鞏
嵩山
汴州(開封)
河南道
淮南道
大運河
江
楚州(淮陽)
広陵(揚州)
南陽
淮河
金陵(南京)
蘇
揚子江
当塗
太湖
姑蘇(蘇州)
安徽
南陵
宣城
杭州
会稽(紹興)
会稽山
天台山
台州
湖北
西陵峡
襄陽
漢水
漢陽
江夏(武昌)
荊州(江陵)
山南道
秋浦
黄山
尋陽
廬山
岳陽
洞庭湖
鄱陽湖
浙江
江南道
豫章(南昌)
江西
湘江
潭州(長沙)
湖南
衡山
衡州
福建
耒陽
郴
零陵
嶺南道
韶(韶関)
広東
広州
西江
珠江

新選明文東洋古典 1

中國古典漢詩人選 1

新譯 李 太 白

改訂 增補版 印刷●2002年 5月 1日
改訂 增補版 發行●2002年 5月 6日

譯著者●張 基 槿
發行者●金 東 求

發行處●明 文 堂
서울특별시 종로구 안국동 17~8
대체 010041-31-001194
전화 (영) 733-3039, 734-4798
(편) 733-4748
FAX 734-9209
Homepage www.myungmundang.net
E-mail om@myungmundang.net
등록 1977. 11. 19. 제1~148호

값 17,000원
ISBN 89-7270-680-9 04820
ISBN 89-7270-053-3(세트)

[illegible]

값 17,000원
ISBN 89-7270-680-9 04820
ISBN 89-7270-053-4(세트)